COLLECTION FOLIO

Daniel Pennac

Terminus Malaussène

Le cas Malaussène II

Gallimard

Daniel Pennac (de son vrai nom Daniel Pennacchioni) est né en 1944 à Casablanca, au Maroc. Les lieux d'affectation de son père, militaire, l'amènent, enfant, à séjourner en Allemagne, en Somalie, en Éthiopie, en Indochine. Pensionnaire en France de la cinquième à la terminale, il s'ennuie à mourir et découvre très tôt les plaisirs de la lecture. Sa pratique de lecteur est compatible avec la réputation de cancre qui lui colle à la peau tout au long de sa scolarité. Lire en douce et sans arrêt est une façon de s'ennoblir en désobéissant, de s'ouvrir au monde alors même que votre « indignité scolaire » vous promet les affres de la solitude et de la honte.

En 1969, maîtrise de lettres en poche, Pennac entame vingt-cinq années d'un enseignement enthousiaste consacré aux élèves en difficulté scolaire.

En 1973 paraît *Le service militaire au service de qui ?* (Le Seuil). Pennac y explore les trois mythes véhiculés par le service militaire : l'égalité, la maturité et la virilité sous les drapeaux. Suivent deux romans politico-burlesques écrits en collaboration avec le dissident roumain Tudor Eliad : *Les enfants de Yalta* (Lattès, 1976) et *Père Noël* (Grasset, 1978). Puis vient un séjour de deux années au Brésil d'où l'écrivain tire la matière d'un roman qu'il n'écrira que vingt-trois ans plus tard, *Le dictateur et le hamac* (Gallimard, 2003).

Entre 1985 et 1999, Daniel Pennac crée la célèbre saga de la famille Malaussène, qui paraît aux Éditions Gallimard : *Au bonheur des ogres* (Série Noire, 1985), *La fée carabine* (Série Noire, 1987), *La petite marchande de prose* (prix Inter 1990),

Monsieur Malaussène (1995), *Des chrétiens et des Maures* (1996), *Aux fruits de la passion* (1999). Tous puissamment contemporains, ces romans sont aussi graves qu'est jubilatoire leur traitement narratif, raison pour laquelle ils passionnent un lectorat d'une grande diversité, tant culturelle et sociologique que générationnelle.

Mais c'est avec *Comme un roman* (Gallimard, 1992) que Pennac atteint à la notoriété internationale. Dans cet essai corrosif et joyeux, il pointe le dégoût qu'engendre chez nombre d'élèves l'enseignement « médico-légal » de la littérature. Il réveille le désir de lire, proclame les « Droits imprescriptibles du lecteur » et réhabilite la lecture à voix haute.

En 1997 paraît *Messieurs les enfants* (Gallimard), fable familiale où une bande d'enfants se trouvent métamorphosés en adultes pendant que leurs parents retournent à l'état d'enfance. Le roman est porté à l'écran par Pierre Boutron. En 2004 et 2007, les Éditions Hoëbeke publient deux albums de photos, *Les grandes vacances* et *La vie de famille*, résultats de la complicité entre Daniel Pennac et le photographe Robert Doisneau. En 2006, le même éditeur, Hoëbeke, publiera *Nemo par Pennac*, rencontre de l'auteur avec le subtil et mystérieux graffeur des murs parisiens, puis, en 2007, un recueil de dessins de Pennac lui-même, intitulé *Écrire*. L'auteur y croque les différents états d'âme que traverse l'écrivain au travail.

En 2005, Jean-Michel Ribes, au théâtre du Rond-Point, convainc Daniel Pennac de jouer lui-même son monologue *Merci* (Gallimard, 2004), hilarant soliloque d'un créateur « honoré d'être honoré » pour « l'ensemble de son œuvre ». Le spectacle tournera deux ans. Les deux années suivantes, Pennac met en pratique sa réhabilitation de la lecture à voix haute en lisant au théâtre *Bartleby le scribe*, insolite et poignant chef-d'œuvre d'Herman Melville (Gallimard, Folio Bilingue, 2003, traduction de Pierre Leyris).

Dans *Chagrin d'école* (Gallimard, prix Renaudot 2007), Pennac étudie les ravages que la peur provoque, tant chez les élèves en difficulté que chez leurs parents ou leurs professeurs, et suggère les moyens de remédier à cette cause majeure de l'échec scolaire.

En 2012 paraît *Journal d'un corps* (Gallimard), où Pennac suit l'évolution du corps de son narrateur de treize à quatre-vingt-sept ans. L'adaptation de ce livre donnera une longue tournée de lecture théâtrale, mise en scène par Clara Bauer. Au début de la même année 2012, Lilo Baur avait mis en scène *Le 6e Continent* (Gallimard, 2012), fable écologique écrite à partir d'une improvisation collective des acteurs de la troupe.

En marge du roman, Pennac pratique aussi la bande dessinée : *Le sens de la houppelande*, avec Jacques Tardi (Gallimard / Futuropolis, 1991), conte de Noël tout à fait réaliste, *La débauche*, avec le même Jacques Tardi (Gallimard / Futuropolis, 2000), qui dénonce la vague de licenciements abusifs déferlant sur nos entreprises depuis les débuts de la mondialisation. Suivront, aux Éditions Dargaud, deux exemplaires de Lucky Luke, *Lucky Luke contre Pinkerton* (2010) et *Cavalier seul* (2012), écrits en collaboration avec le romancier Tonino Benacquista et dessinés par Achdé. Plus récemment, avec Florence Cestac, il publie chez Dargaud *Un amour exemplaire* (2015), souvenir d'enfance sur de vieux et bouleversants amoureux voisins de sa grand-mère.

Parallèlement à son œuvre pour les adultes, Pennac n'aura cessé d'écrire pour la jeunesse. *Cabot-Caboche* et *L'œil du loup* (Nathan, 1982, 1984), la série des *Kamo* (Gallimard Jeunesse, 1997-2007) et plus récemment *Le roman d'Ernest et Célestine* (Casterman, 2012), porté à l'écran par Benjamin Renner sur un scénario de l'auteur. Daniel Pennac a écrit ce scénario et ce roman en hommage à son amie Monique Martin, alias Gabrielle Vincent (1928-2000), auteure des albums *Ernest et Célestine*, publiés aux Éditions Casterman. Le 26 mars 2013, la plus ancienne université d'Europe, l'Université de Bologne, décerne à Daniel Pennac le titre de docteur honoris causa ès pédagogie. Il prononce en italien sa leçon doctorale d'intronisation, intitulée *Una lezione d'ignoranza* (*Une leçon d'ignorance*).

En 2017, Daniel Pennac publie aux Éditions Gallimard *Le cas Malaussène*, une intrigue policière où se croisent tous les personnages de la saga Malaussène. L'année suivante paraît *Mon frère*, hommage à son frère disparu et au Bartleby d'Herman Melville, puis en 2020, *La loi du rêveur*, qui mêle rêves et réalité à sa passion pour Federico Fellini. *Terminus Malaussène* sera vraisemblablement le dernier volume de la saga.

À la mémoire de Joseph Ponthus
et dans le souvenir de l'ami Nemo.

$\tau = \log(\Omega \times t)/\Omega$

Emeric FALIZE

« Fais aux autres ce que tu ne veux pas qu'ils te fassent (…) tu iras loin. »

HUYSMANS, *À rebours*

RÉSUMÉ DU VOLUME PRÉCÉDENT

Le cas Malaussène

Trois fois rien. Il s'intitulait *Le cas Malaussène (*sous-titre *Ils m'ont menti)* ; les trois cousins Malaussène : Maracuja, C'Est Un Ange, Monsieur Malaussène (Mara, Sept et Mosma), et leur ami Tuc enlevaient Georges Lapietà – un homme d'affaires plutôt voyant, par ailleurs père dudit Tuc – pour faire une « installation », une « performance », bref une œuvre d'art spectaculaire. Mais voilà que de vrais truands leur enlèvent Lapietà à leur tour. Qui sont-ils ? C'est ce que vous apprendrez ici.

Ah ! autre chose. Alceste, romancier adepte de la « vérité vraie », auteur de *Ils m'ont menti,* est sur le point de sortir un nouveau roman aux Éditions du Talion : *Leur très grande faute.*

Cette fois, c'est tout.

Page 478, un répertoire des personnages facilitera la vie du lecteur.

LA TRIBU MALAUSSÈNE

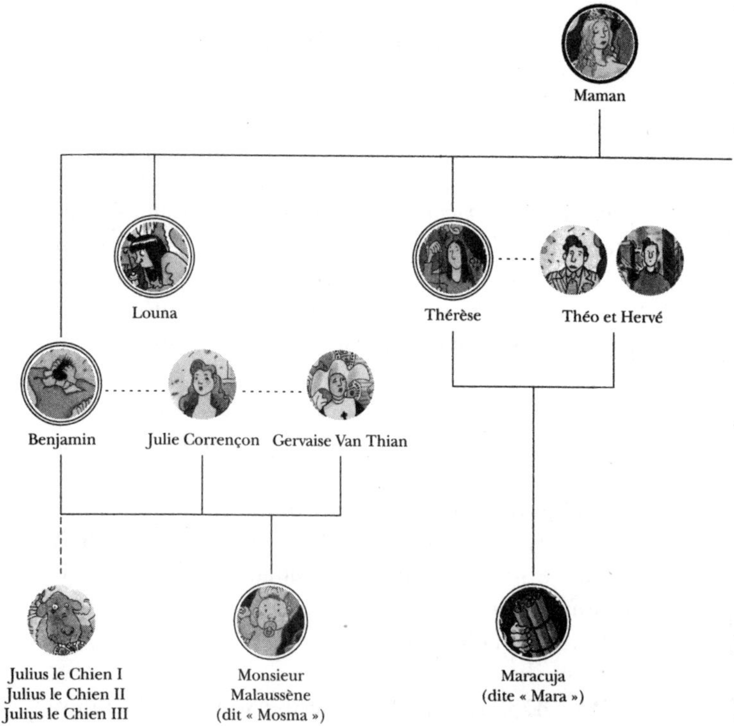

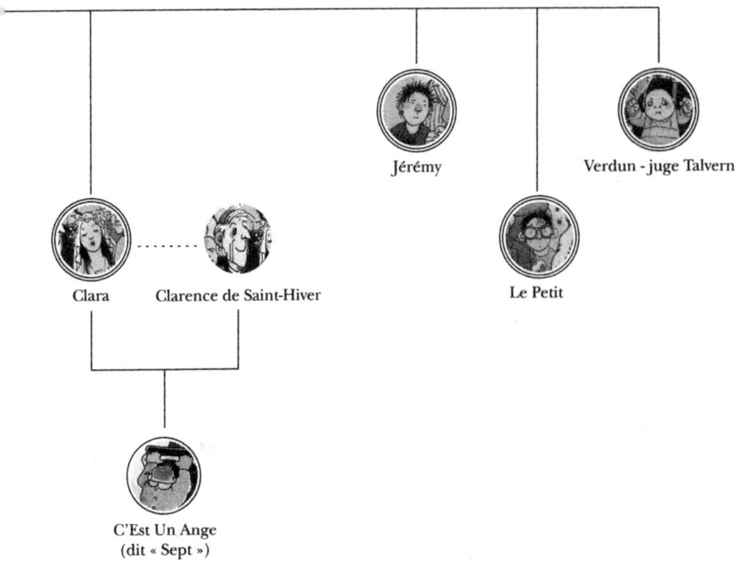
Jérémy
Verdun - juge Talvern
Clara
Clarence de Saint-Hiver
Le Petit
C'Est Un Ange
(dit « Sept »)

I

PÉPÈRE

« “Papa” ça m’aurait fait chier, mais “grand-père”, j’achète. Ou Pépère si vous préférez. J’ai toujours pensé que je ferais un bon grand-père. Les fils, non, pas de fils, on peut rien leur apprendre aux fils. Les petits-fils, oui, ça respecte. »

Pépère

1

– Alors, Kébir, tu as bien fait le ménage ?

Comment Pépère peut-il faire si peur ? Avec son petit cartable et sa voix douce, comment est-ce possible ? On se pose la question chaque fois qu'on parle avec lui. Pas seulement Kébir, les autres aussi.

– Ça s'est passé comme tu voulais ? C'est tout comme il faut ?

Vraiment gentille, sa voix. Il te traite jamais ; il te parle.

– C'est important, le ménage, mon petit.

Il explique les choses.

– Une chambre bien rangée, c'est une tête bien claire.

Toujours, il explique.

– Un lit, par exemple ; tu fais ton lit au carré, après tu penses juste. C'est pas vrai ? Après tu peux plus te tromper. Enfin, moins.

Il répète gentiment :

– C'est pas vrai, mon Kébir ?

Avec ce sourire de tous ses yeux, cette voix

douce, cette vieille main qu'il pose sur ta tête et qu'il retire en te caressant l'oreille. On sent le froid de sa chevalière.

– Pareil pour les pompes bien cirées. Tu te regardes dedans, c'est net. C'est ta conscience. Ça en installe. T'arrives, on voit tout de suite que tu te respectes et que tu respectes les autres. C'est comme pour les chiottes.

Cette propreté-là aussi il y tient. Énormément.

– Tu sais, dans les toilettes, la petite phrase qu'on trouve, quelquefois : « On est prié de laisser ces lieux aussi propres qu'on veut les trouver en arrivant. » Des trucs du genre. Dans le rade d'Albert, dans les chiottes de l'oncle Albert, elle y était, cette phrase, tu te souviens ?

Tout le monde s'en souvient forcément, c'était écrit gros comme ça.

– Tu sais ce qu'elle veut dire ?

On en apprend chaque fois un peu plus avec Pépère. Pourtant, on n'a pas l'impression d'apprendre. Il fait réfléchir, quoi. On avance en réflexion. Un peu plus loin chaque jour.

– Elle veut dire qu'on pense vraiment aux autres.

C'est vrai.

– Celui qui pisse sur la lunette, lui, il pense pas aux autres.

Non.

– Il pense qu'à se vider et tant pis pour le suivant. Ou la suivante. C'est encore plus dégueulasse quand c'est une suivante.

C'est vrai aussi, ça.

– Faut pas faire ça, Kébir.

Non.

– Sans parler de l'odeur.

Il a toujours quelque chose à dire de plus.

– Parce que quand ça stagne, tu vois, l'odeur, elle n'est pas seulement pour le suivant. Elle est pour tout le monde. Et tout le temps. Non ?

Si.

– Alors, ce gars-là, celui qui pisse sur la lunette, je dis qu'il pense à personne. Je dis pas qu'il pense à rien, mais à personne, c'est sûr. Il en a que pour sa gueule.

Vrai.

– La vie de famille, mon Kébir, ça marche pas comme ça.

C'est tout pour Pépère, la vie de famille.

– Faut penser aux autres.

Oui.

– Sinon, ça marche pas.

Non.

– Si tu laisses la merde derrière toi, c'est pas possible que ça marche.

Juste.

– C'est ce que je vous apprends depuis tout petits.

Oui.

– Je vous ai même montré. Souvent.

Oui, oui.

– J'ai payé de ma personne.

Ça, on peut pas dire le contraire.

– On peut pas dire le contraire, hein ? Avec chacun de vous j'ai payé de ma personne. J'ai mis la patience. Je vous ai tout appris et j'ai toujours vérifié que vous aviez pigé. Non ?

Si, si.

– Et qu'est-ce que je fais, là, avec toi, mon Kébir, en ce moment ?

Là, ils sortent de la gare. Kébir a pris Pépère à la gare. On ne sait jamais d'où il vient. On sait juste où il arrive. Il arrive à la gare où il vous dit de l'attendre. N'importe quelle gare, ça peut aussi bien être une gare d'autobus. Il annonce la gare et l'heure, il descend du train ou du bus, il monte dans la voiture avec son petit cartable et on va où il vous dit d'aller. On ne sait jamais où non plus. Si on lui demande d'où il vient (au début, quand on n'a pas l'habitude, ça arrive, bien sûr), il répond gentiment : « Je t'en pose, moi, des questions qui fâchent ? » Et on ne pose plus jamais la question.

– On parle de ménage, pas vrai ? Tourne à droite, après tu roules quinze bornes.

La prochaine à droite, ok.

– Bon. Alors, t'as fait le ménage après le boulot ?

Eh bien, c'est-à-dire…

– T'as fait le ménage, Kébir ?

Il ne s'appelle pas Kébir. Il s'appelle Marcel. Alors Pépère l'appelle Kébir. Il n'a jamais compris pourquoi ça fait poiler Pépère, Marcel Kébir. De toute façon Pépère n'est pas son grand-père, il veut qu'on l'appelle comme ça, c'est tout.

– « Papa » ça m'aurait fait chier, mais « grand-père », j'achète. Ou Pépère si vous préférez. J'ai toujours pensé que je ferais un bon grand-père.

Les fils, non, pas de fils, on peut rien leur apprendre aux fils. Les petits-fils, oui, ça respecte. J'ai toujours respecté mon grand-père, moi.

Il lève le doigt qui porte sa chevalière. Une bague lourde, longue, rectangulaire. Toute la première phalange de l'annulaire. De l'or.

– C'est mon grand-père qui me l'a donnée. Mon seul héritage.

Bon, mais là on ne parle ni de grand-père ni d'héritage, on parle ménage.

– Quatre possibilités, Kébir. Deux fois deux. Ou tu as fait le ménage ou tu l'as pas fait. (Deux.) Si tu l'as fait : ou tu l'as bien fait ou tu l'as mal fait. (Deux.) Total, quatre. On est d'accord ?

Difficile de voir les choses autrement.

– Alors ?

Alors ? Alors, compliqué à expliquer…

– Prends ton temps, mon petit, on a encore quatorze kilomètres.

Vraiment difficile à expliquer.

– Mais il faut me le dire d'ici là, après ce sera trop tard.

C'est avec des phrases comme celle-là que Pépère fait peur. Pourtant, c'est dit comme le reste, gentiment.

– Parce que moi, on m'a dit que tu l'as pas fait.

Kébir n'a pas *pu* le faire, ce n'est pas pareil.

– Tu avais quoi, à faire ? Il restait l'escalier. Nettoyer l'escalier, c'était pas la mer à boire quand même.

Pourquoi il lui reproche ça ? Il sait bien qu'on a été bousculés.

– Quelquefois j'ai l'impression de ne t'avoir rien appris.

Merde, Pépère fait comme si rien de nouveau ne s'était passé.

– Ça me fait de la peine, Kébir, je te le dis franchement.

C'est vraiment pas juste.

– C'est quoi ? C'est parce que Pascou a été touché ?

Oui, Pépère sait très bien que c'est pour ça.

– Alors, au lieu de nettoyer l'escalier tu l'as monté en courant ?

Ben oui, pour aider Pascou, pour voir si c'était grave. Mais en arrivant là-haut Kébir s'était aperçu que c'était encore plus grave pour Gérard. Gégé, lui, il bougeait plus du tout. Il avait la moitié de la tête en moins. La moitié du haut.

Pépère semble fatigué tout à coup.

– Ça n'avait pas de rapport, ça. Gérard, c'était pas ton affaire. Pascou non plus. Toi, fallait nettoyer l'escalier.

Mais Kébir était remonté pour couvrir Pascou ! Pascou pouvait plus tirer. Il avait lâché son flingue.

– Justement. Pascou est touché, il lâche son outil qui tombe jusqu'en bas de l'escalier, et toi, au lieu d'aller le récupérer tu montes en courant vers la sortie ! Tu as eu peur ? Sérieux, Kébir, tu as eu peur ?

Non, il n'avait pas eu peur. C'est maintenant qu'il a peur.

– Combien ils étaient, en bas de l'escalier ?

Ils étaient trois. Les trois Malaussène. Les deux garçons et la fille.

– Et… ?

Et quoi ?

– Et le flingue de Pascou.

Oui.

– Tu en laisses trois en vie et tu leur files un Shœltzer 72 en prime !

Ça s'est passé à toute allure, bordel ! Quelques secondes. Kébir et Pascou avaient dégainé, ils étaient sur le point de nettoyer l'escalier, et voilà qu'on les tire. Pascou est touché, il lâche son feu. Kébir monte pour le couvrir. C'était un réflexe, quoi. D'en bas il voyait pas d'où on les tirait, alors il était monté, forcément ! Il voulait pas qu'on flingue Pascou !

– C'est ça que tu appelles faire le ménage…

– Je suis monté pour le couvrir, putain !

Ici, un petit silence.

Puis, la voix patiente de Pépère :

– Numéro un, mon Kébir, tu ne me parles pas sur ce ton. Numéro deux, tu réponds à ça : En haut, qu'est-ce que tu as vu ?

En haut, Kébir avait vu les deux voitures derrière la herse, il avait vu Pascou qui avait vachement mal – son bras pendait, comme mort – et Gérard avec le crâne en moins, devant la herse. Il y avait un givré aussi, qui fonçait vers le fourgon où les autres jetaient le corps de Gérard. Le mec, il tirait des deux mains. Putain de ouf ! Les autres ripostaient mais il s'en battait les couilles. Et celui du combi le couvrait. Ça tirait de partout. Ça ricochait. Si on restait là on risquait de se faire coincer dans l'escalier. On s'était arrachés quoi. Kébir couvrant Pascou. Dans tous les sens de couvrir. Il courait penché sur Pascou en tirant sur l'ennemi.

– Les véhicules, en face, c'était quoi ? demande Pépère.

C'était une BM rouge et un combi VW crème.

– Tu as pris leurs numéros d'immatriculation ?

Un truc que Pépère leur a appris. Prendre les numéros de toutes les voitures qui se trouvent sur le terrain de l'opération. Toujours « relever l'immatriculation afférente aux véhicules qui environnent les faits. » C'est comme ça qu'il dit.

– Kébir, tu as relevé les immatriculations ?

Celle du combi oui, mais pas celle de la BM. Le corps du gars que Gégé avait descendu cachait la plaque.

– Donne-moi le numéro du combi.

Pépère note le numéro sur la paume de sa main.

– C'étaient de vrais flics tu crois ?

Il y en avait un qui avait montré une espèce de carte, mais leurs caisses c'étaient pas des véhicules de la police. Ni sirènes ni gyrophares, rien. Banalisées peut-être, mais une BM rouge surbaissée, c'est chelou quand même pour un flic. Et puis, ils n'étaient que trois. Ce n'était pas beaucoup sur un coup aussi fumant. Retrouver Lapietà, tu penses ! La BRB aurait envoyé une armée. Avec la télé derrière eux, même.

– Donc, c'est bien ce que je dis ; tu t'es barré

sans nettoyer l'escalier. Ça te prenait quoi ? Trois secondes. Une, deux, trois. Pan ! Pan ! Pan ! Tu n'avais pas trois secondes ?

Non, justement on ne les avait plus les trois secondes. Il fallait vraiment s'arracher avant l'arrivée du dingue qui arrosait des deux mains. Un P5 dans la gauche, un Stein dans la droite.

– Tu as reconnu les calibres ?

À la musique. Kébir a eu un Stein pour ses vingt ans et Pépère lui a offert un P5, après le coup de Beauregard.

– Justement, tiens, à propos de Beauregard, le Shœltzer de Pascou a servi là-bas. Il me dit que non mais je suis sûr que si. Il ne l'a pas jeté. C'est un beau cadeau que tu as fait aux gars de la balistique, mon Kébir.

Oh ! putain de merde...

– Tu vois ? Pas faire le ménage, c'est ça.

Putain de merde...

– Arrête-toi, là, au croisement.

Pépère ne descend pas de la voiture. Il ne parle plus. Il tient son cartable sur ses genoux, tout droit, comme un sac de vieille. C'est un petit cartable pourri. Tout râpé. On ne sait plus que c'est du cuir. Un cartable comme des pompes de clodo. Plus de couleur. Du carton bouilli on dirait. Pépère y tient, pourtant. On le voit jamais sans. Mon baise-en-ville, il dit. Mais maintenant il se tait. Il regarde la route, devant lui.

Après un moment de réflexion, il dit :

– Le gars du fourgon a vidé la moitié de son chargeur dans la tête de Gérard en trois secondes, et toi t'as pas été foutu de nettoyer l'escalier en trois fois plus. Tu vois le rapport des forces, Kébir ?

Kébir médite là-dessus quand l'autre voiture se pointe. Une électrique. Une Voxor dernier modèle. Elle se gare sans bruit à côté d'eux. Kébir sursaute. Qui la conduit ? Mystère et vitres fumées. La voiture s'est glissée si près d'eux que Kébir ne pourrait pas ouvrir sa portière. Les vitres de la Voxor ne se baissent pas et le temps cesse de passer. C'est ce que ressent Kébir : le temps a passé, il n'y en a plus. Comme une bouteille vide. Kébir aimerait que Pépère le regarde, mais non. Pépère regarde devant lui. Même pas un coup d'œil sur la Voxor, à côté d'eux.

– Tu as pissé sur la lunette, mon gars.

Kébir voudrait se défendre pour de bon. C'est vrai, quoi, il a été clean sur ce coup-là. Il a sauvé Pascou quand même. Il a couru sans avoir peur sous les balles du ouf aux deux feux. Il a atteint la voiture de Kamel au moment où il démarrait. Une seconde de plus et Kamel les abandonnait sous les balles du dingue et de l'autre, celui qui tirait du combi. C'est là que Pascou s'est mangé sa deuxième balle. Dans le pied, celle-là. Mais Kébir n'y est vraiment pour rien. Il a sauvé Pascou, point barre.

Pépère réfléchit sans le regarder. C'est toujours un moment délicat dans leurs relations. Se demander à quoi il pense quand quelque chose a merdé. De longues secondes… Pépère hoche la tête.

– Ça pue pour tout le monde, maintenant.

Les vitres teintées de la Voxor…

Kébir y voit le reflet de son propre visage.

Pépère pose enfin son regard sur lui.

– Je vais quand même te donner une dernière chance, mon petit.

Kébir met un certain temps à comprendre ce que Pépère vient de dire. Et, soudain : Ah ! Je suis pas mort, alors ? Putain, je suis pas mort ! Sur la tête de ma mère, j'allais me pisser dessus. Oh ! le soulagement…

– Mais c'est la dernière fois. Si tu te plantes…

Tout ce que tu veux, Pépère ! Parole de moi, tout ce que tu veux ! Oh ! le soulagement. Tout cet air, de nouveau, dans ses poumons…

C'est là que Pépère ordonne doucement :

– Tu remontes sur Paris et tu récupères le Shœltzer.

Bien sûr, oui, et comment ! Dès demain ! Il va pas laisser ce flingue à ces petits cons !

– On se comprend bien, Kébir ? Tu ne peux pas te rater sur ce coup-là. Tu récupères le Shœltzer et tu me le remets en main propre.

À quelque chose dans la voix de Pépère, Kébir se voit revenir *sans* le Shœltzer. Arriver devant Pépère sans le pistolet.

Alors, il murmure :

– Et s'ils l'ont donné aux flics ? Ou s'ils l'ont foutu en l'air, tout simplement ?

Pépère le regarde patiemment.

– C'est des mômes, Kébir, ils l'auront gardé. Ça aime les armes, les mômes. Tu n'aimes pas les armes, toi ? Tu n'es pas un môme ? Et Pascou, c'est pas un môme ? Garder un outil qui a servi, tu te rends compte de la connerie ! Faut vraiment être un môme. Non ?

Si, si, bien sûr. Si Kébir n'avait pas été le minot qu'il est il aurait eu le sens des priorités : un, nettoyer l'escalier, deux, récupérer le Shœltzer, trois, monter aider Pascou.

La main de Pépère se pose sur la tête du garçon.

– Pas d'affolement, hein ? Les Malaussène c'est du facile. Au moins, on sait où ils logent, eux.

Kébir a une hésitation avant de demander :

– J'y vais seul ?

Pépère lui offre son bon sourire.

– Non, mon petit, ne t'inquiète pas, je te prête trois gars.

Kébir sent le froid de la chevalière.

– Vas-y tranquillement, murmure Pépère. Une fois sur place applique-toi. L'important, c'est le résultat. Vous les chopez, vous récupérez le Shœltzer, et après…

Pépère a saisi son oreille.

– Après tu finis le ménage.

Un temps.

– Tu les effaces. Tous les trois. Même la fille.

Il tire doucement sur le lobe.

– Parce qu'un témoin, mon Kébir, ça témoigne.

2

Moi, Benjamin Malaussène, oncle et père des trois abrutis qui ont failli se faire assassiner dans ce maudit escalier, je me souviens très bien de la façon dont j'ai appris la chose.

J'étais au pieu, le corps enchâssé dans le chien de fusil de Julie, le pif comblé par le fumet de Julius le Chien qui dormait devant la porte de notre chambre, lorsqu'une impérative envie de pisser me réveilla, comme souvent depuis quelques mois (il faudra tout de même que je m'en préoccupe), me forçant à quitter notre lit sans réveiller Julie, à enjamber Julius en le clouant au sol d'un index impérieux pour qu'il ne me suive pas, à descendre l'escalier de la Quincaillerie sans faire grincer les marches, sans allumer une fois arrivé en bas, au cas où la porte du dortoir serait restée ouverte, bref à jouer le fantôme de la délicatesse pour ne pas réveiller Mosma, Sept et Mara qui dormaient du sommeil du juste dans le dortoir familial. Me voici donc en bas, vessie distendue, progressant sur la pointe des pieds vers la porte des chiottes, quand un bourdonnement de phrases me parvint.

Immobilisation.

On causait.

Deux voix monocordes.

Les voix de Monsieur Malaussène et de C'Est Un Ange.

C'est fou, la curiosité. Envie de pisser ? Depuis quand ? Mes oreilles s'épanouirent.

Voilà ce que se disaient mon fils et mon neveu dans la nuit du dortoir :

SEPT (*le neveu*) : Tu les as entendus armer leurs flingues ?

MOSMA (*le fils*) : Tu parles ! C'est un son que je ne suis pas près d'oublier.

SEPT : Le même bruit qu'au cinéma. Amusant, non ?

MOSMA : Très. C'est fou ce que je me suis marré.

SEPT : Et le même vocabulaire : « Putain c'est chaud, faut qu'on s'arrache ! Allez Kébir, fume-les, ces bâtards ! Faut nettoyer ! » Un lexique de cinéma.

MOSMA : Pourtant, ces mecs-là ne doivent pas y aller souvent, au cinéma.

SEPT : Ils l'alimentent.

Silence. Long. Puis, C'Est Un Ange, sur ce ton ennemi de l'inquiétude qu'il prend depuis toujours quand il s'agit de comprendre.

– Sérieusement, Mosma, je me demande pourquoi ils passent leur temps à armer leurs flingues dans les films. Y compris dans les westerns. Le barillet d'un revolver, ça tourne tout seul en pressant sur la gâchette, non ?

– Sur la queue de détente, oui, corrigea Mosma.

– Pas besoin d'armer, alors, conclut Sept. Surtout les flingues modernes. Ça veut dire que depuis la nuit du cinéma parlant, ce déclic a valeur de langage pour les metteurs en scène. Il obéit aux lois de la narration : Attention, j'arme. Clic ! Spectateur, te voilà prévenu. Un petit signe qui fouette l'imagination avant le passage à l'acte, sur la toile comme dans la réalité.

Apparemment Mosma n'était pas d'humeur. Il bougonna :

– Laisse tomber, Sept. Si tu tiens à transformer la chose en débat de cinémathèque, va trouver mon vieux père. C'est lui que ça passionne ce genre de subtilités.

Le vieux père, c'est moi. Mais c'était dit sans animosité. Un soupçon de lassitude filiale, tout au plus. C'est l'ordre des choses : les fils impatientent les pères jusqu'au jour où les pères crispent les fils. La remarque de Mosma m'ayant amusé, je fis un pas vers le dortoir pour participer à la conversation. Mais on me saisit par-derrière, on m'immobilisa en me plaquant une main sur la bouche. Une voix familière me murmura à l'oreille :

– Ferme-la, Ben, et ne bouge pas.

C'était Hadouch.

Injonction confirmée par l'apparition de ma sœur Verdun qui se planta devant moi, un index sur les lèvres et l'autre désignant une troisième silhouette, laquelle, adossée au mur du dortoir, écoutait la même conversation que nous. Il me sembla reconnaître Titus.

Silence.

Immobilité et silence.

Jusqu'à ce que la voix de Mosma s'élève à nouveau dans la nuit.

MOSMA : Ces gars-là nous connaissaient.

SEPT : Qu'est-ce qui te fait dire ça ?

MOSMA : Ils savaient comment on fonctionne. Ils ont sauté direct sur Mara pour paralyser tout le monde. Ils savaient qu'on ne broncherait pas si Mara courait un risque.

SEPT : N'importe qui aurait pu raisonner comme ça.

MOSMA : Pas n'importe qui. Pour mettre d'entrée de jeu un couteau sous la gorge de Mara il fallait la connaître, connaître aussi la nature de nos liens, notre affection pour elle si tu préfères, et son affaire avec Tuc.

SEPT : Une lame sur la gorge de n'importe qui aurait eu le même effet.

MOSMA : Non, si ça n'avait pas été la gorge de Mara j'y serais allé franco. Il y a eu un moment où le gars s'est relâché. J'aurais pu lui démettre l'épaule et lui péter le coude. Mais j'ai hésité.

SEPT : Si tu avais fait ça, tous les autres nous seraient tombés dessus.

MOSMA : Non. Parce que c'est lui qui aurait eu sa propre lame sous la gorge.

Dans le silence qui suivit, Hadouch a doucement desserré son étreinte et a ôté sa main de ma bouche. De quoi parlait-on bon Dieu ? Quelqu'un pouvait-il m'expliquer de quoi parlaient ces gosses ? C'est ce que devaient exprimer mes yeux écarquillés dans la pénombre parce que Verdun me fit signe qu'on m'expliquerait plus tard.

MOSMA : La personne qui nous a balancés nous connaît parfaitement, je te dis. Non seulement ils savaient que nous avions enlevé Lapietà mais ils savaient qui nous sommes, qui est Mara ! Ils savaient qu'elle est avec Tuc. Ils voulaient juste nous faucher Lapietà et son fils. Otages. Rançon. Et nous trois, témoins gênants, éliminés au moindre problème. Ce qui a bien failli se passer dans ce putain d'escalier, d'ailleurs. Il s'en est fallu d'un poil.

SEPT : Trois ou quatre secondes, je dirais.

Silence.

SEPT : Alors, qui nous a balancés à ces fumiers d'après toi ?

MOSMA : Va savoir… Quelqu'un de proche en tout cas.

C'est ici que s'est élevée la voix de Mara, couchée dans le lit du haut. Elle a clairement annoncé :

– Moi je sais.

MOSMA : Toi, ferme-la.

Avant que Mara n'ait pu protester, son curriculum vitae lui est tombé dessus comme une avalanche. Qui les avait foutus dans ce merdier

– enlever Lapietà ? Mara. Qui avait suivi Tuc dans ce projet de performance ? Mara. Qui les faisait chier depuis sa plus petite enfance avec le chapelet de ses conneries ? Mara ! Une putain de série au nombre d'épisodes incalculable. Et toujours le même scénar : Mara se lance dans une aventure démente. La fameuse spontanéité Mara ! La fougue Mara ! La conviction Mara ! L'incomparable énergie Mara ! Mara et ses installations ! Mara et ses performances ! Mara et ses amours ravageuses ! Tuc, la dernière passion en date ! Le rapt de Lapietà, la dernière idée ! Et à chaque fois ce crétin de Sept la suit pour la protéger d'une catastrophe inévitable. Une fois le drame accompli, cet autre crétin de Mosma efface les traces, pour ne pas emmerder Benjamin avec les conséquences.

Ici Mara laissa entendre d'une voix tout à fait posée que d'ailleurs, à son humble avis, Mosma avait tendance à me « surprotéger ». (C'est le terme qu'elle a employé.)

MOSMA : Ah ! bon ? Tu trouves qu'il n'a pas assez à faire avec ce qui lui tombe naturellement sur la tête, mon vieux père ? Vos parents l'ont fait chier pendant toute sa jeunesse et il faudrait qu'on en rajoute ? Au nom de quoi ? La tradition Malaussène ? Il n'aura donc jamais la paix ? Il faut vraiment lui raconter qu'à cause de toi on a failli se faire descendre tous les trois ? Et qu'au moment où on s'en est sortis il a fallu que tu défourailles sur un flic ? Un flic, Mara, putain de Dieu, tu as tiré sur un flic ! Que tu as touché deux fois ! Deux balles de Shœltzer 72 dans la peau d'un flic ! Maracuja Malaussène ! Et il faudrait que je raconte ça à Benjamin ? Que sa nièce bute des flics !

On n'était plus dans le murmure mais pas encore dans la vocifération. L'expression un peu tendue d'une autorité fraternelle, plutôt. Le ton sur lequel je parlais à Thérèse au même âge, me semblait-il.

Suivit un profond silence. Que C'Est Un Ange interrompit à sa façon apaisante :

– Tout ce que Mosma essaie de te dire, Mara, c'est qu'il en a marre de vider ta caisse. Il aimerait que tu grandisses un peu. Que de temps en temps tu ailles chier dans la nature.

– Et puis arrête de flipper pour Tuc, conclut Mosma. Tant que la rançon n'est pas payée, il ne peut rien lui arriver à ton mec.

3

Pépère est passé d'une voiture à l'autre sans un claquement de portière. Il s'est assis à côté du chauffeur, a donné l'itinéraire et s'est tu. Pourquoi ce silence ? Ce n'est pas le genre de questions qu'on lui pose. S'il parle, il parle. S'il se tait il se tait. L'électrique a démarré dans un souffle. Rien à entendre que le grésillement des pneus sur l'asphalte. L'électrique glisse sur la route que le soleil fait luire.

Au bout d'un moment, le chauffeur dit :

– Il fait beau, hein, Pépère ?

– Tu bosses à la météo ?

C'est sorti et rentré comme une langue de serpent.

De nouveau le silence.

Dehors, il fait beau oui, mais comme s'il ne devait plus jamais pleuvoir. Ils sont deux poissons séchés glissant sous un ciel de feu. Le plus vieux pense au garçon qu'il a laissé au volant de l'autre voiture. Et si on me l'avait retourné ? Le soupçon vient de lui sauter dessus comme une tarentule.

Kébir retourné ? Pépère ne va plus penser qu'à ça, il le sait. Voyons, voyons, récapitulons. Pascou laisse tomber le Shœltzer avec ses empreintes au fond de l'escalier et Kébir ne va pas le récupérer. Ce n'est pas volontaire, ça ? Ce n'est pas de propos délibéré ? Et laisser trois témoins vivants ! Éduqués comme je les ai éduqués ! Ce n'est pas sauter sur l'occasion pour offrir aux flics indices et témoignages ? Et d'ailleurs qu'est-ce qu'ils faisaient là, les flics ? Qui les a prévenus ? Était-ce vraiment des flics ? Qui était-ce si ça n'en était pas ?

Au chauffeur Pépère dit :

– La terre est en train de sécher comme une figue au Sahara et tu appelles ça du beau temps ?

On entend ce genre de mensonges tous les matins à la radio, qu'il fait beau, et ils le répètent vingt fois par jour, tous autant qu'ils sont. Un putain de troupeau qui va crever de soif en parlant du beau temps.

– Réfléchis un peu, bordel.

Bon, reprenons : l'an passé, Kébir échange son Shœltzer contre le Stein de Pascou. Pascou a toujours été un dingue du Shœltzer. Une fois qu'il a celui de Kébir, il farcit des cibles. Il plombe les arbres en forêt. Il taille des branches. Une orgie de munitions. Et pour couronner le tout il s'en sert au casino de Beauregard. Pour rien, comme ça, pour le fun, comme ils disent. Résultat, deux blessés. Et Pascou ne s'en débarrasse pas ! Une arme qui n'est plus que son empreinte ! Qu'il laisse tomber au fond de l'escalier quand il est touché et que Kébir ne va pas récupérer. Autrement dit que Kébir refile aux flics.

CQFD.

Au chauffeur, Pépère dit :

– Réfléchis un peu avant de répéter.

Il fait beau, il fait beau… C'est comme l'autre, là, à Paris, avec ses plages… Bronzer toute l'année. Soi-disant pour dépolluer la capitale. Des plages sur les bords de la Seine… Qui est-ce qui l'a décroché ce marché de gisants ? J'aimerais bien le savoir…

– Ne répète rien de ce qui se dit aux infos. Je te l'ai dit cent fois.

Retourné, le petit Kébir. Aucun doute. Une crêpe. Depuis quand ? Par qui ? Contre quoi ? Pépère ne peut penser à rien d'autre pendant les vingt kilomètres suivants. Les Chinois ? Non, Kébir n'aurait pas touché à un Chinois. Même du bout des yeux. Et puis pourquoi, les Chinois ? On est en affaires avec eux. Tout est balisé. Et l'autre abruti derrière son volant : « Il fait beau, Pépère ! »

– Pense un peu, merde !

Silence.

Le chauffeur mettrait bien la radio mais Pépère n'aime pas.

– C'est du bruit votre musique à la con.

Dans la voiture électrique, Pépère, son petit cartable sur les genoux et les yeux droits devant, songe au mensonge… Pas seulement à ceux de ses gosses. Le mensonge en général.

Le mensonge intime et sociétal. Le mensonge comme moyen de communication, comme mode de gouvernement, comme stratégie et comme force de gestion. Ce qu'on peut faire avaler à l'électeur, quand même, au citoyen, au client, à l'employé, au riverain… La mairesse, avec ses plages. On aura beau dire, ils sont forts. On peut toujours s'aligner, nous autres, avec nos petits moyens… Le mensonge, lui, Pépère, jamais. Ses gars, il ne leur a jamais fait prendre des vessies pour des lanternes. Il les a éduqués à la vérité cash. Le monde tel qu'il est. Sans sauce. On ne ment pas. Ou si on ment c'est à la police et c'est servir la vérité. Sinon, on meurt.

– Tu as coupé le GPS ?

Avant de partir, oui, répond le chauffeur, démonté. Plus de GPS dans cette voiture. Il est venu sans.

– Tu as fait le trajet avec une carte ?

Oui.

– C'est tout un merdier aujourd'hui pour trouver des cartes routières.

Oui.

– Prends à droite, la prochaine.

Voilà.

Et si je me trompais ? Si Kébir était propre ? Non, le mensonge, ça se sent. Là-dessus on n'a jamais pu m'enfler. Pourquoi aurait-il eu une telle peur de moi, aujourd'hui, s'il ne m'avait pas baladé ? Aujourd'hui beaucoup plus que d'habitude, oui. Il a toujours été un peu craintif avec moi c'est vrai, mais tout à l'heure c'était une vraie trouille, perceptible comme une odeur. Non, on me l'a retourné. Tout ce temps en haut de l'escalier sans rectifier les trois témoins du fond, formé comme je l'ai formé c'est tout simplement impossible.

Au chauffeur, Pépère demande :

– Et ton portable ?

Éteint.

– Éteint, éteint ou juste fermé ?

Éteint, éteint, batterie enlevée et tout.

– Il date de quand ?

Volé de l'avant-veille.

– Où ça ?

Gare Saint-Lazare. Volé, dépucelé, et réorienté.

Ah ! c'est bien, ça. Côté précautions, il n'y a rien à redire.

– C'est bien, mon petit.

On roule encore.

On se tait.

Puis Pépère appelle le chauffeur par son prénom.

– Frédéric ?

– Oui, Pépère ?

– Tu avais quel âge quand je t'ai donné ta première leçon ?

– Douze ans et demi.

– Et qu'est-ce que je t'ai dit ? La première chose ?

– On pipote pas.

Premier cours, sur le mensonge en effet. Il y avait une dizaine d'années de cela. Boulevard de Courcelles. La main de Frédéric immobilisée par la poigne de Pépère dans la poche de son manteau. Qu'est-ce que ta main fait dans ma poche, mon garçon ? Je vous vole, monsieur. Et qu'est-ce que tu voles ? Votre portable, monsieur. À les voir se balader côte à côte, loden, cachemire et velours côtelé, on aurait vraiment juré un grand-père et son petit-fils en promenade dominicale. Tu n'en as pas ? Si, monsieur. Alors, pourquoi me voler le mien ? J'en avais envie. Envie de mon portable ? Non monsieur, envie de voler. C'est bien, mon petit, avait commenté Pépère sans lâcher la main du gosse, tu voles mal mais au moins tu ne pipotes pas.

Frédéric, voleur sans besoin, recruté dans les beaux quartiers. Pépère en a pêché quelques-uns comme ça. Des vocations. La part distinguée de ses troupes. Avec un Lacoste sur le dos et un numéro de *Valeurs actuelles* sous le bras, personne ne s'en méfie sur les repérages. Ouvrir les grandes écoles à la caillera, d'accord, à condition d'inclure une proportion de culs propres dans les bandes. La sociale selon Pépère. Il faut mélanger, c'est sa conviction.

Frédéric tourne franchement la tête vers Pépère. Il sourit au souvenir de cette première fois.

– Je m'en souviens parce que, à l'époque, pipoter, je ne savais pas ce que ça voulait dire.

Ah ! La question du langage. Les langues respectives de ces jeunes gens. Il a fallu mélanger leurs lexiques. Que la soie apprenne le faubourg et réciproquement. Qu'ils n'aillent pas se foutre sur la gueule pour des questions de vocabulaire.

Pépère éprouve le besoin de revenir sur le début de leur conversation.

– Fred, ne répète rien. C'est important, je t'assure.

Frédéric approuve de la tête.

L'électrique roule silencieusement sur son tapis d'asphalte fondant.

– Si tu entends un truc à la radio du matin (il a toujours tenu à ce qu'ils s'informent, journaux, radio, qu'ils ne soient pas abonnés aux seuls bruits qui courent), même un pipotage de la météo, garde-le pour toi. Si tu captes des fake news sur ton écran, pareil. Ne répète pas. Laisse-toi le temps de la digestion. Tu recoupes l'info avec les copains, au besoin vous me demandez, et après seulement tu peux en parler. Mais juste si ça en vaut la peine. Parce que franchement, dire qu'il fait beau quand le ciel est bleu, tu vois l'urgence, Frédéric ?

Non. Tout bien réfléchi, Frédéric ne voit pas.

Quelques kilomètres à rouler encore. Le temps de finir la leçon.

– Sais-tu pourquoi il ne faut rien répéter ?

– Pour ne pas paraître ballot ?

– Au contraire, quelquefois c'est utile de passer pour un imbécile. Ça désarme. C'est un signe d'innocence. Cherche mieux, mon petit. Pourquoi faut-il la fermer ?

On roule en rase campagne à présent. Pépère attend la bonne réponse. Mais Frédéric ne voit pas, non.

– Parce que bavarder pour ne rien dire, mon petit, c'est un réflexe de balance.

Une balance, explique Pépère, c'est d'abord un bavard qui prend les devants sur n'importe quel sujet ; il y va, il cause, il cause, et il finit par envoyer. Suffit qu'on sache le faire dévier… Il finit forcément par dire ce qu'il ne faut pas. La pire des balances, et la plus fréquente, c'est la balance involontaire.

– Je vous l'ai expliqué, ça. Souvent.

Ils ont même fait des exercices. Pépère posait des questions. Si on ne répondait pas le strict nécessaire, il taclait. Ça pouvait être une retenue sur leur argent de poche. Frédéric y avait laissé quelques billets de vingt.

– Voilà. Arrête-moi là.

Une ligne droite entre des labours. L'horizon aux deux extrémités. Pépère dit :

– Je suis arrivé.

Il ne descend pourtant pas.

– J'ai un service à te demander, mon petit.

– C'est à propos de Kébir ?

– Pose pas de questions. Qu'est-ce que je viens de te dire ? Ne te précipite pas, je te dis. Trop causer, se précipiter, c'est du pareil au même. Tu t'exposes. Pourquoi ce serait à propos de Kébir ? Parce que vous avez senti que j'en avais après lui pour l'histoire de l'escalier ? En quoi ça vous regarde, ça ?

Un temps.

– Non, ce n'est pas à propos de Kébir.

Un autre temps.

– C'est à propos du type au combi.

– Celui qui couvrait le gars aux deux feux ?

– Celui-là oui.

– À lui tout seul il a fait pas mal de dégâts.

Putain, pensa Pépère, mais je n'arriverai jamais à le faire taire. Il faut qu'il commente, c'est plus fort que lui. Il faut qu'il se fasse valoir. Ce besoin d'affection quand même chez ces jeunes de la haute, une vraie gangrène. Mais oui, mon gars, Pépère t'aime bien, va. Allez, écoute un peu. Arrête de sauter comme un chiot. Tu l'auras, ton sucre.

Pépère pose sa main sur la tête du garçon.

– Je veux que tu me le retrouves, le type au combi, et que tu me l'amènes.

– C'est comme si c'était fait, Pépère.

Mais non, bordel, tant que ce n'est pas fait ça ne peut pas être comme si c'était fait !

– Est-ce que tu sais seulement où il habite ?

Frédéric sent le poids froid de la chevalière sur sa nuque. Et une certaine lassitude dans la voix de Pépère quand il lui annonce :

– J'ai l'immatriculation de son véhicule. Demain je te donne son identité et son domicile.

Pépère pince l'oreille du garçon.

– Allez, je compte sur toi, mon petit.

Il tire doucement sur le lobe.

– Vous serez trois pour faire ça. C'est toi le chef. Tu fais au mieux.

Puis, il sort.

Le soleil lui tombe dessus.

La troisième voiture ne se montre qu'après la disparition de l'électrique.

4

Ma nuit s'acheva dans la cuisine, assis derrière un café que la peur rétrospective et la consternation m'empêchèrent de boire. On avait failli me tuer mes trois derniers. J'en tremblais si fort que je me tenais à la table.

J'aurais préféré ressentir la classique fureur des parents contre l'enfant qui n'est pas mort, celui que la voiture a raté de justesse, celui que les courants ont emporté mais que la mer a miraculeusement rendu vivant, l'enfant tombé de la falaise qu'un feuillage providentiel a retenu. On t'avait dit, pourtant, de ne pas te pencher, de ne pas t'éloigner du rivage, de regarder en traversant. Combien de fois faut-il te répéter les choses ? Tu te rends compte de ce que tu as fait ? Tu le fais exprès, ce n'est pas possible ! Tu vois dans quel état tu mets ta mère ? Vraiment, je ne sais pas ce qui me retient de... De quoi, au fait ? De jeter le rescapé par la fenêtre et qu'on en finisse une fois pour toutes avec les terreurs primitives ? Il y a de ça dans le coléreux soulagement des familles ;

une consolante envie d'infanticide qui, malheureusement, n'est pas à ma portée. Moi, chaque fois qu'un membre de ma tribu frise la mort, c'est le catalogue entier qui défile devant mes yeux : Jérémy explosant avec sa bombe artisanale (*Au bonheur des ogres*), Julie, les os brisés au fond d'une péniche (*La Fée Carabine*), Clara courant au massacre dans le lit de Saint-Hiver et Verdun essuyant le feu de l'ennemi contre la poitrine du vieux Thian (*La Petite Marchande de prose*), Thérèse brûlant vive dans sa caravane de cartomancienne (*Aux fruits de la passion*)... Et j'en oublie... Louna menacée d'égorgement par cet amant neurologue que Jérémy surnommait Planche à Voile (*Des chrétiens et des Maures*), et dans *Monsieur Malaussène* Julie et Gervaise perdant l'une notre enfant et l'autre sa vie dans le même hôpital. En deux mille et quelques pages, ils m'auront tout fait. Et maintenant les derniers-nés – trois d'un coup, cette fois ! – hachés par des balles au fond d'un escalier. C'est l'image, oui : Mara, Sept et Mosma, morts dans un sang noir, les mains liées derrière le dos, un sac-poubelle sur la tête, au fond d'un escalier puant la pisse urbaine et le joint froid. Ni plus ni moins qu'un tas d'ordures où s'enfoncent les balles. Je n'arrivais pas *à ne pas les imaginer morts*, c'était plus fort que moi. Ajoutez-y l'effroi qu'ils avaient dû ressentir, la terreur, la solitude, l'horrible stupeur qui vont avec ce genre de trépas... Je n'arrivais pas à mesurer la chance infinitésimale qui me les avait rendus vivants, occupés à bavarder comme si de rien n'était dans le dortoir où leurs aînés avaient grandi ; je n'y croyais pas encore.

D'où l'immobilité du café dans ma tasse.

Et moi tout au fond.

Assis autour de la table, Verdun, Hadouch, Titus (et Julie qui nous avait rejoints) ne semblaient pas pressés de me voir remonter à la surface. Sans doute craignaient-ils une engueulade. Parce que, tout de même… Depuis quand savaient-ils ça ? Et que savaient-ils au juste ? Savaient-ils que c'étaient nos gosses qui avaient enlevé Lapietà ? Mara l'avait-elle annoncé à Titus ? « Parrain, nous sommes en train de monter une *installation* dont tu me diras des nouvelles » ? Et cette bagarre générale sous l'esplanade de la Défense qui a failli me les tuer tous les trois, est-ce Verdun qui l'a commanditée ? Titus y a-t-il participé ? Avec qui ? Silistri ? Hadouch ? Mo et Simon ? La sainte alliance de la flicaille et des voyous ? Qui d'autre était au courant de tout ça ? Le reste de ma tribu ? J'étais le seul con ? Combien de temps pensaient-ils me confiner dans l'ignorance ? Jusqu'à la fin de mes jours ? Que me cachaient-ils de plus ? Menions-nous des vies à ce point étanches ? La tribu dans la réalité et moi dans le formol ? Autant de questions où s'engouffrait une colère qui, maintenant, me propulsait vers la surface.

À la seconde où j'émergeai, Julie posa un enregistreur sur la table.

– Écoute ça, Benjamin, tu parleras après.

Julie déclencha l'appareil.

J'entendis une question :

– *Et vous, monsieur, que pensez-vous de l'affaire Lapietà ?*

Bien sûr, je reconnus la voix qui donnait la réponse. C'était la mienne.

– *Je pense aux familles.*

Ma propre voix. Réponse à ce foutu journaliste dans le TGV qui me ramenait du Vercors. Il venait d'interviewer l'abbé Courson de Loir à propos de l'enlèvement de Lapietà et en profitait pour cuisiner son voisin de siège, moi-même. Il demandait :

– *Aux familles ? À la famille Lapietà ? Aux familles des otages en général ?*

Et je m'entendis répondre :

– *Plutôt à celles des ravisseurs. Pour l'instant elles ignorent sans doute ce qu'ont fait ces jeunes gens, mais ce sera terrible pour elles quand ils se feront prendre.*

Et je me souviens très bien, tout en parlant, avoir pensé : mais ferme-la pauvre con !

– *Qu'est-ce qui vous fait penser qu'il s'agit de jeunes gens ?*

Et au lieu de la fermer, me voilà pérorant :

– *Le contenu de leur manifeste. Connaissez-vous un seul adulte, surtout parmi nos politiques, capable de témoigner aujourd'hui d'un tel degré de conscience sociale ?*

Pauvre de moi.

Un épais silence recouvrit la table après que Julie eut rempoché son appareil.

– Voilà pourquoi on ne t'a rien dit, mon chéri.

Hadouch posa un nouveau café devant moi.

– Celui-là, bois-le avant qu'il refroidisse.

*

Le reste de la nuit fut consacré à l'analyse de ce qu'avaient dit les gosses dans le dortoir. Verdun et Titus les avaient déjà interrogés mais ils espéraient que ces chuchotements nocturnes leur en apprendraient davantage sur la bande de cagoulés qui leur avait fauché Lapietà et son fils. Mais non. Masqués et sapés façon commando, un bandeau de la BRB autour du bras, ils n'avaient lâché aucun prénom ni aucun nom. Ils étaient bien armés, si l'on en jugeait par le Shœltzer 72 tombé dans l'escalier et la Kalachnikov qui avait abattu Silistri. Des violents, qui n'hésitaient pas à utiliser leur arsenal.

Le café m'étrangla :

– Silistri est mort ?

Hadouch me tapota le dos.

– Pas encore, on le soigne.

– Qui le soigne ?

– Postel-Wagner. Avec l'infirmier Sébastien.

– C'est grave ?

– Ce n'est pas exactement une égratignure, concéda Titus.

– Revenons aux gosses, proposa Verdun.

Qui lâcha, à brûle-pourpoint :

– Mara est enceinte.

Moi :

– Enceinte ? Mais on vient à peine de fêter ses dix-sept ans !

Hadouch hocha la tête.

– C'est un peu âgé, en effet. Quel âge avait ta mère quand tu es né, Ben ?

– Enceinte de qui ?

– De qui d'après toi ? demanda Verdun. Du fils Lapietà, bien sûr.

– De Tuc ? Et qu'est-ce qui te fait dire qu'elle est enceinte ?

– Un air habité. Et puis, elle est tiède sans être fiévreuse.

– Un peu saoule sans avoir bu, ajouta Julie.

– Elle le sait ?

– Qu'elle est enceinte ? Peu probable, c'est trop tôt. Elle s'en doute peut-être.

J'ai fixé Verdun, longuement. C'est la Verdun bébé qui m'a rendu mon regard, celle qui fulminait contre la poitrine du vieux Thian. Verdun était en colère. Revenant au sujet central de leurs préoccupations, elle demanda :

– D'après vous, qui a trahi les gosses ? Qui a vendu Lapietà à cette bande ?

– Trois pistes, répondit Titus. Le chauffeur du camion que ces crétins ont loué à la société Bernhard pour avaler la Clio de Lapietà ou le copain du fils Lapietà, rue de Charenton, chez qui ils ont planqué cette même Clio après l'enlèvement, ou alors Alice, la joueuse d'OMNI, au nom de laquelle ils ont signé la location du camion. Je vérifierai. J'ai envoyé le lieutenant

Valmondois à Colmar interroger le gars du camion et le lieutenant Brochard s'occupe du copain de Tuc. On peut s'y fier, ils savent cuisiner, ces deux-là. Je m'occuperai personnellement d'Alice. Mais il y a plus important.

– Le Shœltzer ? demanda Hadouch.

– Oui. Je l'ai confié à un collègue de la balistique qui a bien voulu accélérer le mouvement. Ce flingue a déjà servi. Au casino de Beauregard. Une balle dans la main d'un croupier qui n'était pas pressé de lever les bras, une autre a coupé le nez d'un garde qui pensait pouvoir actionner l'alarme.

– C'est précis, le Shœltzer, confirma Hadouch.

– Ils vont venir le chercher annonça Titus. Ils vont penser que les gosses l'ont gardé et vont vouloir le récupérer avant qu'il ne tombe entre les mains de la police.

– Et comme ils ne savent pas si vous étiez vous-mêmes de vrais flics, ajouta Verdun, ils vont se pointer ici pour vérifier.

Sur quoi, ils passèrent à autre chose, comme si recevoir à domicile la visite des tueurs qui avaient failli liquider notre progéniture équivalait à un apéro mondain.

Verdun demanda à Titus le programme de sa journée. Il devait rendre son rapport sur l'affaire Lapietà au divisionnaire Menotier, son supérieur direct, sur lequel Legendre, le patron des services actifs, exerçait une pression de marteau-pilon, probablement due aux impatiences ministérielles.

– Moi aussi, dit Verdun, je suis attendue. Convocation chez le procureur.

– Souzier ?

– Oui. Un de mes prévenus a été retrouvé pendu dans sa cellule, samedi au réveil. Avec un bas de contention. J'ai demandé au proc d'agir pour accélérer l'enquête administrative. Je compte faire un tour dans la cellule et y interroger ses codétenus.

Ici, elle se tourna vers Titus.

– Si tu avais un moment, Titus, je te demanderais de perquisitionner son appartement. Tu pourrais ?

– Comment s'appelle-t-il, ton pendu ?

– Balestro. Jacques Balestro.

– Va pour une perquise. Je ferai un saut chez lui après la séance Menotier. Où habitait-il, le Balestro ?

– Une tour, sur le front de Seine. Celle qui ressemble à un empilement d'aquariums.

– Ah, je vois. Le paradis des Qataris. Qu'est-ce que tu cherches ? Des bas de contention ?

– Entre autres choses. Je veux surtout savoir sur quel pied Balestro vivait. Tu peux ? Je te prépare le mandat. Pendant ce temps, j'irai examiner son corps à la morgue.

La conversation prenant un tour un peu technique, mes paupières pesèrent. Le sommeil interrompu réclamait ses droits. J'étais sur le point de sombrer quand un vague souvenir m'entrouvrit l'œil :

– Excusez-moi, mais tout à l'heure, dans le

dortoir, Mosma n'a-t-il pas dit que Mara avait descendu un flic ?

– C'est rien ça, un flic, m'apaisa Hadouch.

– Et puis c'est un tout petit flic, précisa le capitaine Adrien Titus.

5

Le petit flic en question serrait les dents pendant que Nadège lui changeait son pansement. Le fait était qu'à quelques centimètres près ces deux tirs l'auraient faite veuve. Une fiancée veuve, les pires en matière de vengeance. La fiancée soignait l'inspecteur stagiaire Manin en marmonnant des promesses :

– Putain, la salope, je te jure que si je la chope…

Pourquoi avait-il fallu que Manin lui dise qu'il s'agissait d'une femme ? Ça lui avait échappé dans le feu des retrouvailles.

Une fois recousu par le géant Talvern et pansé par Clara et Gervaise, l'inspecteur stagiaire Manin avait été rapatrié par son chef, le capitaine Adrien Titus, chez lui, 62 rue Julien-Lacroix, chez lui, chez Nadège, chez eux… Chez qui, au fait ? C'était un sujet de controverse entre Nadège et Manin. Ils avaient commencé colocataires, l'apprenti flic et la jeune infirmière. Loger à Paris, à leur âge, deux salaires y suffisaient à peine, même dans le XXe arrondissement. Colocataires, donc en tout bien tout honneur. Et puis, nécessité faisant loi, on avait partagé le même lit. Pour agrandir. Un lit pour deux ça libérait une pièce et en plus au lit c'était bien. C'était bien comme ces vins goûtés par les connaisseurs, au restaurant, qu'on ne déclare jamais « bons » mais « bien ». « Il est bien, oui, ça peut aller. » On s'était goûté, en somme. Mais on restait colocs, hein ? Bien sûr, chacun sa liberté, ça allait de soi.

Bref, Manin était rentré au bercail vers quatre heures du matin, pas certain d'être accueilli par Nadège, vu les décibels de leur dernière séparation. Quoique chez lui autant que chez elle, il aurait parfaitement pu se faire claquer la porte au nez. Mais, en le voyant debout dans l'encadrement, mort sur pied, Nadège avait crié son nom. Elle l'avait serré si fort dans ses bras qu'il s'était évanoui.

Le lit.

Les vêtements prudemment ôtés.

À la vue du pansement, Nadège avait demandé :

– Qui t'a fait ça ?

Réponse dilatoire :

– C'est rien, ça a juste été un peu plus dur qu'on ne pensait.

Un tout petit peu plus dur, oui : Manin avait vu le divisionnaire Silistri se faire couper en deux par une rafale de Kalachnikov. Lui-même avait tué son premier homme et reçu sa première blessure de guerre.

Nadège eut la même question le lendemain en lui changeant le pansement :

– Qui c'est qui t'a fait ça ?

– C'est rien, je te dis. La couenne éraflée, tu vois bien. Ça brûle mais c'est pas dangereux. Et puis j'ai été bien recousu.

– Oui, mais c'est qui qui t'a fait ça ?

– Bon, c'était en haut d'un escalier, j'ai pas fait gaffe, j'ai...

Mon petit Manin, l'avait un jour prévenu le capitaine Titus, fourre-toi dans le crâne que ce qui regarde l'enquête ne regarde pas la famille de l'enquêteur. Le capitaine Adrien Titus était formel sur ce point. Ou alors tu te mets en ménage avec une fliquesse, vos deux vies deviennent une collection d'heures supplémentaires et ton divorce une demande de mutation. Ce n'est pas un cliché. Tous ceux qui ont essayé te le diront.

Manin temporisa :

– Écoute, Nadège, jusqu'à preuve du contraire t'es pas flic...

– C'est qui qui t'a fait ça ?

– Mais c'est rien ! Et puis, elle a pas fait exprès !

Là avait été l'erreur. Lâcher ce pronom.

Comment ? Une fille ?

– Quoi ? C'est une meuf qui t'a fait ça ?

– Elle a pas fait exprès, je te dis, elle m'a pris pour...

Mais voilà qu'il débordait à nouveau sur l'enquête, il allait trop en dire, il ne fallait pas qu'il...

– Nadège, tu fais chier, tu...

– C'est la fille de la pharmacie ?

Dans le mille du premier coup. La fameuse intuition féminine. Il faut dire qu'au début de l'enquête, avant que le capitaine Titus n'y mette le holà, Manin avait associé Nadège à ses recherches. Ils avaient appelé les pharmacies ensemble, pour trouver laquelle avait vendu les sondes urinaires nécessaires à la survie de Georges Lapietà. Et bingo : la pharmacie du centre commercial de la Défense. Une petite nana y avait laissé son image dans la caméra de surveillance. Une Anglaise, soi-disant. La filleule du capitaine Titus en fait ! Une fille de la tribu Malaussène. Maracuja de son prénom. Voilà, c'est cette Maracuja Malaussène qui l'avait allumé dans l'escalier, lui, Manin, venu la sauver. Trois coups dont deux au but. Deux balles de Shœltzer dans la peau. La filleule du capitaine Titus... Toute chose évidemment qu'il ne pouvait raconter à Nadège.

– Pourquoi elle t'a fait ça, la meuf de la pharmacie ?

Pourquoi ? Pourquoi ? Pourquoi les gens font-ils ce qu'ils font ? Silence. Mais l'inspecteur stagiaire Manin était inapte au mensonge. C'était même ce qui l'avait fait opter pour la police. Il avait été très surpris, d'ailleurs, de constater que le culte de la vérité n'y fût pas célébré plus que ça. Manin ne supportait pas d'entendre ses collègues mentir aux prévenus, à la hiérarchie, à leurs épouses et lui mentir à lui-même du matin au soir.

– Je te jure, des fois je me dis qu'ils ne me parlent que pour s'entraîner à mentir.

Le mensonge dans la police, Manin ne pouvait pas admettre. Ou alors quoi, aucune vérité nulle part ? Rien de prévu pour tenir debout ? Pas étonnant dans ces conditions que les dingues du Prophète se mettent à vider des chargeurs au nom de la vérité divine.

Manin avait essayé d'entraîner Nadège sur ce terrain.

– À propos de meufs, tu sais qu'ils y croient dur comme fer, les flingueurs de la vraie foi, aux soixante-douze vierges promises dans les jardins d'Allah ?

– Quoi ?

– Ce qui est assez bête parce que soixante-douze coups à tirer pour l'éternité, c'est très peu quand on y pense.

Prise de court, Nadège n'avait plus su de quoi on parlait.

– Tu m'embrouilles, là ?

Manin crut pouvoir pousser son avantage :

– Où alors c'est de la vierge qui se ressoude et il y a tromperie sur la marchandise.

– Arrête de me balader.

L'inspecteur stagiaire Manin dut faire preuve de fermeté, finalement :

– Écoute, Nadège, je te dirai pas qui c'est. Cherche pas, je te le dirai pas. Tu es chiante à la fin. L'enquête c'est l'enquête. On ferme sa gueule un point c'est tout. Secret professionnel.

Ici, elle avait pris un raccourci :

– Si tu me le dis pas, c'est que c'est la fille de la pharmacie.

Rien à répondre à ça, bien sûr.

Le jour suivant, la question avait changé de forme.

– Pourquoi elle t'a tiré dessus, cette pute ?

Nadège ne l'avait plus lâché.

– Hein, pourquoi ? Tu la connaissais ? Tu savais qui c'était ? Qu'est-ce que tu lui as fait à cette pétasse pour qu'elle te shoote ?

Sous un bombardement, un secret c'est héroïque à tenir. Manin eut une vision fugitive de Stalingrad, une bataille de la Seconde Guerre mondiale qui passionnait son dernier prof d'histoire. Il y avait, dans une rue de Stalingrad, une maison 6 *bis*, tenue par des anarchistes qui résistaient aux bombardements et aux assauts allemands pendant que des commissaires politiques staliniens instruisaient leurs procès à l'arrière. De toute façon, les anars étaient foutus et le savaient. Le prof lisait des pages qui broyaient le cœur de Manin. Les nazis se cassaient les dents sur la résistance héroïque de la maison 6 *bis* et les staliniens formaient déjà le peloton d'exécution qui fusillerait ses défenseurs. Manin avait éprouvé une sorte de soulagement quand, pour finir, le rouleau compresseur des chars allemands avait aplati la maison comme une crêpe. L'honneur, au moins, était sauf.

À Nadège, il dit juste :

– On peut pas dire que tu facilites la cicatrisation, toi.

Et Nadège, coupant des dents le dernier bout de sparadrap :

– Putain, la salope… Je te jure que si je la chope…

Des coups frappés à la porte sonnèrent la fin du round.

– J'y vais, dit Manin, qui se redressa en grimaçant.

– Non. Tu restes couché. J'y vais moi.

Manin ne se fit pas prier. Il eut, en se rallongeant, la sensation étrange de retrouver un corps d'avant la blessure, de s'y étendre, toute douleur disparue. Il s'endormit dans la seconde.

*

Pour être réveillé par le capitaine Adrien Titus au téléphone.

– Écoute-moi bien, Manin.

Manin ne demandait que ça.

– Et d'abord, ça va ? Tu n'as pas perdu trop de sang ? Tu tiens sur tes cannes ?

– Ça va, ça va… Je mange du boudin et du foie de veau. On me dit que ça donne du fer.

Il évite de m'appeler par mon grade, songea Titus, « on » ne doit pas être loin.

– Bon, tu peux m'appeler oncle Jules si ça adoucit la guerre conjugale mais écoute-moi bien.

C'était à propos du fourgon VW que le capitaine lui avait demandé de trouver pour l'opération Lapietà. On avait fait dans l'officieux sur ce coup-là, on n'avait pas pu utiliser un fourgon de police, même banalisé. Il avait fallu se servir dans la rue. Manin avait piqué le premier combi venu. Une fois l'opération menée à bien (si on peut dire), les Malaussène et les Ben Tayeb avaient effacé les empreintes de Manin dans le fourgon mais y avaient laissé les balles encaissées. Sur quoi, on avait largué le combi dans une rue du XVIIIe et donné un coup de téléphone anonyme au commissariat d'arrondissement.

– La pauvre bête a morflé, tout de même. Pas moins de onze impacts. Dommage parce que c'était du beau combi. Un petit chef-d'œuvre de bricolo. Tu avais remarqué que c'était une bibliothèque roulante, quand même ? Certaines balles sont fichées dans le gras des livres.

Non, Manin n'avait pas remarqué les bouquins. On était un peu pressés.

– Finalement tu as eu du pot de t'en sortir vivant, mon petit Manin. Si j'avais su je ne t'aurais pas attiré dans ce ball-trap. Un peu chaud comme baptême du feu.

Manin demanda des nouvelles du divisionnaire Silistri.

– Pas la grande forme mais il est sorti d'affaire. Officiellement il a une péritonite doublée d'une embolie pulmonaire, deux affections du grand âge. Vu son hygiène de vie personne n'ira vérifier.

Titus laissa au jeune Manin quelques secondes pour digérer ces bobards. Il le savait rétif au mensonge. Il savait aussi qu'il s'y ferait.

Difficile de se passer de cet outil de travail dans le métier.

Puis, il demanda :

– Dis-moi, si je te dis Vaubertin, ça te dit quelque chose ?

– Vaubertin ?

– Pascal Vaubertin.

– Non, capitaine, pourquoi ?

« Capitaine »... Bon, Manin s'était rebranché sur l'affaire. Titus l'entendait écouter.

– C'est le propriétaire du combi que tu as fauché.

Pas fauché, corrigea mentalement Manin, emprunté. Sur ordre.

– Figure-toi qu'il n'a pas signalé sa disparition.

Pure vérité. Pendant trois jours, personne n'avait réclamé le combi. La police d'arrondissement l'avait retrouvé, puis confié au dépôt. La balistique avait eu le temps de faire ses analyses. Rien que du projectile de pro.

– Dont deux balles du Shœltzer perdu par le mec que j'ai touché dans l'escalier. Il a servi dans le casse de Beauregard, celui-là.

– Le casino ?

– Tout juste. Bon, Manin, comme tu l'imagines, ça étonne, chez nous, qu'un type qui se fait piquer son véhicule ne vienne pas le réclamer. Surtout si on trouve ledit véhicule truffé de coups au but. Tu sais où il habite, ce Vaubertin ?

Comment Manin l'aurait-il su ?

– Il habite chez toi, bonhomme. 62 rue Julien-Lacroix. Tu as chouré ce fourgon devant la porte de ton immeuble et le proprio habite dedans. Tu pourrais t'occuper de ça ? Vite fait, il y a urgence.

Manin demanda la nature de l'urgence.

– La petite bande doit chercher à savoir qui a fait sauter la tête de leur faux gendarme, figure-toi. Et vu le modus operandi ils doivent se dire que nous n'étions pas de vrais flics. Alors qui sommes-nous ? Quel genre de concurrence ? S'ils ont relevé le numéro du combi, ils ont l'identité de son propriétaire et ils ne vont pas tarder à venir cuisiner ce Vaubertin.

Manin demanda pourquoi, dans ce cas, ils n'étaient pas déjà passés.

– Délai de précaution. Ce sont des pros. En ce moment, ils planquent sans doute dans ta rue. Ils surveillent l'immeuble. Tu t'es montré dehors, toi, depuis deux jours ?

Et comment Manin se serait-il montré, avec une infirmière pareille ?

– Alors ils attendent. S'ils vont directement chez ce Vaubertin, ils le choperont. Essaie d'empêcher ça.

– Bon, je vais aller acheter une baguette pour voir s'ils sont là.

– Fais gaffe quand même. Sors avec ton arme de service.

Avant de raccrocher, le capitaine Adrien Titus eut ce compliment :

– Une tête de faux gendarme pour toi, une

épaule pour moi, tu tires mieux que ta hiérarchie, Manin. Le répéter serait nuire à ta carrière.

*

À peine Manin avait-il raccroché que Nadège se pointa, un chocolat fumant sur un plateau.

– Tiens, bois ça mon doudou, c'est bon pour tes artères.

Manin laissa la première gorgée lui caresser les coronaires. Ce n'était pas de la vulgaire poudre mais une plaquette de chocolat qu'elle avait laissée fondre lentement dans une casserole, sous un filet de lait constant, jusqu'au dosage et au velouté idoines.

– Le secret, murmura-t-elle, c'est la petite pointe de café tout à la fin. Ça rehausse le chocolat.

Manin ferma les yeux. Il laissa voluptueusement se dissiper la saveur consolante et, avant de boire une deuxième gorgée, demanda :

– Qui a sonné, tout à l'heure ?

– Personne, répondit Nadège, un voisin. Le mec, il revient de week-end avec sa meuf et ne trouve plus son combi. Une bibliothèque roulante, en plus. Il l'a garé juste en bas, à ce qu'il dit, et il veut savoir si on n'aurait pas vu ou entendu quelque chose d'anormal. Rien à foutre. Je l'ai envoyé chier. Vaubertin, il s'appelle.

Tasse suspendue, Manin considéra sa colocataire. Elle écarquilla :

– Ben quoi ? Je pouvais quand même pas lui dire que c'est toi qui la lui avais piquée, sa bibliothèque ! D'ailleurs c'était pour quoi faire ? Et qu'est-ce qu'il est devenu, ce combi ? Qu'est-ce que vous en avez fait ?

6

Pépère est sur place, à présent. Ils lui ont monté une table pliante. Une table de bridge. Velours vert. Avec une espèce de fauteuil Louis quelque chose. Où ont-ils dégotté ça ? Pépère s'est assis sans un mot, a ouvert son petit cartable, sorti son carnet de comptabilité, sa plume, son buvard, son encrier, tout son petit bazar. Il tire encore les colonnes à la règle quand ils les font monter.

Lapietà père et fils.

Les voilà.

Mains liées derrière le dos.

Bon, ils ne les ont pas trop amochés.

Ah ! le père un peu quand même.

– Je vous avais dit de ne pas les toucher.

Oui mais le père avait pété un bras à Selim.

– C'est que vous n'avez pas fait assez attention.

Peut-être, oui.

– Pas peut-être. Sûrement.

Gérard mort, Pascou deux balles, Selim le

bras cassé, Kébir qui laisse une arme marquée derrière lui et trois bouches pour en parler, ça commençait à chiffrer. De Dieu, les temps changent quand même. Ce n'est pas une équipe d'antan… Trop jeunes, peut-être… La jeunesse d'aujourd'hui est plus jeune que la jeunesse d'hier. Tout trop vite. Ils font tout trop vite. Ça ne se concentre pas.

Pépère regarde le père du gamin. On l'a assis de force. Un vrai coriace, égal à sa réputation. Il ne dira pas un mot, c'est couru d'avance, il fermera sa gueule. Et ce n'est pas en la cabossant davantage qu'on en tirera quelque chose.

Pépère lui demande tout de même :

– Vous êtes bien Georges Lapietà ?

Silence.

Il ajoute plaisamment :

– On se serait pas trompés, des fois…

Les gars rigolent mais pas de réponse de Lapietà.

C'était prévu.

Pépère s'adresse donc au fils.

– Et toi, tu es le fils. Comment on t'appelle déjà ? Tuc, c'est ça ? C'est rigolo comme petit nom.

Pour ajouter aussitôt :

– Viens par ici mon petit Tuc, je vais avoir besoin d'un coup de main.

Le gosse ne pèse pas lourd dans la pogne d'Armand. Ses pieds décollent et il atterrit devant Pépère comme s'il tombait du ciel.

Pépère hoche une tête réprobatrice.

– Toujours le travail en force, hein, Armand ? Putain de Ch'ti… Faut que ça casse… Le gosse serait venu de lui-même, mais non, Armand c'est Armand.

– Armand, tu es l'ours de la fable.

Armand ne sait ni quel ours ni quelle fable, mais il fallait que ce soit dit.

– Tu es con, quoi.

Bon, l'heure tourne et il y a ce carnet à remplir. Remplir le carnet, aller à Paris, le fourguer à qui de droit pour qu'il se retrouve entre les mains du ministre.

– Tu as peur ?

Question que Pépère pose à Tuc.

Il regarde le fils et le père.

– C'est curieux, la famille. Tu n'as jamais pu l'encadrer, ton papa. Il t'a cassé les burnes pendant toute ton enfance avec sa tchatche de forain international. Tu l'as toujours trouvé ridicule, montreur de muscles… Considérable mais ridicule. Toi et ta petite amie Maracuja vous l'avez kidnappé pour vous payer « son image », comme vous dites aujourd'hui dans vos milieux branchés, et maintenant que vous êtes là tous les deux tu as peur pour lui. Plus que pour toi, je suis sûr. Parce que le vrai dur, de vous deux, c'est toi. Hein, Tuc ? Eh bien tu as peur pour rien, mon garçon, parce qu'on ne va pas lui faire de mal à ton papa.

Alors, Pépère pose sa vieille main sur la tête du jeune homme.

– Je vais juste lui poser quelques questions, et il va y répondre sans faire d'histoires, tu vas voir.

Ou bien le jeune homme a un crâne plus petit que sa chevelure ne le laisse supposer ou bien la main du vieux est disproportionnée. La tête de Tuc tient dans cette main comme une tête de poussin.

– T'as confiance en moi, dis ?

Tuc ne répond pas.

– Pas grave. Toi, je n'ai pas besoin que tu parles. Tu ne dirais que des choses intelligentes.

Il sourit.

– Moi, c'est pas de mots dont j'ai besoin, c'est de chiffres.

La main du vieux est rêche. Les cheveux du jeune homme ont encore le soyeux de l'enfance. Et par là-dessous un cou de poulet.

– Il s'y connaît ton père, en chiffres.

Pépère montre le carnet au gosse :

– Regarde.

Il fait pression sur le crâne du garçon pour qu'il baisse la tête vers le carnet, jusqu'à pouvoir y lire la liste des noms inscrits à l'encre violette dans la colonne de gauche. Tuc résiste un peu mais rien à faire, sa tête ploie.

– Qu'est-ce que tu lis, là ?

C'est une liste de noms. Tuc reconnaît ceux de Gonzalès et de Ménestrier… D'autres, aussi, vraiment célèbres ceux-là. Des ministres, des banquiers, des acteurs, des étrangers aussi, des sommités…

– Du beau linge, hein ?

Tuc en a croisé certains, venus chez son père se taper le numéro du tout-puissant. Dîners tonitruants. Le plus souvent, lui, Tuc, s'esbignait après les présentations. Ça me gave ces conneries, papa, qu'est-ce que tu veux, moi aussi j'ai mes importants. Les Malaussène déjà. Mara, déjà. Très tôt Maracuja Malaussène a pris du galon dans le cœur de Tuc.

Tuc essaie de redresser la tête mais le vieux maintient la pression.

– Ton père sait des trucs intéressants sur chacun d'eux.

Son père sait un tas de trucs sur un tas de gens. Il ne s'en cache pas. Tous des tartuffes, mon fils, la main dans le sac, tous.

La voix de Pépère fait comme un écho à ces souvenirs.

– Tu te rends compte, mon petit ? Il les tient tous !

Rien à faire, Tuc ne peut pas redresser la tête.

– Maintenant, il faut qu'il me dise par où. Et combien ça peut rapporter. Parce que ça doit chiffrer, ce joli tas de secrets, je te prie de me croire !

La poigne de ce vieux... le poids de cette chevalière...

– Tu penses qu'il ne me dira rien, hein ?

Tuc étouffe.

– Eh bien moi je te dis que si. Je vais faire l'appel de tous ces noms, là, dans la colonne de gauche, comme à l'école. Ton père va me dire ce qu'il sait sur chacun d'eux et je le note dans la colonne du milieu.

Un temps.

– Et dans celle de droite, qu'est-ce qu'on écrit, mon petit Tuc ?

Un autre temps.

– On écrit ce que ça rapporte, fiston ! C'est la colonne des chiffres. D'accord ?

Le vieux relâche la pression. Il se lève en souriant pendant que Tuc se redresse. Il lui tapote doucement le crâne. Sa main redescend en lui caressant l'oreille.

Qu'elle tranche au passage.

L'oreille coupée.

Le cri bref de Tuc.

Le sang.

Le hurlement de Lapietà.

Qu'un pied dans l'estomac casse en deux à la seconde où il bondit vers son fils.

La chevalière qui ravale sa courte lame, le vieux qui emmitoufle l'oreille dans de la gaze, la remise dans un flacon stérile, s'essuie les mains avec un mouchoir à carreaux et tend le flacon à Armand.

– Congélateur. On ne sait jamais, ça peut resservir.

Et qui conclut en se rasseyant :

– C'est le père qui décidera.

Les mains liées derrière le dos, Tuc ne peut pas soulager sa douleur. Pourtant il ne crie plus. Il ne gémit même pas. La surprise est passée.

– Bon, dit Pépère en plongeant sa plume dans son encrier et en levant les yeux sur Lapietà, on commence ?

II

ON CHERCHE

« Il l'appelait Pépère, madame la juge. »

Rafi, ou Lulu.

7

En remontant me coucher, je suis passé devant la chambre de maman. Par la porte entrebâillée, j'ai aperçu C'Est Un Ange occupé à faire la lecture à sa grand-mère. Comme souvent quand mes yeux tombent sur maman allongée, m'est revenue une phrase que Jérémy enfant prononçait à son sujet : « Elle est belle comme une bouteille de Coca remplie de lait. »

Un après-midi, en la photographiant pendant sa sieste, Clara avait murmuré :

– À se demander comment elle vieillit.

Il y eut aussi cette remarque du Petit (toujours ses lunettes roses mais un mètre quatre-vingt-dix-huit aujourd'hui, astrophysicien de renom et directeur de recherche à l'Observatoire de Paris, s'il vous plaît !), cette remarque du Petit, donc, hier matin, alors qu'il se tenait debout devant le lit de maman, le plateau de son petit déjeuner à la main :

– Elle éteindrait une supernova, Ben, tu ne trouves pas ?

– Une quoi ?
– Rien, l'implosion d'une étoile.

*

Pendant le dîner tribal qui nous avait rassemblés le jour où nous avons appris que maman s'était mariée sans nous prévenir (à un certain Paul Lalbrache, ex-négociant en vins et spiritueux), Thérèse avait fait la synthèse de ces petites phrases :

– Maman sera toujours maman.

Tautologie que, va savoir pourquoi, Maracuja interpréta comme un postulat d'éternité.

– Tu veux dire qu'elle est immortelle ?

L'hypothèse avait intéressé Verdun :

– Ça vaudrait mieux pour elle.

Verdun s'était renseignée sur l'EHPAD de Beaujeron-sur-Meuse où notre mère avait accompagné son mari devenu fada. Les Osselets, s'appelle l'établissement en question. D'après Verdun, les pensionnaires n'y vivent guère plus longtemps que des mouches.

– C'est pourtant bien tenu, avait objecté C'Est Un Ange, et on n'y mange pas si mal.

Sept est le seul d'entre nous à visiter régulièrement notre mère aux Osselets. Il est de loin son petit-fils préféré, en partie pour ses qualités propres, en partie parce qu'il lui rappelle l'inspecteur Pastor, l'amour le plus intense de notre mère, mort dans ses bras à Venise il y a quelques décennies déjà. Ces deux-là, C'Est Un Ange et maman, se disent tout. Sept est notre ambassadeur auprès de l'autorité maternelle.

– Non, ne venez pas, Benjamin, vous avez autre chose à faire. Et puis, Paul est fatigué, la compagnie l'effraie. Il n'aime pas le nombre. À l'occasion, envoyez-moi Sept, s'il n'est pas trop pris.

Moyennant quoi, depuis l'admission de Paul et de maman aux Osselets, Sept prend le train tous les mercredis, déjeune avec elle, lui fait la lecture jusqu'à l'heure de sa sieste et ne la quitte que lorsqu'elle est profondément endormie.

– Elle prend de nos nouvelles ? demande invariablement Thérèse.

– Toujours, mais en gros, répond Sept. Pas vraiment des nouvelles particulières.

– À quoi il ressemble le copain de grand-mère ? avait un jour demandé Maracuja.

– Pas son copain, Mara, son mari, avait corrigé Thérèse.

– Ok, maman ! À quoi il ressemble, le mari de madame Lalbrache ?

– La dernière fois que je l'ai vu, a répondu Sept, il se regardait dans une cuiller à soupe. Autrement, on le met devant la télé. Il aime les émissions animalières. Ou bien il dort. Mais grand-mère ne le quitte jamais.

– Ça ne nous dit pas à quoi il ressemble, avait observé Mosma.

– Difficile à dire. À un gars de cette époque-là. Un vieux en noir et blanc. Genre ce vieil acteur que Ben aime tant, tu sais... celui qui jouait dans *Le Salaire de la peur*.

– Charles Vanel, dis-je.

– Eh bien il ressemble à ça.

– D'accord, avait conclu Maracuja, il ressemble à un vieux dont personne ne se souvient.

Depuis quelque temps, les jeunes de la tribu s'installent dans une gérontophobie décomplexée qui semble un acquis de leur génération. Les temps ne sont pas loin où ils s'octroieront toute la voie publique en nous autorisant à raser les murs, si nous sommes sages.

– Les autres vieux aussi dorment beaucoup, avait ajouté Sept.

– Entre deux fugues, avait précisé Verdun.

D'après ses renseignements, les fugues étaient une autre caractéristique des Osselets. Un taux exceptionnellement élevé. La direction ne s'en alarmait pas. Elle estimait que, le confinement accélérant la léthargie des malades, une petite promenade de temps à autre ne pouvait pas leur nuire.

– Trop cool, fit Mara.

En conséquence, l'un ou l'autre des pensionnaires disparaissait régulièrement. Ils vadrouillaient dans la région pendant quelques jours, parfois quelques semaines, et revenaient invariablement épuisés, au bras d'un gendarme. Paul ne faisant pas exception, maman avait décidé de passer avec nous les permissions que le camarade Aloïs Alzheimer accordait à son mari. Dès que Paul fuguait, maman débarquait. Elle s'installait à la Quincaillerie et la tribu rappliquait aussitôt. Notre mère a toujours agi sur nous comme un aimant. Nous qui nous voyons assez peu en temps ordinaire cédons sans nous l'avouer à l'appel maternel. Et quand nous sommes rassemblés autour d'elle c'est à qui lui montera son petit déjeuner ou son bouillon du soir. D'aussi loin que je me souvienne, rien ne nous comble davantage que la présence de cette femme absente.

Un soir que nous faisions la vaisselle ensemble, Hadouch a sobrement résumé notre histoire :

– Au fond, Ben, vous avez passé votre vie à veiller sur le sommeil d'une femme qui ne se réveille que pour faire des conneries.

Les conneries en question se prénomment Benjamin, Louna, Thérèse, Clara, Jérémy, Le Petit et Verdun.

*

Bref, en remontant me coucher j'ai vu C'Est Un Ange qui faisait la lecture à maman. Sept est un lecteur-né. Sa voix tranquille fait de chaque mot une évidence révélée, au sens photographique du terme. Quand Sept lit, n'importe quel texte devient *visible.* Assister à une lecture de C'Est Un Ange c'est s'offrir un billet d'entrée dans la tête de l'auteur. On y voit l'émotion se muer en intention, l'intention s'élaborer en pensée, la pensée fleurir en phrases, les phrases s'égrener en mots, dont certains, mais pas n'importe lesquels, s'offrent des floraisons spectaculaires.

En nous voyant Julius et moi, Sept m'a fait un clin d'œil : « Salut vieil oncle. » Je me suis allongé à côté de maman, Julius de l'autre côté. Sept a soulevé le bouquin pour m'en montrer le titre. C'était le dernier roman d'Alceste, encore à l'état d'épreuves. Cela s'intitulait : *Leur très grande faute.*

Sept m'en a résumé les premières pages avant de reprendre où il en était :

– Ça se passe à Fortaleza, au nord-est du Brésil, tonton. À la sortie d'une université, un petit pouilleux de dix ou onze ans crée un véritable embouteillage en jouant avec un vieux ballon de foot rapiécé qu'il fait rebondir contre le gros policier censé régler la circulation du carrefour. Ça crée un joyeux embouteillage. Au lieu de rouspéter, tout le monde s'amuse, y compris le flic. La dextérité du gosse est telle que les gens sortent de leurs voitures pour l'applaudir.

Sept s'est remis à lire et j'ai fermé les yeux. Le gosse, en effet, shoote contre le gros flic qui essaie de le choper. Mais le gamin esquive. Le ballon lui revenant toujours dans les pieds, il shoote de nouveau ; le cul du gros flic lui renvoie la balle, puis son dos, puis sa bedaine, puis ses épaules, la foule applaudit en rythme, le flic s'essouffle mais participe, il fait même une tête que le gosse lui renvoie, et tous deux jouent maintenant de tête à tête, sous l'ovation générale.

Jusqu'à ce qu'une sirène stridule.

C'est une voiture de la garde civile qui arrive en trombe et s'immobilise au milieu de la foule.

Un grand cabocle à tête jaune et uniforme vert-de-gris en descend. C'est le colonel Augusto Parmenido Faca. Il est long et sec comme une trique. Il va d'un pas ferme vers le garçon. Lequel l'allume. Un shoot en pleine gueule. Le ballon prend la place de la tête du colonel Faca et n'en bouge plus.

Sur ce, je m'endors.

8

Quand maman me réveilla, C'Est Un Ange n'était plus là mais Julius et moi étions toujours allongés à côté d'elle. Elle me tendait mon téléphone.

– Ta patronne, je crois, me dit-elle.

Dans un chuchotement elle précisa :

– L'éditrice.

C'était en effet la Reine Zabo.

– Pourriez-vous me préciser, Malaussène, jusqu'à quelle heure vous m'autorisez à vous attendre ?

Il était onze heures trente et nous avions rendez-vous au Talion à neuf heures précises.

– Vous renoncez une fois de plus à l'édition, Malaussène ? Ou alors qu'allez-vous m'annoncer ? Votre chien a bouffé un caniche ? Vous vous reconvertissez dans l'hébergement de personnes âgées dépendantes ? Si c'est le cas, je m'inscris sur votre liste d'attente, Loussa et moi dépendons étroitement de vous.

Sa voix, désormais rouillée, trahissait moins la colère qu'une lassitude désabusée.

Elle me posa la question suivante dans son bureau, après que Loussa de Casamance m'eut offert le café de la bienvenue :

– Avez-vous lu le roman d'Alceste depuis que je vous l'ai confié ?

– J'étais plongé dedans quand vous m'avez appelé, Majesté.

– Alors ?

Quand un éditeur réclame votre avis sur un manuscrit avec cette moue dubitative, c'est qu'il a déjà le sien, souvent élaboré sous une autre influence que la vôtre.

– C'est sans intérêt, non ?

Ma foi... Le souvenir de ce long colonel de la garde civile, Augusto Parmenido Faca, un ballon de foot à la place de la tête était une image saisissante. Et je trouvais l'écriture d'Alceste plus allègre que dans son précédent bouquin.

La Reine n'était pas de cet avis.

– Franchement, Malaussène, qu'est-ce qui lui prend, à votre Alceste, de nous servir une resucée de réalisme magique à la sauce brésilienne ? Ça a soixante ans d'âge, ce machin-là ! Et encore, la littérature ne se serait pas portée plus mal si elle avait enjambé cette période !

Allons bon.

Loussa, debout derrière moi, avait posé la main sur mon épaule. Dans notre code, cela signifiait qu'il me suggérait de laisser filer. Il avait dû essuyer la tempête avant moi et me déconseillait de sortir sous l'orage.

– Malaussène, j'ai dépensé une fortune pour

planquer Alceste dans votre Vercors pendant qu'il écrivait ce bouquin. (Voir, mais sans nécessité, le volume précédent.) Votre garde de montagnards m'a coûté les yeux de la tête. Les deux Chinois que Loussa m'a fait engager pour veiller sur lui à Paris… comment s'appellent-ils, déjà ? …

– Bo et Ju, répondit Loussa.

– Oui, eh bien, ils m'inondent de factures. Si vous ajoutez à ça qu'Alceste m'a extorqué un à-valoir pharaonique, je suis en droit d'attendre qu'il me remette le roman qu'il m'a promis, non ? C'est-à-dire la suite du précédent ! Et dans le même style ! Pas un traité de football brésilien !

– Ce petit footballeur a valeur de métaphore, Majesté, hasardai-je. Il n'est qu'introductif, il…

Je sentis les doigts de Loussa se crisper sur mon épaule. Depuis quelques années le mot « métaphore » est le dernier à prononcer aux Éditions du Talion.

– Je me fous des métaphores, Malaussène ! Et je hais le football ! Des abrutis à tête vide qui donnent des coups de pied dans des ballons pleins d'air ! Alors, vous pensez, une métaphore dont l'ingrédient est le football ! Et brésilien, qui plus est ! Je ne paie pas Alceste pour qu'il me fasse faire du tourisme dans le nord-est du Brésil. Je lui ai commandé la suite de son premier roman, un point c'est tout. Et sur le même ton ! Quand on capture un si nombreux lectorat avec un premier roman, on ne le déstabilise pas dès le deuxième. On attend au moins dix bouquins pour changer de ton. Alceste veut perdre la moitié de ses lecteurs, ou quoi ? Je ne publierai pas ça. Qu'il me rembourse et qu'il aille se faire éditer ailleurs.

Elle ne se tut que pour reprendre son souffle.

– Depuis combien de siècles n'avez-vous pas lavé votre chien ?

Allusion à Julius, pourtant très sage et beaucoup plus patient que moi. Assis dans ses effluves, Julius le Chien ne perdait pas une miette de ce qu'éructait ma royale patronne. Il en salivait.

– Et puis, ayez pitié de mon parquet, voulez-vous, mettez ça sous cette fontaine, grogna-t-elle en me jetant un manuscrit refusé. Et dites-lui d'arrêter de me regarder comme ça. Quand cet animal comprendra-t-il que nous ne sommes pas de la même espèce ?

Le fait est que ma patronne a toujours exercé sur Julius une fascination indiscutable. Les bajoues, peut-être. Cette reine et ce chien vieillissent par les bajoues.

Je murmurai :

– Julius, s'il te plaît.

D'un hochement de tête je lui désignai la fenêtre. Le chien détourna son regard à contrecœur et le posa sur Paris.

*

Puis vint l'heure du déjeuner.

– Un Pippo, petit con ?

Nous n'avons jamais boudé le plaisir de déjeuner ensemble, Loussa de Casamance, Julius le Chien et moi. Dans nos débuts nous nous retrouvions au Koutoubia, boulevard de Belleville, le restaurant des Ben Tayeb, les parents de Hadouch. Puis, le vieil Amar étant parti soigner ses rhumatismes dans le Sahara, nous avons erré de couscous en restaurants plus ou moins asiatiques, jusqu'à jeter l'ancre ici, au Sorriso, en pleine Sicile, rue Bayle, chez Pippo, à deux tombes du Père-Lachaise et juste en face de chez Loussa. Depuis une dizaine d'années, le grand Dany nous y installe notre table, Julius file retrouver Mamadou en cuisine, Pippo nous sert la pasta de son choix et nous causons.

Loussa déplia méthodiquement sa serviette toute blanche (la sienne, oui, personnelle, elle l'accompagne dans tous les restaurants), il la coinça entre sa vieille glotte et sa cravate avant de respirer le fumet des spaghettis all'amatriciana.

– Loussa, dis-je, tu es prêt à faire un pari avec moi ? Si je perds je raque, si je gagne l'addition est pour toi. Ça te va ?

– Ça me va, jouons.

Loussa n'a jamais résisté à un pari. C'est le plus chinois des Sénégalais de ma connaissance. J'y suis donc allé directement :

– Pendant qu'elle m'engueulait, je me suis dit que notre patronne (par ailleurs l'amour unique et stérile de ta vie) n'a pas lu le bouquin d'Alceste. Je me trompe ?

Si on peut avaler une bouchée avec admiration, c'est ce que fit Loussa de Casamance.

– Perspicace, fiston. Pas un traître mot en effet. L'addition est pour moi.

Et voilà.

– C'est toi qui l'as lu ?

Nouvelle bouchée.

– Survolé.

Il ajouta :

– Pas mal du tout, d'ailleurs.

Le grand Dany brandit une bouteille de lambrusco.

– Messieurs, dit-il, tendez vos verres, Pippo vous arrose.

Derrière ses fourneaux, Pippo se marrait. Comme tout Sicilien normalement constitué il ne boirait une goutte de lambrusco que si on lui collait un bazooka sur la tempe. Mais Loussa aimait ce vin. Il le trouvait objectivement dégueulasse et subjectivement délicieux ; le vin des amoureux et des retrouvailles.

– Bon, dis-je, en levant mon verre à sa santé, qu'est-ce qui se passe entre Alceste et Zabo ?

Loussa fit descendre une tresse de spaghettis avec sa première gorgée, puis à contrecœur :

– Entre elle et lui, rien. Alceste n'est pas encore au courant. C'est entre lui et toi que ça va se jouer. Elle veut que tu le fasses retravailler.

(Faire retravailler Alceste ? Lui prodiguer des conseils d'écriture ? Moi, Malaussène ? À lui, Alceste ?)

– Hors de question.

– Il le faudra, pourtant. Le réalisme magique… Je suis toujours ému quand un ami me ment. Sa maladresse est une preuve de son affection.

– Loussa, arrête avec ça. Réalisme magique, mon cul. La vérité c'est qu'il s'est passé quelque chose entre la Reine et son auteur fétiche. Dis-moi pourquoi elle renonce à le publier.

Pour toute réponse, Loussa brandit son assiette vide.

Le grand Dany s'en saisit :

– Du rab pour monsieur de Casamance !

L'assiette revint pleine.

Le temps que mit Loussa à la vider une seconde fois était celui du dilemme : il allait me dire la vérité et, par-là, trahir sa patronne. Ça fait mâcher lentement.

Finalement, il essuya ses lèvres :

– T'inquiète pas elle le publiera, son Alceste. Bien trop peur qu'il ne file chez la concurrence. Elle veut juste retarder la sortie de *Leur très grande faute.*

– Pourquoi ?

S'ensuivirent quelques tours de fourchette où s'enroulèrent ses derniers spaghettis.

– Manuscrit sous X, lâcha-t-il enfin.

Nous y voilà.

– Une bombe, ajouta-t-il.

Autrement dit, les Éditions du Talion venaient d'acquérir (probablement à prix d'or) un manuscrit dont on ne dévoilerait le titre, le contenu et le nom de l'auteur qu'une semaine avant publication. Eh oui, depuis quelques années la pratique du scoop, jusqu'ici réservée à la presse, s'était emparée du monde éditorial. Telle personnalité en vue déclarait dans une confession de 250 pages que ses parents lui sautaient dessus à pieds joints dans son berceau, les médias faisaient caisse de résonance, l'opinion prenait parti, on s'émouvait, on contestait ou on rigolait, la curiosité faisait des petits, le sujet du livre était au menu de toutes les conversations, les ventes flambaient pendant deux ou trois semaines, l'éditeur retardait d'autant la sortie des romans programmés à cette même date, les auteurs lésés fulminaient, et on chargeait Benjamin Malaussène de convaincre Alceste qu'il avait trop forcé sur le réalisme magique.

– Ça s'appelle la rentrée littéraire, petit con.

– Bon. De qui, ce bouquin sous X ? Et sur quoi ?

– Si je te disais que je ne le sais pas moi-même, tu me croirais ? On s'en fout, d'ailleurs, non ?

9

Il y avait là les divisionnaires Foucart, Allier, Goujon, Bertholet, Klein, Menotier, Carrega, bref les chefs au grand complet. Derrière eux, sagement perchées sur les bancs de l'amphi, leurs troupes, comme à la chorale. Dont le capitaine Adrien Titus.

Le divisionnaire Legendre, chef des services actifs, consentit à faire son apparition après le délai d'usage.

– Messieurs, j'espère que vous n'avez pas déjeuné de trop bon appétit, je risque d'embarrasser votre digestion.

Toujours les mêmes entrées en matière. Percher son importance sur une estrade, à l'américaine, essayer de dilater son bouton de pigeon en œil d'aigle, toiser l'assemblée et commencer par l'intimidation.

– Quelqu'un parmi vous aurait-il avancé sur l'affaire Lapietà, par hasard ?

Dans l'embarras qui suivit, Titus revit le corps de Silistri projeté contre la calandre de la BMW par la rafale de la Kalachnikov, il vit la tête du faux gendarme exploser sous les coups de feu de Manin, il se revit toucher le gars de l'escalier à l'épaule, plonger dans la BM, récupérer le P5 de Silistri dans la boîte à gants pour doubler sa puissance de feu, il se vit ressortir par l'autre porte de la voiture et foncer en tirant des deux mains vers les types qui chargeaient le cadavre du faux gendarme dans le faux fourgon de police, il se vit tirer à l'aveugle en direction de l'ennemi, il entendit le couinement des balles contre le béton et l'asphalte, il se vit courir parmi les étincelles, les deux otages qu'on pousse à leur tour dans le fourgon sont Lapietà et son fils, se dit-il, pourvu que j'arrive à temps, il touche à la jambe le type qu'il a déjà touché à l'épaule et qui hurle avant qu'une portière claque, que le fourgon et la fausse voiture de police démarrent, laissant derrière eux une odeur de cordite et de gomme brûlée. Il se regarde vider inutilement le reste de ses chargeurs dans leur direction. Puis il se revoit penché sur le corps de Silistri et s'entend hurler le nom de son ami… Joseph ! Putain de Dieu, reste avec moi ! Il est maintenant au volant de la BM rouge, il fonce à tombeau ouvert vers le docteur Postel-Wagner, Joseph perdant son sang qui forme une flaque gluante jusque sous la pédale d'embrayage… Joseph, réponds-moi, Joseph, reste avec moi !

À part ces détails, le capitaine Adrien Titus n'avait pas entendu parler de l'affaire Lapietà.

Il préférait laisser le divisionnaire Legendre y

aller de son rapport. Rapport au terme duquel il appert, mes chers collègues, que l'abbé Courson de Loir a provoqué un véritable désastre en refusant d'organiser la remise de rançon sur le parvis de Notre-Dame comme l'imposaient les ravisseurs et comme je l'avais moi-même préconisé. Tout avait été mis en place pour appréhender la bande à l'instant où messieurs Ménestrier, Vercel, Ritzman et Gonzalès remettraient la rançon à l'abbé...

– On les tenait par les couilles, bordel de Dieu, ces fils de putes, gronda le divisionnaire Menotier, mais ce curé de merde a tout fait foirer avec ses principes à la con. Excusez-moi, monsieur.

– Je suis de votre avis, Menotier. Une attitude qui frise la complicité.

Moyennant quoi la bande avait disparu, littéralement quitté le champ des radars, et si on se trouvait réunis ce matin, c'était pour tout reprendre à zéro.

– Pas exactement au même tarif, précisa Legendre. Les prétentions des ravisseurs quant à la rançon ont augmenté dans des proportions...

Il jeta un rapide coup d'œil à une fiche.

– Inacceptables.

*

Ici, le portable de Titus vibra dans sa poche. Titus apprit que Freddy, le premier suspect des cousins Malaussène, le chauffeur du camion loué à l'entreprise Bernhard pour avaler la Clio de Lapietà, était blanc comme neige. C'était en tout cas ce qu'affirmait le lieutenant Valmondois que Titus avait envoyé enquêter à Colmar, au siège du transporteur.

– Titus, ce type est réglo ou je ne connais plus mon métier d'intervieweur. Ce n'est pas lui qui a vendu Lapietà aux truands. Il ne pense qu'à la musique. Il ne sait vraiment rien de l'affaire Lapietà.

– Et le gars auquel Tuc a confié la Clio du rapt ?

– Rien à attendre de ce côté-là non plus. Brochard l'a cuisiné, que dalle. La bagnole est toujours, dans son box, rue de Charenton. Il croit de bonne foi avoir abrité la voiture de son pote pendant l'été parce que son père n'en voulait plus chez lui. Il ne sait rien de rien.

*

Nous voilà donc avec deux enquêtes Lapietà. L'officielle qui patine et l'officieuse qui patine. Qui donc a trahi les gosses, bon Dieu ?

Se demandait le capitaine Adrien Titus.

Peut-on considérer l'abbé Courson de Loir comme coupable d'entrave à une enquête judiciaire ?

Se demandait le divisionnaire Legendre.

Il ne reste qu'Alice, la musicienne, comme suspecte raisonnable, se dit ensuite le capitaine Adrien Titus. Bonne amie des cousins Malaussène.

Personne d'autre ne pouvait être au courant pour Lapietà. Si Mara interroge cette fille avant moi, elle va la mettre en charpie.

Côté réunion officielle, on passait à autre chose. Le divisionnaire Menotier venait de prendre la parole. Il annonçait que ses services avaient trouvé un combi VW, truffé de balles, rue Ferdinand-Flocon, dans le XVIIIe. Une sorte de camion-bibliothèque.

– Truffé ! Une cible ! Et vous savez quoi, patron ?

Le patron posa l'œil sur Menotier. Il se demandait combien d'années séparaient cet imbécile de la retraite. Malheureusement c'était un de ses fidèles. Grande gueule mais subalterne-né.

– Dans les impacts on a trouvé des projectiles tirés par l'arme qui a servi au casino de Beauregard. Un Shœltzer 72 ! Rien de moins.

– Conclusion ?

– Le combi appartient à un certain Vaubertin, rue Julien-Lacroix. Vu ce qu'il a encaissé dans cette bataille, ce Vaubertin n'est certainement pas négligeable.

– S'il est toujours en vie, observa le patron.

– Pas de sang dans l'habitacle, monsieur. Il a dû s'en sortir. Après avoir effacé ses traces, d'ailleurs. Sincèrement, patron, c'est du gros. Ça ne coûte rien d'y aller voir.

– Alors allez-y.

– Pas de problème, j'emmènerai ce qu'il faut.

– Et si ce van avait été volé pour monter sur

un coup, tout simplement ? suggéra le capitaine Adrien Titus.

Menotier ricana :

– Tu volerais une bibliothèque pour aller à la guerre, toi ? Non, ça sent l'urgence, Titus. Le Vaubertin a sauté dans son bahut pour monter au contact. C'est un pro. Je le sens gros comme une maison. Les bouquins, c'est une couverture. Quand il fait pas le truand, Vaubertin joue au libraire, j'ai vérifié. Il fait la tournée des banlieues. Donner à lire à ceux qui ne lisent pas, c'est le genre de salades qu'il a plantées dans son site. Vas-y voir, Titus, si tu as besoin de lecture. Mais à mon avis, il ne vend pas que du papier, ce gars-là.

Menotier rayonnait. Menotier était du genre rayonnant.

– Et il y a autre chose, mon gars.

– Je ne suis pas votre gars, monsieur le divisionnaire, sourit le capitaine Adrien Titus.

– Quoi d'autre ? intervint le chef des services actifs.

– Le dénommé Vaubertin n'est pas venu réclamer son combi, patron. Il n'a pas signalé sa disparition.

– Ah ! opina le patron.

Qui ajouta :

– En effet.

Et Menotier, content :

– Ce truc, ça vaut de l'or.

Avant d'ajouter :

– On ne peut pas merder sur tous les dossiers.

Et de conclure :
– Je vais faire ce qu'il faut.

*

Le cliquetis des attachés-cases annonça la fin de la séance. À la seconde où les rotules redressaient la police judiciaire, le patron demanda :
– Dites-moi, Titus, Silistri n'est pas là ? Où est le divisionnaire Silistri ?
Merde…
– Au lit, monsieur.
Le patron s'étonna :
– On ne vous voit jamais l'un sans l'autre d'habitude. Or, la dernière fois l'absent c'était vous. Chez le dentiste, si j'ai bonne mémoire. Ça va mieux ?
– Je peux mordre, oui.
– Et aujourd'hui c'est Silistri qui manque à l'appel. Que se passe-t-il entre vous ? Divorce ? Je ne veux pas de ça dans mes équipes. Qu'est-ce qu'il a, Silistri ?
– Péritonite, monsieur.
– Depuis ?
Nom de Dieu qu'il m'emmerde, songea le capitaine Adrien Titus.
– Depuis qu'il a dîné chez vous, monsieur.
Les gradés se retinrent mais les gradins se marrèrent.
– Pratiquez cet humour, messieurs, et vous y gagnerez une retraite de capitaine.
Fin des rires.

– Quel hôpital ?

– Sorti de l'hôpital, monsieur. Convalescence.

– Où est-il ?

– Chez son ancien patron, le divisionnaire Coudrier.

Autrement dit chez le beau-père de Legendre. Ce que confirma l'aller-retour de la glotte dans le cou du chef des services actifs. La police est une grande famille.

Sur quoi, le capitaine Adrien Titus jeta un œil à sa montre. Il devait perquisitionner l'appartement d'un certain Balestro du côté du front de Seine pour le compte de la juge Talvern.

10

– Alors, suicide ?

La juge Talvern se tenait debout dans la froide éternité qu'exhalait le cadavre de Jacques Balestro.

Ana Castri, la médecin légiste, leva la main.

– Accordez-moi encore un peu de temps, madame la juge.

Balestro, allongé sur la planche à découper de la morgue, avait perdu son parfum. Plus aucune trace des effluves qu'il exhalait dans le bureau de la juge pendant son interrogatoire.

– C'est son séjour au frigo, commenta la légiste.

– Bon, il s'est vraiment pendu, ou ?…

Ana Castri hocha la tête.

– Trop tôt pour le dire.

C'était en tout cas ce qu'avaient affirmé les quatre compagnons de cellule de Balestro. Qu'en se réveillant ils l'avaient trouvé pendu au montant d'un des deux lits supérieurs. Pendu avec un bas de contention. La juge Talvern les avait écoutés pendant une bonne heure. En présence du procureur Souzier et de l'avocat Soares. Ni l'un ni l'autre n'étaient intervenus pendant l'interrogatoire. Ils écoutaient, un peu en retrait, adossés à la porte de la cellule. La juge avait demandé aux quatre détenus s'il était possible de ne rien entendre quand un copain se pend à un de vos lits. Lulu avait reçu un pousse-au-pieu, madame la juge, un cadeau de sa femme pour son anniversaire... Un quoi ? Une boîte de somnifères, il l'a partagée avec nous. Volontairement ? C'est la coutume, madame la juge, chaque fois qu'un gars touche un pousse-au-pieu il partage avec les copains, vous pouvez vérifier. On a voulu se faire une vraie nuit quoi. Un bon somnifère c'est comme une murge, si vous voulez. Les cachets c'est plus facile à faire entrer en cellule que les canettes, et ça laisse pas d'odeur. Pas d'odeur ? Pas comme un petit bout de chocolat des Indes, si vous préférez. D'après ces quatre-là une bonne nuit était devenue urgente. Sinon on se fout sur la gueule, à force, vous pensez. Surtout avec l'arrivée de votre nouveau. Il gueulait beaucoup, ce con. Madame la juge, il disait que vous lui avez crevé l'œil. Ça lui faisait vachement mal. Il disait qu'il allait avoir votre peau, excusez-moi l'expression. Ne vous souciez pas des expressions, dites-moi tout ce qu'il disait et tout ce que vous savez, n'oubliez rien, même les plus petits détails, même si ça vous paraît insignifiant, même s'il a promis d'enculer à sec son magistrat instructeur. Quand même, madame la juge, il voulait vous, il… C'est normal, je l'ai mis en prison par surprise ; vous aimez le juge d'instruction qui vous a fait tomber, vous ? Mais dites-moi, il a eu droit au somnifère, lui aussi ? Vous lui en avez donné ? Bien sûr, on voulait plus qu'il gueule. Et puis son œil lui faisait trop mal. Que pouvez-vous me dire de plus ? À quoi ressemblait-il, pour vous, Balestro ? Comment ça, à quoi il ressemblait ? Quelle impression vous faisait-il ? Je sais pas trop… Qu'est-ce que tu dirais Lulu ?… Je sais pas… Et vous Rafi ? Et vous Dona ? Pété de thunes, madame la juge, mais il avait un côté pas fini. Pas fini ? Môme, si vous préférez, pas fait pour nous. À un moment, juste après s'être endormi, il a appelé son grand-père. Son grand-père ? Racontez-moi ça. Il suppliait son grand-père de pas lui faire un truc. Quel genre de truc ? Je sais pas, un truc qui lui faisait vachement peur. La peur de ses os, oui, ça m'a foutu les boules. À moi aussi, grave. Et pourquoi donc ? Je sais pas, c'était bizarre, on aurait dit qu'il parlait avec un mort. Il faudrait s'entendre, il parlait à un mort ou à son grand-père ? À un mort qui serait revenu, un fantôme, quoi. Mais il l'appelait papy, madame la juge, ou pépé, je sais pas, un truc du genre. Pépère ! il l'appelait Pépère, madame la juge. Il parlait très vite, comme quand on a plus le temps de s'expliquer, vous voyez ? Il suppliait. Vraiment les boules. Et que disait-il, exactement ? Il disait qu'il avait été con, qu'il le ferait plus, je le ferai plus Pépère, je te jure – oui, il disait Pépère –, il arrêtait pas de répéter que ça avait été plus fort que lui, qu'il aurait pas dû… Combien lui avez-vous donné de cachets ? Un et demi, madame la juge. Pour dormir un demi ça peut suffire – c'était du 20 milligrammes – mais on peut monter jusqu'à deux. Deux et demi, même. Oui, à deux et demi on dort plus longtemps mais on se réveille pas la tête dans le cul. C'est à trois que ça commence à craindre. On lui en a donné un et demi à cause de la douleur. Madame la juge, c'est vrai que vous lui avez crevé l'œil ? Non, c'était un accident mais ça s'est passé dans mon bureau, en effet. Dites-moi, réfléchissez bien, qui s'est endormi en premier, lui ou un de vous quatre ? Ah, ça, c'est difficile à répondre. Je dirais plutôt nous quatre avant lui. Oui, c'était comme si ça nous berçait, sa prière au grand-père. Au final, c'était comme une petite chanson. La dose de somnifère que vous lui avez donnée aurait dû l'empêcher de se réveiller pour se pendre, non ? C'est peut-être son œil qui l'a réveillé, madame la juge, la douleur.

– En tout cas, nous on dormait.

Curieusement, la juge Talvern était portée à les croire. Elle avait tout de même demandé :

– Ça vous embête, si je vous fais faire une petite prise de sang ? Pas d'objection, monsieur le procureur ? Vous non plus, maître ? Juste une vérification pour la dose de somnifère.

*

– Alors, docteur ?

À présent la juge était impatiente. Mais la légiste était une méticuleuse.

– J'ai encore deux radios à faire. Si vous en profitiez pour vous reposer un peu, madame la juge ? Vous avez mauvaise mine. Combien de nuits blanches derrière vous ? Une ? Deux ? J'ai installé un canapé à côté. Allez-y, je vous appellerai.

La juge Talvern n'aime pas qu'on lui tue ses prévenus. L'article 144 du Code de procédure pénale, alinéa 4, clignote dans sa conscience. *Protéger la personne mise en examen.* Qui ai-je protégé, moi ? Balestro énucléé dans mon bureau et retrouvé pendu dans sa cellule…

Tout compte fait, le canapé n'était pas une mauvaise idée.

Seulement à la seconde où elle s'y allongea le téléphone vibra dans sa poche. Ah, oui ! Titus… La perquisition de Titus.

– Salut, ma juge. Je suis chez ton Balestro.

*

Ce qui avait frappé Titus au premier coup d'œil, c'était le luxe.

– L'appart est perché près de l'hôtel Nippo, dans cette tour du front de Seine, les cubes de verre, tu vois ? Trois cents mètres carrés, tout en baies vitrées. La porte d'entrée ouvre sur la presque totalité du plateau et la baie vitrée t'offre la Seine, l'Alma, le Trocadéro, le Grand Palais, jusqu'au Louvre. À l'achat, ça chiffre dans les quatre millions, je dirais, et douze mille balles mensuelles à la location, minimum. Il se mouchait pas du coude, ton Balestro. Qu'est-ce qu'il faisait, dans la vie ?

– Scout. Dans le foot.

– Un bon recruteur, alors.

– Pas mauvais. Paracolès, Olvido, Nelson Netto, c'est lui qui les a découverts. Entre autres.

– D'où le prix du loyer. Paracolès, c'est pas le préféré de ton Talvern ?

– Si. Après Vikash Dhorasoo, il y a quelques années.

– Bon, écoute bien la suite, ma juge. C'est vraiment le grand luxe ici. Tout est distribué par des cloisons amovibles translucides, à la japonaise : entrée, salon, dressing (gigantesque), espace cuisine, piaule. Je te garde la salle de bains pour la fin. Ton gars a visiblement confié l'aménagement de son territoire à un décorateur professionnel. Tout ce qui enjolive la baraque clignote dans les revues de déco les plus pointues. Ici un mur laqué bleu froid, ailleurs un papier peint panoramique Zuber, des appliques Tom Dixon, tu vois ? Dans l'entrée un aquarium XXL où ce con élevait une gymnothorax dépressive de deux bons mètres de long.

– Une quoi ?

– Une murène de Java. Une horreur. Je me demande ce qu'il lui donnait à bouffer.

– Appelle le service vétérinaire du Jardin des Plantes. Ils viendront la récupérer et sauront quoi en faire. Ensuite ?

– Ensuite, c'est la course au bibelot coûteux. Ça va de la table tulipe Saarinen au lustre de Murano vintage en passant par des canapés cuir pêche Poltrona Frau, des fauteuils de créateurs années 70, subtilement inconfortables, l'éternel tapis en peau de vache du salon – noir et sur mesure of course – la bibliothèque Kartell, retaillée pour trophées de foot exclusivement, pas un seul bouquin, et dans la chambre un plumard en bois de rose ouvragé, probablement chiné à prix d'or par le décorateur. Te dire le prix du total, je sèche, c'est pas dans mon budget en tout cas. De toute façon, il faudra y ajouter les honoraires de l'archi et du décorateur. Bref, tout dans le superfétatoire, quoi.

– La garde-robe ?

– Pareil. Pas moins de deux chemises par jour, à faire pâlir les Gipsy Kings. Ajoute la collection totale des costards que tu vois scintiller au bord des plus grands stades de foot. D'Armani à Zegna, il suivait tranquillement son alphabet, ton Balestro. De la rayure tennis au noir satiné, toute une gamme de costards que je te fais, allez, disons à quarante plaques l'ensemble. Et encore, parce que je t'ai connue petite, c'est un prix d'oncle.

– Je n'ai jamais été petite, capitaine.

– Arrête, je suis le parrain de ta nièce qui a vu le jour un siècle après toi. Mais revenons à nos moutons. C'était un mille-pattes Balestro ? Tu n'imagines pas le nombre de grolles que j'ai sous les yeux, comme des poules sur leurs perchoirs : Lobb, Berluti patinées à la pleine lune, Tod's, Prada. Par là-dessous, des chaussettes – longues, ça va de soi –, signées Charvet, disposées en bouquets dans des douilles d'obus de laiton vernis ciselés de haïkus. Va pas prendre des goûts de luxe, ma fonctionnaire. Je vous vois bien abandonner l'orphelinat à Gervaise et Clara pour venir vous installer ici, ton Talvern et toi. Le grand Talvern adorerait la salle de bains ! Jacuzzi quatre places, douche à l'italienne, appareillages multi-jets à changement de vitesses, murs de marbre noir polis à l'excès. Et à côté, sauna finlandais. Un chapelet de conneries, cet appart. Tout à fait votre genre.

– Tu as trouvé un ordinateur ?

– Ni ordi ni portable. Et là on touche un vrai point d'enquête, ma belle. Si tu veux mon avis, l'appart a été visité par un intime qui l'a nettoyé de tout signifiant. Mais on n'a rien fauché. Reste une collection de montres haute came, sur fond de satin violet derrière une vitrine blindée. Ah ! Il avait une collection de couteaux, aussi, sur laquelle je ne cracherais pas. Tu sais ce qu'il en faisait, des couteaux ? Il les plantait dans le minois de Marilyn, celle de Warhol bien sûr, une reproduction qu'il avait accrochée en face de son pieu sur fond de liège. Voilà.

– Conclusion ?

– Un solitaire qui se la jouait. Il devait

s'identifier aux plus puissants. À Lapietà, par exemple. En quoi il se gourait, parce que l'intérieur de Lapietà est plus… beaucoup moins… En tout cas, ce mec a fait un coup fumant qui lui a rapporté un max.

– Mets-moi tout ça par écrit, s'il te plaît.

– Ce sera fait, ma juge.

Juste avant de raccrocher, elle l'entendit s'exclamer « Attends ! »

– Quoi ?

– J'ai oublié un truc. Un bas de contention, négligemment posé sur le dos d'un fauteuil, dans l'entrée.

*

Sur quoi, Ana Castri apparut, une tasse de café à la main.

– Tenez, buvez ça, vous lirez le rapport après.

Il s'avéra que Jacques Balestro ne s'était pas pendu. On l'avait étranglé avant de le pendre. Il n'était pas mort d'inhibition nerveuse mais d'une double asphyxie circulatoire et respiratoire. La radio du cou n'indiquait aucune des lésions habituelles à la pendaison volontaire (fractures cervicales, luxations, ou décollements), mais des fractures cartilagineuses, propres à la strangulation (fractures des cornes de l'hyoïde, et du cartilage aryténoïde). Son expression effrayée révélait une agression, là où la pendaison volontaire laisse plutôt au visage un air hébété. C'est qu'il faut deux bonnes minutes pour étrangler un homme. Il a le temps d'éprouver une terreur qui lui sort les yeux, quand la pendaison agit plutôt comme un choc de sidération. Des ecchymoses aux chevilles et aux poignets indiquaient qu'il s'était débattu. On avait dû lui immobiliser bras et jambes en serrant fort. Par ailleurs, il avait une côte cassée. Quelqu'un s'était assis sur son thorax pour contenir les convulsions. On l'avait étranglé avec un lien souple et large, pour ne laisser aucune trace de doigt ou d'ongle sur la peau. Ce lien pouvait être le bas de contention auquel on l'avait retrouvé suspendu.

– La pendaison a eu lieu immédiatement après la strangulation, précisa Castri, comme l'indiquent la position du cadavre en sa rigidité. En sorte qu'à première vue la victime donne vraiment l'impression de s'être pendue elle-même. Du travail de connaisseur.

La juge Talvern leva les yeux du rapport.

– Combien a-t-il fallu d'hommes pour faire ça ?

– Trois minimum, répondit la légiste, un pour tenir les pieds, un pour les bras, un autre assis sur le thorax qui pouvait être l'étrangleur proprement dit.

– Les gars de la cellule ?

– Probablement pas. Leurs prises de sang indiquent qu'ils n'ont pas lésiné sur le somnifère et Balestro a été tué une ou deux heures après leur endormissement. On a fait ça en pleine nuit sans qu'ils se réveillent.

Avant de quitter la morgue, la juge Talvern céda à un mouvement de curiosité.

– Dites-moi, docteur, qui vous a formée ? Postel-Wagner ?

La légiste Ana Castri leva un sourcil :

– Oui, Postel a été mon professeur, pourquoi ?

– Le canapé et le café, répond la juge. Du Postel tout craché, ces attentions charmantes.

III

ACTION

« Chouette ! »
Marguerite

11

Le colonel descendait pour la toute première fois au Nippo mais, si on en jugeait par la nervosité de la direction, sa réputation – quelle qu'elle fût – l'avait précédé. On avait appelé pour lui réserver la suite 17. Le colonel viendra seul, disait-on, sans bagages. On s'était montré pointilleux sur la literie, le pyjama, le peignoir, les cosmétiques et les accessoires de toilette qui devaient l'attendre. On avait exigé que les trois fauteuils de la suite fussent disposés en éventail devant la baie vitrée. Cela fait, on avait annoncé le programme du colonel. Quelques exigences simples, au demeurant : il arriverait à quatorze heures trente, et souhaitait qu'on le laissât dormir jusqu'à seize heures. À dix-sept heures, deux messieurs s'annonceraient comme ses visiteurs. Qu'on les introduise directement sans les faire attendre. Il prendrait son dîner après leur départ, un gratin dauphinois, à dix-neuf heures trente, dans sa suite, oui. Quelqu'un dans la maison savait-il préparer le gratin dauphinois ?

Très peu de crème, n'est-ce pas... Et oui, du girofle. On avait recommandé de ne pas oublier les clous de girofle. Au reste, si la maison se trouvait incompétente dans ce domaine, ce qui était tout à fait admissible, on avait suggéré un établissement, chez Nadine, à Belleville, où un employé pourrait aller se procurer un gratin dauphinois digne de ce nom. Ah ! Autre chose. Une voiture passerait prendre le colonel à la mi-nuit. On souhaitait qu'elle pût se garer sans encombre devant l'entrée principale. Très bien. À minuit ? Très exactement à la mi-nuit. La réceptionniste n'avait pas osé demander une seconde fois si cette mi-nuit correspondait bien à l'heure de minuit. D'où un bref embarras, d'autant que, avait-on précisé, le colonel était réglé comme une horloge et de moins en moins enclin à perdre le peu de temps que lui laissait son grand âge. Bref, on ferait en sorte qu'une voiture pût se garer devant l'hôtel à partir de minuit.

Un peu nerveux à l'arrivée du colonel, le personnel s'était trouvé face à un vieil homme charmant, aussi peu militaire que possible, qui s'était laissé conduire jusqu'à sa suite avec au visage cette timidité un peu égarée de qui pénètre pour la première fois dans un musée. Il avait glissé un pourboire dans la main de Kyoko qu'il avait remerciée en l'appelant « mon petit ». Une somme telle que la jeune femme en était restée interdite. Elle n'avait pas osé accepter, de peur d'abuser d'une faiblesse, sans pourtant refuser, de peur de froisser une bonté. Par bonheur, la scène n'avait duré que le temps mis par le colonel à refermer gentiment sur elle la porte de la suite 17. Quand Kyoko avait confié son embarras au chef d'étage, celui-ci avait décrété qu'il s'agissait probablement d'une somme destinée à remercier l'ensemble du personnel. Il avait empoché les billets à des fins de redistribution ultérieure. Une fois le colonel installé (à quatorze heures et trente-six minutes), une profonde respiration collective indiqua qu'on avait été un peu tendu.

*

Les deux visiteurs arrivèrent à seize heures cinquante-quatre. Des hommes jeunes, élégamment vêtus, d'une musculature singulièrement dense sous la rigueur de leurs costumes. (Soie pour l'un, velours pour l'autre.) Chacun d'eux portait un attaché-case. Kyoko les introduisit chez le colonel à dix-sept heures précises. L'un des deux hommes (costume de soie) la remercia en lui glissant lui aussi un billet considérable, qu'elle n'alla pas, cette fois, confier au chef d'étage.

*

C'est ce que Pépère leur a appris. Jamais de condescendance avec le petit personnel. D'ailleurs, jamais la plus petite marque de mépris à l'égard de qui que ce soit. Ni le moindre gros mot. C'est fini, ces temps-là. Ils n'aboient plus contre l'autorité parentale, ils ne gardent plus l'entrée de leurs immeubles, ils ne tiennent plus le trottoir de leur bloc, ils n'ont plus à rouler des mécaniques pour terrifier les bâtards, ils ne pissent plus comme des clebs pour marquer leur territoire. Bref, on n'est plus au jardin d'enfants. Désormais, on est partout chez soi et partout on est soi, des guerriers bien éduqués. Ce qui implique du calme, une mise irréprochable, une amabilité de bon aloi garantie par un vocabulaire correct quand on s'adresse aux autres, bref une apparence indubitable.

– Vous voyez ce que je veux dire par une apparence indubitable ?

(Parce qu'il y avait cette fameuse question du vocabulaire.) À quinze ans, Mehdi avait répondu :

– Un mec qu'on peut pas bitter ?

*

Mais aujourd'hui, vingt ans plus tard, dans cette suite de l'hôtel Nippo, Grégoire et Mehdi portent beau et calme. Ils savent ce que les mots veulent dire. Pépère est heureux de les avoir vus grandir, ces deux-là.

Il les étreint et désigne le mini-bar :

– Servez-vous. Ce que vous voulez.

– Tu prends quelque chose, toi ? demande Mehdi.

– Tu sais bien que je suis sobre comme un vieux chameau.

– Alors, on s'abstient avec le chameau, déclare Grégoire en serrant affectueusement le biceps de Pépère.

Tous trois s'asseyent et le mini-bar reste fermé.

– « Colonel », sourit Mehdi. Comment ça t'est venu, colonel ?

Pépère lui tire gentiment l'oreille.

– Mehdi, mon grand, aurais-tu oublié que je suis un mauvais client pour les interrogatoires ?

Ils sont assis devant une des plus belles vues de Paris. Pas des plus courantes, mais vraiment belle ; elle attire le regard jusqu'au Louvre. La Seine scintille, fleuve de soie. Pépère et les garçons se taisent. La bonne paix des retrouvailles.

Finalement, Pépère désigne une tour, juste en face de l'hôtel, celle qui ressemble à un empilement d'aquariums.

Il demande :

– À quel étage habitait-il ?

– L'avant-dernier, répond Grégoire.

Le silence reprend ses droits. Puis, Pépère hoche la tête :

– C'est curieux d'avoir envie de ça.

Il ne quitte pas la tour aquarium des yeux.

– Son goût du luxe, Pépère. Il s'est casé là à son retour du Brésil, explique Grégoire.

– Vous auriez envie d'habiter là-dedans, vous ?

Les deux hommes échangent un coup d'œil. Grégoire concède l'intérêt de la vue.

– Trop abstraite, objecte Pépère.

– Autant tapisser ta piaule avec un plan de Paris, approuve Mehdi.

Sans transition Pépère demande :

– Vous avez récupéré son ordinateur ?

– Et son portable, répond Grégoire. Sa tablette, aussi.

– Et la carte SIM de l'autre portable, celui qu'on lui a confisqué en taule.

– Donnez.

Mehdi ouvre son attaché-case et remet le tout à Pépère.

– C'est bien.

– On a eu du nez, admet Grégoire, les flics sont passés tout à l'heure.

– Vous aviez sa clé ?

– Bien sûr.

Pépère leur avait appris cela dès leurs débuts : chacun la clé de tous, tous la clé de chacun.

– Et les biffetons seront bien gardés, chantonnent les deux hommes en souvenir de ces premiers pas.

Échanger les clés, c'est lutter à la fois contre la menace extérieure et la défiance interne. Ça vous soude une équipe mieux que tous les baratins.

– On continue de l'apprendre aux jeunes, dit Mehdi.

Tous trois sourient. Ils sont heureux d'être ensemble.

Après quelques secondes, Pépère demande :

– Pourquoi l'avez-vous laissé aller chez la juge Talvern ?

Au ton de sa voix, Grégoire et Mehdi sentent qu'on atteint le cœur du sujet.

– On lui avait dit de ne pas y aller, assure Mehdi.

– Il y est allé quand même, constate Pépère.

– Grégoire lui avait conseillé d'emmener son avocat.

– Et il a refusé parce qu'il n'était pas convoqué comme témoin assisté. C'est ça ? demande Pépère.

C'était ça, oui.

Pépère soupire patiemment.

– Les garçons, à votre niveau, témoin assisté ou témoin tout court c'est du pareil au même. On n'y va pas, un point c'est tout. On ne répond pas à une convocation de la juge Talvern. Quand on est ce que vous êtes, c'est beaucoup trop risqué. On ne sous-estime pas l'adversaire. On me prévient quand la convocation arrive, on change de passeport et on va respirer ailleurs. Vous avez des bases de repli, ce n'est pas pour rien. On disparaît, et quand on refait surface c'est avec une autre identité.

– On a vraiment essayé de le retenir, Pépère, je te jure, plaide Mehdi. Grégoire l'a menacé, il lui a dit…

– Résultat, il y est allé quand même, répète Pépère.

– Il ne prenait pas cette juge au sérieux. Il croyait…

Pépère fixe Grégoire. Il est sincèrement surpris.

– Jacques Balestro ne prenait pas la juge Talvern au sérieux ? C'est bien ce que tu viens de me dire, Grégoire ? Vous saviez ça et vous l'avez laissé y aller ?

– Tu connais Jacques, Pépère, intervient Mehdi, quand il a quelque chose dans le crâne c'est…

– C'était.

On se tait un peu.

Pépère répète :

– Il fallait l'en empêcher.

– Mais comment ?

C'est plus que de la surprise, cette fois, dans les yeux de Pépère, c'est quelque chose de menaçant.

– Mehdi, murmure-t-il, tu me demandes sérieusement comment il fallait empêcher monsieur Jacques Balestro d'aller nous mouiller tous dans le bureau de la juge Talvern ? Compromettre notre réseau de recrutement ? Lui expliquer notre système d'adoption ? Et pourquoi pas l'inviter à nos chorales, tant que vous y êtes, ou lui demander d'arbitrer entre le bonbon chinois et le bonbon mexicain ? Tu me demandes comment empêcher un incendiaire de mettre le feu à la boutique ?

Grégoire et Mehdi ne regardent plus la Seine. Ils seraient bien en peine de dire ce qu'ils regardent. Grégoire bafouille :

– Pépère, Jacques c'était Jacky. On le connaissait depuis tout petits. On ne pouvait pas le…

– C'est pourtant ce que j'ai dû faire.

C'est ce que Pépère avait fait, oui. Bas de contention.

– Et pour quel prix, d'après vous ?

Il leur demande d'évaluer le coût de l'opération, compte tenu de son urgence, du lieu où elle s'est déroulée, de la somme réclamée par ceux qui ont opéré, de l'achat de nombreux silences, tant chez les détenus que dans l'administration pénitentiaire.

– D'après vous, pendre un détenu dans sa cellule c'est un service qui se rend gratuitement ? Il suffit que je claque des doigts pour que les gens se retrouvent suspendus ? Pépère est le bon Dieu, c'est ça ?

Bref, la thèse de Pépère c'est que Grégoire et Mehdi l'ont contraint à commanditer à prix d'or une exécution capitale dont ils auraient pu se charger eux-mêmes gratuitement. Voilà le reproche.

Pépère fouille dans les profondeurs amollies de sa veste. Il en sort un vieux calepin de moleskine noire, le feuillette, trouve la bonne page, l'arrache et la donne aux deux garçons.

– C'est le montant de l'addition, dit-il.

Grégoire empoche la facture.

– Vous vous partagerez le remboursement. Cinquante, cinquante.

Plus tard, quand ils se séparent, Pépère dit à Mehdi, en lui pinçant le lobe de l'oreille :

– Mon loupiot, c'est efficace, « colonel ». Mais sans rien derrière. Pas de nom. Surtout si c'est prononcé par quelqu'un d'autre : Le colonel voudrait la suite 17. Le colonel aimerait ceci, le colonel souhaiterait cela. Ça cesse d'être un grade, tu comprends ? On se demande quel colonel. Colonel de quoi ? Ça devient…

Mehdi fait signe qu'il a compris. La chevalière en or pèse son même poids quand elle se pose doucement sur son crâne.

*

Le gratin dauphinois approche la perfection. Ce n'est pas ça, évidemment, ça n'est jamais ça. Aucun gratin dauphinois n'arrive à la cheville de ses gratins à elle. Elle seule au monde sait faire le gratin dauphinois… Elle seule au monde… C'est pourtant vrai, se dit Pépère, il faudrait que j'arrête. Il faudrait que je raccroche. Il n'y a qu'elle. Me la couler douce auprès d'elle… Manger son gratin dauphinois en regardant passer les dernières péniches.

12

Comme convenu, la voiture passe le prendre à minuit précis. C'est une Mercedes à vitres fumées, dotée d'un chauffeur à casquette qui s'extrait souplement pour ouvrir la portière arrière.

– 62 rue Julien-Lacroix, annonce Pépère en montant.

À la jeune fille auprès de qui il s'assied il demande si ça va mon petit.

– Ça va Pépère, je suis contente.

– Contente de quoi, Marguerite ?

– De te voir ! s'exclame la jeune fille avec sincérité.

– Ah ? dit Pépère. Ça me fait plaisir.

Il se tait un instant et dit :

– Bien, voilà ce que nous allons faire.

Il lui explique qu'ils vont rue Julien-Lacroix, dans le XXe arrondissement, enlever un gars qui les a braqués pendant une affaire.

– Quatre garçons sont en planque devant son domicile.

– C'est qui, ce gars ? demande Marguerite.

Pépère pose sa main sur la sienne.

– J'allais te le dire. Marguerite, je suis en train de t'expliquer l'opération, alors j'allais forcément te le dire. Un truc très important, mon petit : ne pose pas de questions pendant qu'on t'explique, ça te déconcentre. Tu crois que tu vas gagner du temps mais ça t'en fait perdre. Tu comprends ?

Marguerite fait signe que oui.

Pépère laisse passer deux rues et demande :

– Alors, comment il s'appelle, le gars qu'on va serrer ?

Elle ouvre la bouche pour répondre, mais rougit brusquement :

– Merde, Pépère, j'ai oublié.

Pépère lâche un rire sec.

– Tu ne peux pas l'avoir oublié, je ne te l'ai pas dit. Tu vois, tu te déconcentres !

Marguerite pince les lèvres.

– Il s'appelle Pascal Vaubertin, dit Pépère. J'ai déniché son identité et son adresse par l'immatriculation de son véhicule. Nos gars ont vu son nom sur sa boîte aux lettres. Ils planquent devant son domicile depuis deux jours. Ils l'ont repéré ce matin pendant qu'il achetait une baguette. C'était bien lui. Ils l'ont reconnu. Il avait l'air blessé. Pâle et du mal à respirer. Il marchait comme un type qu'on a bandé. Le torse compressé, tu vois ? Ils ont dû le toucher dans l'engagement mais sur le coup ils ne s'en sont pas aperçus. Une côte, peut-être.

Pépère regarde Marguerite :

– Tu ne me demandes pas pourquoi ils ne l'ont pas serré ce matin ?

La jeune fille fronce les sourcils.

– Il devait y avoir du monde, répond-elle. Et puis il faisait jour.

– Et surtout, opine Pépère, c'est prévu pour ce soir minuit quarante-cinq. On ne change jamais un plan sans nécessité. Souviens-toi de ça.

La Mercedes a passé la Seine. Sur l'autre rive le musée d'Orsay luit autour de sa rosace allumée. La beauté de cette ville…, songe Pépère.

– La prochaine fois je t'emmène en face.

– D'accord, approuve Marguerite.

– Tu sais ce que c'est ?

– C'est beau, dit-elle.

– Ralentis un peu, demande Pépère au chauffeur. C'est un musée, mon petit, une ancienne gare changée en musée. Je t'emmènerai voir *Le Déjeuner sur l'herbe*. Ça aussi, c'est beau, Manet.

– En ce moment, s'excuse la jeune fille, j'ai pas trop de temps pour les musées, Pépère. Je prépare mon oral de néphrologie. T'imagines pas comme c'est compliqué, le rognon. Et la semaine prochaine j'ai pédopsychiatrie. C'est du baratin mais c'est long à réviser.

Pépère fait signe au chauffeur, qui accélère.

– Un sacré tireur, ce Vaubertin, reprend-il. Il nous a tué un gars en lui collant la moitié de son chargeur dans la tête en trois secondes. Et touché un autre à l'épaule et au pied.

Puis :

– C'est toi qui vas l'interroger, Marguerite.

– Chouette ! s'exclame la jeune fille.

– J'ai apporté le matériel, précise Pépère en tapotant son baise-en-ville. Ce soir tu vas jouer au dentiste, mon petit.

– Yes ! Qu'est-ce que tu veux savoir, au juste ?

– Pour qui il travaille et qui a balancé mes garçons.

– Comment ils savent qu'on les a balancés ?

– Ce Vaubertin a débarqué sans prévenir avec deux autres gars à l'heure pile où notre équipe opérait. Ils ont montré une espèce de carte de police mais ils étaient armés comme des porte-avions et ils tiraient sans compter.

La voiture passe maintenant devant la Conciergerie. Pépère montre le monument à Marguerite.

– À propos d'interrogatoire, tu vois cette bâtisse splendide ? Eh bien c'est le musée des interrogatoires, ma chérie.

*

Le chauffeur se gare au coin de la rue Lesage. On peut voir la rue Julien-Lacroix sur toute sa longueur, de part et d'autre du croisement.

– Bon, dit Pépère à Marguerite, on va faire un petit exercice. Je ne te donne pas l'adresse de Vaubertin. Mes garçons sont forcément en planque près de chez lui. Dans deux voitures. Un billet de cinquante si tu les repères.

– Je peux sortir ?

– Oui mais ne t'éloigne pas.

Debout sur le trottoir, Marguerite a un lent regard périscopique. Puis elle s'assied de nouveau à côté de Pépère.

– Pépère, chantonne-t-elle, tu viens de perdre cinquante boules.

– Alors, où sont-ils ?

Elle indique une Suzuki gris métallisé et une Renault blanche, l'une garée au coin de la rue du Sénégal et l'autre un peu plus loin, sur le trottoir de gauche.

– Comment as-tu fait ?

Elle répond que le bas de caisse des deux voitures est plus près du trottoir que la moyenne.

– En tout cas à l'avant, précise-t-elle. Il doit y avoir deux gars assis devant.

Nom d'un chien, pense Pépère.

– C'est bien, mon petit.

Il lui donne son billet puis lui explique comment va se dérouler l'opération. Dans quatre minutes exactement les garçons pénétreront dans l'immeuble, grimperont au troisième étage, entreront en trombe chez Vaubertin et l'arracheront à sa vie douillette.

– Pendant ce temps on roule doucement jusqu'à la porte de l'immeuble, Frédéric nous jette le prisonnier qu'on installe entre nous, et lui, il s'assied devant.

– Lui qui ? demande la petite.

– Frédéric ! Tu le connais, Frédéric, tu l'as eu en stage d'interrogatoire. Les trois autres garçons nous suivront dans leurs véhicules.

Marguerite consulte la petite montre qu'elle porte en pendentif.

– Encore trois minutes, dit-elle.

*

– Pépère est arrivé, murmure Frédéric.

– À quoi tu vois ça ?

Frédéric montre à son voisin l'angle fait par le rétroviseur. Les deux garçons, enfoncés dans leur siège, bavardent très au-dessous du niveau des vitres.

– Je les vois. Ils sont garés au coin de la rue Lesage, dit Frédéric. Une Mercedes noire. Regarde.

– Bien vu, fait son voisin.

– Voir sans être vu, c'est la base, explique Frédéric.

– Vive la base, ironise le voisin.

– Pile à l'heure, comme toujours, constate Frédéric. Tu crois que Pépère a déjà été en retard dans sa vie ? Une seule fois ?

– Même pas le jour de sa naissance. Il est né à la seconde prévue.

– Arrête tes conneries.

– C'est lui qui me l'a dit.

– Allez ?

– Je te jure. Il m'a dit texto : J'aime si peu faire poireauter le monde que je suis né pile quand ma mère l'a décidé. C'était mon premier rendez-vous, il ne fallait pas décevoir.

Frédéric engrange l'information qui, au fond, ne le surprend pas plus que ça.

– Encore trois minutes, dit-il.

– Pas trop tôt. Elle commence à me peler le cul, cette planque, répond le voisin en armant son Cram's.

– Tu travailles au Cram's ? s'étonne Frédéric.

– Tranquille. Il est un peu léger mais il va vite. Tu as les menottes ?

Frédéric a les menottes.

*

Dans la seconde voiture les deux autres garçons n'ont pas vu arriver Pépère. L'un vient de demander à l'autre :

– Tu sais comment je me suis fait pécho, la première fois ?

L'autre ne sait pas.

– J'étais en exercice vidange.

– Ah ! ces putains d'exercices vidange, sourit l'autre. Ça m'en a bouffé, des nuits !

– Pépère m'avait envoyé essorer un trottoir, continue le premier. Cette année-là l'essence avait grimpé comme pas possible. Bon, je vide mes deux premières bagnoles, pas grand-chose, quelques litres. Alors je me dis que je vais m'en faire une troisième. Je chouffe à droite je chouffe à gauche et j'entube une Renault. J'aspire ; bonne pioche. Pleine ! De quoi remplir mon jerrican. Je rechouffe. Tranquille. Rue vide. Il devait être dans les deux heures du mat', tu vois. Ça pionçait. Je « m'arme de patience », comme dirait Pépère, ça se remplit gentiment, et tu sais quoi ?

– Quoi ?

– La porte de la bagnole s'ouvre, un mec me chope et me grimpe direct à l'intérieur. C'était des flics, dis donc ! Ils étaient en planque. J'avais pas fait de bruit pourtant en les siphonnant, mais ils avaient senti la bagnole s'élever un peu au fur et à mesure que je la vidais. Forcément, avec vingt litres de moins elle était plus légère. Ils avaient senti leurs culs grimper comme dans un ascenseur. Putain, ils m'ont collé une branlée, je te dis pas.

– Pépère aussi ?

– Non, quand je lui ai raconté ça, il a failli mourir de rire. Sur ma mère, j'ai cru qu'il allait caner.

*

Dans un premier temps, les choses se passent comme Pépère l'a annoncé. À minuit et quarante-cinq minutes pile, les garçons sortent de leurs voitures. Portières refermées comme sur du velours, ils pénètrent dans l'immeuble sans plus de bruit qu'un songe. Si elle ne les avait pas observés, Marguerite n'aurait perçu aucun mouvement dans la rue. Trop forts. Au cinéma, tout fait trop de bruit. Surtout le silence. Ils ne peuvent pas s'empêcher de remplir le silence de musique au cinéma. Marguerite retient son souffle. Frédéric va ressortir d'une seconde à l'autre avec le prisonnier. La Mercedes va glisser jusqu'à la porte de l'immeuble, on va embarquer le Vaubertin menotté et bâillonné, Fred va s'asseoir devant et hop ! emballez, c'est pesé, on se casse. C'est pour des moments comme celui-ci que Marguerite adore Pépère. Pour l'intensité. Pour lui avoir appris l'art de l'interrogatoire, aussi. Elle est impatiente de cuisiner Vaubertin. Un gars capable d'exploser la tête d'un autre en trois secondes (la moitié de son chargeur) doit être un sacré coriace. Marguerite n'a encore jamais eu affaire à de vrais coriaces. Elle débute. Elle trouve que les clients s'allongent trop vite. Pépère a beau attribuer cela à ses qualités (vraiment douée, mon petit, tu feras une fameuse chirurgienne !), les interrogatoires trop courts la laissent frustrée. Avec un gars comme Vaubertin elle est sûre que ça va matcher.

Pépère tapote l'épaule du chauffeur.

– Maintenant, dit-il.

Le chauffeur met le contact.

Mais, comme il va embrayer, il se passe quelque chose d'inattendu. Trois voitures de police déboulent du haut de la rue Lesage pour s'engager à gauche dans Julien-Lacroix. Des électriques, tous feux éteints et sans sirène, silencieuses comme des images. Dans le même temps un fourgon de police surgit à l'autre extrémité de Julien-Lacroix, sorti, lui, de la rue des Couronnes. Les voitures et le fourgon s'arrêtent sans un bruit devant chez Vaubertin. Huit policiers en civil s'engouffrent à leur tour dans l'immeuble, aussi discrètement que les garçons tout à l'heure, pendant que deux autres viennent étirer une herse au travers de la rue, à quelques mètres de la Mercedes. Une escouade en uniforme saute du fourgon pour se planquer à pas feutrés derrière les voitures en stationnement. Leurs armes sont maintenant braquées sur la porte de l'immeuble. Seul, un policier en civil, mégaphone à la main, brassard de la BRB au biceps, reste en vue sur le trottoir, comme Bonaparte sur le pont d'Arcole, mais un Bonaparte proche de la retraite.

– Merde, souffle Marguerite.

– Tais-toi, murmure Pépère.

L'un des deux flics restés en faction près de la herse remarque la Mercedes. Il s'en approche, et frappe de l'index contre la vitre arrière qui se baisse sur un vieillard à l'air timide.

– Pardonnez-moi, monsieur, si vous vouliez bien circuler, nous…

Les derniers mots ne sortent pas car une lame, jaillie d'une chevalière en or, vient se glisser sous la gorge du locuteur, que l'autre main immobilise.

– Essayez de ne pas bouger, jeune homme, demande poliment le vieillard en maintenant la tête du policier dans l'encadrement de la fenêtre. Et laissez-moi regarder.

La poigne du vieillard est plus que ferme. Vu de loin, on jurerait une conversation, le policier expliquant par exemple aux passagers de la Mercedes la nature de l'opération qui se déroule, là-bas, cent mètres plus loin.

Suit un de ces silences où la terre cesse de

tourner. Combien ça dure ? Le temps de se poser la question et tout éclate d'un seul coup. Dans l'immeuble une exclamation étouffée du genre « police on ne bouge plus », deux coups de feu en guise de réponse, un cri de douleur, des injures, des détonations qui répondent aux détonations. Pépère déplace son interlocuteur de quelques centimètres.

– Poussez-vous un peu, je vous prie, que je voie ce qui se passe.

Dans l'immeuble, c'est maintenant un feu nourri. La cage d'escalier faisant caisse de résonance, tout le volume sonore explose dans la rue qui affiche aussitôt complet, fenêtres grandes ouvertes, familles aux balcons.

Le gros flic en civil hurle dans son mégaphone de rentrer chez vous bande de voyeurs on n'est pas au cinéma putain de merde vous voulez vous manger une balle perdue ou quoi ? Le tout sans le moindre effet sur les spectateurs qui, portables en batterie, démontrent au vieux Bonaparte qu'il se trompe : on est au cinéma. Et permanent qui plus est. C'est l'époque qui veut ça.

Deux des quatre garçons ont forcé le barrage, ils jaillissent sur le trottoir en tirant sur les uniformes embusqués. Qui répondent par des rafales. L'un des garçons tombe en tournoyant comme un lièvre mais continue de tirer jusqu'à ce que deux ou trois balles l'achèvent. L'autre court vers la Mercedes, il court en boitant et en se tenant l'épaule. Les balles sifflent autour de lui. Dans la main de Pépère, le policier tressaute. Son dernier regard au vieil homme est d'une indicible surprise. Pépère lâche le corps qui glisse sans un gémissement le long de la voiture et s'affaisse sur le trottoir. L'escouade cesse le feu, pensant à juste titre qu'elle vient d'abattre un collègue. Deux policiers en uniforme se lancent à la poursuite du jeune fuyard. Dans le brusque silence on entend le martèlement de leurs brodequins. Ils gagnent vite du terrain sur le blessé.

– Allez, mon petit, l'encourage Pépère, tu y es presque, allez !

Frédéric trébuche, la main tendue vers le salut, mais le cadavre du policier abattu par ses collègues empêche Pépère d'ouvrir la portière.

– Planque-toi mon petit, ordonne Pépère à Marguerite en baissant la vitre.

Il lâche deux brèves rafales. Les poursuivants de Frédéric s'effondrent sur le corps du garçon. D'où Pépère a-t-il sorti cette arme trapue ? Marguerite ne saurait dire. La fusillade reprend, en direction de la Mercedes cette fois, laquelle disparaît rue Lesage, tourne à droite rue de Tourtille, débouche rue de Belleville pour y devenir un taxi quelconque, comme l'indique le signal lumineux que le chauffeur a ventousé sur son toit. Occupé.

13

Rue de la Folie-Regnault où planquent Kébir et ses trois camarades, juste en face de chez les Malaussène, il se passe autre chose. L'immeuble est en travaux depuis le matin. Électricité, plomberie, toiture. Ravalement même, si on en juge par l'échafaudage monté la veille. Tous les corps de métier sont engagés. Ça rentre du matériel, ça sort des gravats, ça casse la croûte, ça reprend jusqu'au soir, ça finit à pas d'heure, pour tout dire ça sent le travail au noir. Kébir et ses gars ont vu les trois cousins Malaussène entrer et sortir plusieurs fois dans la journée. Ils sont bien là donc, les deux gars et la fille, la copine du fils Lapietà, c'est bien ici qu'ils logent, aucun doute. Maintenant que, nuit tombée, les travailleurs ont disparu, il n'y a plus qu'eux dans l'ex-quincaillerie : avec Malaussène et sa femme, la belle rousse. Et le chien dégueulasse. On va se les faire sans problème, se dit Kébir, et récupérer ce putain de Shœltzer. Pépère a raison, il faut être taré pour garder une arme qui a servi.

Ce bâtard de Pascou… J'aurais eu moins d'emmerdes s'il s'était fait descendre dans l'escalier ou si je l'avais achevé.

Arrête, mon Kébir, dirait Pépère s'il entendait penser le garçon, ne te disperse pas, une chose après l'autre, c'est comme ça qu'on joue aux dominos. Tu es sur un coup, tu es sur ce coup, concentre-toi. Dis-moi plutôt comment tu vas t'y prendre pour entrer chez eux ? Par le haut, répondrait Kébir, voilà comment je vais m'y prendre. Admettons, oui, tu pénètres dans le domicile de l'intéressé par l'échafaudage, ça facilite les choses, et après ? Après on est direct dans la chambre de Malaussène – facile, il dort la fenêtre ouverte, ce con –, on les saigne sans bruit, lui, sa femme et son clébard puant. Pourquoi lui et sa femme ? demande Pépère. Ils étaient témoins dans l'escalier ? Non, hein ? Alors on ne les tue pas. Jamais un mort de trop, mon Kébir. Rappelle-toi ça. Tu es là pour nettoyer les témoins, personne d'autre, tu as compris ? Et le chien tu le laisses dormir. Tranquille, répond Kébir. Alors on rentre par la fenêtre du dessous on descend direct chez les jeunes. Ils dorment en bas, dans un dortoir. Putain, un dortoir, Pépère, à leur âge, ils ont pas la honte. Comme quand j'étais minot et que tu nous faisais faire nos premiers stages. Bon on descend tout doux par l'escalier jusqu'au dortoir. Si les trois bâtards se réveillent et s'ils veulent se tirer, ils trouveront les copains à la sortie. Comme des rats, les Malaussène. On se fait les deux mecs en premier, on récupère le Shœltzer et je me garde la pute pour le dessert. Comment elle s'appelle, déjà ? Maracuja. Depuis le temps que j'ai envie de la sauter, celle-là. Elle est à moi, putain. Si un autre la touche, je le fume. Arrête, dirait Pépère, ne mélange pas le plaisir et le travail, mon Kébir, reste sur le projet. Je m'appelle pas Kébir, je m'appelle Marcel. C'est pas Kébir qui va se farcir la pute à Tuc, c'est Marcel, le voilà mon projet. Et après, l'effacer comme les deux autres tarés. Le ménage en grand. Plus de témoins. Et te rapporter le Shœltzer, Pépère. C'est tout et ça sera fait.

*

C'est tout, mais ça ne se fera pas exactement comme ça. Pour commencer, « la pute » ne sera pas là. Elle aussi a un projet. Pareillement belliqueux, d'ailleurs : interroger Alice, la musicienne, lui faire cracher la vérité. Parce que c'est Alice qui a vendu Lapietà à cette bande. Ce n'est pas le chauffeur de la Bernhard, parrain a envoyé un flic à Colmar, au siège de la boîte, pour le cuisiner. C'est pas lui. Formel. Donc ça ne peut être qu'Alice.

Ainsi raisonne Maracuja. Après le chauffeur, Alice est la seule qui pouvait être au courant pour Lapietà. Il ne reste qu'elle. C'est elle. Mara récapitule : quand Alice nous a livré le camion on a pris le petit déj avec elle, elle nous a joué quelques trucs vraiment beaux sur son OMNI (un instrument qui est à lui seul un orchestre), elle était vachement sympa cette fille, Tuc lui a même proposé de lui filer un coup de main pour la produire, on a passé un bon moment ensemble, elle a dû entendre les garçons prononcer le nom de Lapietà, ils lui ont parlé de l'installation et elle nous a vendus ! De toute façon, pas la peine de tourner autour du pot, il n'y a plus qu'elle. C'est elle à cent pour cent.

Ainsi raisonnait Maracuja dans le dortoir des Malaussène, perchée sur son lit, au-dessus de ses deux cousins.

– À quoi tu penses, Mara ?

Les cousins se disent que Maracuja pense à Tuc. Ils lui ont répété cent fois qu'il ne peut rien arriver à son amoureux tant qu'il sert de monnaie d'échange mais ce n'est pas le genre d'argument qui suffira à la calmer. Ils surveillent leur cousine comme du lait sur le feu.

MOSMA : Tu ne nous prépares pas une nouvelle connerie, au moins ?

SEPT : Partir à la recherche de Tuc, par exemple ?

MOSMA : Te payer l'armée d'Attila à toi seule ?

SEPT : Tu as remarqué qu'ils sont armés jusqu'aux yeux et qu'ils tirent comme ils respirent, ces mecs-là ?

MOSMA : Ils n'hésiteront pas à te faire la peau, Mara.

SEPT : Voire plus si affinité.

MOSMA : Tu as compris ça, au moins ?

SEPT : Oh ! Mara, tu écoutes ?

Elle écoute, elle écoute et elle répond ;

– J'écoute mais je préfère encore aller pisser qu'entendre vos conneries.

Ce disant elle saute du troisième lit, chemise de nuit volante, cul à l'air et pieds nus sur le carrelage.

– Vous êtes décidément trop cons.

Porte ouverte, porte refermée. Puis, celle des cabinets. Verrou. Gazouillis. L'eau de la jeunesse sur l'eau de la ville.

Quelle beauté ! pense C'Est Un Ange…

SEPT : C'est quand même inouï, le processus de la beauté. On voit naître un machin informe et vorace, ça tète comme douze (« Je nourrirai ma fille jusqu'à ce qu'elle m'assèche comme un hareng », proclamait Thérèse, jamais à court de formules héroïques), ça se transforme en boule adipeuse, avec un pif en truffe et voilà que, le cresson poussant autour de la fontaine, ça monte en tige gracile, tous les volumes se mettent en place par un charmant agencement et se stabilisent à un point d'harmonie jamais atteint à ma connaissance dans l'histoire de la féminité. Et le nez le plus délicat du monde, au bout du compte. Parce que c'est quand même l'incarnation de la beauté, cette fille, non ?…

MOSMA : Arrête Sept.

SEPT : Quoi, arrête ?

MOSMA : Arrête, je te dis. Chez nous la beauté est programmée. Notre grand-mère est une splendeur inoxydable, la rue se retourne encore sur nos mères, Louna et mon vieux père ne sont pas mal non plus… Verdun est plus que jolie quand elle se débarrasse de la juge… C'est celle qui ressemble le plus à Mara d'ailleurs, exactement le même gabarit. Bref notre famille est le produit d'un casting sans imagination. Beauté à tous les étages. Même toi, tu es regardable, c'est dire !

SEPT : Objection, Mara est la fille de Thérèse. On ne peut pas dire que de ce côté-là…

C'est vrai, Mara est le produit d'un sac d'os et de touffes sèches. Vu sous cet angle c'est un miracle de la nature.

MOSMA : D'un autre côté, ses deux pères ne sont pas hideux…

SEPT : Fort coefficient féminin chez Théo et chez Hervé, il faut peut-être chercher par là, tu as raison…

Pendant que les deux cousins dissèquent la cousine, elle enfile le jean, le tee-shirt et les baskets qu'elle a planqués dans les toilettes, elle ne tire pas la chasse d'eau, elle ouvre la porte silencieusement, grimpe l'escalier comme un chat, se retrouve sur le toit de l'immeuble par la trappe du cinquième (c'est l'itinéraire qu'empruntaient déjà ses oncles et ses tantes dans leur jeunesse), et la voici volant sur les toits de Paris avec des intentions homicides. Elle y croise un type à lunettes et chapeau noirs occupé à coller une gigantesque reproduction photographique du Père-Lachaise sur un immense matelas gonflable, une sorte de Zeppelin mais plat comme une galette. Le type colle le cimetière là-dessus, photo par photo, tombe par tombe. Une dizaine d'autres gars en font autant.

– Salut JR, dit Mara en passant. On peut dire que tu m'as pas vue ?

– On peut, Mara, répond le JR en question. Je te vois pas d'ailleurs, je bosse, tu vois ?

– Qu'est-ce que tu fais ?

– Je vais faire voler le Père-Lachaise au-dessus de la ville, ça changera les perspectives.

Un peu plus tard, Maracuja remonte la rue des Pyrénées en marmonnant des menaces. Comment une fille aussi sympa qu'Alice a-t-elle pu se faire de la thune sur notre dos en vendant Lapietà à ces assassins ? Une musicienne, en plus ! J'hallucine ! Et alors, musicienne ? Qu'est-ce que ça prouve, musicienne ? Et si la musique n'adoucissait pas les mœurs, après tout ? Regarde la musique militaire. C'est des serial killers qui composent la musique militaire. Le plus tordu étant celui qui a imaginé la sonnerie aux morts. Un dernier coup de clairon pour faire digérer le massacre. Si ça se trouve c'est une bonne femme qui a composé la sonnerie aux morts. Une Alice ! Mara court vers sa vengeance avec le secours de la théorie. C'est dans cet état d'esprit qu'elle monte en courant la rue des Pyrénées et grimpe les premières marches de l'escalier qui débouche rue Villiers-de-l'Isle-Adam, où gîte l'abominable Alice. Attends un peu, j'arrive !

– Mara !

Mara s'immobilise entre deux volées de marches. Elle reconnaît la voix qui l'appelle.

Se retourne.

C'est bien Alice, oui.

Alice est en bas de l'escalier, une caisse à outils à ses pieds, accroupie devant la carcasse d'un banc municipal.

– Où tu cours, comme ça ? Chez moi ? Viens plutôt me donner un coup de main.

Pendant que Mara redescend l'escalier marche par marche, Alice lui explique que la Ville de Paris démonte régulièrement ce banc pour que les clochards ne puissent plus y dormir.

– Ils dévissent les planches et les embarquent. Alors j'en achète d'autres et je les remplace.

C'est un duel à la Kafka entre la musicienne et l'entité municipale : démonter et remonter le plumard à clodos. Un conte moral. Merde, se dit Mara, ça ne peut pas être elle. Une fille qui fait ça ne peut pas être capable de faire ça. Voilà Maracuja absolument dégonflée. À tout hasard elle demande tout de même :

– Alice, tu crois que la musique adoucit vraiment les mœurs ?

L'autre lève la tête.

– C'est pour me poser cette question que tu es venue jusqu'ici à une heure du mat' ? Tu as une disserte à faire ou quoi ? Passe-moi le tournevis, s'il te plaît.

Deux jeunes femmes bricolent maintenant dans la nuit, l'une expliquant à l'autre qu'on trouve autant de voleurs et d'assassins chez les musiciens que chez les poètes, les peintres ou les dramaturges.

– Les Villon, les Caravage, les Marlowe, les Rimbaud, les Genet, les prêts-à-tout ! Tu en as aussi dans la musique, bien sûr. Et des tueurs tout comme ailleurs.

Viennent les exemples Renaissance de Bartolomeo Tromboncino et de Carlo Gesualdo, qui ont zigouillé leurs femmes avec les amants qui se trouvaient dans leur lit.

– Berlioz aussi avait le même projet mais il s'est retenu à temps, continue Alice, ou, plus près de nous, ce chanteur qui a cogné son amie à mort. Comment il s'appelle déjà, ce con ?

– Alors les musicos tuent leurs femmes ?

– Certaines se défendent bien, répond Alice. Le divin Purcell, grand queutard devant l'éternel, est mort de pneumonie. Une nuit d'hiver, retour de partouze, il trouve porte close, sa femme refuse de lui ouvrir. Résultat, pneumonie. Enfin, c'est ce qu'on dit. Tu sais ce que c'est, quand un bruit commence à courir il traverse même l'Histoire… Korsakov était persuadé que Salieri avait bel et bien assassiné Mozart… La jalousie, l'envie, la frustration… Les musiciens constituent un milieu comme un autre, Mara. Passe-moi la clé de huit ; à force de dévisser les planches à la va-vite, ces crétins esquintent les filetages.

Plus tard dans la nuit, verveine servie dans sa cuisine, Alice dit à Maracuja :

– Tuc doit être vachement heureux, dis donc !

Tout se fige en Maracuja.

Qu'est-ce qu'elle dit ? De quoi Tuc devrait-il être si heureux ?

Et de réaliser qu'Alice ignore que Tuc a été enlevé. Qu'en fait Alice ne sait rien de ce qui leur est arrivé. Rien de rien.

– Heureux de quoi, Alice ? demande-t-elle prudemment.

– Que tu sois enceinte !

À la tête que fait l'intéressée, Alice demande :

– Tu ne le savais pas ?

*

Kébir ne saurait dire combien de types lui tombent dessus dès qu'il pose le pied chez les Malaussène. La moitié du quartier. Ses copains, qui viennent d'ouvrir la porte d'en bas, sont pareillement plaqués au sol, lames sous la gorge et canons dans les côtes. Menottes, bâillons, silence. Fin de l'opération. Dix minutes plus tard, le chauffeur qui attendait ses camarades dehors met le contact en les voyant sortir comme prévu. Quand il s'aperçoit que ce ne sont pas eux qui montent dans la voiture, il tente quelque chose mais trop tard.

De toute façon, Kébir n'aurait pas trouvé les cousins. Partis furieux à la poursuite de leur cousine par le même chemin qu'elle, ils fonçaient eux aussi chez la musicienne Alice, certains de la trouver en miettes. Le JR à chapeau et lunettes noirs rencontré par Mara vingt minutes plus tôt commençait à gonfler son Père-Lachaise volant, ses dix copains le soulevant avec mille précautions. Quand Sept et Mosma atteignirent l'immeuble d'Alice, ils y furent accueillis par le capitaine Adrien Titus en faction devant la porte.

– Bravo, les gars. Comme gardes du corps on peut compter sur vous.

Sur quoi, Titus donna des ordres précis.

– Puisque vous êtes là, remplacez-moi, et remettez Mara au pieu quand elle redescendra. Mais pas à la Quincaillerie, précisa-t-il, il y a eu une inondation. Allez aux Fruits de la passion, je les ai prévenus, ils vous attendent.

Sur quoi, le téléphone de Titus vibra. Une voix familière sanglotait dans son oreille :

– Capitaine, oh ! putain, capitaine, venez voir ce qu'ils ont fait, ils ont...

Mais les sanglots étouffaient les mots. Titus, entendit la même voix crier : « N'y touchez pas ! »

Il y eut un choc et le silence.

14

Au fond, depuis que Gervaise et Clara ont créé Aux fruits de la passion et que Verdun a épousé Ludovic Talvern, nous passons plus de temps à l'orphelinat qu'à la Quincaillerie. Même maman accepte de nous y suivre. Elle y a sa chambre. Royale. Un lit à baldaquin, s'il vous plaît. Tout à l'heure, quand nous avons dû abandonner la Quincaillerie aux troupes de Hadouch, elle n'a fait aucune difficulté pour grimper en douce dans le camion de gravats qui nous a déposés ici.

Elle a juste dit :

– Tant que Sept me lit mon histoire du matin…

Et puis Louna et Clara aiment montrer notre mère aux orphelins. Maman leur prouve que la vie offre autre chose aux enfants perdus que des sorcières massacreuses. Il y a des fées aussi, des fées increvables dont la présence console de tout. Bien entendu « l'utilisation de notre mère à des fins mythifiantes » (l'expression est de Thérèse) ne manque pas de faire polémique. Pour une fois d'accord avec sa sœur,

Jérémy estime que ces orphelins ont entendu assez de conneries dans leur courte vie pour qu'on ne leur fourgue pas la sainte image de maman.

LOUNA : Une image ? Pourquoi une image ? Maman est bien là, non, en chair et en os, que je sache ?

JÉRÉMY : Manque la sainte.

CLARA (*conciliante*) : La présence de maman calme les gens, c'est un fait...

JÉRÉMY : Le formol aussi.

LOUNA : Tu deviens moins drôle avec l'âge, Jérémy.

CLARA : À propos de maman, elle veut les orphelins autour de son lit demain matin, quand Sept lui fera la lecture. Elle dit que l'histoire d'Alceste va les passionner.

GERVAISE : On montera les chaises du réfectoire.

*

Cette nuit-là l'orphelinat fut notre quartier général. Nous avions besoin de faire le point. À commencer par Mara, confrontée pour la première fois à la réalité de sa grossesse.

– C'est vrai, tu es enceinte, lui confirma Clara. Verdun et Julie l'ont remarqué, elles aussi.

– Ça arrive tôt, dans votre famille, a souligné Gervaise qui s'activait au fournil avec Ludovic.

Ils préparaient les croissants du lendemain.

– Comment veux-tu l'appeler, ce petit

locataire ? a demandé Jérémy. Dans ce domaine, le spécialiste, c'est moi.

Contre toute attente, Mara s'est foutue en rogne.

– Ça, on le sait, tonton ! C'est grâce à toi que Verdun, C'Est Un Ange, Monsieur Malaussène et moi on se trimbale ces prénoms à la con.

Sur quoi elle déclara qu'elle ne voulait plus de ce bébé, qu'elle avait voulu faire une surprise à Tuc mais, certaine à présent qu'elle ne le reverrait jamais vivant, elle préférait ne pas garder son enfant, qu'elle se tuerait après l'avortement, que, de toute façon, il fallait être des assassins pour faire encore des gosses dans ce monde en décomposition, que notre famille n'avait rien appris de sa propre histoire, que les Malaussène n'étaient que des machines à pondre des bébés sans père en les affublant de prénoms grotesques, surtout depuis que l'oncle Jérémy tenait le registre de l'état civil.

– Demande un peu à Mosma combien il a dû casser de gueules à l'école pour faire taire les abrutis qui se moquaient de nos prénoms, tonton ! À cause de toi, Mosma est devenu une vraie machine à tuer. Du coup plus aucun élève n'osait nous adresser la parole de peur de se retrouver avec la tête au carré. C'est pas vrai, Mosma ? Combien de types tu as défoncés à cause de nos prénoms stupides, de la maternelle jusqu'à la fac ? Dis-le à saint Jérémy le Baptiste.

Elle a ajouté qu'il fallait que nous soyons vraiment tarés pour envisager, « seulement envisager » de la faire accoucher d'un orphelin dans un orphelinat.

– Nous n'en sommes pas encore là, intervint Thérèse pour calmer le jeu.

– Mais si, on en est là, putain de merde ! hurla Maracuja. Bien sûr qu'on en est là ma pauvre mère !

Selon elle, neuf mois dans le ventre d'une femme ça ne comptait pour rien à l'échelle d'une vie humaine. Ça n'accédait pas même à la mémoire. Ça passait à toute allure comparé au nombre d'années de solitude qu'allait se farcir cet enfant sans père, jusqu'à ce qu'il soit en âge de procréer à son tour et de disparaître lui aussi, fidèle à la tradition Malaussène.

– Vous le comprenez, que notre famille est une manufacture d'orphelins ? Vous le comprenez, au moins, ou vous êtes décidément trop...

La crise de sanglots qui suivit mit fin à la démonstration. Mara s'endormit instantanément dans les bras consolateurs de Clara. Maracuja s'est toujours endormie comme on éteint la lumière.

*

Une fois Mara hors service et le dîner avalé (le reste des crêpes de sarrasin que Ludovic et Gervaise avaient empilées pour les orphelins), il fallut faire le point sur l'assaut de la Quincaillerie. Hadouch avait beaucoup misé sur l'interrogatoire des prisonniers pour savoir où étaient détenus Tuc et Lapietà, mais nos visiteurs étaient étonnamment durs à la baffe. Mo et Simon n'en avaient rien tiré. D'après eux, il s'agissait de quatre tueurs assez jeunes, à peine plus d'une vingtaine d'années, entraînés aux interrogatoires les plus musclés et curieusement bien élevés.

– Pas la clientèle courante, admit Hadouch. Ils n'ont pas envoyé Mo et Simon se faire mettre, ils n'ont pas menacé leurs mères de sodomie. Ils ont répondu poliment. Des conneries mais poliment.

– Quel genre de conneries ? a demandé Julie.

– Qu'ils ne sont que d'honnêtes cambrioleurs, qu'ils voulaient juste visiter les appartements de l'immeuble, que ce serait le hasard qui les aurait fait commencer par la Quincaillerie.

– Sur quel critère, cet immeuble plutôt qu'un autre ?

– À cause de l'échafaudage, soi-disant. D'après eux, qui dit travaux dit pognon, équipements électriques, outils, robinetterie, cuivre, et, si on a de la chance, ordis, tablettes, smartphones et bijoux de famille.

– Alors, pourquoi tous armés jusqu'aux dents ? ai-je demandé à mon tour.

– Pour se défendre, Ben, a répondu Hadouch. Celui qui répond le plus volontiers dit qu'aujourd'hui on ne peut plus travailler tranquille. Tout le monde est armé. Il y en a même qui ont des chiens énormes. (Je suppose qu'il faisait allusion à Julius.) Il dit que les mentalités ont dramatiquement changé !

– Les mentalités ont dramatiquement changé ?

– Ils parlent comme ça, Ben, je te jure, c'est leur style. « Les mentalités ont dramatiquement changé, monsieur, je vous l'affirme avec respect. » Texto.

– Donc, aucun moyen de savoir qui leur a vendu Lapietà ? a demandé Julie.

– Aucun. L'affaire Lapietà, les sous-sols de la Défense, ils jurent leurs grands dieux qu'ils ne connaissent pas. « C'est pas notre terrain d'opération, monsieur. Nous, c'est Belleville, vous voyez bien. Nous, on ne va pas gratter dans le pays des autres, nous ne cherchons pas le conflit. »

– Nous ne cherchons pas le conflit ?

– Mot pour mot, Ben. Très bien élevés, je te dis. Pas des enragés du trottoir. Tellement corrects qu'ils ont poussé Mo et Simon au bord de la dépression.

Comme dans toutes les guerres, la question s'est bien sûr posée de savoir ce qu'on allait faire des prisonniers. Hadouch était hésitant sur ce point :

– Évidemment, on pourrait les garder un peu et les cuisiner plus à fond pour qu'ils disent où sont Tuc et son père, mais ils ne seraient plus présentables à l'instruction et vous connaissez Verdun, elle nous le reprocherait.

– Moi aussi, intervint Ludovic en déposant un clafoutis sur la table.

L'idée de contrarier Ludovic Talvern tentait rarement quelqu'un.

Julie demanda à quelle heure rentrerait Verdun.

– Sais pas, répondit Ludovic. Repartie à peine arrivée. Convoquée d'urgence au ministère.

Puis, cette question :

– Après le dessert, j'ai quelqu'un pour la vaisselle ?

*

En réalité, Verdun était rentrée depuis peu. Elle se démaquillait dans la pièce voisine. Comme toujours avant de nous retrouver, elle se débarrassait méthodiquement de la juge Talvern. Le rituel avait lieu dans la buanderie attenante à la cuisine que Ludovic avait aménagée pour elle en cabinet de maquillage. Elle l'appelait « mon grimoire ». Elle se débarrassait de la juge, à la truelle d'abord, au papier cul ensuite, puis à petits coups de coton, pour finalement se frotter vigoureusement le visage au gant de toilette, comme je lui avais appris à le faire quand elle était enfant. Frotte fort, je veux voir la tête de Bécassine ! Tête rutilante qu'elle m'offrait tous les matins au petit déjeuner, avant de filer à l'école.

– Bécassine aura été mon premier déguisement, me dit-elle un jour. Un vrai contre-emploi. Mais j'aimais t'amuser, Benjamin.

Plus tard, à la fac, fond de teint blafard sur le visage et sur les mains. Elle entre dans sa période gothique, me disais-je. J'en étais content parce que je la trouvais trop solitaire. Ce brusque engouement pour la mode du blême et des ongles violets lui faisait un point commun avec les jeunes filles de sa génération. Elle allait se faire des amies.

Mais non, ce n'était pas ça.

– Tu te trompes, Benjamin, je n'ai pas besoin de copines, je me fous de ma génération, je me fous des modes, et je me fous du maquillage ; je veux me faire le visage du Droit, c'est tout.

Elle voulait être juge d'instruction. Ni policier, ni avocate, ni procureur, ni présidente d'un quelconque tribunal. Elle ne voulait ni attaquer, ni défendre, ni condamner, ni relaxer, ni même siéger, elle voulait instruire. Elle voulait incarner le Droit, révéler les faits, les extraire de leur gangue idéale pour les exposer à la froide lumière de la Loi.

– Sous cet éclairage, les faits ne sont pas regardables, Benjamin, c'est la raison pour laquelle tout le monde ment. La juge non plus ne doit pas être regardable. Je me déguise en truisme.

Ou ceci :

– Une juge d'instruction ne doit ressembler à rien qui puisse séduire ou faire peur, ce serait malhonnête. Étrange, c'est le mieux. En la regardant, il faut se demander : qu'est-ce que c'est que ce machin ? La vérité est étrange, Ben. Vus à travers les lunettes du Droit, les faits ne sont pas regardables.

Seule devant son miroir, sans sa moustache et ses cheveux gras, sans ses lunettes et ses ongles craquelés, sans la couche effarante de peau trouée collée à sa peau si lisse, la juge Talvern redevenait Verdun Malaussène. Et Verdun présentait l'addition à la juge : Un prévenu se fait crever l'œil dans ton bureau, madame la juge, prévenu qu'on retrouve pendu dans sa cellule le lendemain. Tu découvres le lieu de détention de Georges Lapietà et au lieu d'en informer ta hiérarchie tu envoies Titus et Silistri le libérer en douce, accompagnés du stagiaire Manin, chargé, lui, d'emprunter un véhicule pour l'opération (autrement dit de le *voler* sur la voie publique !). S'ensuit une bataille rangée avec morts et blessés, suivie d'un nouvel enlèvement de Lapietà père et fils. Échec cuisant, donc. Tu as foiré sur toute la ligne, madame la juge. Ce n'est pas tout ; il y a une heure, dans la Quincaillerie familiale, la Quincaillerie où tu as grandi, madame la juge, arrestation de pseudo-cambrioleurs par personnes n'ayant pas autorité, suivie de séquestration arbitraire et probablement de tortures. Pas mal pour l'incarnation du Droit, tu ne trouves pas ? Attends, il en reste. Il y a ce maître chanteur qui vient de fourguer au ministère une liste de vingt-cinq personnalités pourries jusqu'à l'os, liste qu'il a dû arracher par la torture à Georges Lapietà. Le ministre en personne t'a chargée de débusquer ce type et tu n'as pas avancé d'un millimètre dans ce dossier… Ce que vient de te rappeler le procureur général Souzier.

– Vous stagnez, Talvern, et je paie les pots cassés.

*

Verdun en était là quand la porte du boudoir s'ouvrit sur Ludovic.

– Ah ! tu es arrivée, karedig. Viens vite, les gosses ont quelque chose à te montrer.

Les gosses – trois orphelins du dortoir des grands – brandissaient leurs portables. Regardez ! Regardez !

Avant de se pencher sur l'écran du premier téléphone, Verdun entendit nettement le crépitement d'une fusillade. Et en effet l'écran lui montra deux types qui jaillissaient d'une porte d'immeuble en canardant les voitures en stationnement. Derrière les voitures, ça riposte. Un feu nourri abat un des deux tireurs pendant que l'autre, visiblement blessé, tente de fuir en claudiquant vers une Mercedes garée à un croisement. Un policier, debout contre la Mercedes, s'effondre.

Fin du film.

– Regardez le mien !

Même fusillade mais sous un autre angle. Un flic à mégaphone braille des insultes contre le public qui filmait : « Bande de voyeurs », « putain de merde… » Bon Dieu, pensa Verdun, c'est cet abruti de Menotier.

– Le mien ! Le mien !

Troisième portable. Plan rapproché sur la

Mercedes, cette fois. Un agent en uniforme, debout contre la voiture, semble discuter avec son occupant. Il tourne légèrement la tête vers le fuyard qui se rapproche d'eux. Puis, on voit le corps de l'agent tressauter et s'effondrer. C'est en boucle. Le corps de l'agent tressaute et s'effondre. Encore une fois. Tressaute et s'effondre. Un policier abattu par des policiers. Tressaute et s'effondre. La Mercedes démarre. Les gosses adoraient ces films. Ils tapotaient sur leurs claviers et les images s'envolaient vers d'autres écrans.

*

Il n'y a pas trente-six façons d'en finir avec une journée pareille, se dit Verdun. Remettre les orphelins au lit, prendre la main de Ludovic, l'entraîner jusqu'à la chambre conjugale, déboucler son ceinturon, faire sauter ses boutons comme on écosse des petits pois, plonger la main libératrice dans l'ouverture, sculpter le chef-d'œuvre, l'enfourcher et faire durer.

Doucement, millimètre par millimètre, Verdun exposait à Ludovic la situation de la juge Talvern. Ludovic réfléchissait. Il finit par murmurer :

– En effet, tu es dans l'embarras, karedig.

Ses mains énormes s'étaient refermées sur le corps de sa femme. Ce corps si tendre à modeler… De la pâte à pain, le croissant du matin.

Ludovic ajouta :

– Mais cette merde n'est pas la tienne.

Et encore :

– On va la sortir de là, ta juge.

Attention, se dit Verdun, le juriste prend le relais du boulanger, l'ancien prof en droit des obligations va statuer. Je suis entre les mains du juge suprême. Surtout ne pas le faire conclure avant terme, pas maintenant, ma fille…

– Un inconnu veut faire chanter des célébrités que Lapietà lui-même gardait sous le coude, c'est ça ?

C'était ça.

– Reste concentrée sur ce que tu fais, karedig, n'accélère pas le mouvement, laisse-nous le temps de trouver la solution.

Elle se concentrait, elle se concentrait. Elle s'élevait jusqu'à l'extrême limite et redescendait si doucement, si profondément, qu'il se sentit disparaître tout entier en elle.

– Ne bouge plus… Surtout ne bouge pas.

Ils réfléchissaient ainsi, en profondeur. Elle sentait battre en elle le cœur du géant.

– En faisant ça, c'est le gouvernement que ce truand fait chanter, pensa-t-il à haute voix.

Elle ne bougeait pas. À peine fit-elle un oui très discret de la tête.

Immobilité absolue. Passaient des secondes dangereusement exquises.

– Il a raison, murmura enfin Ludovic. Si quelqu'un peut faire chanter les gens de cette liste, c'est que l'État n'a pas fait son travail sur leurs dossiers… Personne ne chante mieux qu'un coupable… Attends, karedig, attends ! Surtout attends !

Elle attendait, elle attendait, on ne pouvait être plus attentiste. Jamais on n'avait vu deux juristes à ce point concentrés sur un dossier aussi explosif.

– De quoi les soupçonne-t-on au juste, demanda-t-il, tu as les délits en mémoire ?

Elle égrena les noms et leurs délits aussi clairement que s'ils défilaient sous ses yeux :

– Sociétés-écrans délictueuses, prise illégale d'intérêts, abus de droits fiscaux, présentation de faux bilans, banqueroute frauduleuse, la liste est longue, mon amour, tu ne tiendras pas jusqu'au bout.

– Surtout si tu me fais rire. Arrête… Arrête… Continue… Continue…

– Délit d'initié, distribution de dividendes fictifs, trafic de devises…

– Arrête. Attends un peu. Attends…

Leur souffle retenu…

– Il y a plus grave, murmura-t-elle.

– Vas-y.

– Rapt et trafic d'enfants, proxénétisme aggravé, escroquerie à l'adoption, séquestration, probablement trafic d'organes…

– Tais-toi…

Elle se tut. Il se tut. Les crimes restaient en suspens.

– Il faut les attaquer, dit-il tout à coup. Tous ! Dès demain. Instruire officiellement sur chacun d'eux. Et que le pays entier le sache. Presse, télé, réseaux sociaux, tu couvres tout. Le plus de bruit possible.

Elle objecta, comme on parle à un bon garçon :

– Mais le pays s'en fout complètement, mon bel amour. Un scandale de plus et alors ?

Les mains du boulanger remontèrent des hanches jusqu'aux joues où ses doigts s'évasèrent en corolle.

– Quelle jolie fleur tu fais, karedig…

Encore un moment de suspension réfléchie, puis elle dit :

– Le ministère n'entamera pas de poursuites.

– Qu'en sais-tu ?

– Le ministre me l'a dit : trop d'importants mis en cause. Y compris des étrangers. Trop de problèmes en perspective.

Il voulut la rassurer.

– À huit mois des élections, l'Élysée profitera peut-être de l'occasion pour se refaire une virginité.

Ils étaient arrivés au bout de leurs supputations. L'explosion les envahit comme au ralenti, chaque veine, chaque nerf, chaque cellule de leurs corps comblée par un geyser de douceur en fusion.

*

Au moment de sombrer dans le sommeil, Verdun vit le cimetière du Père-Lachaise passer au-dessus de la verrière qui leur tenait lieu de plafond.

– Mon amour, murmura-t-elle, tu vois ce que je vois ?

– Je vois passer le Père-Lachaise au-dessus de nos têtes, si c'est ça dont tu parles.

Quand le cimetière eut quitté leur champ de vision, Ludovic ajouta :

– Tout de même, karedig, ce n'est pas sain que les gosses jouent avec leurs portables à deux heures du matin.

Mais elle dormait déjà.

15

Les trois infirmiers ne pouvaient arracher le corps de Nadège aux bras de Manin.

– Elle est décédée, monsieur, soyez raisonnable.

On n'aurait su dire qui de Nadège ou de Manin était couvert du sang de l'autre. Quand elle s'était jetée devant lui pour le protéger et que le type avait tiré quand même, le cœur de Nadège avait éclaté et, dans le brusque effort que Manin avait fourni pour empêcher son amie de basculer dans la cage d'escalier, ses propres blessures s'étaient rouvertes. Il avait eu la force de traîner le corps inerte jusqu'à l'appartement, puis il s'était effondré sur Nadège, chacun des deux se vidant de son sang, et depuis l'arrivée de l'ambulance personne n'avait pu les séparer.

– Monsieur, il faut nous la laisser.

Manin menaçait les infirmiers sans un mot. Il leur avait jeté à la tête le portable où Titus l'avait entendu sangloter. Maintenant il pointait sur eux son arme de service.

– Faites quelque chose, monsieur, madame, aidez-nous, quoi, raisonnez-le !

Les infirmiers adressaient cette prière à un couple recroquevillé dans le canapé. Soudés l'un à l'autre par la terreur, ni l'homme ni la femme n'étaient capables de parler. Une table était dressée où gisait un dîner interrompu.

Dans le couloir quelqu'un vociférait :

– C'est une scène de crime, putain de merde, virez-moi tous ces cons !

– Je suis un voisin, protesta une voix.

– Alors rentrez chez vous. Et celui-là, c'est qui ? Putain, vous allez me foutre tout ce monde dehors, oui ?

– C'est moi, répondit la voix du capitaine Adrien Titus. Qu'est-ce que tu as fait, Menotier ? Tu as flingué tout l'immeuble ?

Quand Titus pénétra dans l'appartement de Manin, il fut saisi par la quantité de sang répandu. Trois infirmiers cloués au mur parlementaient avec un Manin exsangue. L'un d'eux reconnut Titus :

– Dites-lui, capitaine. Elle est morte !

À la vue de Titus, Manin baissa son arme.

– Oh capitaine, murmura-t-il avec ce qui lui restait de voix, regardez ce qu'ils ont fait. Regardez ça…

Il désigna l'environnement avec un geste de désolation impuissante et s'évanouit enfin.

En rabattant le drap sur le visage de Nadège le troisième infirmier annonça qu'ils reviendraient avec une autre civière.

Titus refusa poliment.

– Non, laissez, je m'occupe de celui-là, merci, vous pouvez y aller.

Quand le divisionnaire Menotier pénétra à son tour dans l'appartement de Manin, il demanda au capitaine Adrien Titus ce qu'il faisait là :

– Qu'est-ce que tu fous ici, c'est mon enquête bordel, tu trouves que c'est pas assez compliqué comme ça ? Et ces deux-là, qui sont-ils ? ajouta-t-il en désignant les paralytiques du canapé.

Le capitaine Adrien Titus, qui venait d'allonger Manin sur son lit, s'approcha de son supérieur hiérarchique pour s'adresser directement à son oreille.

– Va compter tes morts, monsieur le divisionnaire, ou je t'ajoute à la liste.

Ce disant, il nettoyait l'arme de Manin, poisseuse de son sang et du sang de la jeune morte. Merde, je m'en suis foutu partout, pensa-t-il, encore un costume baisé. Sa main imprima cinq doigts sanglants sur la poitrine de Menotier.

– Dégage et ne m'envoie personne.

La porte refermée, Titus appela Gervaise :

– Notre blessé a besoin d'aide, Gervaise, envoie-moi Maracuja. Ça la calmera de s'occuper de quelqu'un.

Puis il ouvrit le placard de la cuisine, en sortit ce qu'il y trouva de plus fort, remplit deux verres qu'il plaça dans les mains des paralytiques du canapé.

– Videz ça sans y penser et dites-moi qui vous êtes.

*

Dehors, la rue Julien-Lacroix n'était que sirènes et gyrophares. Les flashs des curieux crépitaient plus que jamais. La sixième civière venait de sortir de l'immeuble.

– Six, putain, ils en ont flingué six !

– Rentrez chez vous, nom de Dieu, hurlait le mégaphone du vieux Bonaparte. Et vous autres, bouclez-moi ce périmètre ! Personne n'est foutu de faire le ménage, ici ?

On fit savoir au divisionnaire Menotier que, les portables ayant fait leur travail exponentiel, les curieux affluaient de toutes les rues. Vu la pagaille ambiante on attendait une escouade supplémentaire de gardes mobiles.

– Trop de choses à faire dans l'immeuble pour perdre notre temps en maintien de l'ordre, patron.

Le fait est que ça rappliquait de partout :

– Oh la vache, mais qu'est-ce qui s'est passé ici ?

– C'est les flics, ils ont…

De l'attroupement à l'émeute il n'y a que le temps de griller une allumette, Menotier le savait. L'époque était aux incendies spontanés. Il fit taire son mégaphone et regagna sa voiture de service.

La rue disait :

– C'est eux qui ont tiré les premiers, je fermais mes volets, je les ai vus.

– De toute façon, on a les preuves, y a les films.

– Même qu'ils ont flingué un des leurs.

– Non ?

– Je vous jure ! Juste là, regardez. Un flic en uniforme.

Et de visionner la séquence, à l'endroit même où elle s'était déroulée, croisement Lesage - Julien-Lacroix.

– Putain, ils sont de plus en plus…

C'était cela qui enflait, l'émeute vertueuse.

– Ils ont tiré tout de suite ?

– Sans sommation. Direct ! Et de bon cœur avec ça, y a qu'à compter les douilles.

– Mais pourquoi ils ont buté le flic de la Mercedes ?

– Va savoir…

– Oh ! Regardez !

Il n'avait pas fallu moins d'un miracle pour que les âmes prissent un peu de hauteur. Quelqu'un, par hasard, avait levé les yeux au ciel et s'était écrié :

– Oh ! Regardez.

On regarda. Ils regardèrent. La tête renversée ils virent le cimetière du Père-Lachaise passer au-dessus d'eux. Une manifestation si tangible de la puissance divine que les sirènes se turent, que la rumeur se mua en extase, que certains tombèrent à genoux, et que le vieux Bonaparte lui-même en demeura sans voix. Le cimetière glissait au-dessus des immeubles dans un silence séculaire. On voyait très nettement les tombes pointer leurs croix vers ceux qui les regardaient. Les morts désignaient les vivants. Et les vivants commençaient à baisser la tête. Une voix d'enfant apeurée laissa entendre que si Dieu renversait le cimetière sur eux, les tombes allaient s'ouvrir et les morts pleuvoir sur la ville. Difficile de dire si on le crut mais la rue se vida assez vite, les volets se refermèrent et les fonctionnaires de police purent enfin achever leur travail.

*

L'homme dans le canapé s'appelait Pascal Vaubertin. La femme pelotonnée contre lui était :

– Amandine, mon épouse, monsieur le commissaire.

– Je ne suis pas commissaire, précisa Titus. Continuez.

L'homme exerçait la fonction de bibliothécaire ambulant. Hé oui, c'est bien lui, pensa le capitaine Adrien Titus. Vaubertin et sa femme rentraient d'un long week-end en famille et, constatant la disparition de leur outil de travail, un van Volkswagen bourré de livres qu'ils avaient garé devant l'immeuble, nous avons entrepris de questionner les locataires avant de signaler sa disparition à la police, au cas où quelqu'un aurait vu quelque chose, au cas où on nous l'aurait emprunté, vous comprenez ? Ça peut arriver… Un ado de l'immeuble pour aller en boîte avec sa copine dans une bibliothèque roulante, ce genre de choses est toujours possible, n'est-ce pas ? Alors porter plainte et mettre une famille du voisinage dans l'embarras nous paraissait inapproprié, et quand j'ai sonné chez monsieur Manin…

Quand Vaubertin avait sonné chez Manin, Nadège l'avait envoyé paître. Mais la même Nadège s'était pointée chez eux un peu plus tard, toute repentante, pour inviter aimablement Vaubertin et sa femme à dîner, elle s'excusait de son attitude incivile et souhaitait profiter de l'occasion pour mieux faire connaissance. Son mari, quoique souffrant, y tenait absolument, un petit dîner improvisé entre voisins, allez, à la bonne franquette en somme, c'était…

C'était une trouvaille de Manin, supposa Titus. Inviter le couple à dîner pour protéger Vaubertin. Que les tueurs ne le trouvent pas chez lui et s'en retournent comme ils étaient venus. Et me prévenir. Bonne idée. Décidément ce gosse a les bons réflexes. Réflexes qui auraient payé si le hasard n'avait pas fait débarquer les troupes de Menotier au même moment, elles aussi à la recherche de Vaubertin, acculant les tueurs dans l'escalier de l'immeuble. Police ! Dès les premières détonations Manin avait sauté sur son arme de service pour monter au feu. Dehors il s'était trouvé nez à nez avec un des gars de la Défense, qui l'avait illico reconnu.

– Putain, c'est lui, c'est le mec au combi ! Il est là ce fils de pute !

– Police ! Lâchez votre arme, avait ordonné Manin.

Manin raconta péniblement la fin pendant que Mara changeait ses pansements.

– Il aurait lâché son flingue, je vous le jure, capitaine, je l'ai vu dans ses yeux. Il m'a reconnu, on s'était tiré dessus sous la Défense, il savait que j'étais plus rapide que lui. Il allait se rendre. Mais vous connaissez Nadège, elle est sortie comme une tigresse, elle m'a cru menacé, elle s'est jetée entre lui et moi…

Le type avait tiré puis sauté dans l'escalier pour jaillir dans la rue où il s'était fait abattre à son tour.

Il y a les désastres, songeait Titus, et il y a les désastres absolus.

IV

ENTRACTE

Qui est Zé Martins ? D'où vient Zé Martins ? Quelle femme a mis au monde Zé Martins ?

16

Le matin suivant, dans la chambre de maman, comme les orphelins ignoraient tout du roman d'Alceste, il fallut reprendre la lecture au début. On avait métamorphosé la chambre de la belle dame en théâtre provisoire :

– Chacun apporte sa chaise, les enfants, ordonna Gervaise. Faites deux demi-cercles, voilà, sans trop de bruit please, asseyez-vous maintenant.

Il fallut aussi attendre que la belle dame eût fini son petit déjeuner (une vraie fée, plus toute jeune mais toute de blanc vêtue, assise sous son baldaquin, à tremper un croissant de Ludovic dans son café fumant). Puis, il fallut créer le silence, attendre l'arrivée de C'Est Un Ange.

– Le voilà ! le voilà !

Sept s'assit sur sa chaise de lecteur, prit le temps de laisser frémir l'impatience, ouvrit enfin le roman d'Alceste, annonça le nom de l'auteur puis dit le titre :

– *Leur très grande faute.*

Julius le Chien et moi jouions les sphinx de part et d'autre de maman.

Voilà, c'était parti : le petit footballeur, dont on ne connaît pas encore le nom, shoote donc contre le cul du gros flic (rires). Ça se passe au carrefour de l'université, à Fortaleza, capitale du Ceará, au Brésil. Le petit footballeur crée un embouteillage monstre, d'autant plus que le gros flic n'est pas mauvais non plus, il renvoie la balle d'un coup de cul (rires), d'un coup de ventre (rires), d'un coup de tête (bravos), le petit tourne autour de lui, c'est un gamin de dix ans, onze tout au plus, un cabocle moreninho. Il est si rapide qu'il se trouve toujours au point de chute du ballon.

Dans la chambre de la belle dame on entendait voleter des noms : C'est Maradona ! Maradona enfant oui ! Mais non c'est Messi, il est tout maigre, c'est Messi ! Mais non on est au Brésil, pas en Argentine. Alors d'autres noms s'envolaient comme des grappes de ballons multicolores : c'est Neymar, c'est Douglas Costa, Alisson, Marquinhos, Marcelo ! Non, c'est Casemiro, Thiago Silva, Dani Alves… Jusqu'à ce qu'une voix stoppe l'énumération en lâchant, sur un ton qu'on ne discuta pas :

– Não, è o meu tio Zé. Zé Martins.

C'était la voix du dernier orphelin arrivé : Nelson Paraiso Martins, débarqué avant-hier, maigre comme un chat perdu et les yeux mangés de fièvre. Il écoutait parmi les autres. Il avait gardé sa couverture d'où sa tête émergeait comme un artichaut ébouriffé. Il répéta :

– Zé Martins.

– Il dit que c'est son oncle Zé Martins, traduisit Gervaise.

– Deixa a gente ouvir o resto, murmura Nelson, soudain apeuré.

– Il me demande de vous laisser écouter la suite.

La suite, c'est l'irruption de la garde civile sur le carrefour, les hommes du gouverneur venus rétablir l'ordre public, la portière de la jeep qui s'ouvre, l'apparition du grand cabocle jaune dans son uniforme vert-de-gris.

– Faca ! s'écria le jeune Nelson.

Très pâle, très maigre, les yeux en feu, Nelson s'excusa d'un geste auprès de C'Est Un Ange.

– Prossegue lendo, senhor.

– Continue de lire, traduisit Gervaise.

La lecture se poursuivit sur l'image du redoutable commandant Augusto Parmenido Faca marchant d'un pas ferme vers le petit footballeur. Lequel lui shoote dans la gueule (applaudissements). Le ballon s'immobilise à la place de la tête du commandant. Une sorte d'arrêt sur image.

Cet homme à tête de ballon…

Silence de mort dans la chambre de la fée.

Et peu à peu la tête du commandant réapparaît tandis que son bras se baisse et qu'on découvre le ballon planté sur un couteau à cran d'arrêt. Le ballon se dégonfle, il tombe lourdement aux pieds du commandant.

Ici, Nelson lâcha une rafale de petites phrases terrorisées.

– Tinha a faca rapida ! Tudo fazia com a faca ! Matava macacos ! Torturava ! Comia ! e…

Gervaise posa la main sur l'épaule du garçon qui se tut, le souffle court.

Elle traduisit :

– Ce commandant a le couteau rapide. Il fait tout avec son couteau, tuer les singes, torturer, manger…

Contrairement à ce qu'on pourrait attendre, le commandant Parmenido Faca ne massacre pas l'enfant – qui s'appelle effectivement Zé Martins. Il l'achète au gros flic, un gars de la famille Martins lui aussi, dont on découvre qu'il a monté ce numéro pour mettre son petit cousin en valeur – et en vente.

C'est là que je suis allé chercher Verdun. Elle n'était pas encore partie. Je l'ai trouvée endormie dans les bras de Talvern. (L'effarante disproportion de ces deux corps, tout de même !) Viens vite, madame la juge, magne-toi, il se dit dans ce roman des choses qui pourraient t'intéresser. Trafic de gosses dans le milieu du foot, je sens ça venir gros comme une maison…

La matinée entière y passa. De temps à autre, le petit Nelson ne pouvait s'empêcher d'interrompre la lecture :

– Falei sozinho, me desculpe. Quem fala, não sou eu, mais é a minha memoria – J'ai parlé tout seul, je m'excuse. Ce n'est pas moi qui parle, c'est ma mémoire.

Bref, après avoir acheté le gosse au gros flic, le commandant Parmenido Faca le vend à trois clubs de foot en même temps, le Fortaleza Sporting Club, le Ceará Sporting Club et, pour faire bonne mesure, le club Maguari. Quand les clubs comprennent qu'ils doivent partager le petit génie, ils sont tentés de dénoncer l'arnaque au gouverneur du Ceará mais personne n'a jamais eu gain de cause contre le commandant Parmenido Faca. Alors, on trouve un modus vivendi. Tout le monde va gagner beaucoup d'argent. On exhibe le gamin dans le grand stade Castelão de Fortaleza. Il joue en lever de rideau. Avant chaque match on lui oppose cinq joueurs de l'équipe visitante, charge à lui de les dribbler l'un après l'autre et d'aller marquer son but. C'est un rituel calqué sur le fameux but de Maradona contre l'Angleterre, finale de la Coupe du monde en 86 au stade Azteca de Mexico. Le petit Zé dribble immanquablement ses cinq adversaires et marque son but avec panache. Les joueurs sont-ils achetés pour se laisser faire ? Le spectacle est-il truqué ? On ne saurait dire, le gosse joue si bien que s'il y a supercherie elle est difficile à prouver. Un soir, un Bolivien esquinte la cheville du gamin en le taclant méchamment. La foule lynche le Bolivien à la sortie du stade ; on ne touche pas à Zé Martins, c'est l'enfant dieu, Zézé de Fortaleza, le petit roi du foot. Zé dribble de mieux en mieux et marque à tous les coups. À chaque joueur effacé, les soixante-deux mille spectateurs du stade se dressent comme un seul homme en hurlant *Ollé. Ollé*, s'intitule bientôt l'hebdomadaire sportif local. Car la presse s'est emparée de Zé Martins, la presse de Fortaleza d'abord, celle du Nordeste ensuite. Et Zé fait bientôt la une des hebdomadaires fédéraux. Les interviews se multiplient. Qui est Zé Martins ? D'où vient Zé Martins ? Quelle femme a mis au monde Zé Martins ? La télévision Rede Globo elle-même vient faire un reportage.

Autour de maman, tous les orphelins étaient à présent frères et sœurs de Zé Martins. Ils accompagnaient en direct la prodigieuse ascension de leur nouveau héros.

La renommée de Zé s'affirme au point qu'un jour apparaît un acheteur venu d'outre-océan, les poches si pleines de dollars que même le commandant Augusto Parmenido Faca ne pourrait refuser son offre. L'acheteur est un beau jeune homme, rieur et plein d'allant, qui parle quantité de langues. Il s'appelle Ryan Padovani.

– Tio Ryan, s'écria le petit Nelson en jaillissant de sa couverture. É o diabo ! C'est le diable ! Arranquei-lhe um olho no escritorio do juiz ! Je lui ai crevé un œil dans le bureau de la juge !

J'ai regardé Verdun. Elle écoutait la lecture en feuilletant mentalement le dossier brésilien de feu Jacques Balestro, alias Ryan Padovani. Un pendu borgne se balançait dans la tête de ma sœur.

Mon portable vibra.

*

– Malaussène !

Allons bon, c'était l'auteur. Alceste en personne. Quelle tête auraient fait les petits fans de Zé Martins s'ils avaient su que l'auteur lui-même interrompait la lecture de leur histoire ? Ils s'en seraient foutus, probablement. Ils auraient gueulé : la suite, la suite ! Ils étaient encore à l'âge heureux où les auteurs n'existent pas. S'ils avaient entendu Alceste me gueuler dans les oreilles ils lui auraient fait le sort du joueur bolivien à la sortie du stade. Car il gueulait, Alceste, de toute la puissance de ses poumons.

J'ai dû sortir pour l'écouter.

– Il paraît que vous trouvez mon bouquin trop marqué par le réalisme magique, Malaussène ? Que vous voulez me faire retravailler ? Vous ? Me faire *retravailler* ? Moi ? Vous pourriez venir me dire ça en face ? Je vous attends, Malaussène. Je vais vous en coller du réalisme magique, moi ! Comment avez-vous pu faire avaler ces conneries à votre patronne ? C'est elle qui me l'a dit, confirmée par son Nègre de Casamance, votre ami Loussa. Il paraît que vous n'en démordez pas, que d'après vous le réalisme magique est une fantaisie des années 60 dont la littérature aurait mieux fait de se passer ! Mais pour qui vous prenez-vous Malaussène ? Pour le fossoyeur de Gabriel García Márquez ? Vous ? Benjamin Malaussène ? Qu'est-ce que vous y connaissez au réalisme magique ? Et d'ailleurs en littérature ? Vous savez lire, Malaussène ? Première nouvelle ! Comment diable avez-vous pu fourrer une pareille connerie dans la tête de mon éditrice ? Parce qu'on pourra dire ce qu'on veut de cette truie, elle sait lire, elle ! Et voilà qu'à cause de vous elle refuse absolument de me publier à la date prévue. Elle se déclare même prête à m'abandonner son à-valoir si je ne suis pas vos conseils et que je publie ailleurs. Dites-lui qu'elle va y laisser beaucoup plus qu'un à-valoir, votre Majesté ! Non seulement je garde l'argent mais les dommages et intérêts vont pleuvoir. Mes avocats vont s'en charger, c'est moi qui vous le dis ! Si vous imaginez que je vais me laisser faire vous allez vers de ruineuses désillusions, Malaussène, dites-le à votre bande.

Cela dura ce que dure ce genre de soliloques, l'éternité pour trouver quoi répondre. Il fallait admettre que la Reine Zabo nous avait salement coincés, Alceste et moi. Alceste était incapable de concevoir le coup du manuscrit sous X. Bien trop imbu de son œuvre pour imaginer que son éditrice pût lui préférer un bouquin de circonstance destiné uniquement à son tiroir-caisse. Quant à trahir la Reine en disant la vérité à cet auteur furibard, je ne le pouvais pas. Je ne l'ai jamais pu. Quelles qu'aient été mes crises de fureur contre la Reine Zabo, j'ai toujours été fidèle au Talion. Des esclandres, des ruptures, des insultes, des bras d'honneur, des faux départs, des coups de tête contre les murs, oui, mais trahir Sa Majesté non.

(Je vous le dis solennellement, si vous tenez à votre santé mentale, ne fréquentez pas d'éditeurs.)

C'est à quoi je songeais, le torrent d'Alceste déferlant dans mes oreilles.

– Vous connaissez le Brésil, Malaussène ? L'État du Ceará, vous connaissez ? Vous êtes allé à Fortaleza ? Et le foot ? Vous touchez votre bille, en foot ? Qu'est-ce que vous savez du foot ? Vous avez fait goal quand vous étiez petit ? Et, accessoirement, vous l'avez lu mon roman ? Vraiment lu ? Allez, lâchez le morceau ! Pas une ligne, hein ? Survolé, à la rigueur.

C'est ici que j'ai sifflé la fin du match.

– Alceste ?

– Oui ? (Oh, la charge d'ironique mépris dans ce oui…)

– Le commandant Parmenido Faca a bien vendu le petit Zé Martins au club Maguari, n'est-ce pas ?

Ici, un début d'hésitation.

– Oui, en même temps qu'au Fortaleza et au Ceará Sporting Club, pourquoi ?

Deux secondes pour les besoins de sa curiosité, et :

– Parce que le Maguari n'existe plus depuis 1976, Alceste. Or votre roman se déroule dans les années 2010.

Puis, histoire de meubler le silence qui suivit :

– Le Maguari a été créé en 1923, a remporté la coupe du Ceará en 29, en 36, en 43, en 44, et plus rien jusqu'en 76, année où ses dirigeants ont finalement jeté l'éponge.

Toutes informations qui venaient de m'être fournies par l'écran de mon portable sur lequel j'avais tapoté à tout hasard le nom du défunt club.

Silence au bout du fil.

*

Quand j'ai regagné la chambre de lecture, c'était la folie. Le bonheur était à son comble. Garçons et filles étaient tous devenus des Zé Martins.

Comme prévu, Ryan Padovani avait racheté le petit Martins tout en le laissant jouer jusqu'à la fin de la saison. Zé marquait de plus en plus brillamment, son étoile continuait de grimper, les grandes marques s'y intéressaient, l'oncle Ryan palpait sur tous les contrats publicitaires. Non seulement le gamin jouait comme deux Maradona mais il crevait l'écran, une vraie bête de scène.

Exultation des jeunes auditeurs.

Or, voilà qu'un matin Zé ne se lève pas. Il ne quitte pas son lit. Grosse fatigue. Surexploitation de l'artiste, pense l'oncle Ryan, il travaille trop, un peu de repos ne lui fera pas de mal. Le matin suivant, Zé ne se lève pas davantage. Migraine. Le matin d'après non plus. Douleurs aux jambes. Il ne tient pas debout. Docteurs, donc. Et diagnostic : paralysie spinale infantile. Autrement dit poliomyélite foudroyante. Rien à faire. Plus de jambes. Mort pour le foot. À jamais.

Autour de maman, les auditeurs étaient dans

un tel état de chagrin qu'un instant Gervaise songea à faire évacuer la chambre. Mais Verdun grimpa sur sa chaise, leva une main, et ordonna :

– On reste ici, tous ! La suite !

Elle ajouta :

– Le courage, c'est d'écouter la suite. Toujours !

Les gosses séchèrent leurs larmes. Sept reprit sa lecture.

Pendant quelques pages, la suite raconte une promenade dans le territoire féerique de la bonté humaine. Bouleversé par cette tragédie, le Brésil pleure les jambes de Zé Martins. Quelle misère attend cet enfant maintenant qu'il ne peut plus jouer au foot ? Qui va prendre soin de lui ? Alors l'oncle Ryan (que le bon Dieu le bénisse) a l'idée de lancer une collecte fédérale pour garantir l'avenir du petit martyr et, dans la foulée, il propose de créer un fonds de soutien à tous les enfants nordestins victimes de la poliomyélite. Voilà. Explosion de la générosité publique. Il pleut de l'argent. Vive Ryan Padovani ! Lequel, une fois les caisses remplies, s'évapore dans la nature avec leur contenu.

Exit l'oncle Ryan.

– C'est vrai, c'est vrai ! s'écrie le jeune Nelson Martins. C'est la vérité vraie ! C'est l'histoire de mon oncle Zé ! Et le diable Ryan, qui a volé tout l'argent, moi, je lui ai crevé un œil dans le bureau de la juge !

V

LA SAISON DES INTERROGATOIRES

« *Marcel* Kébir c'est juste un jeu de mots, tu vois. Un humour de vieux. Ça pisse pas loin. Et tes copains ne savent même pas pourquoi ils se marrent. Tu travailles avec des cons, Marcel. »

Capitaine Adrien Titus

17

Le soleil se lève à peine.

Pépère observe la petite du coin de l'œil. Elle pratique une conduite sage, appliquée, pas encore fluide, quelques à-coups. Elle doit avoir son permis depuis peu, elle se cramponne au volant. Bientôt elle le laissera filer entre ses doigts à la sortie des virages, elle accélérera et se lancera pour de bon dans la vie. Elle est encore stagiaire en conduite comme elle l'est chez son notaire. Quel cabinet, au fait ?

– Croze-Ménal, répond la jeune fille. Avenue du Président-Kennedy, là où je vous ai donné rendez-vous. J'ai loué une chambre de bonne juste à côté, c'est pratique, j'ai…

C'est la toute première fois que Pépère opte pour le covoiturage. Disparaître dans la nature après le massacre de Julien-Lacroix, c'est la moindre des précautions. À côté d'une inconnue qui pourrait être sa petite-fille, c'est du raffinement.

Jadis le vol de voiture ou le stop à main armée,

aujourd'hui le covoiturage. Sur le désastre Julien-Lacroix proprement dit, Pépère s'interroge, bien sûr. Et sur l'embuscade de la Folie-Regnault aussi. On était attendus ici et là. Qui est le traître ? Kébir ? Un autre ? Un infiltré ? Longues supputations.

De toute façon, la Folie-Regnault était une stupidité. Ils devaient s'attendre à notre visite après la bataille de la Défense. Ne serait-ce que pour récupérer le Shœltzer. Comment ai-je pu commettre une erreur aussi élémentaire ? Ils nous attendaient, évidemment.

– Le loyer est un peu élevé, continue la jeune fille, mais ce n'est qu'à une centaine de mètres de l'étude, et…

Pépère laisse l'apprentie notaire dévider le programme qui bientôt fera d'elle une femme efficace, tailleur Prada et talons métronome, tic-tac, tic-tac, sur l'impeccable parquet de l'étude.

Ils roulent depuis l'aube.

– Vous aimeriez devenir associée, j'imagine.

– Oh ! je n'en suis pas encore là.

Certes, mais tu n'aspires à rien d'autre ma poulette. Papa et maman qui le veulent si fort, tes études si bien négociées, ce stage chez l'ami de la famille avant de sauter le dernier obstacle. Bientôt un amour dans la place, le jeune associé Untel, ou le fils du vieil associé Machin, ou un autre du même élevage ; ça converge, ça converge, il faudra bien que ça aboutisse. Tu nicheras vite fait dans un bureau rien qu'à toi, baie vitrée donnant sur les quais de Seine, carte de visite pléthorique, charmant petit morceau de pouvoir, pète-sec très tôt devenue, non je vous dis que je ne peux pas le recevoir pour le moment, faites attendre, Mélodie, proposez la presse et un café, je ne sais pas moi, secouez-vous ma grande ! Allô, oui maître, non maître, cela va sans dire, bien sûr, bien sûr, n'ayez crainte, maître, j'en fais mon affaire, non, le bâtonnier est au courant, ici nos intérêts convergent.

Elle conduit.

Pépère la fixe.

Sage profil de médaille aux contours déjà tranchants. Tout à coup elle a dix ans de plus, lui dix de moins, il la plaque sur son bureau, écrase sa joue contre le sous-main armorié hérité de l'oncle Truc et la viole sèchement. Grégoire et Mehdi, en faction devant la porte capitonnée, attendent leur tour. *Les Échos* et *Capital* sous le bras, ils sont insoupçonnables. Désolé, le colonel est en rendez-vous. Grégoire et Mehdi… Peut-être Jacques aussi, le petit Balestro, mon Jacky, merde… Jacky, Jacky, pourquoi a-t-il fallu que tu me déçoives à ce point ?

Voilà Pépère arraché à son fantasme.

Souvenirs de Jacques…

Jacky le conquérant, revenu du Brésil les poches trop pleines. Cet appartement grotesque. Habiter dans un aquarium, je te demande un peu. Les chemises cintrées, les chaussures miroir, les soyeux costumes d'entraîneur… Tous ces reflets…

Qu'est-ce que tu me reproches, Pépère, c'est toi qui nous as appris à faire nos lits au carré, à cirer nos pompes et à nous habiller correctement, non ?

Peut-être mais je ne t'ai jamais appris à te déguiser en signe extérieur de richesse. Regarde-toi, Jacky, autant dire un sémaphore. Par ici les bons flics ! C'est pourtant simple, je vous l'ai répété cent fois, pour la frime choisissez l'étranger, tout ce que vous voulez, je ne sais pas moi, allez vous pavaner à Hong Kong, Buenos Aires, Londres, Frisco, roulez dans vos caisses imbéciles à Rome, surfez sur les vagues des antipodes, baisez les top models moscovites mais à la maison profil bas. Ni trop pauvres, ni trop riches. Classe moyenne. Le milieu de l'échelle, ceux à qui on ne demande ni leurs papiers ni leur impôt sur la fortune. Combien de fois faut-il vous le dire ? Le moins visible possible, bon sang, mariez-vous au besoin ! Nom d'un chien ce n'est pas difficile à comprendre ! Et Jacques le Brésilien s'en allant bavasser chez la Talvern… Qu'est-ce que tu t'imaginais, mon pauvre Jacky ? Que la Talvern te convoquait sans biscuits ? Immédiatement enchristé, bien sûr. L'œil crevé par un jeune témoin, en prime ! Il va falloir l'éliminer, ce gosse, d'ailleurs. Nelson comment déjà ? Nelson Paraiso Martins… Ces Brésiliens, avec leurs noms emplumés… À qui confier ça ? Même avec les meilleurs éléments il faut veiller à tout, aujourd'hui. Quand tu penses que Grégoire et Mehdi t'ont laissé aller te faire poisser par la Talvern ! N'oubliez pas de me régler votre dette vous deux, parce que moi je n'oublierai pas.

Fatigué tout à coup.

Il regarde à nouveau la jeune conductrice.

Elle ne va pas s'endormir au moins ?

Non. C'est lui qui a un coup de mou. Elle, l'œil vif, concentrée sur sa conduite.

Elle lui rend son regard.

Esquisse d'un sourire mutuel.

Ça le requinque.

Il revient au fantasme du viol.

Petit afflux sanguin.

Le voilà qui fredonne :

Jolies passantes de Passy
Je me demande souvent si
Dans le plaisir qu'on dit charnel
Vous gardez vos tailleurs Chanel

Peut-être rougit-elle un peu. Il ne saurait dire, le soleil se lève à peine.

– David McNeil, sourit-elle.

Tiens, elle connaît.

– Un bon poète. Un bon chanteur. C'est le fils de Chagall, vous savez ?

La référence... Ils ne pensent qu'à ça, marquer leur petit jardin mondain. La référence, pisse de chien. La citation, pisse de chien. Pisse de chien les petits orgasmes d'admiration. Ah ! Vous connaissez Untel ? Vous avez lu Machin ?

Vous y êtes allé, vous aussi ? Pisse de chien. Remarkâble, n'est-ce pas ? Pisse de chien. Faut qu'ils plastronnent. Qu'ils marquent leur pré carré. Cette façon qu'ils ont de se renifler le trou de caste. Pisse de chien, pisse de chien, pisse de chien. Pépère n'a pas élevé ses gosses comme ça, lui. Quand vous savez quelque chose que d'autres savent aussi, disons un film que je vous ai fait voir, un livre que je vous ai fait lire, un tableau que je vous ai mis sous les yeux, ne la ramenez pas. Laissez-les en parler. Laissez-les en installer avec leur culture, leur politique, leur économie, laissez-les bavasser sur leurs relations, leurs restaurants, leurs tailleurs, leurs clubs de gym, leurs ostéopathes et leurs psys. Vous, de la réserve. Tenez-vous. Écoutez. Contentez-vous de ne pas en penser moins. Même pour mettre une fille dans notre pieu, Pépère ? avait demandé Mehdi. Même, fiston. Joue plutôt l'admiration, ça marche encore mieux. Elle est toute contente de t'avoir appris quelque chose, elle plongera d'autant plus volontiers sous tes draps. Leur côté maman.

Il demande :

– Dans combien de temps, Reims ?

La jeune fille consulte le GPS.

– Encore quatre-vingt-trois kilomètres.

Il laisse rouler un peu :

– Je connais bien maître Ménal, dit-il.

– Le père ?

– Le père.

– C'est chez lui que je fais mon stage, dit-elle.

Maître Ménal… Un véritable grossiste en délits d'initiés. Au courant de tout, négociant tout au prix fort, enterrant ses gains très profond. Se pense intouchable. Ils sont comme ça, ils se croient tous ignifugés… Mais le hasard fait que celui-ci figure sur la liste de Lapietà. Je vais y foutre le feu, moi, à maître Ménal.

Il la regarde encore en silence.

Ton papa et ta maman savent-ils qu'il barbote, maître Ménal ? Et toi ? Tu t'en doutes ? Il paraît que ? On dit que ? Je vais lui faire cracher ses économies à ton patron et quand je l'aurai essoré il y aura du licenciement dans l'air. C'est là que je te recrute, ma petiote. Je t'envoie Grégoire pour la séduction et on te case ailleurs. On optimise tes compétences.

– Si ça ne se passe pas comme vous le souhaitez avec maître Ménal, faites-moi signe, j'interviendrai.

Elle lui rend son regard.

– Sérieusement ?

Il détecte dans sa voix un mélange de surprise, de doute, d'ironie et de cupidité. Comment ce petit vieillard avec son cartable râpé et ses chaussures de curé pourrait-il intervenir auprès de maître Ménal en cas de problème ?

– Nous sommes de la même paroisse, mon petit.

Cela dit avec une onction qui exclut le mensonge.

– À propos de paroisse, demande-t-il, vous chantez ?

Si elle chante ? Et comment ! Ses parents ont tout fait pour qu'elle intègre la chorale de Sainte-Eulalie.

– Faites entendre.

– Pardon ?

– Chantez-moi quelque chose.

Il précise :

– Du baroque.

– Rameau ?

– Vivaldi.

Elle résiste un peu :

– Il y a longtemps que je n'ai pas…

– Chantez.

Elle acquiesce. Elle chante. *Vedrò con mio diletto.* Elle chante bien. Gorge profonde, bien que l'expression depuis les années 70 soit un peu… C'est bien, tu es recrutée, ma chérie. Tu tourneras avec nos chorales.

Sur ce, il ne l'écoute plus. Il entend le chant sans plus l'écouter. Il est revenu aux derniers événements. Les flics présents à la Défense, les flics présents rue Julien-Lacroix, une embuscade rue de la Folie-Regnault… Trois fois c'est trois de trop. Seule question : qui ? Non, une autre question quand même : pourquoi m'être lancé dans ce rapt Lapietà ? Pas assez de boulot comme ça ? Les chorales, les adoptions et le foot ne suffisaient pas ? Il fallait que tu repiques au chantage, mon petit vieux ? Le chantage, le chantage, pas n'importe quel chantage quand même, tous ces grossiums ramassés d'un seul coup, faire chanter la France entière grâce à cette liste, ce n'est pas rien tout de même, c'est le bouquet final d'une sacrée carrière ! Ah oui ? Un désastre, imbécile ! Et si le chantage n'était plus ton truc, tout simplement ? Si tu avais perdu la main ? Les résultats sont là, non ? Lâche l'affaire, tu n'es plus à la hauteur. Dépêche-toi d'éliminer Lapietà et son gosse, c'est la seule urgence, et laisse tomber. D'ailleurs pourquoi ne pas t'arrêter pour de bon ? T'arrêter vraiment… Tout arrêter. Hein ?

Parce qu'il aspire à la retraite, c'est vrai. Il faut qu'il l'admette, depuis quelques années il aspire à passer la main. Depuis un certain gratin dauphinois. Depuis elle. Combien d'années, cette rencontre ? (Ou ces retrouvailles plutôt.) Cinq ans ? Six ! Le 27 avril, il l'aura retrouvée depuis six ans. Son premier amour. Le seul, à vrai dire. Fui si longtemps et finalement retrouvé. Il ne s'en est toujours pas remis. Allez, retraite. Léguer le recrutement et les orphelinats à Mehdi, confier les paris truqués à Baptiste, installer Grégoire à la tête des chorales, mettre Faustine aux finances, récolter les dividendes et ne plus bouger. Après tout, moi aussi j'ai droit à la retraite. Et puis, elle m'attend. Elle m'attend si tranquillement ! M'amarrer à elle et regarder passer les dernières péniches… Elle seule avant le néant. Que mes yeux se referment sur elle et qu'on n'en parle plus.

Aucun doute tout le ramène à elle. C'est quand même extravagant… tomber amoureux… Lui si rétif depuis toujours à toute forme d'attachement.

Rêver d'un gratin dauphinois !

Un gratin dauphinois...

Il demande à la petite qui conduit :

– Sur quels critères m'avez-vous choisi ?

Elle cesse de chanter.

Elle hésite.

Eh oui, ma petite, tu peux difficilement m'avouer que ma bonne tête de vieux schnock t'a rassurée, n'est-ce pas ? Choisissons ce petit vieux à l'air triste, au moins il ne nous mettra pas la main au panier.

– Et vous ? demande-t-elle au lieu de répondre, pourquoi m'avez-vous choisie ?

Il a toujours eu horreur qu'on l'interroge.

– À mon âge, dit-il, on a besoin de savoir à quoi ressemble la jeunesse.

Il ajoute :

– Mes petits-enfants m'appellent Pépère.

En cas d'interrogatoire elle se rappellera ce détail, bien sûr. Parfait. Il a toujours éprouvé le besoin de laisser des traces... Pas des traces à la Balestro, les poches débordant d'indices. Moi, c'est autre chose. Une façon d'épicer le travail. Prémâcher la pâtée de la flicaille. Ils ne s'en sortent pas tout seuls, les pauvres.

La petite conductrice demande :

– Combien en avez-vous ?

De quoi parle-t-elle ? Ah ! Oui, mes petits-enfants.

– Je ne les compte plus.

Il l'a dit si gentiment qu'elle s'autorise une privauté.

– Alors, je peux vous appeler Pépère, moi aussi ?

Mais comment donc ! D'autant que je vais lancer mes loups à tes basques, mon petit chaperon, et que tu feras bientôt partie de la meute. Tu verras, c'est d'un bon rapport, la chorale. Et puis chez nous pas de licenciements. Demande à Jacky.

Il pose une main émue sur les cheveux de la jeune conductrice. La caresse est légère mais la petite sent le poids de la chevalière. Après lui avoir doucement tiré le lobe de l'oreille et avoir reposé ses deux mains sur son baise-en-ville, il demande :

– Tu parles espagnol ?

– Claro que sí, répond-elle gaiement.

Bon, je la mettrai avec Grégoire sur le dossier mexicain. Les Mexicains sont moins difficiles que les Chinois. Pour l'instant les familles sont plus friandes des bonbons chinois mais les mexicains sont tout de même plus faciles à fourguer. Moins chers et moins surveillés. On a vu des descentes de police pour saisir les bonbons chinois, pas encore les mexicains. Et moins détectables dans le sang qui plus est. Moins chargés en penthotal. Le labo de la légiste n'a rien repéré dans les analyses de Jacky. Ils ont pris ça pour une dose normale de barbituriques.

Il sourit doucement.

Quand je serai à la retraite il faudra tout de même que j'écrive un traité sur la hâte des familles à abréger les tourments de leurs anciens. Écoutez nos chorales… *Vedrò con mio diletto* et vive le bonbon mexicain ! Ça épargne le fameux voyage en Suisse. Leur dernier reniflage de caste, ce voyage en Suisse. On ne veut pas souffrir. S'endormir dans la dignité. Leur foutue dignité… Le prix de leur dignité… Le montant exorbitant de leur dignité… Pisse de chien. Eh bien grâce à nos bonbons plus besoin de la Suisse. Économie non négligeable. Faustine et Grégoire se sont amusés à la chiffrer : Le bonbon mexicain est *cent vingt fois* moins onéreux que le voyage en Suisse pour un résultat aussi digne, mesdames et messieurs, et non moins assuré. Aucun doute, l'avenir est à la dignité.

Reims.

Ils viennent de passer le panneau de bienvenue.

– Tu seras gentille de me déposer à l'église Saint-André, mon petit.

Elle acquiesce.

C'est à deux pas de l'évêché.

Mais cela, qu'il a rendez-vous avec l'évêque, il ne le lui dit pas.

Il attend donc qu'elle démarre.

Il finira à pied.

Debout sous le porche de l'église, il lui fait un dernier signe de la main.

Sa voiture disparaît.

*

– Pour le colonel, pas plus de dix minutes.

– Bien, Monseigneur.

– Les papiers sont prêts ?

– Oui, Monseigneur.

– Notre porto d'Aranca, c'est celui qu'il préfère.

– Le plateau est préparé, Monseigneur.

– Combien nous reverse-t-il, toutes chorales confondues ?

– Douze pour cent, Monseigneur.

– N'avions-nous pas négocié à quinze ?

– L'abbé Courson de Loir n'a pas pu obtenir plus de douze. C'est déjà considérable par rapport à ce que nous rapportaient les chorales avant que le colonel s'en occupe.

– Douze pour cent n'est jamais mieux que quinze, mon fils.

– Non, bien sûr, Monseigneur. Mais je crois qu'il arrive.

– Faites entrer et laissez-nous.

18

Quand Frédéric se réveilla après son opération, il se demanda qui était assis à côté de lui.

Qu'est-ce que c'est que ça ?

La surprise l'emporta sur la douleur.

Dans le fauteuil, à droite de son lit d'hôpital, était assise une sorte de naine à moustache duveteuse, peau grenue, cheveux luisants plantés au ras des sourcils, qui le regardait fixement à travers des hublots. Elle était engoncée dans un énorme kilt, croisait haut d'épaisses chaussettes de laine en tenant un calepin ouvert sur sa jambe repliée. Elle exhibait des sandales comme en avaient les scouts sur les photos noir et blanc du bon vieux temps. Une bonne sœur ? se demanda Frédéric. Ça n'avait ni âge ni forme mais, pour autant qu'il pouvait en juger dans la brume de son réveil, c'était de sexe féminin. L'austérité ostensible... L'aumônière de l'hôpital ? Tout à coup, la douleur le rappela à l'ordre. Grimace. On lui avait ôté deux balles fichées dans les os. L'os est douloureux par nature, disait Pépère.

Pour obtenir un renseignement, cassez un os. Un petit, ça suffit. Mais la vraie douleur de Frédéric était ailleurs : l'image de la Mercedes disparaissant rue Lesage. Meeeeeeerde. Pépère avait fait ce qu'il avait pu, pourtant. Allez, petit, tu y es presque, vas-y, viens ! Seulement le poids des deux molosses qu'il avait dû abattre au moment où ils lui sautaient dessus avait empêché Frédéric de se redresser et le corps du flic mort bloquait la portière de la voiture. Sans parler des balles qui se remettaient à siffler. Pépère avait souvent briefé les garçons sur ce genre de situations : « La mécanique de la malchance… Il y a des moments de poisse, comme ça. C'est là qu'il ne faut pas s'énerver mes chéris. Je vous organiserai des stages, là-dessus aussi. »

La dernière image que Frédéric emportait de cette soirée mémorable était le regard fasciné de Marguerite, la Mercedes s'éloignant, le regard de Marguerite pendant qu'on tirait sur la voiture dont la vitre se relevait. Pépère avait dû la gronder, se dit Frédéric : Mais baisse-toi, mon petit !

Il ferma les yeux. Quand il les rouvrit, la chose était toujours assise à côté de lui. Il la regarda longuement. Elle avait un côté immémorial. Il demanda :

– Vous êtes une fée ?

La juge Talvern nota la question sur le carnet ouvert. Avec une lenteur délibérée, estima Frédéric. Ça veut m'impressionner. Finalement elle leva sur lui des yeux dilatés par l'épaisseur de ses lunettes.

– Et vous, monsieur Colonge, que faites-vous dans la vie ?

Bon, cette horreur connaît mon nom, se dit-il.

Il réfléchit une seconde, surmonta un accès de douleur et laissa tomber, dans un reste de grimace :

– Dans la vie ? Pas grand-chose. Je me laisse entretenir par mon grand-père jusqu'à ce que mes enfants soient en âge de le faire.

Un phraseur qui parle par citations, se dit la juge en notant. Tuc connaît la même blague. Jérémy la sortait déjà en son temps. Il traîne partout, ce mot d'esprit…

– Eh bien moi, je suis juge d'instruction, dit-elle.

Il sourit, sincèrement ravi.

– Attendez, laissez-moi deviner… La juge Talvern ? J'aurais dû m'en douter.

Un temps, puis :

– Pour un début de carrière c'est un honneur de vous avoir, madame la juge.

Elle demanda :

– Qui conduisait la Mercedes, monsieur Colonge ?

– Restons simples, appelez-moi Frédéric.

– Qui conduisait la Mercedes, Frédéric ?

– Le chauffeur de mon grand-père. Depuis tout petit il me dépose à l'école. Le soir, quand je sors, il m'accompagne et il m'attend pour me ramener.

Elle nota.

Soudain, il éprouva le besoin de couper court. Il demanda :

– Bon, madame la juge, combien de victimes au total ?

– Deux morts et six blessés, dont trois graves.

– Et dans nos rangs ?

« Dans nos rangs », nota la juge.

– Un mort et vous-même. Les deux autres n'ont rien.

– Ils ont été pris ?

– Ils se sont rendus.

Elle se tut. Il se tut. Une infirmière entra et demanda :

– De un à dix, à combien estimez-vous la douleur ?

– Cinquante-trois, répondit Frédéric.

– Vous avez une poire, dit l'infirmière en lui glissant l'instrument dans la main. Appuyez quand ça monte.

– Par principe je n'appuie jamais sur les poires, dit-il.

Un gouailleur, estima la juge. Peut pas la fermer. Veut épater l'examinateur. Jérémy au même âge, s'il avait mal tourné. De l'esprit, tout comme Jérémy, et l'habitude du dernier mot. Physiquement courageux, bien sûr. Ils croient tous que le courage physique protège de tout.

Elle attendit le départ de l'infirmière.

Puis :

– Frédéric, que faites-vous quand vous n'enlevez pas les gens ?

– Du chant choral, madame la juge. Je ne suis pas vraiment fait pour le rapt. La preuve, je me suis fait appréhender. Je ne suis pas fait pour la drogue non plus… je laisse ça à la caillera. D'ailleurs, la drogue, perso je n'y touche pas. Sous aucune forme. Mon grand-père est tout à fait contre. En revanche, le chant, j'y suis bien. On s'accorde à estimer que j'ai un joli brin de voix.

Après avoir noté, elle dit gentiment :

– Vous ne devriez pas tant bavarder, Frédéric. Surtout devant un magistrat instructeur. Les bavards ne savent jamais ce que leurs interlocuteurs entendent. Contentez-vous de répondre à mes questions.

Ce fut un coup à l'estomac. Presque mot pour mot les conseils de Pépère : Ferme-la Frédéric, mets-y un cadenas, merde !

Cette brusque intrusion de Pépère dans les pensées du garçon lui fit si peur qu'il sentit sa vessie sur le point de lâcher.

– Madame la juge, dit-il, j'ai envie de…

Elle se leva.

Bassin.

– Merci.

– Ce n'est rien.

Il pissa longuement, en fermant les yeux. La peur se diluait dans son urine. La main qui venait de le saisir aux entrailles desserrait son étreinte. Pépère se dissolvait…

Histoire d'aider le garçon à redescendre paisiblement, la juge Talvern demanda :

– D'après vous, Frédéric, combien sommes-nous en France à connaître encore Roger Richebé ?

Il tourna vers elle un regard interrogatif :

– Qui ça ?

– Richebé, répéta-t-elle. Roger Richebé, le cinéaste.

Elle ôta ses lunettes et posa sur lui un regard qu'il aurait juré fraternel. Rendus à leur juste proportion, ses yeux étaient magnifiques. Magnifiquement intelligents.

– Frédéric, vous m'avez accueillie en me demandant si j'étais une fée, dit-elle. C'est une réplique amusante, tirée de *L'Habit vert,* un film de Roger Richebé, 1937. Adapté d'une pièce de Flers et Caillavet, eux aussi complètement oubliés. Vous ne connaissiez plus le nom du réalisateur mais en me voyant vous vous êtes rappelé la scène.

Il eut un rire muet qui réveilla sa douleur.

– C'est vrai, dit-il en appuyant sur la poire. Excusez-moi, madame la juge.

– Pas de quoi. Je fais souvent cet effet-là aux gens. Et la scène est vraiment drôle. Voulez-vous me la raconter ?

Va pour la pause culture, pensa-t-il. Il réfléchit un instant. Elle avait rechaussé ses culs de bouteille.

– Eh bien, ça se passe dans un train, madame la juge. Jules Berry, un des acteurs principaux du film, est assis en face d'une femme si fabuleusement laide qu'il lui demande : « Vous êtes une fée ? » Mon grand-père tient cette réplique pour une des plus drôles du cinéma français.

– C'est lui qui vous a fait découvrir ce film ?

– Un film de sa jeunesse, oui. En noir et blanc, bien sûr.

Elle nota ce qu'elle avait à noter et demanda :

– Vous voulez boire quelque chose ? Il fait une chaleur à crever, ici.

Elle se leva, remplit un verre d'eau, le lui tendit. Pendant qu'il buvait elle lui désigna son pied nu, suspendu à une gouttière.

– Qu'est-il arrivé à votre gros orteil ?

L'ongle était noir d'un vieux sang.

– Ah, ça ? L'alpinisme, dit-il. Chaussures neuves, trop petites.

Quand il lui rendit le verre, elle retint un instant ses doigts entre les siens. Ongles esquintés aussi. Index et majeurs violacés.

– Vous grimpez aussi sur les mains ?

Une brève hésitation :

– En montagne il faut souvent s'accrocher aux parois avec les ongles.

Elle pensa fugitivement : Mon Talvern ne te trouverait pas des mollets d'alpiniste, petit gars. Elle reprit l'interrogatoire :

– Bon, Frédéric, l'heure tourne. Je vais vous dire ce que je sais. Vous avez rencontré Vaubertin, ou du moins le type que vous avez pris pour lui, dans un engagement armé, sous l'esplanade de la Défense, la nuit où votre bande a enlevé Georges Lapietà et son fils. Vaubertin, ou celui que vous avez pris pour lui, a tué un de vos camarades déguisé en gendarme. Il lui a fait sauter la tête. Vous vous êtes demandé qui était cette gâchette et vous l'avez recherché pour savoir ce qu'il était venu faire dans vos affaires. Question : comment l'avez-vous retrouvé ?

– En notant l'immatriculation afférente à son véhicule.

– Qui vous dit que ce n'était pas un véhicule volé ?

– On ne vole pas ce genre de caisse quand on monte en opération, madame la juge. Il devait être pressé, il a pris la sienne.

Catégorique.

– Avez-vous eu le temps de remarquer que c'était une bibliothèque roulante ?

– Négatif, c'était un fourgon VW.

– Plein de livres, insista-t-elle. Disposés sur des étagères.

Il se tut.

– Bien. Vous avez donc trouvé son adresse et décidé de l'interroger. Ensuite ?

– On a planqué quarante-huit heures dans sa rue. Le deuxième matin, il est sorti de l'immeuble pour acheter une baguette. Confirmation, c'était bien l'individu qui nous avait agressés. Je l'ai formellement identifié. En plus, il était blessé, ça se voyait. Il avait dû être touché pendant l'engagement. C'est la conclusion à laquelle nous avons abouti. De toute façon on en aurait le cœur net en sonnant à son domicile.

Elle nota. Longuement, cette fois, soulignant ici et là. Puis :

– Trois dernières questions, Frédéric. Un : qui vous a renseignés sur la présence de Lapietà et de son fils dans cette planque sous la Défense ?

– Je ne suis pas assez gradé pour savoir ça, madame la juge.

Ici, elle s'autorisa pour la première fois de sa carrière une fantaisie qui la surprit elle-même.

– Frédéric, je vous le demande comme un service personnel. C'est le seul point vraiment obscur de l'enquête. Qui vous a vendu Lapietà et son fils ?

Il se fabriqua un sourire complice :

– Donnant donnant, madame la juge, qui nous a balancés, nous ?

– Balancés ?

– Ils arrivent sous la Défense au moment où on opère et ils remettent ça rue Julien-Lacroix au moment où on vient demander des comptes. Quelqu'un les renseigne, non ? Qui ça ?

Elle a une pensée rapide pour le divisionnaire Menotier.

– Personne de chez vous, Frédéric. Juste le hasard et la bêtise.

Il hoche longuement la tête.

– De toute façon je ne vous aurais pas répondu moi non plus... Mais réellement je ne sais pas qui nous a vendu Lapietà.

– Je vous crois, dit-elle. Deuxième question : où les cachez-vous à présent ?

– Ce n'est pas non plus le genre de choses dont la troupe est informée.

Elle approuva de la tête.

– Une dernière question et je cesse de vous embêter : « on », me dites-vous. « On » a planqué... Qui sont ces « on » ?

– Des collègues. Je ne connais pas leurs noms. Nous ne nous retrouvons que sur les terrains d'opération et nous travaillons sous pseudos. Le chant choral ne suffit pas à me faire vivre, je fais des extras. Braqueur, ce n'est pas mon métier, je vous en donne ma parole d'honneur.

– Merci, Frédéric.

Elle remisa stylo et carnet dans son sac.

– Il faut que j'y aille, à présent.

Elle devina l'ébauche d'un geste pour la retenir.

– Oui ?

– Et vous, madame la juge, si je puis me permettre, comment connaissez-vous *L'Habit vert* ?

Elle retint un sourire.

– Comme vous, Frédéric. Souvenir de famille.

Les séances de cinéma que Jérémy organisait dans leur adolescence… Benjamin interdisait la télé mais il encourageait le ciné-club de Jérémy.

Sur le pas de la porte, elle perçut une appréhension. Le garçon voulait la retenir. Elle savait pourquoi.

– N'ayez pas peur, Frédéric. J'ai ordonné qu'on vous affecte une protection rapprochée.

Il s'entendit demander :

– Vous ne voudriez pas rester jusqu'à ce qu'ils arrivent ?

– Ils sont là, dans le couloir, dit-elle, regardez.

Elle ouvrit la porte de la chambre et Frédéric aperçut deux flics en civil. Il les salua gaiement.

– Si par hasard vous aviez oublié un détail

important, passez par eux pour me joindre, dit la juge en refermant la porte sur elle.

*

La présence de ces sentinelles ne rassura pas longtemps le garçon. Pépère profita du vide laissé par la juge pour reprendre la parole dans sa tête. Sur ce ton épuisé qu'il avait quand on le décourageait trop profondément. Frédéric, tu es devenu fou ou quoi ? Qu'est-ce que je t'ai dit ? La pire des balances c'est le pipoteur. Je te l'ai encore répété la dernière fois qu'on s'est vus. Et toi, tu ne trouves rien de mieux que de passer une heure à bavarder avec la juge Talvern. *La juge Talvern*, mon garçon ! Pourquoi est-elle restée là à t'écouter, dis-moi ? Par sympathie ? Pour le plaisir de ta conversation ? Rien d'autre à faire de sa journée ? Vraiment ? Tu veux que je t'aide à atterrir ? Alors accroche ta ceinture, ça va être brutal. Pour commencer, si tu annonces à une juge d'instruction que tu la connais, tu lui files un paquet d'informations dont tu n'as pas idée. D'où la connaîtrais-tu, la juge Talvern ? Tu l'as vue à la télé ? Elle ne s'y montre jamais. Sur les réseaux ? Twitte pas. Dans les journaux ? Refuse toutes les interviews depuis sa naissance. C'est la femme invisible qui était assise à côté de toi, Frédéric. Et toi pauvre pomme : « Attendez, laissez-moi deviner… La juge Talvern ? » Quel honneur pour un début de carrière ! Tu es tombé sur la tête ? Tu veux savoir ce que tu lui as appris en lui annonçant que tu la connaissais ? Eh bien, tu lui as appris que tu l'as reconnue *grâce à la description que d'autres t'ont faite d'elle.* Parce que les seuls à pouvoir décrire la juge Talvern sont ceux qu'elle a regardés dans les yeux entre les quatre murs de son bureau. Balestro, par exemple, alias Ryan Padovani, le pendu de la dernière heure. Tu l'admirais, hein, celui-là, avec ses costumes de soie et ses chaussettes signées ? Il t'épatait, le Jacky ! Normal, c'était un pipoteur dans ton genre. Lui aussi pensait pouvoir faire le mariolle devant la juge Talvern, avec sa tchatche, son bronzage, son pognon et ses gourmettes à la con. Résultat, un œil crevé et suspendu dans sa cellule à un bas de contention. Fin de l'histoire. Maintenant, si tu veux bien suivre ta juge comme on suit un raisonnement, ouvre les yeux, petit : elle sort de ta chambre, elle quitte l'hôpital, elle monte dans le métro, elle descend du métro, elle arrive au Palais de justice, elle grimpe dans son bureau, elle clique sur ses dossiers, elle élimine les improbables et elle te pêche tout vivant dans les eaux du dossier Balestro. Comment ça ? Mais grâce à toi, bonhomme. Toi et ta manie de parler de ton grand-père, par exemple. Mon grand-père par-ci, mon grand-père par-là... Un petit coup d'œil à ton état civil et elle constate que tu n'as pas de grands-pères, que tu es un fils de vieux, que tes grands-parents mâles et femelles ont claqué bien avant ta naissance. Alors, qui est donc ce grand-père à chauffeur ? Ce grand-père cinéphile ? Ce grand-père qui t'interdit la dope ? Ne serait-ce pas cet aïeul que Balestro évoquait lui aussi à voix haute dans son sommeil, la nuit de son exécution ? Pépère, il l'appelait, d'après le témoignage de ses codétenus. Oui, Jacky a parlé de moi dans son sommeil, tu ne le savais pas, ça, mon ami, hein ? Ce qui fait deux Pépère dans l'oreille de la même juge. Il en avait horriblement peur, apparemment, de ce grand-père, le pauvre Jacky, il s'excusait auprès de lui… Frédéric, Frédéric, vous êtes tous les mêmes, vous déconnez à pleins tuyaux et vous pleurnichez ensuite : Je ne le ferai plus, Pépère, je ne le ferai plus… On aurait dit que Jacky redoutait la visite du Pépère en question. Tu veux mon avis ? Il n'avait pas tort.

Terreur.

Vessie.

Mais personne cette fois pour lui passer le bassin.

Draps trempés, bientôt glacés.

Les blessures de Frédéric se réveillèrent. Il accueillit la douleur avec soulagement. Elle lui permettait d'échapper à Pépère. Frédéric trouvait refuge dans le feu de ses os. Trop mal pour penser. Mâchoires serrées à se broyer les dents, il lutta une bonne heure avant d'actionner la poire.

La voix de Pépère revint avec la paix de la morphine. Sur le mode admiratif, cette fois. Pépère le félicitait : Tu as toujours été le meilleur contre la douleur physique, mon petit, on ne peut pas t'enlever ça. Le premier dans tous les stages de torture. Jusqu'à désespérer Marguerite quand elle te travaillait les dents ou les ongles. Du coup elle a un peu arraché la matrice, c'est vrai, je l'ai grondée pour ça ; les ongles ça repousse mal, Marguerite, fais donc attention à la matrice ! Ça, côté résistance physique on peut dire que tu as fait des jaloux. À commencer par ce mastard d'Armand. Dans l'action il n'a peur de rien, Armand, mais il s'allonge à la première chatouille. Sans parler du pauvre Kébir…

C'est grâce à toi, Pépère, que je suis courageux, répondait Frédéric, grâce à toi que j'ai toujours tenu le coup sous la torture. Pure vérité. Sa prodigieuse résistance à la douleur physique pendant que Marguerite le travaillait, Frédéric la devait à l'affection et à l'estime qu'il lisait dans les yeux du vieil homme. Quelle qu'ait été la nature du stage : dents, ongles, électricité, annuaires, baffes, strangulation (ah ! ce bas de contention !), poire d'angoisse, cigarettes, baignoire, Pépère était toujours présent, dont l'affectueuse admiration aidait Frédéric à supporter toutes les douleurs. On aurait pu le carboniser au chalumeau, pour l'amour de Pépère il n'aurait rien lâché. C'est vrai, admettait Pépère avec émotion… Ça je dois le reconnaître, physiquement il n'y a pas plus courageux… Mais psychologiquement c'est une autre histoire. Dis-moi, pourquoi a-t-il fallu que tu parles de chorale, à la juge ? Mais si, souviens-toi : « Du chant choral, madame la juge. » Tu veux l'inviter à nos chorales, en plus ? Tu veux l'associer à la distribution des bonbons mexicains ? En détailler la composition chimique ? C'est ça ? Tu penses que le mot « chorale » ne va rien éveiller dans sa comprenette ? Un détail si singulier ? Le tueur qu'elle interroge est adepte du chant choral ! Quelle chorale ? Frédéric, Frédéric, mon petit, tu t'es fait avoir. Pas à la torture, non, à la sucrerie. T'es une gaufre. Tu as voulu troquer l'amour de Pépère contre l'estime de la juge. C'est ton carburant l'admiration des autres… Rester dans l'œil du dernier qui passe, hein ? Je n'ai jamais pu te guérir de cette vilaine manie. Résultat, tu mets la demeure en péril. La juge t'a pêché comme un gardon. Elle t'a gentiment roulé dans la farine et maintenant tu frétilles dans sa poêle. Tu lui as implicitement avoué que tu étais à la Défense pour l'enlèvement de Lapietà et grâce à ton couplet sur la chorale le reste de l'équipe ne va pas tarder à jouer les petites fritures avec toi. Si je n'interviens pas à temps, bien sûr. Encore heureux que tu ne saches pas qui m'a informé pour Lapietà et son fils… Si tu l'avais su toutes nos carottes étaient cuites d'un seul coup.

Plus tard, comme un éclair dans le sommeil qui commençait à gagner le garçon :

– Si j'étais toi, Frédéric, je ne miserais pas trop sur la protection rapprochée.

Plus tard encore :

– Qui se méfierait d'une infirmière aussi professionnelle que Marguerite, par exemple ? Une infirmière de nuit… Elle apporterait son sourire et un café à tes gardes avant de relever tes compteurs…

Bouffée de chaleur.

L'antichambre de l'enfer.

Frédéric sonna l'infirmière.

Pas d'infirmière.

Frédéric beugla à l'infirmière.

Un des deux flics en faction passa sa tête dans la chambre.

– Tu as mal ?

– Je crève de chaud. Ouvrez la fenêtre.

– Pas possible. Pour ta sécurité.

– Putain vous voyez pas que je brûle ?

Le flic passa sa main sur le front du malade.

– J'ouvre ? demanda-t-il à son collègue.

– Et s'il se balance ?

Le flic montra la ferraille compliquée qui clouait Frédéric à son lit en lui traversant le genou.

Il ouvrit la fenêtre et ressortit.

– Oh ! putain, merci, murmura le garçon.

19

Le lieutenant de police judiciaire Valmondois se sentait étrangement impuissant face au grand type qui se tenait droit debout devant son bureau.

– Titus, ce mec ne veut pas enlever ses lunettes.

– Ni son chapeau, je suppose.

– Ni son chapeau.

Tout autour des officiers de police Titus et Valmondois, les questions pleuvaient, les ordinateurs crépitaient, gouttes de pluie sur toit de zinc, les dépositions du jour s'ajoutaient aux dépositions de la veille, les retours de mission croisaient les départs…

Le lieutenant réitéra son ordre.

– Vos lunettes, monsieur, et votre chapeau s'il vous plaît.

Longiligne et vêtu de sombre, lunettes noires et petit chapeau funky, le grand type ne bronchait pas.

– Il faut que je puisse vous identifier, monsieur, insistait Valmondois, c'est pourtant simple.

Ôtez-moi ce chapeau et ces lunettes, s'il vous plaît.

Titus demanda ce qu'on reprochait au grand type.

– Infraction à la réglementation sur les drones, survol nocturne de l'espace urbain. Rien que cette nuit, deux cent huit drones d'un coup, le mec.

Titus revit le Père-Lachaise planant sur la rue Julien-Lacroix.

– Ah ! Le cimetière c'était vous !

Le grand type fit signe que oui.

– Combien étiez-vous pour piloter votre escadrille ?

Le brusque silence qui s'était abattu sur cette nuit folle avait frappé Titus. Il se revit, ouvrant la fenêtre de Manin et se penchant sur la rue soudain muette. Une seconde plus tôt on allait y massacrer du flic et voilà qu'on s'agenouillait sous la paix des cieux. Les tombes glissaient dans un très lointain grésillement d'abeilles. Dix minutes plus tard la rue était vide, tout le monde était couché, volets clos. La vision avait disparu.

– Deux cent huit drones, alors ? demanda Titus.

– Deux cent cinq, en fait, répondit le grand type. Trois ont lâché.

– Pourquoi avez-vous fait ça la nuit ? Vous auriez eu plus de monde à midi, non ?

– Pour qu'il soit éclairé par les réverbères. Les ombres projetées par l'éclairage municipal c'était beaucoup plus beau.

– Où vous êtes-vous posé ?
– Sur le Champ-de-Mars.
– À quelle heure ?
– Trois heures douze.
– Pas trop petit, le Champ-de-Mars, pour y poser le Père-Lachaise ?
– Je l'ai conçu à proportion. Calculé pile-poil. Je n'aurais pas pu le poser ailleurs.
– Personne en dessous ?
– Deux couples d'amoureux. Mais des gars à nous étaient sur place. Ils les ont transformés en spectateurs.
– En somme vous n'avez fait courir de risque à personne ?
– On aurait pu si d'autres drones avaient lâché, mais on avait prévu large, plus de deux cents quand même. Quasiment aucun risque.
– Supprimez le « quasiment », conseilla Titus. Disons aucun risque.
Puis, au lieutenant Valmondois :
– D'où vient la convocation ?
– Du divisionnaire Menotier : violation de la loi sur le survol urbain, trouble à l'ordre public… En prime, Menotier les accuse d'avoir filmé son équipe en opération. C'est interdit aujourd'hui de nous filmer quand on bosse, monsieur.
Titus confirma.
– Vous avez filmé la police au travail ?
– Non, c'est la rue qui nous a filmés.
Titus tendit la main.
– Je peux lire la convocation ?
Valmondois lui tendit le papier. Titus le lut

attentivement sans que le grand type ôtât ses lunettes noires et son chapeau, ni fît mine de s'asseoir.

– Bon, Valmondois, déclara Titus, j'étais sur place quand son machin nous a survolés. Tu peux me considérer comme témoin. En tant que tel, j'affirme que non seulement ton client n'a provoqué aucun attroupement mais qu'il en a dispersé un où on s'apprêtait à plumer du poulet. Remercie-le de nous avoir conservé vivant un supérieur hiérarchique irremplaçable et déchire cette convocation.

– Tu prends ça sur toi ?

– Je l'écris, je le signe et j'aligne trois cents témoins s'il le faut.

L'officier de police judiciaire Valmondois leva sur le grand type un regard chargé de toutes les menaces.

– Vous avez sauvé la vie du commissaire divisionnaire Menotier ?

– Si votre collègue le dit..., répondit prudemment le grand type.

– Rien que pour ça vous méritez une balle dans la nuque. Foutez-moi le camp avant que je dégaine.

À peine le grand type sorti, Titus demanda :

– Tu sais pourquoi il ne voulait ôter ni ses lunettes ni son chapeau ?

– Pour faire chier, je suppose.

– Du tout. Parce que sans ses lunettes et son chapeau personne ne le reconnaîtrait.

– Tu le connais, toi ?

– Tout le monde le connaît. Je t'emmènerai à une de ses expositions. Tu bosses trop Valmondois, ça nuit à ta culture.

*

Par ailleurs le capitaine Adrien Titus était passé au bureau pour autre chose. Convoqué par la juge Talvern, il lui fallait les interrogatoires des assaillants de Julien-Lacroix et de la Folie-Regnault que Valmondois, Brochard et lui-même avaient cuisinés toute la journée, interrogatoires dûment filmés.

– Elle veut voir les films.

D'après la juge les deux équipes étaient cousines. Ces types se connaissaient. Des liens étroits, même. La juge tirait cette conviction des bavardages de l'un d'entre eux qu'elle avait interrogé sur son lit d'hôpital.

– Filmez les interrogatoires, je veux voir leurs visages de près.

Elle avait élaboré une grille de questions à l'usage des trois officiers de police. Premièrement, faire savoir aux prévenus qu'on tenait pour certaine leur participation à l'enlèvement de Lapietà sous la Défense. Une évidence qu'on devait asséner sans la discuter.

– Deuxièmement, présentez vos condoléances pour la mort de leur copain, le faux gendarme. Excusez-vous aussi pour le blessé, celui qui a été touché au bras dans l'escalier, puis au pied quand il s'enfuyait. Troisièmement, évoquez le

Shœltzer 72. Précisez qu'on a retrouvé ses balles fichées dans les livres du fourgon-bibliothèque. Ajoutez que la même arme a servi dans le braquage du casino de Beauregard. Quatrièmement, félicitez-les pour leur chorale.

– Leur chorale ?

– N'oubliez pas ça… À un moment ou à un autre, évoquez une chorale dont ils feraient partie… Sans appuyer, n'est-ce pas ? Glissez vite à autre chose. À leur grand-père, par exemple. Introduisez en douce le mot « Pépère » et observez leurs visages. Attention, pas Pépé, Papy ou Grand-père. Rien que Pépère. Parlez-en comme si ce grand-père les avait élevés. Évoquez-le comme s'il vous était familier à vous aussi. Gentil Pépère. Ah ! Glissez un mot sur mon pendu aussi, Balestro. « Pépère » est le dernier mot qu'il a prononcé. Décrivez son exécution au bas de contention. Dites « Balestro le Brésilien », pour voir, appelez-le Jacky, aussi, dites « Jacky le Brésilien ». Ou « Ryan Padovani ». Bref, laissez entendre que vous les connaissez dans tous les secteurs de leur jeu. En ce qui concerne l'endroit où ils détiennent Lapietà, ne vous acharnez pas. S'ils ne lâchent rien – et ils ne lâcheront rien – félicitez-les pour leur ténacité. Demandez-leur qui les a formés. Ils ne vous répondront pas non plus, bien sûr, mais faites-les bavarder, ce sont leurs bavardages qui m'intéressent.

La juge avait conclu :

– Débriefing au studio à dix-neuf heures trente, Titus. Je dois malheureusement libérer

Brochard et Valmondois. On me dit que je ne peux pas mobiliser toute la police judiciaire sur une seule affaire. Ah ! autre chose. Après les interrogatoires, qu'on regroupe les prévenus dans la même cellule et qu'on les écoute. Ça ne donnera rien, ils sont trop bien dressés pour se laisser prendre à ça, mais on ne sait jamais. Bon, dix-neuf heures trente au studio, capitaine, ne soyez pas en retard et prévoyez la nuit, ce sera long.

20

Ce que la juge Talvern appelait le studio était une salle de projection. La rumeur voulait qu'elle y passât des nuits à scruter les visages des prévenus, démesurément agrandis sur un écran de cinémascope. Quand la juge n'y examinait pas les malfrats à la loupe, ce studio, bricolé dans un coin du XXe arrondissement, honorait une cinéphilie d'un autre âge. J'en sais quelque chose puisque c'est moi, Benjamin Malaussène, qui en ai financé l'équipement. Jérémy ayant toujours eu le souci de la perfection, ça m'a coûté un bras : meilleur projo, meilleur écran, meilleure sono, « Chaplin, Wilder, Lubitsch, Ozu, Pialat et Fellini méritent bien ça ! » décrétait mon frère.

J'ai cédé à tout sauf aux meilleurs fauteuils.

– Un vrai cinéphile doit être mal assis.

– Tu as raison, Ben, plus le film est bon moins le cul est sensible.

C'est ainsi que l'ancien dépôt de la Quincaillerie est devenu le haut lieu cinéphilique le plus inconfortable de Paris.

Pour l'heure, ce sont Sept, Mosma et Maracuja qui l'utilisent. Ils travaillent à monter leur film sur Lapietà. La fameuse performance… Pour le peu que j'en ai vu, ce sera une réussite. Je ne sais pas comment ils s'y sont pris, mais Lapietà, quoique leur prisonnier, y apparaît en majesté absolue. Incroyable à quel point ce type remplit l'écran.

– Il prend la lumière comme personne, c'est vrai, reconnaît Mosma.

– Combien de caméras Tuc a-t-il utilisées ? demandai-je.

– Douze petites, répondit Sept.

– C'est pas le nombre, commenta Mara, c'est la manière. Tuc en fait ce qu'il veut quand il est à la console.

J'étais venu leur annoncer que ce soir Verdun réquisitionnait le studio pour les besoins de son enquête.

*

Et nous y sommes. Titus a pris place à côté de Verdun, Ludovic, Julie, Hadouch et moi. Derrière nous, public captif, les trois victimes de la Défense : Maracuja, C'Est Un Ange et Monsieur Malaussène. En ce qui les concerne la consigne est claire :

– Vous nous indiquerez ceux dont vous reconnaissez le visage ou la voix. Pour le reste, vous la fermez. Éteignez vos portables. Mara, tu donneras à boire à Manin.

L'inspecteur stagiaire Manin est allongé à côté d'eux sur un canapé défoncé. Emmitouflé dans une couverture de survie il ne quittera pas l'écran des yeux pendant toute la séance.

C'est la première fois que Verdun nous associe aux investigations de la juge Talvern.

Nous ressemblons à un jury de casting en quête du comédien idéal.

– Allons-y, ordonne la juge.

Projecteur.

Poussières luminescentes.

Le visage d'un jeune rouquin se greffe sur l'écran.

Voix off de Titus :

– Alors, c'est toi Kébir ?

Le rouquin se renfrogne aussitôt :

– Je m'appelle Marcel, monsieur le capitaine, Kébir c'est pas moi.

– Et moi, capitaine ça me suffit, tu peux ranger le monsieur. (Un temps.) Qu'est-ce qui se passe, Marcel, ça te gave que tes copains t'appellent Kébir ?

– Ça m'est égal.

– Ne me dis pas ça. Ça te préoccupe un max.

– Négatif, mon capitaine. Je m'en bats les machins. (Un demi-ton plus bas.) Pardon, je voulais pas vous manquer de respect, mais franchement je m'en moque. Ça m'est équilatéral.

Mara sursaute :

– Équilatéral ? Vous avez vu comment il cause ?

– Toi, ferme-la, dit Titus. Tu as déjà oublié la

consigne ? Vous ne l'ouvrez que quand Verdun vous le demande, c'est pourtant simple. Et donne à boire à Manin, il ne doit pas se déshydrater.

Sur l'écran, voix off du même capitaine :

– Marcel, arrête un peu, tu ne t'en fous pas du tout qu'ils t'appellent Kébir.

– Pourquoi vous me lâchez pas avec ça ? Vous trouvez que c'est vraiment important, Marcel ou Kébir ?

– C'est toi qui trouves ça important. Ça les fait rigoler et tu ne comprends pas pourquoi.

Silence.

– D'après toi, qu'est-ce qui les fait tellement poiler dans Marcel Kébir ?

– Qui ça ?

– Les autres.

– Quels autres ?

– Ceux de la Défense ou de la rue Julien-Lacroix par exemple, et les copains qui sont montés avec toi rue de la Folie-Regnault.

– Je connais personne à la Défense et personne rue Julien-Lacroix.

– C'est ça. Et personne ne t'accompagnait rue de la Folie-Regnault.

Silence d'assentiment.

– D'un autre côté, quand je dis les autres… C'est surtout Pépère que ça fait marrer.

Silence un rien surpris.

– Tu veux savoir pourquoi ça l'amuse, Pépère, Marcel Kébir ?

– Je connais pas de Pépère.

– Réponse trop rapide, souligne Manin.

– Juste, approuve Titus, une touche.

(Ici, Titus se revoit avec Silistri, l'été précédent, taquinant le poisson sur des fonds rocheux atlantiques. Les oiseaux plongeaient autour d'eux et s'envolaient le bec plein. Ils repéraient leurs proies de haut. Titus et Silistri, eux, sondaient les fonds à l'aveugle, leurs poignets agitant le leurre. Deux petits poissons de métal chatoyant sautillaient dans les profondeurs. Mordra, mordra pas ? Des touches, par-ci par-là. Y a du monde, chantonnait Titus. Le plus souvent, Silistri remportait la mise : dorades, bars de ligne, maquereaux, lieus jaunes, selon les fonds et l'appât. Titus maniait surtout l'épuisette. Quand Joseph rejetait un bar trop petit, Titus ne pouvait s'empêcher d'imaginer la joie stupéfaite du rescapé retrouvant la mer et il se traitait d'imbécile anthropomorphe.)

Voix du capitaine :

– Alors là, Marcel, si tu me dis, toi, que tu ne connais pas Pépère, avec tout ce qu'il a fait pour toi, c'est que tu es une pointure côté ingratitude.

– Stop ! ordonne Verdun.

Arrêt sur image.

– Zoom.

Visage agrandi du surnommé Kébir.

On y lit clairement que le garçon tient le coup mais contre lui-même. Il se dit que son interlocuteur en sait vraiment long et il s'efforce de cacher sa surprise.

Titus se retourne vers les cousins.

– Vous le reconnaissez, celui-là ?

MARACUJA : C'est celui qui voulait nous « nettoyer » dans l'escalier.

SEPT : En tout cas c'est sa voix. Il s'en est fallu d'un cheveu qu'il y arrive, d'ailleurs. Il avait armé son flingue, comme au cinéma.

MOSMA : Mais Titus, tu as descendu son copain, ça l'a perturbé.

TITUS : Et toi, Manin, elle te dit quelque chose, cette voix ?

MANIN : Pas seulement la voix, capitaine, la dégaine aussi. C'est le gars de l'escalier, oui. Il s'est replié jusqu'à leur voiture en soutenant son camarade blessé et en nous tirant dessus. Il ne manquait pas de cran. J'ai touché l'autre au talon quand la porte de la voiture s'est refermée en démarrant.

TITUS : Je croyais que c'était moi, le talon.

MANIN : C'était moi, capitaine.

– On y retourne, dit Verdun.

Projecteur :

– Je connais pas de Pépère, répète le rouquin.

Titus sourit paisiblement.

– Mers el-Kébir, explique-t-il, est une bataille navale, mon gars, dans un port d'Algérie. Juillet 40. La petite enfance de Pépère. Alors *Marcel* Kébir c'est juste un jeu de mots, tu vois. Un humour de vieux. Ça pisse pas loin. Et tes copains ne savent même pas pourquoi ils se marrent. Tu travailles avec des cons, Marcel.

Le prévenu fronce les sourcils. Il demande :

– C'était qui contre qui ?

– Quoi donc ?
– La bataille.
– Ah !
Le capitaine marque un temps de réflexion.
– C'était nous contre d'anciens alliés à nous.
– Nous ? Qui ça, nous ?
– Les Français. Contre les Anglais. Juillet 40. Ils ont coulé nos bateaux et nous ont tué mille trois cents marins.
– Et c'étaient nos alliés ?
– Le vent avait tourné, Marcel. Tu verras, le vent tourne toujours.
Un sourire sur le visage de Marcel.
– Vous êtes un malin, mon capitaine... Je vous vois venir... « Marcel, tes copains m'ont déjà donné ton surnom, ils vont te balancer à un moment ou à un autre et tu vas porter le chapeau tout seul. » C'est ça l'idée, non ?
– C'est l'idée, oui. Et tu as raison elle est mauvaise. Vu que tu ne connais ni les gars de la Défense ni ceux de Julien-Lacroix je ne vois pas qui pourrait te balancer. Je suis un peu con moi aussi.
– C'est vous qui l'avez dit.
Ici, pause.
Image fixe de Kébir.
Titus se retourne vers les trois cousins.
– Bâillonnez Mara, s'il vous plaît, il va être question d'elle.
Reprise :
– À propos, qu'est-ce que tu foutais rue de la Folie-Regnault, Marcel ?

– Rendez-vous d'amour.

– Avec ?

– Une amie à moi.

– Son nom ?

– Vous le connaissez très bien.

– Et d'où la connais-tu, Maracuja ?

– Du boulot.

– Du boulot ? Quel boulot ?

– Le boulot, quoi, le travail, vous savez bien. (Visiblement, le rouquin s'amuse.)

– Vous aviez rendez-vous ?

– J'avais rendez-vous.

– Elle le savait ?

– Je le savais, ça suffit.

– Pourquoi entrer chez elle par l'échafaudage ?

– C'est plus romantique.

– Et pourquoi trois types armés avec toi ?

– Au cas où on nous aurait empêchés de nous aimer.

– Qui aurait pu vous empêcher de vous aimer ?

– Je sais pas. La famille. Vous savez comment c'est...

– Tu la connais, la famille ?

Brusquement, le rouquin cesse de jouer.

– Arrêtez un peu, mon capitaine, vous connaissez toutes les bonnes réponses et moi je vous raconte n'importe quoi pour passer le temps...

– Pas du tout, Marcel, tu ne me réponds pas n'importe quoi. Tu viens de m'avouer que tu connais la fille Malaussène du boulot, c'est-à-dire de la Défense. Tu te souviens de l'escalier de la Défense quand même, et de ton pote qu'on y a descendu, celui au Shœltzer, non ?

Moue navrée.

– Je peux pas me souvenir de ça, j'étais pas là où vous dites.

– Tu ne te souviens pas non plus du faux gendarme ? Celui qui a perdu la tête…

– Je fréquente pas les gendarmes.

– De toute façon, ce n'est pas de ça qu'on parle ; on parle de tes aveux. Tu viens de m'avouer, c'est écrit noir sur blanc, que tu connais Maracuja et les cousins Malaussène, qu'en venant chez eux avec tes copains tu préparais un viol en réunion, à main armée qui plus est, après être entré chez la victime par effraction. Pour toi ça peut paraître anodin mais pour un juge d'instruction c'est autant de chefs d'inculpation qui vont t'envoyer au trou où, à mon avis, tu trouveras le temps encore plus long. Bien sûr ce sont des conneries, le viol de la fille était secondaire, c'était ton dessert. En réalité tu es venu pour récupérer le Shœltzer 72 parce qu'il a déjà servi à Beauregard, et sans doute aussi pour effacer les trois témoins Malaussène, mais comme ces détails tu ne me les avoueras jamais, je te fais tomber sur autre chose. L'essentiel c'est que tu plonges, Marcel.

– Je signerai pas ça.

– Cette remarque aussi est écrite, mon petit pote. Que tu signes ou non, je m'en tape, d'ailleurs. Ce qui compte c'est comment tu vas expliquer à tes copains pourquoi tu as laissé trois témoins vivants dans l'escalier de la Défense en nous filant à nous, gratis, un Shœltzer 72 aussi bavard qu'une carte d'identité. Et tant que tu y es tu leur expliqueras pourquoi vous êtes tombés dans une embuscade rue de la Folie-Regnault. Il n'y avait que toi qui connaissais l'adresse et le but de cette opération, non ? Et pourquoi trois flics vous attendaient à la Défense. Il a bien fallu que quelqu'un les prévienne ceux-là aussi... Bref, dès que tu es sur une opération ça merde. Si j'étais à la place de tes potes, je trouverais ça chelou. Tu sens la taupe, mon petit Kébir.

Le silence ne craque pas.

– Non, je t'assure, Marcello, c'est un bon interrogatoire. La juge va être contente de nous. Tes amis aussi. Je vais demander qu'on vous regroupe dans la même cellule pour qu'ils puissent te féliciter. Et puis vous pourrez toujours monter une chorale, vous avez de l'expérience dans ce domaine à ce qu'on m'a dit.

Arrêt sur image.

– Embarras ? demande la juge Talvern.

Nous scrutons tous le visage du rouquin.

– Pas vraiment, répond Mosma. Plutôt contrôlé, le gars.

– Il n'en mène pas large quand même, fait observer Ludovic. Toutes ces informations ça lui fait perdre le sens de la repartie.

– La suite, demande Verdun.

Visage de Kébir.

Bruit de papiers qu'on rassemble et d'une

chaise qu'on repousse. À en juger par le regard ascendant du prévenu, le capitaine vient de se lever.

– Allez, on arrête pour aujourd'hui. À demain, camarade. On reprendra sur d'autres bases.

Au prix d'un certain effort, le prévenu déploie un large sourire :

– À vos ordres, mon capitaine. Mes respects à vous-même et mes hommages à madame votre épouse.

Son regard, qui se veut ironique, suit Titus jusqu'à ce qui doit être une porte.

Qu'on entend s'ouvrir.

Et qui reste ouverte le temps d'une dernière question.

– Tu es vraiment certain de ne pas connaître de Pépère, Marcel ?

Long soupir fatigué.

– Puisque je vous le dis. Vous êtes lent, quand même.

– Alors, la mort de Balestro ne te dit rien ? Tu l'admirais, pourtant, le Jacky, friqué comme il l'était, c'était la star, non ? Eh bien, c'est Pépère qui l'a liquidé, dis donc. Étranglé et pendu. À un lit. Dans sa cellule. Avec un bas de contention. Je suis bien content que tu ne connaisses pas ce Pépère et ses bas de contention, mon fils, ça me rassure pour ta santé. Surtout après tes ratages de la Défense et de la Folie-Regnault.

Visage inexpressif de Kébir.

Arrêt de la projection.

Lumière.

Question de Titus :

– Madame la juge, on fait une pause ou j'envoie l'interrogatoire de Valmondois ?

– Envoie Brochard et Valmondois, répond Verdun.

MARA : On peut se tirer ?

VERDUN : Ni vous tirer ni vous endormir ni intervenir. Et donne à boire à Manin, on t'a dit.

TITUS : C'est quand même toi qui lui as fichu deux balles dans le gras des hanches. Tu n'as pas oublié ce détail j'espère ?

*

En dehors de ceux que j'ai moi-même subis dans ma carrière de bouc, c'est la première fois que j'assiste à des interrogatoires. Ceux de Brochard et de Valmondois sont moins tactiques et personnalisés que celui de Titus. Un échange entre fonctionnaires et prévenus, méthodique et poli. L'IGPN peut dormir tranquille, pas de baffes, pas de coups de gueule, pas d'insultes, pas de menaces, pas de racisme, pas de tutoiement, de la pure orthodoxie policière, dans le parfait respect des valeurs républicaines. Un duel entre la patience et la dissimulation. De la quête de renseignement, ni plus ni moins, aux résultats par nature incertains. Comme la juge Talvern l'a recommandé, les lieutenants Brochard et Valmondois utilisent eux aussi Pépère, la chorale, Balestro, la bataille de la Défense, le fameux escalier, le Shœltzer 72, le casino de Beauregard, etc.

C'est leur boîte à outils. Leurs clients subissent cet oral en candidats bien préparés. Ils s'amusent à éviter les pièges. On voit leurs visages faire des petits bonds de côté, si je puis dire. Brochard et Valmondois sont moins doués que Titus pour susciter le bavardage. Leurs tentatives de digression tournent court. C'est long, monotone et pourtant passionnant. Ces garçons ont appris à se taire en parlant. Quelqu'un leur a fait savoir aussi que la politesse est bienvenue dans ce genre de tête-à-tête, qu'elle est un signe de soumission qui peut passer pour un désir de coopération. Ils ont appris la politesse envers l'autorité comme une matière d'examen à fort coefficient. « En fait, monsieur, répond un type à Valmondois à propos de la rue Julien-Lacroix, j'étais venu voir un camarade. – Vous êtes toujours armé quand vous visitez vos amis ? demande Valmondois sans sourciller. – Je vais être honnête avec vous, monsieur, répond le garçon, je suis collectionneur. Mon Cram's, c'est une pièce de collection. – Avec une balle engagée dans le canon ? – Il faut toujours les maintenir en état de marche si on ne veut pas qu'ils grippent. – En avez-vous d'autres ? – D'autres, monsieur ? – D'autres armes. – Affirmatif. » Suit une liste d'armes plus ou moins anciennes que le prévenu délivre sans réticence. « Avez-vous conscience que vous contrevenez à la réglementation sur l'armement en accumulant cet arsenal ? – J'ai les documents qui m'y autorisent. – Pouvez-vous me les présenter ? » Demi-sourire du garçon : « Négatif, mon lieutenant, mais un aller-retour à mon domicile et je vous les rapporte. »

Etc.

Bien que jeunes, il y a belle lurette que ces garçons ne sont plus des enfants. L'ont-ils jamais été ? Qui sont-ils, d'ailleurs ? Que sont-ils ? D'où viennent-ils ? Très peu de marqueurs sociaux. Pas plus dans leur langage que dans leur habillement. Pas de survêtements polyester, aucune fluorescence, mais pas de luxe non plus. Quelques casquettes, comme tout le monde aujourd'hui, à l'américaine. Et des jeans. Une garde-robe standard qui ne révèle rien de leurs origines sociales. Les cinq prévenus (avec Kébir ils sont cinq), un Black, deux Beurs et deux Gaulois, n'ont pas grand-chose à voir avec les frappes de banlieue dont le cinéma et les séries pilonnent le marché audiovisuel. Ni avec des allumés d'Allah. Tout juste perçoit-on chez certains, quand la fatigue les gagne, la scansion des faubourgs qui fait le rythme du slam. Pour le reste ils sont parfaitement lisses, coulés dans le même moule. Un moule qui ne ressemble à rien de connu. Valmondois fait observer que leurs chaussures sont bien cirées. Ils ne portent pas de baskets mais de solides godasses de cuir, entre le brodequin et la chaussure de ville.

Il est troublant de les voir mentir au point d'admettre à peine qu'ils se trouvaient là où on les a arrêtés. Bien entendu ils ne savent ni qui les a prévenus de la présence de Lapietà à la Défense ni où sont détenus le même Lapietà et son fils.

Je ne pourrais être ni flic ni truand. Pas plus doué pour ouvrir un coffre que pour faire parler un voyou.

*

La nuit est avancée quand on rallume la salle.

– Tu as les dépositions écrites ? demande Verdun à Titus.

Titus lui tend une liasse de papiers qu'elle distribue à chaque spectateur.

– Lisez ça et dites-moi ce qui vous frappe dans la façon dont ces garçons parlent.

– Une question d'abord, intervient Maracuja.

– Fais vite, concède Verdun.

MARA (*à Titus*) : Parrain, d'après toi, ce Marcel Kébir, il t'a reconnu ? Je dis ça parce que, quand il est arrivé en haut de l'escalier à la Défense, il t'a vu canarder ses copains en courant, non ?

TITUS : Bonne question. Je ne sais pas s'il m'a reconnu.

MARA : Les autres ont reconnu Manin, rue Julien-Lacroix, alors pourquoi Marcel Kébir t'aurait pas reconnu ?

Ce disant, Mara pose sa main sur l'épaule de Manin.

TITUS : Soit parce que l'action s'est passée trop vite soit parce qu'il ne me le dit pas.

MARA : Pourquoi ne le dirait-il pas ?

TITUS : Parce que ça reviendrait à avouer que lui-même était à la Défense, ou parce qu'il veut conserver des munitions pour la suite de notre conversation.

– Fin des questions, annonce Verdun. Maintenant j'aimerais que vous étudiiez les dépositions des prévenus. Pas la peine de les lire in extenso. Lisez les réponses seulement, surtout les plus longues. Ne vous préoccupez pas de ce qu'ils *disent*, puisqu'ils mentent, mais *de la façon* dont ils le disent. Analysez leur style – leur *style*, vous m'entendez ? – comme si vous étiez leurs profs. Soulignez tout ce qui vous frappe d'un strict point de vue stylistique.

Les stylos jaillissent. Chacun se plonge dans son explication de texte.

– Réveillez-moi quand ce sera fait.

La juge s'endort aussitôt.

(Les petites siestes napoléoniennes de Verdun…)

À vrai dire nous sommes impressionnés de la voir au travail. Y compris Ludovic. Nous bossons sans moufter sous les ordres de la juge Talvern.

*

La première chose qui me frappe en lisant ces accumulations de mensonges ou d'évitements ce sont les termes de dénégation dont abusent les prévenus. Un grand nombre de leurs bobards commencent par « franchement », « je vais être honnête avec vous… », « il faut me croire ». L'expression « en fait » revient souvent. Depuis quand l'explétif « en fait » est-il devenu la ponctuation du menteur ? Ça ne date pas d'hier. « En fait », disaient déjà Jérémy et Louna quand ils voulaient justement me cacher des faits. « En fait, Ben, le métro s'est retourné et… » En fait, disent ceux-là presque à chaque réponse. « En fait… » c'est le laps de temps qui leur est nécessaire pour concevoir un nouveau mensonge. « En fait, monsieur, pour être honnête avec vous, je crois que je ne comprends pas bien votre question… ». « Monsieur » aussi, revient fréquemment. Très polis, tous. Ils envoient du monsieur à tour de bras, au point que le lieutenant Brochard, par-ci par-là, répond « monsieur » à son tour.

Voilà. C'est à peu près tout ce que j'ai remarqué.

Titus réveille Verdun et chacun de nous passe à la caisse. Moi le premier en tant qu'aîné. J'y vais donc de mes observations.

– Intéressant, Ben, concède la juge Talvern, les formules de politesse et l'abus de l'explétif « en fait », c'est bien vu. Quelque chose d'autre ? demande-t-elle à la cantonade.

– Quel âge a le citoyen Marcel Kébir ? demande Ludovic.

– Vingt-deux ans, répond Titus.

– Depuis quand un gamin de vingt-deux ans sait-il qu'on présente ses « respects » à un officier et ses « hommages » à son épouse ? Il n'y a que des arrière-petits-fils de militaires pour connaître ce code mondain aujourd'hui. C'est un fils de soldat ?

– Non, répond Titus, assistance publique. Un orphelin.

– Les autres aussi ? demande Julie.

– Non, deux couples durables et deux familles monoparentales. Un adopté. Un seul orphelin.

– « Monoparentale », ricane Maracuja. Bel euphémisme pour désigner les mères et les enfants largués par les queutards.

Personne ne relève.

Elle dit autre chose.

– Ils ne se défoncent pas.

Regard interrogatif de Verdun.

– Ils touchent pas à la drogue, insiste Mara. Pas seulement ton blessé de l'hôpital, aucun.

– Qu'est-ce qui te fait dire ça ?

– Ils n'y font aucune allusion.

– Mara a raison, intervient Titus. Dans un interrogatoire les drogués parlent toujours de la défonce. C'est pas ma faute, j'étais défoncé... La défonce est leur défense. Les alcoolos, pareil. Ceux-là ne se shootent pas et ne picolent pas. Loin de la came et de la gnole. Tous. Les analyses de sang le confirment, d'ailleurs.

– Pour aller dans le même sens, intervient Hadouch, ils ne touchent pas davantage au bon Dieu. Ni Allah ni son prophète, aucun *mektoub*, rien n'est écrit. Ce qui est rarissime de nos jours.

Verdun note, Verdun note.

JULIE : L'un ou l'autre s'est-il engagé ? Afghanistan, Sahel, ce genre de chose ?

TITUS : Pas que je sache. Pourquoi ?

JULIE : Parce que je leur trouve un style militaire, à tous, plus ou moins. Leur façon d'appeler mon lieutenant ou mon capitaine les officiers de police judiciaire…

MOSMA : Julie a raison, ils parlent comme des soldats. La bande est une « troupe », la rue Julien-Lacroix est un « terrain d'opération », ils font souvent allusion à leur « grade », les bastons sont des « engagements », les quartiers des « territoires », la guerre de gangs des « conflits ». Ils ne sont pas attaqués mais « agressés », pas blessés mais « touchés », ils répondent « affirmatif » ou « négatif »…

MANIN : À la Défense, ils portaient tous une tenue de combat. Avec les mêmes brodequins. En tout cas le type que j'ai blessé au pied.

C'est maintenant le tour de Sept, le plus fin lecteur de la compagnie :

– Moi, je trouve qu'ils parlent plutôt comme des flics. Des flics ou des gendarmes. À commencer par le tien, Verdun, celui de l'hôpital. Si vous relisez tout à travers cette grille vous verrez que les gens y sont des « individus », les appartements des « domiciles », les papiers des « documents », les recherches des « investigations », les voitures des « véhicules », les manières d'agir des « modes opératoires », que les plaques d'immatriculation sont « afférentes à l'identité du véhicule », qu'ils ne reconnaissent pas quelqu'un mais « l'identifient formellement »… L'un d'eux fait référence aux « éléments de contexte » et ainsi de suite…

*

Qui a jamais vu sourire la juge Talvern ? Nous, cette nuit-là, juste avant l'extinction des feux. Un de ces sourires qui annoncent la possibilité d'une victoire.

À Titus, elle demanda :

– Tu m'as bien dit que Silistri est en convalescence chez Coudrier ?

– Affirmatif, madame la juge.

– Passe-moi le téléphone de Coudrier, je vais avoir besoin d'eux.

Avant de monter se coucher Verdun me dit à l'oreille :

– Je fais un métier monotone, Benjamin : comme dit Ludovic, la vérité est un invariant.

21

Depuis que sont mortes les grandes filatures de l'Est on trouve leurs carcasses au fond des combes. Immenses et silencieuses cathédrales de verdure. L'usine abandonnée, la roue à aubes qui ne tourne plus et perd ses pales une à une dans le torrent réduit à un filet d'eau moussue, et la nature qui se referme sur l'ancien monde. C'est vert, essentiellement vert. Le lierre, la vigne, la fougère, tout ce qui grimpe à l'assaut du béton et de la brique, tout ce qui s'immisce, qui s'insinue et s'installe, ronge, disjoint et finalement règne, a pris la place des machines qui palpitaient là, qui cardaient, étiraient, tordaient, peignaient, bobinaient, battaient en cadence pour les heures, les années, les siècles croyait-on.

– Eh bien non, leur dit Pépère, écoutez, c'est envahi par le silence. Levez les yeux, le feuillage des plus hauts arbres s'entremet entre le soleil et le passé. Ça se referme comme l'oubli. Les branches des ailantes recouvrent les toits effondrés. Ici, le silence est vert. C'est le présent qui pousse.

Quand Pépère les convoque dans ce genre de cachettes ils ont beau être pleins de jeunesse, d'impertinence, de désirs féroces, de vibrants projets, ils se font silencieux, presque rêveurs. Et puis, il y a l'effet de surprise. Ils ne sont jamais convoqués au même endroit, c'est la règle. Chaque fois l'émerveillement est total. Ici, ils les trouvent intimidantes, ces ruines végétales. Et magnifiques. Surtout la maison de maître, réduite à sa haute façade où luisent encore quelques éclats de vitraux brisés. À leurs yeux encore neufs, c'est l'Égypte, c'est la Grèce, c'est Rome, c'est Pompéi, c'est le grand passé.

– Mes enfants vous avez pénétré sur les terres de feu le vicomte de Beaucieux, roi de la laine en ces temps d'avant votre naissance où la laine faisait des rois.

C'est ainsi que Pépère, cette fois, a introduit la rencontre.

– Ici-bas, tout le monde se pense éternel, dit-il. Nos rois de l'industrie le pensaient si fort qu'ils ne se sont pas vus disparaître. Leurs mines, leurs aciéries, leurs filatures, leurs univers de cadence, de poussière et de feu, leurs manufactures de vacarme, le cœur battant de leur fortune : ce royaume d'esclavage mécanique – je suis le roi, je te nourris contre ta sueur et ton silence – y est passé comme le reste. Ils ont vendu leur science, leurs techniques, leurs outils, leurs usines, leur savoir-faire, leurs ingénieurs même, tout l'attirail de leur capital familial, pour produire ailleurs moins cher, encaisser davantage, grossir du portefeuille, et ils ont compris trop tard que les acheteurs leur suçaient la lymphe, les nettoyaient jusqu'au fond de la coquille.

On écoute Pépère.

Sourcils froncés.

On veut tout comprendre.

– Organiquement dépendants de ceux qu'ils croyaient être leurs clients, ils se sont ruinés, et ils ont anéanti leur région. En vendant leur royaume ils ont jeté leurs ouvriers à la rue. Mes enfants, ces ouvriers, pour beaucoup d'entre eux, étaient vos grands-parents.

Nos grands-parents ?

– Vos grands-parents. Privés de salaire, désormais incapables de payer leur loyer ou contraints de vendre des maisons devenues invendables dans une région dévastée, ils se sont exilés, quand ils ne sont pas morts sur place, tout simplement. Vos parents eux-mêmes ne sont jamais venus ici. Vous n'êtes pas sur le lieu d'un pèlerinage, vous êtes dans le trou de l'oubli.

Nouveau silence.

Sourire inattendu de Pépère :

– Mais pendant qu'on anéantissait vos familles…

Il chuchote :

– Vous, mes petits, vous attendiez.

Il sort cette phrase énigmatique :

– Vous attendiez déjà avant votre naissance.

Il montre le sol :

– Vous attendiez là-dessous.

Tout à coup, il ordonne :

– Regardez autour de vous.

Ce qu'ils font. Certains sans grande conviction.

– Quand je dis regardez, regardez attentivement ! Autour de vous, ici, maintenant. (Et ne fumez pas ! Jamon éteins ta cigarette et mets le mégot dans ta poche !) Que voyez-vous ? Dites-le-moi.

Ils voient du béton bouffé aux herbes, des lianes, des touffes de ceci ou de cela, du végétal anarchique, innommable par eux. Du vert et des ruines, quoi.

– Je vais vous dire ce que je vois, moi.

Lui, Pépère, voit la filature en plein fonctionnement. Il la voit, il l'entend, même. Ça pulse, ça siffle, ça souffle, ça claque, ça tire, ça cogne, ça respire, ça vit.

– Mais je vois autre chose, aussi. Sous le sol de l'usine, ce sol que vos grands-mères briquaient chaque fin de semaine jusqu'à ce qu'il luise comme le miroir de leur travail, je vois le stock des graines sauvages qui dormaient là, les millions de graines qui attendaient l'occasion de faire éclater les dalles, de jaillir et de régner.

Un temps.

– C'est vous que je vois, mes graines pionnières !

Ici, Mehdi glisse un petit papier à Pépère : « Pas trop de métaphores végétales, ils vont être largués. »

– L'Histoire est une horloge, mes tout-petits, continue Pépère en déchirant méthodiquement le mot de Mehdi, ne l'oubliez jamais. Ça change. Le temps bouffe tout, c'est le présent qui règne. Et le présent, c'est vous.

Du coin de la bouche, il souffle à Mehdi :

– Pas de métaphores végétales, hein ? Écoute un peu et prends-en de la graine.

Et le voilà qui se met à dessiner le paysage aux couleurs de ses soldats.

– Cette grande liane, la morelle rouge, là, sur le mur, à ta droite, c'est toi, Pavel, et l'autre avec ses petites baies noires, qui a grimpé jusqu'au plafond c'est toi, Karol, et cette douce-amère, Anita, regarde, tu la vois, accrochée au mur avec ses petites fleurs blanches ? Comme tu as grimpé vite toi aussi, ma petite fille, et haut ! Pourtant tu n'y croyais pas au début hein ? « Pépère, je n'y arriverai jamais… » Eh bien regarde, ma chérie, jusqu'au ciel tu es montée !

Et ainsi de suite, Pépère évoque Ahmed le pissenlit qui a fait sauter les pavés de la cour par la seule puissance de sa racine, Omar le lierre qui a bouffé le plâtre et provoqué la chute du toit en abattant le mur du fond, regarde Omar, grâce à toi la lumière est entrée et les ligneux peuvent pousser, comme ce sureau, là, tu le vois ce petit sureau ? Eh bien c'est Sam, rappelle-nous ton âge, Sam… Treize ans avant-hier, Pépère. À peine treize ans, Sam, et déjà un sureau qui règne ! Regarde, petit sureau, tu vas devenir solide comme ces deux jeunes chênes qui poussent depuis vingt ans à côté de moi (ses mains se posent sur les épaules de Faustine et de Mehdi) et qui me donnent aujourd'hui des conseils sur la façon dont je dois vous parler.

– Vous comprenez ma leçon de botanique, mes chéris ? Vous voyez votre force ? La sentez-vous votre force ravageuse ?

– Ouiiiiiiiiiii ! hurlent-ils en chœur.

– Vous êtes la nature qui reprend ses droits ! Vous êtes la puissance du présent ! Vive vous ! crie soudain Pépère en brandissant ses poings.

– Vive nous ! répondent en écho cent jeunes poitrines gonflées de fierté.

Et Mehdi doit admettre la vertu de la métaphore végétale sous les doigts que Pépère resserre maintenant comme une pince autour de son cou : « Ne les prends jamais pour des imbéciles, Mehdi, jamais ! Les imbéciles, je les élimine. »

*

Bon. L'heure des travaux pratiques a sonné. C'est la petite armée des paris truqués que Pépère a rassemblée dans la cathédrale verte, les spécialistes du foot, les plus jeunes d'entre les recruteurs, les entraîneurs, les corrupteurs, les truqueurs et les encaisseurs. Ils ont encore à apprendre.

Sur la tribune, autour de Pépère et de son célèbre baise-en-ville, siègent les aînés, dûment masqués : Grégoire, Mehdi, Baptiste, Faustine et Marguerite. Mehdi est le patron des recruteurs et Baptiste celui des joueurs. Marguerite est leur docteur à tous. Grégoire et Faustine représentent la finance. Pépère les écoute quand ils parlent affaires.

– Justement, demande Pépère, à propos d'affaires, j'ai une question à vous poser. Vous m'écoutez ?

Ouiiiiiii, on l'écoute, on l'écoute.

– Pourquoi ne truquons-nous que les *petits* paris ? Pourquoi laissons-nous les gros paris à d'autres ? Je sais que certains d'entre vous se posent encore la question. Quelqu'un veut-il répondre ?

S'installe le silence habituel avant qu'une main, un peu hésitante, ne se dresse au-dessus des têtes.

– Magda ? Oui ?

Magda commence à parler.

– Non, viens ici qu'on t'entende mieux.

Magda traverse l'assemblée et grimpe sur l'entassement de palettes qui tient lieu de tribune. C'est une fille haute et lourde, très en chair mais puissante, au visage enfantin pourtant, capitaine de l'équipe de foot de sa communauté de communes.

Elle prend le temps de mettre ses mots en ordre, puis dit posément :

– À première vue les gros paris nous rapporteraient beaucoup plus, vu les énormes sommes jouées et l'importance des clubs en compétition. Marseille-Chelsea ou Lyon-Barcelone ça chiffre, forcément.

Coup d'œil en coin à Pépère qui approuve de la tête et demande :

– Mais ?

– Mais ce sont les paris les plus surveillés.

– Par ?

– D'abord par Interpol, Pépère.

– Et ?

– Et dans le collimateur de l'Autorité de régulation des paris en ligne.

– Juste.

– Du coup, les trucages sont presque impossibles.

– Solution ?

– Laisser tomber les gros clubs et faire parier hors division, sur les matchs minuscules, les compétitions de tout petit niveau, les matchs amicaux entre villages par exemple, ceux qui ne sont pas retransmis et que personne ne regarde, à part les familles quoi. Ceux qui ne brassent pas.

– On peut parier, là-dessus ?

– Oui, mais de toutes petites mises, entre copains de bar.

– Et qu'est-ce qu'on gagne à récupérer ces miettes ?

Ici, Magda marque une hésitation. Elle désigne Faustine, blonde, belle et droite derrière son masque.

– Vaudrait mieux lui demander à elle.

– Non, toi, insiste Pépère. Il est important de savoir si tu as compris, mon petit. De savoir si tu peux clairement l'expliquer aux autres. À commencer par tes équipes.

Magda approuve de la tête, réfléchit et se lance :

– Bon. C'est Faustine qui a eu cette idée-là. Nos paris à nous ne sont pas autorisés, donc nos joueurs, nos gardiens et nos arbitres ne sont pas surveillés, ce qui fait qu'ils sont beaucoup plus mani… mani…

Faustine l'aide :

– Manipulables.

– C'est ça. On peut en faire ce qu'on veut, quoi. Et puis, c'est pas l'importance du match qui compte, c'est pas non plus la somme pariée par un type, même si elle est énorme, c'est le nombre des parieurs. C'est ça qui doit être énorme, pas le chiffre de la mise, le nombre des parieurs.

– Juste, Magda, approuve Pépère. Développe cet aspect de la question, s'il te plaît.

– C'est ce que Faustine nous a expliqué la dernière fois, répète Magda. Vaut mieux des centaines de milliers de parieurs qui jouent un euro sur un petit match pas surveillé qu'un gros con qui mise tout sur la demi-finale d'une coupe super fliquée.

Quelques rires d'approbation.

– Exact, dit Pépère, et grâce à Mehdi et à son équipe, nos champions du numérique, qui ont su mettre le Big Data au service des petits parieurs, ces parieurs désormais nous les avons. Des centaines de milliers. Dans le monde entier. Pour ne vous donner qu'un exemple, la semaine dernière, nous avons enregistré deux millions de paris sur le match Solonge-Buguet.

– 2 173 207, précise Mehdi en consultant ses fiches.

– Voilà. Vous avez compris l'importance des petits matchs ?

Un temps. On sent toutes les têtes présentes occupées à calculer la somme amassée par ce match minuscule.

– Merci, Magda, conclut Pépère, c'était très clair.

– Je peux dire une dernière chose ? demande Magda avant de rapatrier sa puissante masse parmi les autres.

– Je t'en prie.

– Je le dis devant Pépère, déclare Magda, dont la voix gagne en sonorité, le prochain qui m'appelle MacDo, je lui fous ma main sur la gueule.

– Approuvé, dit Pépère.

Et de passer à autre chose : la variété des paris eux-mêmes. C'est la leçon du jour.

– Solonge-Buguet, par exemple, explique Pépère. Dans la rencontre Solonge-Buguet, nous avons fait parier sur le résultat final, bien sûr, mais aussi sur le nombre de buts marqués en première et en deuxième mi-temps, le nombre de tirs, le nombre de ballons mis en touche, le nombre de corners, le nombre de balles touchées par l'un ou l'autre des gardiens, le nombre de blessures éventuelles, car nos parieurs, qu'ils soient de Maraponga au Brésil, de Dalat au Vietnam, d'Abengourou en Côte d'Ivoire ou de Cagnes-sur-Mer chez nous, ont tous un point commun : ce qui les amuse c'est de parier sur n'importe quoi. Il faut que vous compreniez bien ça, mes enfants : parier c'est jouer, et parier sur n'importe quoi c'est jouer doublement. Plus le pari est original, même farfelu, plus il est attirant. C'est un jeu dans le jeu. Chacun de vous peut proposer un nouveau sujet de pari, pourvu qu'il amuse le parieur. Sam, par exemple, si tu devais les faire parier sur un détail amusant, que proposerais-tu à nos parieurs ?

Le petit Sam rougit violemment en se désignant lui-même de l'index avec un regard interrogateur.

– Oui, toi mon grand sureau, confirme Pépère. Tu les ferais parier sur quoi ?

Le gosse y pense un peu, puis, tout sourire :

– Sur le nombre de chaussures de couleur !

– Tout à fait possible, admet Pépère. Et pourquoi les chaussures de couleur ?

– Parce qu'on pourrait les baiser facilement, Pépère. Ils parieraient forcément sur le nombre de *paires* de chaussures, alors qu'on leur a proposé de parier sur le nombre de *chaussures.* Du coup on pique même la mise des gagnants.

Salve d'applaudissements.

– Bien pensé, mon petit.

Un temps. Pépère leur sourit à tous.

– Bon, la leçon est finie.

Mais, réflexion faite, il lève un doigt.

– J'ai quand même une question supplémentaire à vous poser à propos des paris truqués. Je peux ?

– Ouiiiiiiiiii !

C'est une des particularités de Pépère qu'ils adorent. Que sur bien des sujets il leur demande leur avis. Ils aiment sa façon d'écouter sérieusement leurs réponses, et souvent d'en tenir compte.

– Bien, dit Pépère. Il s'agit des scores truqués. Je vous propose un cas de figure. Un joueur est payé pour marquer un but. Le goal a touché lui aussi et doit laisser passer. L'arbitre, bien sûr, est payé pour ne rien voir. Or voilà que le joueur tire à côté de la cage. Question : que devons-nous faire ?

Un garçon demande :

– Le joueur a touché ?

– Je viens de le dire, répond Pépère.

– Alors on le bute, dit le garçon.

– Certainement pas, Erwan. La sanction doit être proportionnelle à la faute.

– Si on devait buter tous ceux qui déconnent, approuve Magda, on serait pas nombreux ici, ce soir.

– Et puis, il faut vérifier si l'acte est volontaire. Léo est là ? demande tout à coup Pépère.

Un temps. Une voix fluette finit par répondre que oui, je suis là.

– Peux-tu nous rejoindre sur l'estrade, je te prie ?

Le silence soudain laisse entendre qu'il se passe quelque chose d'inattendu. Léo ne ressemble pas à sa petite voix. C'est un garçon élancé, souple, aux épaules larges, aux jambes puissantes, à la crinière multicolore et aux tatouages agressifs. Il a l'habitude d'en imposer. Mais là, il blêmit. Il jette même un œil vers la sortie ; non, la petite foule à traverser l'empêcherait de l'atteindre.

– Ne nous fais pas trop attendre, s'il te plaît, demande Pépère.

*

Le cas est simple. Il y a trois semaines, dans le match Pierreleu-Villeroy, Léo devait marquer le troisième et dernier but de Pierreleu. Contre tous les pronostics, Villeroy, grand favori, perdrait donc 3 à 2. Décision de Faustine. L'arbitre, le goal et Léo ont été payés en conséquence. Or, voilà que Léo rate le dernier but. Il tire à côté de la cage. Score final : 2 à 2.

Question : ratage volontaire ou non ?

Léo affirme que son pied a « ripé ». Doit-on le croire ?

– C'est mon pied, il a tourné, je vous jure.

– Tu ne l'as donc pas fait exprès ?

– Sur ma mère !

– Peut-être un défaut du réflexe achilléen.

Pépère ouvre son baise-en-ville, en sort un petit marteau réflexe qu'il tend à Marguerite, pour vérification.

– C'est capital, dans ce genre de situation. Vérification des réflexes avant de prendre une décision.

Marguerite prie Léo de s'asseoir au bord de l'estrade, jambes ballantes dans le vide.

Elle descend elle-même, se place à côté du pied droit de Léo de façon que tous puissent être témoins de la vérification. Une fois le pied en flexion, Marguerite frappe un petit coup précis sur le talon d'Achille. La cheville réagit comme il se doit.

– Normal, Pépère.

– Peut-être le réflexe rotulien, suggère Pépère.

Marguerite opère la deuxième vérification. Petit coup net sous la rotule de Léo. La jambe se détend comme s'il shootait.

– Normal.

– Ce n'est donc pas du côté des réflexes qu'il faut chercher, conclut Pépère.

Léo est un bon joueur. Il est sur le point de passer en nationale. Bon dribbleur, bon passeur, bon buteur. Calme, offensif, résistant et déterminé. Tout le monde vous le dira.

– Si tes réflexes ne sont pas en cause, comment expliques-tu ce ratage, mon garçon ?

Léo n'explique pas.

– Quelqu'un nous aurait doublés ? demande Pépère. Quelqu'un aurait parié sur l'égalité ?

Léo propose une vague dénégation de la tête.

– C'est facile à vérifier, tu sais.

Silence.

– Tu as touché une deuxième fois, Léo ?

Silence.

– Combien ?

Silence.

– De qui ?

Silence.

– Aucune importance, on verra ça plus tard. Dans un cas pareil, l'essentiel est de faire ce qu'il faut quand il le faut.

Pépère sort de son baise-en-ville un marteau cubique et noir (une massette Morley), un bon kilo d'acier que Marguerite abat sur la rotule du garçon. La rotule tombe dans la peau du genou comme une pierre dans un sac.

*

Si vous les interrogez, ils n'auront rien vu. Pas même entendu le hurlement de Léo, difficile à oublier pourtant. Léo lui-même vous dira qu'il est tombé en faisant son jogging. Putain, j'étais à l'entraînement, je courais sur zone, j'ai buté contre un plot de parking en matant une meuf. Je suis vraiment trop con. Quant à Pépère, il vous demandera de quoi vous parlez. Quelle combe ? Quelle filature désaffectée ? Quels paris truqués ? Quand, dites-vous ? Pendant la soirée d'hier ? Je l'ai passée au lit, la soirée d'hier (à mon âge on se couche tôt). Et s'il est d'humeur à faire des confidences, il ira plus loin : Une nuit blanche consacrée à trois dossiers distincts, si vous voulez tout savoir. Trois décisions fermes :

1) Bonbons mexicains ou bonbons chinois ? Décidément les mexicains sont plus faciles à fourguer. Leur effet létal, tout aussi rapide, est moins repérable. On approvisionnera désormais les chorales en mexicains et on rendra leur marchandise aux Chinois. Sans exiger de

remboursement bien sûr. Gratis, sans contrepartie.

2) Le roman de cet imbécile sur nos filières d'adoption. Comment le dissuader de publier ? À voir. Avec Marguerite, peut-être.

3) L'affaire Lapietà, maintenant. Inutile de revenir là-dessus, j'ai complètement merdé. L'étau se resserre. Exécuter Lapietà père et fils au plus vite et disperser l'équipe.

Car il est sage de s'endormir sur de bonnes résolutions.

*

Quant à la filature abandonnée, non, des lustres que personne n'y est venu. Vérifiez par vous-même, aucune trace de réunion. Pas même un mégot.

22

Il y avait du désarroi dans la voix d'Alceste quand il me réveilla ce matin-là.

– Malaussène, me dit-il en substance, ce qui se passe avec mon roman est beaucoup plus grave que vous ne le croyez. Vous pensez que je suis en rogne parce que sa sortie est retardée par mon éditeur ? Il y a de ça, bien sûr, mais pas seulement. Quoi qu'il en soit je ne veux pas en parler au téléphone. Votre patronne n'étant pas joignable, accordez-moi un rendez-vous je vous prie, ça urge. N'ayez crainte, je suis dans un état qui excède de loin la simple colère.

J'ai écouté.

J'ai répondu :

– Entendu, Alceste, à quinze heures dans mon bureau. Mais je viens avec mon chien. Le moindre mot de travers, il vous bouffe.

Pourquoi ai-je inventé cette fable ? Non seulement Julius le Chien et ses ascendants ne m'ont jamais défendu contre qui que ce soit mais ils ont toujours fui le combat, soit en déguerpissant, soit en s'endormant, soit en se réfugiant dans l'épilepsie. Les chiens savent l'homme capable de conflits planétaires et ils ne boivent pas de ce sang-là. Alceste me fout la trouille, point final. Je redoute ses fureurs de prophète. D'autant qu'à quinze heures, je serai crevé. Je me serai farci mes autres auteurs dans la matinée : Coriolan, Médée, Harpagon, Antigone ou Lorenzaccio, ainsi surnommés par la Reine Zabo qui a le sens de la quintessence. Il m'aura fallu dissuader Coriolan de casser la gueule à deux ou trois critiques, refaire les comptes d'Harpagon qui débarque toujours en brandissant ses notes de frais, supporter les hurlements de Médée dont les enfants nous préparent un de ces romans filiaux où les mères ont rarement le beau rôle, jouer les Christ en croix devant la porte de la Reine Zabo qu'ils veulent tous défoncer, jusqu'au surgissement d'un Alceste furibard que je connais trop bien.

Bordel de Dieu, non.

Me lever, oui, mais pour retourner à la Quincaillerie, me remettre au lit et ne plus en bouger pendant une semaine. Dormir sous le poids fumant de l'édredon Julius.

– Hein Julius ?

Non, Benjamin, tu n'es plus le jeune homme versatile qui pouvait changer de boulot en changeant d'humeur. Depuis quelques décennies tu es un être social, chef de famille, homme de devoir, fidèle à tous tes postes. Comment tournerait la machine si les types comme toi se contentaient de changer de plumard ?

Allez, on va au bureau.

– Hein Julius ?

*

La matinée se passa comme prévu, avalanche de protestations des uns et des autres, puis déjeuner chez Pippo, Julius le Chien filant direct en cuisine, Loussa de Casamance déployant sa serviette immaculée, Pippo soignant la pasta que le grand Dany distribue comme un derviche tourneur.

Café.

Retour au Talion.

Où Alceste m'attendait.

Il était en avance d'une bonne heure.

J'ai d'abord été fouillé par Bo et Ju, ses gardes du corps, plantés devant ma porte.

Et je l'ai trouvé lui, Alceste, à l'intérieur, debout devant la fenêtre, dardant sur Paris son regard de grand inquisiteur.

– Ah, vous voilà, Malaussène…

Il ne me regardait pas, il s'adressait à moi comme s'il parlait à la ville.

– Julius ! dis-je, l'index levé.

Ce qui stoppa mon chien à la seconde où il allait planter sa truffe entre les fesses de mon auteur.

– Je vous demande pardon ? demanda Alceste.

– Non, rien, je parlais à mon chien, dis-je en m'asseyant derrière mon bureau.

Alceste ne se retourna pas.

– Pas d'impertinence, Malaussène, je vous en prie, commençons sur des bases saines, voulez-vous ?

Venant de sa part, la proposition était originale.

– Et d'abord, je vous dois un remerciement.

C'était sans doute la première fois de sa vie que ce type remerciait quelqu'un.

– Un remerciement ? répétai-je comme dans un mauvais film.

– Oui, pour m'avoir signalé la fermeture du club Maguari en 1976. J'ai vérifié, vous avez raison. L'erreur vient de ce que le colonel Parmenido Faca a vendu le petit Zé Martins non pas au club Maguari mais à Orlando Maguari en personne, son ancien propriétaire. Orlando Maguari est devenu armateur au début des années 80. Il voulait embarquer Zé (ce gosse était vraiment un prodige du foot) sur un de ses paquebots pour distraire les passagers en croisière dans les Caraïbes.

Il me fallut ramer à contre-courant pour comprendre de quoi Alceste parlait. Il faisait allusion à son roman *Leur très grande faute* et à notre dernière conversation téléphonique.

– La confusion vient du seul nom Maguari, continua-t-il, mais je vous remercie de me l'avoir signalée, elle est inadmissible. Le Maguari en question, l'homme, Orlando Maguari, est récemment devenu gouverneur de l'État du Ceará. Ça n'en fait pas un personnage considérable mais je les soupçonne fort, le colonel Parmenido Faca et lui, de tremper dans le trafic d'enfants organisé par Ryan Padovani dans tout le Nordeste. Si vous avez lu la suite de mon bouquin, vous aurez compris que, non content de s'être enfui avec l'argent du petit Zé, l'oncle Ryan (c'est ainsi que les gosses, terrorisés, appelaient Padovani) a monté un réseau d'enlèvements destiné à fournir en jeunes footballeurs tous les clubs importants, via une filière de pseudo-adoption qui pousse ses rhizomes jusque dans nos provinces les plus reculées.

J'avais du mal à suivre. Alceste me laissa quelques secondes pour assimiler. Puis :

– Malaussène, ce trafic de gosses ne date pas d'hier. Mon plus jeune frère, Baptiste (footballeur prometteur), en est un pur produit, pêché en Côte d'Ivoire, lui. Mes parents y faisaient du tourisme. Un scout du type Ryan Padovani les a purement et simplement recrutés. En adoptant cet enfant volé à sa famille ils sont devenus complices de ce gang, ainsi que mes frères aînés et ma sœur Faustine. Je les soupçonne d'y remplir aujourd'hui des fonctions de cadres supérieurs. Quand, dans le volume précédent, mes charmants frères et sœurs ont essayé de m'enterrer vivant aux funérailles de mon père, c'est le témoin récalcitrant qu'ils voulaient faire disparaître avec moi. D'une façon ou d'une autre ils étaient au courant de mes recherches et si vos deux Chinois ne m'avaient pas sorti de là in extremis je ne serais pas en train de vous raconter tout ça. Quant à mon père, nous ne l'enterrions pas pour une rupture d'anévrisme où une cirrhose mondaine mais parce que ma sœur Faustine l'avait trouvé pendu dans la forêt attenante à la propriété familiale. À un bas de contention. Si le médecin qui a délivré le permis d'inhumer avait été sérieusement interrogé il aurait conclu au meurtre. Mais non, suicide. Son diagnostic a fait autorité et mon père est passé en éternité comme une lettre à la poste. J'en savais suffisamment sur cette jolie bande pour déposer plainte mais j'ai vite compris que ma plainte ne serait pas retenue. Trop d'intérêts en jeu dès qu'on touche au foot, Malaussène. D'où mon projet : publier au grand jour un roman apparemment anodin mais qui dévoilerait les tenants et les aboutissants d'un trafic d'enfants concernant toute la planète foot. Un réquisitoire intitulé *Leur très grande faute* où je conserverais le nom des pays, des villes, des fédérations, des clubs, de certaines personnes (l'histoire de Zé Martins est on ne peut plus authentique), de certains joueurs, où tout serait clair comme de l'eau de roche, une enquête archi complète, présentée comme une fiction, mais que les gouvernements concernés pourraient utiliser pour coffrer une armée de voleurs d'enfants. Voilà ce que j'écrivais dans votre Vercors. Tout était là, noir sur blanc. Vérité vraie et planétaire ! J'attendais le procès de pied ferme. Je n'attends même que ça. J'ai mes dossiers et j'ai mes plaignants.

Respiration.

Alceste quitta la capitale des yeux.

Se retourna.

Fit les quelques pas qui le séparaient de mon bureau.

Se laissa tomber dans le fauteuil en face de moi.

– Et vous savez ce qui s'est passé, Malaussène ?

Non, mais ce qui se passait en ce moment et que lui ne savait pas, c'est que la porte de mon bureau s'ouvrait dans son dos, que la Reine Zabo la refermait sans bruit, posait un doigt sur ses lèvres pour m'intimer le silence. Elle resta debout, là, derrière Alceste, jusqu'à la fin de notre conversation, sans plus de bruit qu'une plante en pot.

– Malaussène, ce qui s'est passé est à mourir de rire. Je viens déposer mon manuscrit sur le bureau de votre patronne qui m'accueille en fils prodigue : et que je sautille comme une gamine sur mon fauteuil directorial, et que je bats joyeusement mes mains pneumatiques en poussant des petits cris d'amour, et que je remercie mon auteur chéri-chéri comme s'il venait de me faire le plus beau cadeau de mon enfance, et que je fais l'effort de me lever pour le raccompagner jusqu'à la porte de mon bureau, et que je lui plaque sur les joues deux baisers d'une répugnante humidité, et que je promets de m'enfermer dès son départ pour me plonger dans *Leur très grande faute*, je vous téléphonerai demain dès l'aube, Alceste, je suis folle de curiosité, folle, folle, folle ! Ça ne vous chagrine pas que je vous surnomme Alceste, au moins ? Vous vous y êtes fait depuis que nous nous connaissons ? C'est pour rire ! Allez, à demain mon petit, je vous appelle sans faute à l'heure où blanchit la campagne. Je vous aime.

L'imitation d'Alceste ne fait rire ni la Reine Zabo, aussi inexpressive qu'un vieux bonsaï, ni moi, interdit de rigolade par son stoïcisme et par mon empathie légendaire.

– Suite de quoi, continue Alceste, silence radio. Pas d'appel le lendemain, ni les jours suivants. Aucune nouvelle. Je téléphone en vain, je maile, j'essaimesse, je ouatsape à tout va, pas de réponse. Comme si les Éditions du Talion n'avaient jamais existé. C'est ça un éditeur, ça vous désire ardemment, ça bande énormément, vous êtes le seul auteur au monde, et quand ça possède votre prose, ça se rétracte jusqu'à l'oubli. Bien sûr, je finis par débarquer en personne, résolu à forcer toutes les portes pour savoir ce qui se passe. Et sur qui je tombe ? Votre ami Loussa de Casamance. Qui prend son air le plus faux cul pour m'annoncer qu'en effet il y a un problème, mais tout petit, quasi rien, négligeable. Un problème ? Quel problème ? D'ordre stylistique cher ami. Une fâcheuse rupture de ton entre vos deux volumes, qui pourrait déstabiliser vos lecteurs. Comment ça ? Quelle rupture de ton ? Il faudrait en parler avec Benjamin, mon cher. Qu'est-ce que ce con de Malaussène vient faire là-dedans ? Eh bien Benjamin estime que dans ce deuxième volume vous cédez trop aux contorsions du réalisme magique ; il en a informé la patronne qui, tout à fait hostile à l'esthétique caraïbe, a résolu de surseoir à la publication.

Mais juste le temps que vous apportiez les corrections nécessaires à votre texte, n'est-ce pas ? Benjamin ne vous a pas encore appelé ? Ah bon ? Que voulez-vous, c'est la rentrée, il est débordé. Il s'est spontanément proposé pour vous aider à réviser vos pages, trois fois rien selon lui, un balayage superficiel jusqu'à retrouver le ton du premier volume.

Silence.

– Vous ne trouvez pas ça hilarant, Malaussène ?

Silence.

– Des gosses sont enlevés dans le monde entier, c'est-à-dire arrachés à leurs familles, confiés à de pseudo-parents adoptifs, en réalité enfermés dans des centres d'entraînement à côté desquels les camps libyens sont des colonies de vacances. Les moins performants sont jetés à la rue sans autre forme de procès, voués à la mendicité, au vol et à la prostitution, quand ils ne sont pas vendus en pièces détachées par des trafiquants d'organes. Je risque ma peau pour révéler cette monstruosité, je l'apporte sous la forme d'un roman à mon éditeur, et pour quel résultat ?

Silence.

– Pour m'entendre reprocher un excès de réalisme magique !

Silence, puis changement de ton. Une fixité de mauvais aloi dans son regard.

– Excès de réalisme magique, Malaussène, ou de réalisme tout court ? Mon histoire ne serait-elle pas un peu trop réelle à votre goût ?

Voilà ce que j'ai fini par me demander. Tout simplement trop réelle ? N'aurait-elle pas à voir avec l'orphelinat ouvert par votre famille dans les années 2000 ? Je me suis laissé dire qu'une des victimes de Padovani y a trouvé refuge après avoir transité par le bureau de votre sœur, juge d'instruction. C'est bien ça ? Une de vos sœurs est juge d'instruction, non ? Et vous détenez le jeune Nelson Paraiso Martins ?

J'écoutais, j'écoutais et j'entendais bien : un auteur maison me soupçonnait tout bonnement de trafic d'enfants. C'est assez rare dans la profession mais c'était bel et bien ce qui était en train de m'arriver. D'autant plus qu'il ajouta :

– À partir d'ici on ne joue plus.

Pour mieux m'en convaincre il sortit un revolver qu'il pointa entre mes deux yeux.

– Alors je vous donne dix secondes pour vous mettre à table, espèce d'enfant de salaud, faute de quoi j'appuie sur la détente, ce qui après tout serait une excellente façon de porter l'affaire devant la justice. Quel est votre rôle dans cette abomination, Malaussène ? Dix secondes. Pas une de plus.

Un

Deux

Trois

J'étais certain qu'il était assez timbré pour mettre sa menace à exécution mais curieusement je m'en foutais un peu. Ce n'est pas que je ne sois pas attaché à la vie, je le serais trop même, ligoté pour tout dire. Alors, m'en libérer pourquoi pas ? Dénouer les liens une fois pour toutes ? Ne serait-ce que par curiosité pour la suite… sait-on jamais ? Je jetai tout de même un coup d'œil à Julius le Chien, mais comme je le disais plus haut, il s'en foutait. Il roupillait en flapissant des babines, ce qui donnait un fond sonore incongru au tragique de la situation.

Que faire ?

Je me posai la question sans réelle curiosité.

Arrête de déconner, Benjamin, ce mec va bel et bien te faire sauter la tête. C'est un homme de foi, n'oublie pas. Ces gens-là ont la justification chevillée à l'âme. Toujours du bon côté de la morale. Il va te flinguer, ça ne fait pas un pli. Et les crétins estimeront que c'est une fin légitime pour un bouc émissaire.

Voilà à peu près ce que je me disais quand la voix de la Reine Zabo s'éleva derrière Alceste :

– Rangez-moi cet outil de puceau, Alceste, et suivez-moi dans mon bureau.

Il sursauta, se retourna, ouvrit la bouche, la referma, planqua son flingue comme un tricheur pris en flag, et suivit les instructions qui venaient de lui être données.

– Vous aussi, Malaussène, ajouta Sa Majesté avant de disparaître dans le couloir.

*

Nous la suivîmes docilement. Alceste souleva sa veste pour remiser son pétard dans la ceinture de son pantalon, côté cul comme il se doit. Ce n'était pas un spécialiste, le geste n'était pas aussi net qu'au cinéma. Il s'y prit à plusieurs fois. Je craignais pour ses fesses plus que je n'avais craint pour ma vie.

Bo et Ju fermaient la marche. Si le flingue tombait, ils le ramasseraient.

Bureau de la Reine.

Alceste et moi nous asseyant en face d'elle.

Qui prit la parole.

En toute majesté.

– Bon. Écoutez-moi bien, Alceste, voici l'affaire. Je me suis effectivement plongée dans l'histoire du petit Zé Martins et des enlèvements d'enfants dès que vous avez quitté mon bureau, j'ai effectivement senti que c'était du lourd (pour employer le langage si léger de votre génération), j'ai achevé le roman dans l'après-midi et j'en suis restée estomaquée. Vous n'êtes pas seulement capable de tuer le premier venu par conviction, mon cher, vous savez aussi risquer votre peau avec une abnégation stupéfiante. Voilà pour les compliments. Littérairement parlant le livre vaut ce que valent les documents romancés, il pèse son poids d'informations non digérées, mais là n'est pas la question. Nous sommes bien au-delà des considérations stylistiques, vous avez raison sur ce point.

Ici, elle appuya sur une touche de son portable et, se penchant sur l'appareil :

– Loussa, pourrais-tu nous apporter trois cafés et rester avec nous, s'il te plaît ? J'ai besoin d'un témoin.

En attendant l'entrée de son vieux compagnon, elle demanda :

– Vous êtes assis sur votre arme, Alceste ? Ce n'est pas inconfortable ? Et risqué ? Mettez-la donc dans la poche de votre veste.

Ce qu'il fit avec une célérité d'élève obéissant.

– Voilà. C'est moins dangereux.

Entrèrent Loussa de Casamance et trois cafés qu'il déposa sur le bureau de la patronne avant de prendre place dans le fauteuil voisin du mien.

– Bien, dit la Reine.

Un temps.

– Alceste, je n'ai pas lancé la publication de votre livre parce que juridiquement je n'en ai pas le droit, voilà tout. La loi me l'interdit.

Il ouvrit une bouche qu'elle referma d'un geste impérieux.

– Écoutez-moi. Le rôle de Malaussène dans cette affaire consistait à vous faire attendre le temps nécessaire à la levée de cette interdiction. Lui-même n'était pas au courant. Je lui ai fait croire que je réprouvais votre propension au réalisme magique et Loussa lui a dit qu'en attendant vos corrections le Talion publierait un manuscrit sous X. Secret, donc. C'était faux. Malaussène étant Malaussène, il a cru à ces bobards ; d'où la conversation que vous venez d'avoir avec lui.

À moi, en incise :

– Excusez-moi, Benjamin, mais c'est à ça que vous servez, vous le savez.

Puis, revenant à Alceste :

– Le soir même où j'ai fini la lecture de *Leur très grande faute*, j'avais un dîner de famille, chez Bertrand Souzier, mon cousin germain, procureur général de la République. Pendant le dîner son portable a sonné. En raccrochant, il a fait ce commentaire : « Fichus prévenus ! Ils sont tous pour la peine de mort. Encore un qui vient de se suicider. Il s'est pendu dans sa cellule. Avec un bas de contention, s'il vous plaît ! Ils utilisent n'importe quoi quand leur décision est prise. »

Silence.

– Or, je sortais de votre livre, Alceste, et je me souvenais du prétendu suicide de votre père. Bas de contention, n'est-ce pas ?

Alceste répondit par un oui silencieux de la tête.

La Reine poursuivit :

– J'ai demandé le nom du suicidé à mon cousin. Il a bien entendu évoqué le secret de l'instruction, m'a fait promettre pour la forme de ne le répéter à personne, et a lâché le nom de Jacques Balestro, alias Ryan Padovani, soupçonné de trafic d'enfants. « Pas un joli coco », a-t-il ajouté.

Silence.

– Vous devinez la suite, Alceste ? J'ai rempli mon devoir de citoyenne en révélant au procureur général Souzier la teneur de ma dernière lecture et la présence d'un Balestro-Padovani voleur d'enfants dans votre roman. Il m'a bien entendu demandé de lui apporter le manuscrit, ce que j'ai fait le lendemain matin. À quinze heures cinquante-huit, précises, cet après-midi-là, j'ai reçu la visite d'un brigadier-chef de police qui m'a remis le document suivant.

Document qu'elle tendit à l'intéressé.

DIRECTION CENTRALE DE LA POLICE JUDICIAIRE
SERVICE DE LA POLICE JUDICIAIRE DE PARIS

ACTES CONCERNANT LES SAISIES
NUMÉRO DE PARQUET : 011244/260768
AFFAIRE : Jacques BALESTRO alias Ryan PADOVANI
RECHERCHE DES CAUSES DE LA MORT (SUICIDE ou HOMICIDE)

DÉSIGNATION DES PIÈCES
N° D'ORDRE
T1 : SAISIE MANUSCRIT « LEUR TRÈS GRANDE FAUTE »

PROCÈS-VERBAL DE SAISIE
PV N° 2020/78/T1

L'an deux mille vingt et un, et le 16 septembre à 16 h 23

Nous soussigné, Lucien Schneegans,
Brigadier-Chef de Police, Officier de police judiciaire,
Direction zonale de la police judiciaire de Paris, zone nord
Brigade mobile de recherche zonale.

... Agissant conformément aux instructions de Monsieur SOUZIER, Procureur de la République auprès du Tribunal judiciaire de Paris, ...

... En compagnie de Mme ISABELLE LEROY, dite Reine ZABO, éditrice.

... Saisissons sans résistance et plaçons sous SCELLÉ T1 : Le MANUSCRIT intitulé « LEUR TRÈS GRANDE FAUTE », 504 pages, ...

... Quittons les lieux pour faire retour au service et rédiger le présent, ...

... À 15 h 58, ...

L'OPJ
Lucien Schneegans

– L'OPJ Lucien Schneegans m'a fait savoir que, légalement parlant, je n'avais pas à connaître l'existence de ce document. Il était à destination strictement judiciaire. M'en laisser une copie était une faveur personnelle que m'accordait le procureur général Souzier afin que je puisse expliquer la situation, preuve en main, à l'auteur du roman en question.

Elle lâcha un soupir d'épuisement.

– Ce que je viens de faire, Alceste, en présence de deux témoins. Vous savez maintenant que cet empêchement m'emmerde autant que vous.

*

Alceste et moi pouvons raisonnablement dater de cet après-midi-là l'amélioration de nos relations.

– Allons boire un coup, Malaussène, me proposa-t-il en sortant du Talion. Il me faut du costaud, après ça.

Deux whiskies, donc.

Dans le rade le plus proche.

Long silence de récupération.

Avant qu'Alceste ne me dise :

– Je vous dois des excuses.

– Deux fois dans la même journée ? Alceste, vous allez épuiser votre stock.

Il sourit. (Ça aussi c'était nouveau.) Mais le sourire était las. Il faut dire que l'heure n'était pas précisément à la rigolade.

– Dites-moi, Malaussène, logiquement, après cette saisie j'aurais dû être convoqué par ce procureur, non ?

– Je suppose, oui. Ou par la police judiciaire, ou par un juge d'instruction.

– Eh bien, rien de tout ça.

– Peut-être n'ont-ils pas besoin de vous pour l'instant ? Peut-être vérifient-ils les données contenues dans votre manuscrit ? Ça peut prendre un certain temps.

Moue plus que sceptique :

– Ou peut-être étouffent-ils l'affaire comme ils le font depuis plus de vingt ans.

Prudent, je répondis :

– Méfiez-vous de vos conclusions hâtives, Alceste. N'oubliez pas qu'il y a une heure à peine vous m'accusiez de trafic d'enfants et que vous étiez prêt à me loger une balle dans la tête.

Nous sifflâmes nos whiskies.

Verre vide.

Verre vide.

– On remet ça ?

Après que le garçon eut posé les deux petits nouveaux sur la table, Alceste me demanda :

– Mes anges gardiens nous regardent-ils ?

Coup d'œil à Bo et Ju.

– Non, ils ont vu que nous sommes les seuls occupants du bistrot, ils surveillent l'extérieur, dos à la porte.

– Bien. J'ai quelque chose à vous montrer, Malaussène.

Il se leva.

– Regardez.

Il souleva sa chemise et dévoila son torse. Dieu de Dieu ! Noir d'ecchymoses, criblé de brûlures de cigarettes et, de la poitrine au pubis, la cicatrice d'une plaie visiblement tracée au couteau.

– Au cutter, Malaussène. Et recousue à la main, sans anesthésie. Ne vous affolez pas, c'est superficiel. Ça veut simplement dire que la prochaine fois, ils m'étripent.

Je désignai Bo et Ju :

– C'est eux qui vous ont fait ça ?

Il se rassit :

– Non, eux ils me protègent. C'est pour ça que vous les payez.

– Alors, qu'est-ce qu'ils foutaient pendant qu'on vous…

– En bons fonctionnaires de police chinois, ils regardaient la CCTV, la télé centrale de chez eux. Vous savez qu'ils sont flics ?

– Non, je ne le savais pas. Peut-être Loussa le sait-il, c'est lui qui les a recrutés. Mais vous, comment le savez-vous ?

– Cinq années de chinois aux Langues O'. Je les comprends quand ils parlent et ils l'ignorent.

– Nom de Dieu, Alceste, comment se fait-il qu'ils aient laissé faire ça ?

Hésitation.

– Là il faut que je vous fasse un aveu, mon vieux. Il m'arrive de leur fausser compagnie. Ne me demandez pas comment, nous n'aurions plus aucun secret l'un pour l'autre.

Soupir.

– Il est extrêmement pénible de vivre sous surveillance policière permanente, vous savez.

Ici, un sourire, entre l'excuse et le triomphe.

– La sexualité, Benjamin. (Première fois qu'il me prénommait.) La mienne n'a rien de conjugal.

Il me raconta la suite comme si nous nous connaissions depuis toujours. Il était en maraude à la recherche d'une boîte échangiste quand deux types lui ont sauté dessus, l'ont bâillonné, aveuglé avec une cagoule et jeté dans un camion en stationnement.

– Il y avait une ribambelle de gens dans ce camion. Il a démarré et s'est mis à rouler sans à-coups. On m'a arraché ma chemise, attaché à une sorte de table d'opération verticale, et on a commencé à me travailler. Figurez-vous que c'était un cours. Un cours d'anatomie qu'une jeune femme donnait à une espèce d'amphi. Anatomie de la torture. Il est difficile de hurler sous un bâillon mais je ne m'en suis pas privé. Le plus affolant c'est qu'on ne me posait pas de questions. Tout à fait comme s'ils avaient choisi le premier cobaye venu, comme ça, dans la rue. Les cigarettes étaient appliquées sur des points d'acuponcture et la jeune femme commentait très posément les effets observés. Elle désignait aussi à mes cogneurs la région des reins ou du foie qu'ils devaient frapper à tour de rôle. Quand elle m'a incisé du pubis au sternum, j'ai vraiment cru qu'elle allait me vider comme un poulet et continuer son cours en dissertant sur mes organes. J'étais au-delà de la terreur, Benjamin. Je ne valais pas plus entre ces douces mains qu'un animal de laboratoire. Certitude absolue de vivre ma mort. D'avoir été créé pour ça. Au moment où j'ai cru qu'elle allait décoller ma peau et trancher plus profond, elle m'a fait recoudre. Très consciencieusement, là aussi. Elle montrait à son auditoire comment suturer une blessure superficielle faite à l'arme blanche. Tout le monde était très attentif. Chaque étudiant y est allé de son point de suture. À chaud, comme je vous l'ai dit. Le tout dans un silence studieux. Elle était la seule à parler. Les autres obéissaient en silence. Des élèves appliqués. N'était le ronronnement du moteur, on se serait cru dans une vraie salle d'opération qui sentait la propreté clinique. Le tout a duré quatre tours de périphérique. Après m'avoir recousu ils m'ont recraché dans le bois de Vincennes. Avant qu'on me jette du camion, une voix m'a recommandé de « renoncer au football, cher ami ». C'était une voix souriante de vieil homme. Il a ajouté que si mon bouquin sortait on m'ouvrirait pour de bon en suivant les pointillés, et qu'on « me sortirait les tripes en tirant dessus, tout bonnement. Six mètres d'intestin, ça prend un certain temps, mon garçon ». Fin de l'histoire.

Verre vide.

Verre vide.

Verre plein.

Verre plein.

– D'où mes menaces de tout à l'heure, Benjamin. Vous faisiez partie de mes soupçons, bien sûr.

Il me fit la liste de ceux qui pouvaient être à

l'origine de ce tour de manège. Sa charmante famille, d'abord, « mais eux, ils m'auraient tué, Baptiste et Faustine en tête ». Le coup pouvait aussi venir d'un de ses informateurs, « on s'expose forcément en menant ce genre d'enquête ». Ou de moi, Benjamin Malaussène, dépositaire de son manuscrit et actionnaire d'un orphelinat où venait d'atterrir le dénommé Nelson Paraiso Martins, onze ans d'âge et victime de Jacques Balestro.

– Pardonnez-moi, Benjamin, mais si j'ajoutais à cette information votre accusation de réalisme magique, si conne qu'elle puait le mensonge, je ne pouvais que vous soupçonner d'empêcher la publication de mon livre. Donc de faire partie de la bande.

– D'où le revolver, dis-je.

– Oh, ça…

Il sortit le revolver de sa poche et le posa entre nous.

– C'est un jouet. Donnez-le à un de vos orphelins en attendant qu'il s'en offre un vrai.

VI

OÙ LA FIN COMMENCE

« Tu me gronderas pas ? »
Ariana Lapietà

23

La fin de l'enquête ne se déroula pas comme on aurait pu le prévoir. Pas de remontée de piste laborieuse, pas de découverte d'une planque dans une forêt sombre, pas de progression rampante d'un GIGN caparaçonné vers un ennemi surarmé, pas de libération spectaculaire des Lapietà précédée d'une fusillade où gagne la police, pas de caméra pour le plaisir final du spectateur.

Les choses se passèrent autrement.

Plusieurs volets.

*

À commencer par cette visite du capitaine Adrien Titus à la femme de Georges Lapietà. Une chose est sûre, se disait-il le doigt sur la sonnette d'Ariana Lapietà, on n'y arrivera pas par les voies naturelles. Ces soldats ne lâcheront rien. Et s'ils ne lâchent rien, c'est qu'ils ne savent rien. Le type qui les a dressés connaît la musique. Ils ne savent tout simplement pas où sont détenus Lapietà et son gosse. Il y a sans doute d'autres équipes, une pour le transport, une pour garder la planque, une pour toucher la rançon, le tout soigneusement cloisonné. Ce n'est pas une bande, c'est une armée. Segmentée en corps de troupe indépendants : les braqueurs, les rapteurs, les matons, les maîtres chanteurs et ainsi de suite, sans autre lien entre eux que l'hypothétique « Pépère ».

Le capitaine Adrien Titus se demandait comment annoncer à cette épouse et à cette mère – par ailleurs son amie d'enfance – que son mari et son fils s'étaient fait enlever une deuxième fois. Beaucoup de barbaque en la circonstance, mon p'tit cousin, et, si tu veux mon avis, une chance sur mille de retrouver tes hommes vivants.

Derrière cette porte close, Ariana Lapietà, jadis Ariana Matassa, Nana, le « p'tit cousin » de sa jeunesse, avait en Titus une confiance absolue, comme s'il incarnait la police à lui seul. Elle lui avait dit :

– Avec toi aux manettes, je suis tranquille.

L'unique préoccupation d'Ariana avait été que Lapietà ne manquât pas de sonde urinaire, il n'en avait pas emporté le matin de son enlèvement.

Titus l'avait rassurée :

– Nana, la dernière chose que souhaitent des ravisseurs, c'est la mort de leurs prisonniers avant le versement de la rançon. Ils lui auront trouvé des sondes, ne t'en fais pas.

– Titus, tu ne connais pas Georges. Il ne leur dira jamais qu'il en a besoin.

– Ils le comprendront quand ils le verront se tordre à leurs pieds, roulé en boule autour de sa vessie. Personne ne résiste au supplice d'un bloc vésical.

Titus s'était remémoré son propre cancer. Sa vessie au bord de l'explosion. Douleur d'évanouissement. La pisse qui menace de vous sortir par les yeux et les oreilles. Par pitié, la sonde tout de suite, tout de suite, bordel, sondez-moi ! Si quelqu'un lui avait dit qu'un jour il aurait eu droit à ça... cette intromission par les voies du péché...

– Ariana, tant que Georges vaut son prix sur le marché du rapt et tant que ce prix n'est pas payé, il est garanti immortel. Donc sondé. De gré ou de force.

Il avait fini par la rassurer.

– Je te crois Titus.

– Tu peux.

– Ne faites pas les cons, hein ! Rendez-les-moi comme neufs.

– Promis.

Abus de confiance, se disait-il en sonnant. Pas le plus petit moyen de tenir ma promesse, même si je découpe en tranches Kébir et ses copains.

La porte s'ouvrit sur l'uniforme suranné de Liouchka.

– Madame vous attend, dit-elle en lui confisquant son imperméable.

– Je ne me suis pourtant pas annoncé.

– Elle a un don.

– C'est vrai, claironna la voix d'Ariana du fond du couloir, j'ai senti que tu viendrais. Buvons un coup mon Titusson, c'est l'heure de l'apéro.

Tout à fait guillerette. Où était passée l'apprentie veuve, la mère éplorée ?

– Liouchka, s'il te plaît, prépare-nous deux spritz.

Allongée sur sa méridienne, les yeux allumés, elle ressemblait vraiment à Claudia Cardinale, aucun doute, et tout sourire. Voilà à quoi s'était amusé Lapietà : transformer Ariana Matassa, Nana, la sœur du Gecko, son camarade de jeunesse, en relique de cinéma. Si on n'y regardait pas de trop près, elle n'avait pas bougé d'un poil depuis *Il était une fois dans l'Ouest.*

– Tu te trompes, Titus, dit-elle, mon air de jeunesse c'est pas le maquillage, c'est l'amour de mes hommes. Celui qui m'a faite et celui qu'on a fait ensemble.

L'intérieur de sa tête non plus n'a pas changé, se dit le capitaine Adrien Titus ; une Ariana de dix-huit ans, telle que Lapietà l'avait sauvée de la rue pour l'enfermer dans ce bocal.

Elle dut deviner sa pensée car, à brûle-pourpoint :

– De toute façon, j'aime pas beaucoup voyager.

Elle montrait les deux verres tarabiscotés que Liouchka venait de poser sur le guéridon du boudoir.

– D'ailleurs regarde, pas la peine de bouger ; le spritz, c'est Venise à la maison.

Et par-dessus le marché, pensa-t-il, un spritz ! Il va falloir que j'avale ce scoubidou de l'apéro.

Elle leva son verre pour trinquer. Ses bracelets tintinnabulaient. Elle était sincèrement heureuse de le voir.

– Alors, des nouvelles de mes lascars ?

Il esquiva.

– Je peux pas trop en parler, mon p'tit cousin, c'est une enquête, on progresse dans le secret. Et toi, quelque chose de nouveau ?

Elle eut une hésitation.

Elle demanda :

– Vous ramez beaucoup ?

– Ce n'est pas facile.

Elle plissa le front :

– C'est chiant pour ta carrière, si tu te plantes ?

Allons bon, qu'est-ce que c'était que cette question ? Le flic en lui dressa l'oreille.

– Tu as quelque chose de nouveau à m'apprendre, mon p'tit cousin ?

Mon p'tit cousin… Dire que cette splendeur inoxydable, oui, avait un jour ressemblé à un de ces longs moustiques de rivière aux pattes filiformes.

Elle s'offrit une gorgée de réflexion.

– De nouveau, pas vraiment, dit-elle en essuyant ses lèvres à menus tapotements de dentelle.

Il embraya aussitôt.

– Alors un petit quelque chose que tu m'aurais caché ?

Elle revint à sa préoccupation.

– Sérieux, Titus, c'est grave pour toi, si tu ne les retrouves pas tout de suite ? Je veux dire, pour ton avancement, des choses de ce genre...

– Disons que mes chefs m'ont à l'œil. Pourquoi ?

– Parce que vraiment, je voudrais pas te foutre dans la merde à cause de ma famille. Pas toi.

Il en profita pour déposer son verre sur le guéridon.

– Nana, dit-il doucement, accouche. Avec moi, tu ne risques rien. Si tu sais quelque chose qui peut nous aider, c'est le moment où jamais.

– Tu me gronderas pas ?

Quarante ans de régression soudaine. Il posa des yeux las sur la gamine qu'elle n'avait jamais cessé d'être.

Tout à coup, elle dit :

– C'est pas sa faute, tu sais.

– La faute de qui ? De quoi parles-tu ?

Elle porta de nouveau le verre à ses lèvres.

Mais ne but pas.

Elle le reposa.

Elle lâcha :

– Georges était au courant pour son enlèvement. Il savait que ça se préparait, mais il ne savait pas quand ça aurait lieu.

(Pardon ?)

– Nana, qu'est-ce que tu es en train de me dire ?

Un temps.

– C'est un peu la compète entre le père et le fils, tu comprends ?

– Non. Je ne comprends pas.

– Les gars sont comme ça, quoi.

Ici, une très longue inspiration, suivie d'une explication tout à fait alambiquée mais qu'il comprit très bien.

Quoique sidéré.

Quoique parfaitement sidéré.

Les deux verres de spritz abandonnés sur le guéridon, Ariana Lapietà était en train d'expliquer au capitaine Adrien Titus que, « en fait », le fils avait conçu le projet d'enlever le père pour créer une espèce d'œuvre d'art, un truc qu'elle n'était pas sûre de saisir, c'était la copine de Tuc qui lui avait mis ça dans la tête, ta filleule mon Titusson, la petite Maracuja, une « installation », ils appelaient ça, il y avait un autre mot aussi, une…

– Une performance, dit-il.

– Genre, oui, une performance. Évidemment Giorgio l'a appris – il apprend tout –, il a trouvé le projet marrant et il a décidé de les aider en douce, en se laissant faire, en jouant le gibier consentant, tu vois ? Comme s'il ne savait rien. La seule chose qu'il n'a pas pu découvrir c'était le jour et l'heure où les jeunes l'enlèveraient. Ça l'amusait, ce suspense. Et quand ils l'ont chopé il s'y attendait pas du tout.

– Et toi ?

– Moi quoi ?

– Tu t'y attendais ?

– Que dalle. Georges m'avait prévenue de l'enlèvement pour pas que je m'inquiète si un soir il ne rentrait pas à la maison mais j'en savais pas plus que lui sur le jour où ça se passerait. Ni sur le comment. Je savais que le projet des petits c'était de faire un film sur lui. Tuc se débrouille bien avec une caméra, il a déjà fait des courts métrages. Ils voulaient filmer la confession d'un méchant capitaliste, genre. Georges répétait son rôle avec moi. Il avait écrit un long monologue où il mouillait tout le monde, ses associés, les syndicats, les banques, les fonds de pension, l'époque, le système, la nature humaine, ça l'amusait un max. Je lui faisais réciter sa tirade. Ce genre de conneries, tu vois… J'ai son brouillon dans un tiroir si tu en as besoin.

« Ce genre de conneries »… un chantage monumental, Verdun dedans jusqu'au cou, deux ministères à feu et à sang, cinq morts et je ne sais combien de blessés…

– Nom de Dieu, Ariana, pourquoi tu ne me l'as pas dit que c'était une blague ?

Eh bien, il y avait quantité de raisons à ça. Primo, ça aurait foutu en l'air « le projet artistique » de Tuc et de Maracuja, et ça, Georges ne le voulait absolument pas.

– Comme tu sais, Giorgio a toujours adoré le grand bordel. Plus ça bouge, plus il est content. Quand les petits ont demandé une rançon alignée sur les indemnités que lui a versées LAVA, par exemple, je suis sûre que ça lui a vachement plu. Il a dû se dire que Tuc était génial. Il doit se demander jusqu'où son gosse va aller. Ils jouent à ça depuis toujours tous les deux. Le grand bouffe le monde, le petit essaie d'épater le grand, ça bouge quoi. Ils sont dans la création.

– Continue.

– C'est des garçons, tu comprends ? Ils sont chiants, mais bien.

– Continue.

Elle n'avait pas du tout aimé le gros con qui l'avait interrogée le premier jour.

– Le divisionnaire Menotier ?

– Oui, ton supérieur, là. Il sent la carpette à plein nez celui-là. « Madame la ministre », « madame le ministre », j'avais envie de lui dire : Arrête les frais, bonhomme, allonge-toi et appelle-moi Nana. Je suis sûr que Giorgio l'aurait lourdé, cet emplumé. D'ailleurs à ce qu'on dit aux nouvelles, il a foutu le bordel à Belleville l'autre nuit, non ? Rue Julien-Lacroix, c'est bien le même ? J'allais pas casser le jeu du petit avec son père pour un tocard pareil. Dis donc, tu as vu le coup du Père-Lachaise volant ? C'est pas magnifique, ça ? Le Père-Lachaise planant sur Paris, la nuit… Il a du génie le mec qui a fait ça… Tu le connais ? J'aimerais bien que Tuc le rencontre.

Il la laissait aller en roue libre, histoire de mesurer l'étendue de son inconscience. Mobiliser l'élite de la police judiciaire sur un jeu de famille sans penser une seconde à l'inévitable courroux de l'État quand le pot aux roses serait découvert le laissait sans voix. Il ne le lui fit pas remarquer. On ne viole pas l'innocence. Elle morflerait toujours assez tôt.

Il l'engagea sur un autre terrain.

– Mais dis-moi, mon p'tit cousin, tu m'as drôlement trimballé, moi aussi ! La comédie que tu m'as jouée à propos des sondes… Tes larmes dans mes bras, tout ce cirque…

C'étaient les consignes de Georges pour ne pas compromettre l'œuvre des jeunes : « Ma bichette, tu la fermes. Tu joues la veuve comme si j'avais été vraiment enlevé, tu me pleures à grands cris, tu te roules par terre, tu bousilles ton maquillage s'il le faut mais tu la fermes. Jusqu'à nouvel ordre. »

– Et puis, il y a autre chose, dit-elle.

– Quoi d'autre ?

– Je ne voulais pas te foutre dans la merde, mon Titusson.

Parce que bon, c'était quand même Titus qui avait pris soin d'elle après la mort de son frère. Elle ne lui avait pas obéi, d'accord, elle avait préféré la rue, c'était un fait, elle l'avait découragé, bon, mais tout de même, il avait assuré. Ça ne s'oublie pas.

– Tu es un peu resté mon frangin, quoi…

Nom de Dieu, suppliait-il muettement, nom de Dieu de nom de Dieu, par pitié bouchez-moi les oreilles !

– Réfléchis un peu, continuait-elle, je t'aurais dit que cette histoire d'enlèvement c'était du flanc, que mes deux mâles jouaient à qui a la plus longue, tu aurais été sacrément emmerdé. Par rapport à ta hiérarchie, je veux dire. Je pouvais pas te faire ça. Je voulais pas te coincer entre le devoir de nous dénoncer et ton amitié qui n'aurait pas voulu le faire. J'ai des principes, quand même. Et de l'affection, surtout.

Il ne réagit pas.

Elle posa son regard sur les deux verres de spritz.

– Merde, les glaçons ont fondu. Liouchka ! appela-t-elle.

– Non, laisse tomber, dit-il. Pas d'apéro.

– Tu es fâché ?

De nouveau cette question d'enfant.

– Ariana, demanda-t-il, tu n'as pas peur, alors ?

– Peur de quoi ?

– Qu'on ne les retrouve pas.

– Et pourquoi j'aurais peur ? Le fils enlève le père, le père sait qu'il est enlevé par le fils, ils collaborent à la… comment tu dis déjà ?

– La performance…

– C'est ça. La performance. Ils sont en famille, quoi (entre parenthèses Giorgio l'a à la bonne ta Maracuja, il y a du marmot dans l'air), de quoi je devrais avoir peur ?

Il s'abstint de lui annoncer que la donne avait changé. Pourquoi la torturer ? Heureux les simples. Une autre question lui vint à l'esprit, toujours la même depuis le début : si tout cela n'était qu'un jeu, qui avait vendu Tuc et Lapietà à ce Pépère ?

Qui ?

Il la regarda longuement.

Non. Pas elle, quand même, non ! Ces deux

crétins étaient sa vie. Elle ne respirait que pour eux. C'était ce genre de femme. Dans la célébration permanente, en dépit de son « passé tumultueux » comme aurait dit la presse à sensation. Le mètre étalon de la conjugalité.

Il posa tout de même cette question :

– Tu en as parlé à quelqu'un d'autre qu'à moi ?

– De quoi ? Du projet d'enlèvement ? Pour foutre en l'air l'œuvre des gosses ? Tu es fou ou quoi ?

– Liouchka ?

– Liouchka ne sait rien. Et puis Liouchka c'est une tombe. C'est ma tombe à moi.

(Envoyer Valmondois ou Brochard vérifier ça, nota le capitaine Adrien Titus.)

Il jeta un œil à sa montre.

– Bon, c'est pas tout ça, mon p'tit cousin, mais faut que j'y aille.

Il se leva, enfila l'imper que Liouchka lui restitua de mauvaise grâce, baisa le p'tit cousin au front.

Direction la sortie.

C'est alors qu'elle dit :

– D'ailleurs je sais où ils sont.

(Quoi ?)

Sonné.

Vacillant.

Comme s'il avait percuté un mur.

– Titus, quand ils sont ensemble je sais toujours où sont Giorgio et Tuc.

Il prit la précaution de se rasseoir.

– Pour ses quinze ans, Tuc s'est fait greffer une puce, annonça-t-elle.

– Une quoi ?

– Une puce. Un machin électronique. Comme un clébard fugueur, tu vois. C'est un bon fils, il veut pas que je m'inquiète. D'après lui l'inquiétude donne le cancer aux mères. Comme ça, ma petite maman, tu sauras toujours où je suis. Suffit d'interroger la puce.

Elle exhiba le décodeur qu'elle cachait entre ses seins de mère.

– C'est ce machin. Il indique sa dernière adresse.

Elle tendit le petit boîtier à Titus.

– Vas-y, regarde.

Titus songea que de sa vie il n'avait fourni un tel effort pour garder son calme.

– Autrement dit, depuis le commencement de l'enquête tu sais où ils se planquent ? demanda-t-il la bouche ouverte.

– Bien sûr. Au début, c'était sous la Défense. Et puis ils ont déménagé. Appuie sur ce bouton, tu auras la nouvelle adresse.

Ce qu'il fit.

Un petit carnaval de bâtonnets électroluminescents se mit en place sur l'écran pâle.

Le nom du propriétaire apparut. Tuc, en effet.

Puis l'adresse où le trouver.

Titus sentit la totalité de son sang refluer jusqu'à son cœur.

Ses yeux ne pouvaient lâcher l'écran.

Maracuja avait raison.

Deux morts de plus.

Avant de sortir, il demanda quand même, la voix blanche :

– Georges aussi s'est fait greffer une puce ?

– Non, pas Giorgio, répondit-elle. Je suis une mère inquiète mais pas une femme jalouse. Tu sais mes débuts, mon Titusson, je connais les besoins de l'organe.

*

La légiste Ana Castri sortait de la morgue quand le capitaine Adrien Titus y pénétra.

– Salut à toi, capitaine, tu arrives trop tard, je retourne chez les vivants. Mon vélo m'attend.

Il la saisit par le coude et l'entraîna dans le couloir.

– Docteur, montre-moi le cadavre des Lapietà.

– De qui ?

– Des deux Lapietà, le père et le fils. Je sais qu'ils sont chez toi.

Ne pouvant dégager son bras, Castri eut la sagesse de suivre le mouvement.

– Tu te trompes, Titus, je n'ai pas ça en magasin.

– Tu les as, j'en ai la preuve.

– Viens par ici.

Elle bifurqua vers son bureau où elle tendit une chaise au capitaine.

– Pose-toi là-dessus et bois ça, dit-elle en remplissant deux verres, tu es blanc comme un linge.

Ce n'était pas le même genre d'apéritif.

– Qu'est-ce que c'est ?

– Bois, je te dis. C'est moi la toubib, non ? Tu poseras tes questions après.

Il but et ne le regretta pas.

– C'est grec, c'est du tsípouro. Je m'en sers un verre quand les morts sont trop morts.

Il tendit son verre vide.

Rebelote.

– Bon, maintenant raconte-moi ton histoire Lapietà, demanda-t-elle. Tu penses bien que si j'avais ces deux-là dans mes frigos je le saurais.

Il lui raconta.

Tout.

– Ah ! C'est donc ça… Je me disais aussi…

Elle se leva :

– Viens que je te montre un truc.

Cette fois, ce fut à lui de la suivre.

– On va aux pièces détachées.

Quand ils y furent (une chambre aveugle, close et cubique comme un coffre, parfumée au formol et truffée de petits tiroirs métalliques), elle consulta un registre, ouvrit un tiroir, en sortit un parallélépipède de polystyrène qui s'ouvrit dans un crissement.

À l'intérieur, une oreille.

– Dans le lobe, la puce, dit-elle en l'extrayant avec une fine pince coudée.

Ils se penchèrent sur la chose morte.

– J'ai reçu ça du ministère de la Justice. Sans nom. Top secret. Apparemment, on ne veut pas que ça se sache. Mes fournisseurs n'ont pas repéré la puce. Moi, si. Tu me dis qu'elle appartient au fils Lapietà ? Je ne suis pas censée le savoir et encore moins le divulguer. Si tu me balances je suis à la rue.

Elle s'arma d'une loupe et se pencha davantage :

– Coupée net, du haut en bas, par une lame plus que tranchante, et si rapidement que le garçon n'a pas eu le temps d'avoir peur. Celui qui a fait ça a le geste sûr. Ce n'est pas sa première oreille.

Sans quitter l'oreille des yeux Titus avait éventré deux Chesterfield sans filtre, déplié deux feuilles de Lacroix micron, sorti de sa poche un petit cube sombre qu'il émiettait au-dessus du blond tabac. Il roula les deux joints en un tournemain, les alluma et tendit le sien à la légiste.

– C'est pour supporter ce genre de saloperie qu'on a inventé le pétard, dit-il.

Castri inspira profondément, puis de volute en volute :

– Tu y es attaché à ce garçon ? La plaie est nette. S'il est bien soigné, pas de danger d'infection. Sors-le de là et on lui refera la même oreille. C'est possible aujourd'hui.

Titus céda au pessimisme

– On ne répare pas les morts, docteur.

Elle posa sa main sur son épaule.

– Oh, ça va, capitaine ? Tu peux rentrer chez toi ? Un dernier tsípouro pour la route ? Ça se marie bien avec l'afghan.

– Le libanais, corrigea-t-il. C'est un pétard de

Baalbeck. Il n'y en aura bientôt plus au train où vont les choses là-bas.

Tandis qu'ils exhalaient rêveusement, Ana Castri dit :

– Un gosse capable de se faire greffer une puce dans l'oreille pour que sa mère ne s'inquiète pas, j'ai ça à la maison.

Elle dit encore :

– Je l'adore, mon gosse, mais il accumule les conneries. Il vient de se faire virer du conservatoire.

– De musique ?

Ils tirèrent une dernière bouffée.

Puis se dirigèrent vers la sortie.

– Moi aussi à son âge, inventa Titus. Ils sont si cons les conservateurs musicaux qu'ils vireraient Mozart.

*

Six stations de métro plus loin, le capitaine Adrien Titus entrait en trombe dans le studio cinéma des Malaussène. Il en éjectait Sept et Mosma qui travaillaient au montage de la fameuse performance.

– Tirez-vous tous les deux, et attendez dehors. Vous êtes momentanément relevés de vos fonctions.

Resté seul avec Maracuja, il la cloua du doigt.

– Et toi, arrête de faire chier, je vais te rendre ton homme. Tu as compris ?

Elle le regardait, médusée.

– Tiens-toi à carreau ! Fais ton montage Lapietà avec les cousins et ne sors pas de mon radar.

Il répéta, rageusement :

– Tu as compris ?

Elle fit oui de la tête.

Avant de sortir, il constata que le canapé défoncé était occupé. L'inspecteur stagiaire Manin le regardait en silence dans la pénombre, sous une couverture de survie qui en faisait une pépite.

Bon. Deux pères pour le Malaussène à naître, se dit le capitaine en sortant, on reste dans les normes de la tribu ; de ce côté-là au moins ça tourne rond.

*

Nuit tombée, quand il se glissa dans le lit conjugal :

– Tatanita, mon petit bout de chocolat, tu es ma quatrième femme de la journée, dit-il à son épouse, j'ai menti aux trois autres.

24

Le même jour ou le lendemain, ma sœur Verdun s'annonçait chez mon nouvel ami Alceste. Elle ne se maquilla pas pour la circonstance, ne se pointa pas en qualité de juge d'instruction mais de sœur de son frère. Après avoir été fouillée par Bo et Ju, elle fut aimablement reçue. (Mais qu'est-ce que tu me racontes, Ben, il est charmant cet Alceste !)

– Mon frère Benjamin me dit que vous nous soupçonnez de trafic d'enfants, Alceste.

Sans lui laisser le temps de répondre, elle lui mit sous le nez les statuts des Fruits de la passion.

– Regardez, notre orphelinat est un établissement soumis à la loi de 1901. Originairement destiné par Gervaise à recueillir les fils de putes mortes ou trop cabossées, sa vocation s'est élargie au fil des ans. Même si les aventures de mon frère vous agacent, relisez *Monsieur Malaussène* pour vous en convaincre. La direction administrative de l'orphelinat a été confiée à Ludovic Talvern, mon mari, boulanger de son état, par ailleurs ancien juge d'application des peines et naguère mon professeur en droit des obligations. (Eh oui, Alceste, il arrive que des universitaires un peu queutards fondent des couples durables avec une de leurs étudiantes, je vous le dis à titre de documentation au cas où vous compteriez nous utiliser dans votre prochain roman.) Bien. Les flux migratoires s'étant diversifiés depuis l'époque de *Monsieur Malaussène*, l'orphelinat reçoit aujourd'hui les MNA – mineurs non accompagnés – sans distinction de provenance, de race, de religion, de langue ou d'habitudes alimentaires, et c'est en cette qualité que nous avons accueilli l'orphelin Nelson Paraiso Martins après qu'il a transité par mon bureau, c'est vrai, car ma fonction de magistrat instructeur m'amène à couvrir l'affaire Balestro, alias Ryan Padovani, voleur d'enfants et revendeur. Le fait de trouver le même gamin et le même Padovani dans votre roman explique ma visite d'aujourd'hui. Comment allez-vous ? Je me prénomme Verdun.

(Non, Benjamin, je t'assure qu'il s'est montré très accueillant, il me plaît beaucoup, je te trouve de plus en plus sévère avec les gens, tu vieillis mal.)

– J'ai lu votre dernier roman, Alceste, *Leur très grande faute*, de la première à la dernière ligne. Vous n'imaginez pas à quel point ce que vous y écrivez ressemble à mon affaire. C'est donc une association que je viens vous proposer. En tant que sœur de votre ami Benjamin, d'abord. Si vous la refusez, je vous l'imposerai en tant que juge d'instruction. Et si vous refusiez encore, je vous ferai coffrer pour obstruction à la justice.

Elle lui souriait franchement. Alceste sentit qu'elle n'était pas une adepte du sourire mondain.

– Alceste, vous êtes l'incarnation du hasard, autant dire un miracle pour un juge d'instruction. Votre bouquin a fait faire un bond gigantesque à mon enquête. Grâce à vous, je l'ai pratiquement bouclée.

Sur quoi, elle le pria d'ôter sa chemise pour examiner son thorax. Il eut une grimace de douleur en s'exécutant. Elle fronça les sourcils et lui ordonna de la suivre à l'orphelinat pour que Gervaise, Clara et Louna nettoient convenablement ce désastre cicatriciel.

– Alceste, je crois connaître celui qui vous a fait ça. Venez travailler avec moi, nous allons lui compliquer la vie.

*

Suivit une assemblée générale à la Quincaillerie où tout le monde était présent, y compris Alceste.

Titus, Alceste et moi présentâmes chacun notre paquet à Verdun, Titus en déballant les petits secrets d'Ariana Lapietà, Alceste et moi en racontant notre séance aux Éditions du Talion.

En apprenant que le procureur général Souzier avait caché à la juge Talvern la confiscation du manuscrit et le détail de l'oreille tranchée, Ludovic eut ce commentaire :

– C'est toi qui avais raison, karedig, le parquet ne poursuivra personne. Tout bien réfléchi, le ministère écrase l'affaire. Probablement sur ordre. Si tu insistes, tu seras débarquée.

Il ajouta :

– Le mieux pour eux serait que Lapietà et son fils disparaissent. Non seulement la hiérarchie ne fera rien pour les libérer mais elle ne versera pas un euro de rançon. Pour tout te dire, ça ne les dérangerait pas non plus que les types de la liste soient exécutés les uns après les autres.

Verdun écouta, réfléchit et déclara qu'elle demanderait tout de même une audience au procureur général Souzier.

*

S'ensuivit un coup de téléphone de Verdun au divisionnaire Coudrier.

– Oui monsieur le divisionnaire, un ancien gendarme. Auriez-vous ça dans vos tiroirs ?

Coudrier promit de rappeler.

Coudrier rappela.

– Ah ! c'est bien ce que je pensais, dit Verdun. Oui, monsieur le divisionnaire. Quand, dites-vous ? 1987 ? Vous étiez encore en exercice, n'est-ce pas ? Ah ! oui. Comment s'appelait-il à l'époque ?

Ici, un nom tomba dans son oreille.

– Vous pouvez me l'épeler ? Aucune raison pour qu'il porte le même nom aujourd'hui, n'est-ce pas ? Oui. Ah ! C'est lui ? Et les fameux bas de contention. (Un temps. Coudrier racontait.) Je connais l'histoire, monsieur le divisionnaire. Il résistait aux interrogatoires les plus musclés et c'est finalement Pastor qui l'a fait craquer. Oui... Thian racontait cette histoire dans le dortoir des gosses, à l'époque. Il l'appelait *La Fée Carabine.* Thian aimait beaucoup le jeune Pastor. Vous aussi monsieur le divisionnaire, je sais, c'était votre chouchou, tout cela est inscrit dans la légende tribale. Tout le monde vous vénère dans la tribu Malaussène, vous savez ? Vous êtes notre dieu tutélaire et l'inspecteur Pastor une sorte d'archange justicier. Oui, oui... Il paraît que j'étais présente moi aussi quand le vieux Thian racontait *La Fée Carabine* à mes frères et sœurs, mais j'étais trop petite à l'époque pour m'en souvenir, j'avais à peine quelques mois.

Ce dialogue me propulsa plusieurs décennies en arrière. Images parfaitement nettes : le vieux Thian racontant *La Fée Carabine* aux enfants dans la lumière tamisée du dortoir. On y voyait des vieilles dames tirer à vue sur tout ce qui bougeait, le terrible commissaire Cercaire nettoyer Belleville à sa façon expéditive, Julie à moitié morte tomber nue dans une péniche pleine de charbon, Julius le Chien s'offrir une crise d'épilepsie carabinée, et l'inspecteur Pastor faire craquer un assassin effroyable (apparemment le Pépère d'aujourd'hui) sur lequel tous les autres flics s'étaient cassé les dents. Clara, Thérèse, Jérémy et Le Petit (encore tout petit,

Le Petit mais déjà ses lunettes rouges) écoutaient le vieux Thian, assis sur leurs lits superposés, les pieds ballant dans le vide. La suite, la suite, réclamaient-ils. Le lendemain soir, Thian remettait le couvert. Il avait la voix de Jean Gabin. Si vous l'écoutiez les yeux fermés, c'était Gabin qui racontait. Thian racontait, debout au milieu du dortoir, la petite Verdun plaquée contre sa poitrine. Verdun n'est qu'une grosse tique qui ne nous lâche jamais des yeux, pestait Jérémy, elle fait chier. De mon côté, je pensais : Ah ! ce regard métaphysique des nourrissons que nous prenons pour un brouillon du jugement dernier…

À un moment donné de son dialogue avec le divisionnaire Coudrier, Titus fit un signe à Verdun.

– Demande-lui comment va Joseph.

– Monsieur le divisionnaire, le capitaine Titus réclame des nouvelles du divisionnaire Silistri.

Elle mit le haut-parleur et nous entendîmes la voix de Joseph.

– Ça baigne, Titus, le patron me retape à la vitesse grand V : boudin, foie de veau, steak de cheval, conférences de criminologie, rien que du sang, je vampirise à tout va.

– Manin est au même régime, répondit Titus.

– Ah ! Tant mieux. On a été cons avec Manin. Il ne faut plus l'envoyer au feu, ce môme.

– Ce serait dommage, il tire mieux que toi et moi. Dès qu'il sera sur pied, je l'arme comme une escadrille et on va se faire ces tordus.

Verdun intervint.

– On ne se fera personne, Titus, nous ne sommes pas la bande adverse.

Elle coupa le haut-parleur et ordonna :

– Joseph, retourne à tes protéines et repasse-moi ton patron.

La conversation reprit avec le divisionnaire Coudrier.

– Monsieur le divisionnaire, vous m'envoyez les documents ? Non, pas sur mon mail s'il vous plaît, sur celui de Julie, ce sera plus sûr. Selon vous, notre homme a changé d'identité combien de fois depuis 87 ? Oui. Oui. Non, si c'est bien du même que nous parlons, aujourd'hui il se fait appeler Pépère par ses troupes. Des jeunes pour la plupart. Oui. Oui, son côté pédagogue, en effet. Et toujours amateur de bas de contention. Merci monsieur le divisionnaire. Je ne pensais pas que ce serait si rapide. Merci, vraiment. Je me permets de vous embrasser. Je vous embrasse, en somme.

Elle raccrocha.

– Il vous embrasse aussi.

– C'est bien la première fois qu'un divisionnaire m'embrasse, commenta Hadouch.

Verdun se fit rêveuse.

Puis elle résuma :

– Bon, Coudrier a recensé cinq gendarmes délinquants pour les dix ans qui nous intéressent, de 77 à 87. Avec Silistri ils ont étudié leurs dossiers : deux lieutenants braqueurs qui, à l'occasion, donnaient des coups de main au gang des Lyonnais, un colonel de la douane qui refourguait la dope saisie, un capitaine expert en faux papiers, et un brigadier (le plus jeune) maître chanteur. Celui-ci a été interpellé en 1987 après un braquage qui a mal tourné. Le braquage du Crédit industriel, avenue Foch.

Elle sourit à Alceste :

– Fortes probabilités pour que ce soit votre Pépère, Alceste, celui qui vous a fait opérer dans ce camion. Il ressemble étonnamment au grand-père dont parlent vos voleurs d'enfants dans *Leur très grande faute.* Comment l'appelaient-ils déjà, ces jeunes Brésiliens ?

– « Vovò », répondit Alceste. Grand-père en portugais. Ou Pépère si vous préférez.

– Voilà. Apparemment, il a cessé de travailler seul depuis les années 90. Il a recruté et formé une petite armée qui n'a pas peur de grand-chose. Si l'on en juge par la façon dont en parlent ces garçons, il se complaît dans le rôle du vieux pédagogue. Un brin militaire. Gendarme, plus exactement. Plutôt strict en matière de discipline, il a fait pendre un de ses hommes en prison. Votre Padovani, Alceste, Jacques Balestro. Et pourtant, ces gamins l'adorent. C'est le bon Dieu en personne, la référence absolue : Pépère.

À nous tous elle précisa :

– Coudrier dit qu'il paraissait déjà vieux en 87. Et que le bas de contention était déjà son moyen d'expression. Avant de se faire arrêter pour le braquage du Crédit industriel, il avait pendu une femme et un homme à une poutre de leur appartement. Comme l'homme pesait plus lourd, il avait équilibré son œuvre en suspendant le chien de la maison à la cheville de la femme. Un labrador. Vivant. C'est le genre de plaisanterie qu'il réservait à ses victimes quand on ne le payait pas.

ALCESTE : Bas de contention ?

VERDUN : Bas de contention, comme pour votre père et Balestro, oui. Il n'a qu'une faiblesse, il aime signer ses crimes.

TITUS : Leur part de connerie à tous, ce besoin de signature…

VERDUN : Ils n'ont peur de rien sauf de l'anonymat.

HADOUCH : C'est le divisionnaire Cercaire qui l'a fait tomber. Je l'ai connu.

VERDUN : Tu as connu Pépère ?

HADOUCH : Non, Cercaire. Un fumier de l'autre monde. Un vrai tueur dans les interrogatoires.

JULIE : Pourtant, il n'a pas pu faire parler Pépère. En dernier recours, c'est Pastor qui s'y est collé. Il est entré dans la cellule du prévenu et a exigé qu'on referme la porte sur eux. Quand il en est sorti l'autre avait signé des aveux complets. Personne n'a jamais su comment Pastor s'y était pris.

VERDUN : De toute façon ses aveux n'ont pas servi à grand-chose. Il s'est évadé quelques semaines plus tard pendant un transfert.

HADOUCH : Je me souviens, oui. Deux morts.

VERDUN : Depuis, il a complètement disparu de la circulation.

Son regard s'était figé.

– C'est lui, j'en suis certaine. En tout cas c'est de lui que nous allons nous occuper Julie et moi.

*

À la suite de quoi Verdun rendit visite aux Éditions du Talion. Elle pria la Reine Zabo de lui lire le procès-verbal de saisie concernant le roman d'Alceste et lui demanda tout de go si elle comptait le respecter.

La Reine ne cacha pas sa surprise :

– Madame la juge, répondit-elle, autant me demander si je suis prête à rompre les scellés d'une maison interdite.

– Ça peut dépendre de ce que contient la maison, répondit Verdun.

– Et de qui tient la poignée de la porte, je sais.

La Reine ajouta :

– Ma petite Verdun, tu m'emmerdes.

La Reine avait vu naître la juge. Elle avait connu le vieux Thian et son bébé scrutateur. Elle avait vu grandir Verdun, armée de ce regard qui ne lâchait jamais. Qu'elle le veuille ou non, depuis que Benjamin travaillait au Talion, la Reine faisait partie de la tribu Malaussène. Raison pour laquelle elle n'avait jamais viré son bouc émissaire, en dépit de son franc-parler et de ses absences répétées. La Reine avait pour Benjamin des attentions que maman Malaussène n'avait pas. Elle était allée jusqu'à assister à la naissance de certains gosses de la tribu. C'Est

Un Ange, le fils de Clara, était né en souriant, ce qui, aux yeux de la Reine, relevait de l'extravagance. Verdun au moins gueulait, elle, en sortant de sa mère.

– Quand tu n'étais qu'un nourrisson, lui dit-elle, tu hurlais si fort et si constamment que Jérémy, un soir, t'a enfermée dans un tiroir de la Quincaillerie. Benjamin en était tout retourné.

– Je devais trouver trop sèches les mamelles de la veuve Hô.

La Reine gardait aussi un souvenir net de l'inspecteur Van Thian déguisé en veuve Hô ; c'était l'époque où il jouait les appâts dans les rues de Belleville pour coincer un tueur de vieilles. La veuve Hô était plate comme une limande dans sa robe thaïe trop serrée. L'inspecteur Van Thian avait adopté Verdun. Pour une raison qui sidérait la tribu il était le seul dans les bras de qui Verdun ne hurlait pas. Le flic et le bébé formaient un couple scrutateur.

Finalement, la Reine posa son énorme menton sur ses poings grassouillets.

– Dois-je comprendre, madame la juge, que tu viens en sous-main t'assurer que je ne publierai pas ? Ou au contraire viens-tu me pousser à le faire ?

– Arrive toujours un moment où nous devons comprendre, répondit Verdun sans ciller.

La Reine aboya :

– Oh ! ne m'emmerde pas avec de la sentence, Verdun, tu veux ? Pas moi ! Je connais cette musique aussi bien que toi ! Comment crois-tu que je leur parle à mes auteurs ? Réponds plutôt à ça : tu veux que j'obéisse à la loi ou tu souhaites que je publie ?

Verdun fronça les sourcils :

– Sérieusement, Isabelle, j'aimerais ne rien vouloir.

– Ce qui veut dire ?

– Qu'ils font tout pour étouffer mon affaire et celle d'Alceste, que les deux n'en font qu'une, et que vous et moi devons tout déballer si on veut mettre fin à ce trafic d'enfants.

– Publication, donc.

Un ange prit son temps pour passer.

Puis, la Reine posa la question qui se posait :

– Qu'est-ce que je risque si je publie ?

– Quantité d'emmerdements.

– Par exemple ?

– Une ordonnance de référé pour saisie immédiate des exemplaires en vente, les poursuites judiciaires des institutions et des particuliers mis en cause par le livre, sans parler du risque d'attentats sur votre personne et sur votre établissement.

La Reine fit la moue :

– Mon établissement... Tu en parles comme si c'était un bordel.

– Les explosifs ne feront pas la différence, Isabelle. Pour ce qui est des embêtements, ajoutez l'inimitié du gouvernement, autrement dit contrôles fiscaux, Urssaf, inspections en tout genre. Ils peuvent vous paralyser.

– Ce n'est pas une mauvaise façon de prendre

ma retraite, répondit la Reine. J'en parlerai à Loussa.

Elles jouaient toutes les deux. Sur un baril de poudre mais à leur façon elles jouaient ensemble. Finalement, la Reine se leva.

– Bon allez, rentre chez toi, ma petite.

Comme Verdun franchissait la porte :

– Tu veux passer dire bonjour à ton frère ?

– Non, il serait mécontent que je sois venue. Ne le lui dites pas.

Verdun sourit.

– Benjamin vous protège, Isabelle. Il aboie mais il vous a dans la peau.

25

Quelques heures plus tard, le procureur général Souzier recevait la juge Talvern le sourire à la main. Toute pénible à regarder que fût cette horreur, elle n'était pas de ces magistrats qu'on traite par-dessus la jambe.

– Asseyez-vous, je vous en prie, madame la juge. Quelles bonnes nouvelles m'apportez-vous ?

La juge exposa sa théorie : la liste remise au ministre par le maître chanteur étant bourrée de contrevenants indiscutables, elle proposait de les poursuivre tous, publiquement, ce qui couperait l'herbe sous le pied du bonhomme.

– Une fois les noms de ces suspects exposés au grand jour, son chantage n'aura plus lieu d'être.

Le procureur général Souzier leva un œil intéressé. Il savait se fabriquer la tête de qui pige en un clin d'œil les complexités d'un dossier :

– Faire ce dont il nous menace en somme ?

– Oui, en rendant publics tous les noms de la liste, répéta-t-elle.

Le procureur eut un fin sourire :

– L'idée est brillante.

Mais…

Elle attendait le mais.

Mais, mais, mais…

Mais ?

– Mais cela peut l'inciter à faire exécuter les otages, madame la juge.

Ah ? Parce que le sort des Lapietà t'intéresse, fils de pute ? pensa-t-elle. On découpe le fils en morceaux qu'on t'envoie par recommandé et tu n'en informes même pas la juge d'instruction en charge du dossier. Dis-moi, à part l'oreille, on t'a envoyé autre chose ?

Elle se contenta de mentir :

– Je doute que notre maître chanteur ajoute un crime gratuit aux risques qu'il a déjà pris avec l'enlèvement. Nous avons davantage affaire à un commerçant qu'à un assassin. Les Lapietà ne sont pas en danger.

C'était la première fois qu'elle se faisait passer pour une idiote aux yeux de sa hiérarchie, laquelle devait se dire : Inoffensif, vraiment ? Un commerçant qui nous envoie des oreilles ?

Mais justement, la hiérarchie ne voulait pas parler de l'oreille.

– Madame la juge, disposez-vous de preuves tangibles quant à la culpabilité de ses individus ? Ceux de la liste…

– Des présomptions assez sérieuses pour que des investigations dans leurs dossiers de Bercy les qualifient de délits.

Le procureur Souzier leva un doigt sagace :

– Les délits n'engagent pas nécessairement une instruction, vous le savez.

– Contrairement aux crimes, merci de me le rappeler, monsieur le procureur général. Mais notre liste ne manque pas non plus de criminels.

Il proposa une boisson.

Elle refusa la boisson.

– Madame la juge, dit-il, s'il y a crimes il y a victimes. Où sont-elles ? Quelqu'un a déposé plainte ? Vous avez des plaignants ?

Depuis quand te soucies-tu des plaignants, mon salaud ? Tu en as une bonne vingtaine dans le manuscrit que tu as confisqué aux Éditions du Talion. Mais bien sûr tu ne me parleras pas non plus de ce manuscrit.

Bien sûr il ne lui en dit rien.

Elle opta pour une réponse diplomatique :

– Monsieur le procureur général, j'ai l'intuition qu'un bon nombre de plaintes ont été déposées mais pas retenues. Là encore, il nous faudrait chercher un peu.

– Aucun plaignant, donc, conclut-il.

– En l'état actuel de nos recherches, non, mais…

Il la coupa :

– Madame la juge, chercher des preuves dans les archives sans fond de Bercy, chercher des plaignants dans tous les commissariats de France et de Navarre, à combien estimez-vous le personnel nécessaire pour lancer une pareille opération ? Nos effectifs seraient à ce point extensibles ? C'est une excellente nouvelle que vous m'annoncez là, je vous en remercie.

Il ironisait gentiment.

Je t'encule à sec, pensait-elle non moins gentiment. Ce faisant elle constatait – impuissante à l'endiguer – l'invasion du vocabulaire malaussénien dans son lexique professionnel. C'est là que j'ai compris que j'arrivais en fin de carrière, nous avoua-t-elle plus tard. Tout se passait comme si Jérémy ou Maracuja parlaient à haute voix dans ma tête de juge. Je vous assure que si je n'avais pas fait attention j'aurais répondu dans leur langue à monsieur le procureur général de la République.

Lequel changea lui aussi de ton.

Toujours courtois… mais disons plus tranchant.

– À vrai dire, madame la juge… Je suis sensible à vos propositions mais…

Il cherchait comment dire.

– Comment dire ?

Voilà.

– Pour ingénieuse que soit votre méthode elle masque mal la stagnation absolue de votre enquête.

Il lui accorda quelques secondes pour encaisser.

– Concrètement, reprit-il, vos intuitions mises à part, quels progrès avez-vous faits, votre équipe et vous-même, dans la recherche de ce maître chanteur ?

La juge resta muette.

Le procureur ajouta :

– Et pour la libération des otages ?

Tu as vraiment de la croûte sur les gencives, bâtard de mes deux. Tu planques des indices, tu couvres ces fumiers, et tu me demandes comment je m'en sors ? Mais avec quel genre de bouc a baisé ta mère ? Ainsi parlait Maracuja dans la tête de la juge. Rien à faire, constatait Benjamin, il faut attendre que ça passe. Si ça passe un jour, soupirait Thérèse, c'est Jérémy tout craché cette gamine.

– À vrai dire, nos investigations donnent leurs premiers fruits, monsieur le procureur général, mais…

La juge n'écoutait plus ce qu'elle-même disait. Elle parlait en roue libre. Elle laissait se dévider la logorrhée professionnelle, courtoise rivière… Elle pensait à Maracuja.

*

Maracuja changeait. Ces derniers temps elle prenait la réalité en main. Verdun en avait été le témoin privilégié pas plus tard que la veille. Elle s'était rendue au studio pour visionner le montage des cousins. Elle cherchait de ce côté-là aussi. Elle voulait examiner la performance des jeunes, elle voulait entendre à nouveau le discours de Lapietà filmé par les gosses. Entendre Lapietà vitupérer tous azimuts, elle voulait scruter son visage, analyser images et propos ; une intuition.

Quand Verdun était arrivée à la porte du studio Malaussène, le rouge était mis. On n'entre pas. Elle était entrée quand même. Les cousins n'y étaient pas. Maracuja était occupée à changer les pansements de l'inspecteur stagiaire Manin. Les yeux au plafond, Manin pleurait continûment, sans hoquet, comme déborde une fontaine.

Son deuil le vidait.

– Tout ça cicatrise au petit poil, marmonnait Maracuja.

Elle le pansait à gestes précis.

Puis, elle vit les larmes.

– Tu pleures encore, Manin…

Elle lui essuya le visage.

– Pleure tout ton saoul dit-elle, pleure tant qu'il y a des larmes. Mais il faut dormir aussi.

Maracuja ferma les yeux du jeune flic.

Les larmes continuaient de couler sous les paupières closes.

Verdun referma en silence la porte derrière elle et regarda la scène. Et Verdun vit ce qu'elle vit.

Le visage de sa nièce glisser le long du jeune homme, ses doigts libérer son sexe, sa bouche le recueillir, puis le très savant mouvement de sa tête amener le garçon à l'orgasme.

Et au sommeil.

Quand Manin se fut endormi, Mara étendit sur lui sa couverture de survie, comme l'or d'un soleil couchant.

Elle retourna à la table de montage.

C'est alors qu'elle aperçut sa tante, dont le corps projetait une ombre pâle sur l'écran.

Elle lui demanda :

– Tu viens chercher le dernier montage ?

Et lui tendit un disque.

– Tiens, les garçons te l'ont préparé. Je leur ai demandé de te mettre les rushes aussi.

– Tu as bien fait.

Verdun gravit les marches qui la séparaient de Maracuja. Elle ne put s'empêcher de poser les yeux sur Manin.

– Il faut qu'il dorme, chuchota Mara.

Sur le point de partir Verdun demanda :

– Mara, qu'est-ce que tu penses de Lapietà ? Le père.

La petite répondit spontanément :

– C'est le genre de type qu'on aimerait aimer.

– Et qu'est-ce qui t'en empêche ?

– Il est dans le camp d'en face.

– En face de quoi ?

– En face.

*

C'était à quoi songeait la juge Talvern pendant que le procureur général Souzier en arrivait à sa conclusion.

– En conséquence, madame la juge, je me vois dans l'obligation de vous retirer cette affaire. Vous voudrez bien en communiquer les pièces au juge Rakin. Son équipe me paraît mieux armée que la vôtre pour aboutir aux résultats escomptés.

Et si je te faisais une pipe à toi, tu ressusciterais ? La juge considéra longuement le procureur avant de répondre par la négative. Non, il faut être vivant pour ressusciter.

– Pardonnez-moi, monsieur le procureur général, j'ai une chose à faire avant de me dessaisir du dossier.

– Je vous écoute ?

Elle fouillait dans son sac, comme à la recherche de ses clés.

– Ah voilà ! dit-elle.

Elle sortit une feuille pliée en quatre.

– Vous remettre ma démission.

Qu'elle déposa sur son bureau avant de quitter la pièce.

– Voilà comment je suis devenue boulangère, expliqua-t-elle beaucoup plus tard à sa progéniture.

*

Le soir de ce même jour, Verdun et Julie s'attelèrent à la résolution de l'affaire. Vers deux heures du matin, avec l'aide de Mosma, elles frappèrent un coup décisif. Les premiers effets en furent sensibles dès le jour suivant.

VII

IMPLOSION

« Papa, maman, l'enfer ! »

Jean Moneret

26

À quinze heures trente, ce jour-là, les gardiens de la maison d'arrêt où étaient regroupés les prévenus de Julien-Lacroix et de la Folie-Regnault furent alertés par le vacarme qui montait de leur cellule (la cellule 17 du quartier B). Quand le sous-directeur Moneret arriva sur les lieux, il trouva les cinq garçons occupés à s'entretuer dans une frénésie immobile. Leurs corps étaient agglomérés, bras et jambes enchevêtrés, tout à fait indénouables. Ils ne bougeaient pour ainsi dire pas et, après avoir beaucoup hurlé, ils ne faisaient plus aucun bruit. Leurs ongles et leurs dents plantés dans une chair commune, ils n'étaient qu'un bloc de haine silencieuse en lente reptation dans l'huile de leur sang. Ils s'entretuaient. Aucun doute là-dessus, cet acharnement presque immobile était animé par un profond désir de meurtre.

Le sous-directeur Moneret en resta muet de saisissement. D'abord, il ne sut que faire. Il revivait là un de ces souvenirs d'enfance élevés au rang de traumatismes par l'influence supposée qu'ils exercent sur nos comportements. Plus tard, il crut devoir raconter ce souvenir aux membres de la commission de discipline devant laquelle il comparaissait.

Il parlait comme s'il était ailleurs.

– Cette vision d'enfer dans la cellule 17, racontait-il, m'en a rappelé une autre, chers collègues. C'était le jour de ma première communion. Nous rentrions à la ferme après la cérémonie. Je remontais le sentier avec une lenteur d'ostensoir. Pourtant, je me sentais léger comme un nuage. Je venais de recevoir le corps du Christ pour la première fois comprenez-vous ? Mon parrain, ma marraine et mes parents me suivaient d'assez loin, s'amusant à imiter ma démarche – cinéma ralenti – comme si eux aussi abritaient la première hostie du monde. Je grimpais le sentier sans effort, je glissais sur les eaux en somme, comme Lui. Le chemin montait durement mais, par la grâce de cette hostie immaculée, j'allais atteindre la ferme en planant comme la colombe de l'Esprit-Saint... Vous pouvez sourire, chers collègues, mais nous vivons tous au moins une fois dans notre enfance ce moment de ferveur qui fait de nous un de ces anges auxquels nous ne croirons bientôt plus... (C'est ainsi que s'exprimait le sous-directeur Moneret devant la commission de discipline ; la nature du propos et le style de l'intervenant ne plaidèrent pas en sa faveur.) Je planais donc dans cette lumière douce, quand une horrible vision me pétrifia. Un gros tas de serpents grouillait au milieu du chemin. Ils me barraient la route. Noués les uns aux autres en une reptation lente et compliquée, ils m'apparurent comme l'image même de l'enfer. C'était cela l'éternité infernale : tous les méchants du monde rassemblés en un seul poing de haine qu'aucune force ne pouvait dénouer. Je connaissais les vipères, pourtant, nous leur prenions leur venin pour le vendre au pharmacien, j'étais même très habile à les attraper, deux doigts derrière le triangle, à leur faire mordre la languette de verre et à les libérer ensuite en les jetant dans les mûriers où certaines restaient un instant prises aux épines. J'avais déjà vu des nœuds de vipères, seulement cet après-midi-là, de les trouver toutes sur mon chemin, occupées à me barrer la route – toutes les vipères du monde –, l'enfant que j'étais s'est écrié : « Papa, maman, l'enfer ! L'enfer ! » Mon père et mon parrain ont aussitôt accouru, mais non, Jeannot, c'est rien, c'est un nœud de vipères, tu vois bien, une partouze. Je m'obstinais à hurler que c'était l'enfer, alors, je ne sais plus lequel des deux a perdu patience : Bon si tu y tiens absolument, mon père ou mon parrain a sorti sa gourde de gnole (un calva qui avoisinait les 80°, c'était ma communion, on allait fêter ça), a copieusement arrosé le nœud de bestioles, l'autre y a jeté un petit fagot d'allumettes enflammées et c'est devenu l'enfer pour de bon. Il paraît que je me suis évanoui.

Il se tut un instant.

– Eh bien, chers collègues, devant ces garçons de la cellule 17 j'ai ressenti une terreur du même ordre, je ne peux pas mieux le dire. L'enfer ! Ni la persuasion ni les coups n'arrivaient à séparer ces corps, les gardiens n'avaient aucune prise sur eux, ils patinaient dans leur sang et tombaient, j'ai donc fait dérouler la lance à incendie, il n'y avait que la puissance du jet pour les dessouder comprenez-vous, il fallait attaquer aux jointures pour…

– Puissance tout à fait disproportionnée en l'occurrence.

– Et puis vous ne vous êtes pas contenté de les séparer, Moneret, il a fallu vous désarmer, quand même.

La commission débattait de cet acharnement. Le sous-directeur était accusé d'avoir poursuivi l'arrosage une fois les corps désunis, provoquant la mort d'un détenu, le surnommé Kébir, littéralement désarticulé par le jet contre le mur de la cellule.

– Mais ce sont les autres qui l'ont tué ! objectait Moneret.

– Alors pourquoi vous être acharné sur son cadavre ? Vos hommes ont dû vous arracher la lance des mains, pratiquement vous assommer.

– Bon Dieu que s'est-il passé avec ces types ?

C'est ce que personne n'arrivait à établir. Ces garçons formaient une équipe puissamment solidaire, tous les interrogatoires en témoignaient… On les sentait liés par une fraternité de longue date. Dès qu'ils s'étaient sus identifiés en tant que bande ils avaient cessé de se comporter comme s'ils ne se connaissaient pas, ils s'étaient mis à jouer l'intimité ostensible, s'embrassant comme s'ils ne s'étaient pas vus depuis des lustres. On comptait les piéger en les enfermant dans la même cellule, on leur avait au contraire offert l'occasion de joyeuses retrouvailles. D'abord, ils avaient fait les zouaves devant la caméra de surveillance, jouant à s'entraccuser des pires horreurs : C'est ce fumier qui a tout fait madame la juge, mais non, c'est lui, un vrai fils de chienne, il est capable de niquer sa mère… Ils en rajoutaient dans la gestuelle, l'accent, le propos, le vocabulaire, ils jouaient les cailleras qu'ils n'étaient pas, comme si on leur avait commandé une mauvaise scène pour une série quelconque. Bref, ils se foutaient du monde. Le matin ils souhaitaient le bonjour à la juge Talvern en déposant un bisou sur l'objectif de la caméra. Ils se faisaient la courte échelle. Bien dormi, madame la juge ? Apparemment, ils savaient que la redoutable magistrate avait hérité de leurs dossiers. Ils la couchaient le soir sur un dernier baiser. Dormez bien madame la juge. Puis ils s'étaient lassés de leurs enfantillages, avaient laissé tomber la caméra pour se retirer dans le même silence. Leur capacité d'effacement était remarquable. Ils auraient pu passer des siècles à se taire sans bouger, immobiles dans leur cellule, tapotant des doigts comme pour rythmer une musique intime.

– J'ai donc récupéré la caméra.

– Résultat, nous ne disposons d'aucune image pour expliquer cette bagarre.

– On en avait besoin ailleurs, plaignez-vous à la logistique.

– Mais bon Dieu, que s'est-il passé avec ces garçons ?

Toute la question était là. Comment la cellule 17 du quartier B, modèle d'angélisme carcéral, était-elle devenue d'une seconde à l'autre le théâtre de cette boucherie ? Sur ce point on ne disposait d'aucun témoignage interne. Les rescapés du massacre semblaient cadenassés dans un silence définitif. Impossible de leur tirer le moindre mot. Selon l'expertise psychiatrique du professeur Falck, ce silence dépassait largement le cadre de la cellule. Il regardait l'existence entière de chaque sujet. Solidaires dans le combat comme dans la rigolade ou la rêverie, ils avaient sombré dans un mutisme « qui semblait de même nature pour chacun d'eux », précisa le professeur, comme s'ils étaient victimes d'une même « source de sidération. »

– Quelque chose, ajouta-t-il, comme la malédiction de *L'Ange exterminateur,* le film de Buñuel, vous savez ? Je l'ai revu la semaine dernière, ça a un peu vieilli mais ça reste très parlant.

Pour le reste on ne disposait que du témoignage des cellules voisines. Cela avait commencé par une discussion sourde après le déjeuner, dont le ton était monté. Des éclats de voix que les garçons avaient d'abord essayé d'étouffer, puis, très vite des injures, des menaces, des hurlements : Répète ! Répète ! Des répétitions, des accusations de trahisons mutuelles, ils se traitaient de balance, de chien, de suceur de queues, on enculait des mères, on maudissait des races, le nom de Pépère fut prononcé plusieurs fois avant l'éclat sec des premières gifles, les impacts plus mats des coups de poing, puis le choc des corps rebondissant contre les murs, bagarre devenue générale et d'une extrême violence, rien n'indiquant que quelqu'un eût souhaité l'empêcher ou l'interrompre. Personne n'avait crié « Arrêtez ! » Un massacre collectif spontané, ardemment désiré, comme l'explosion d'une rancœur trop longtemps contenue, le produit d'une suspicion très ancienne, d'une fermentation arrivée à son terme éruptif. Les hurlements avaient cessé dès que les corps s'étaient agglomérés dans cette dévoration muette qui avait tant effrayé le sous-directeur Moneret.

*

Le seul indice qui aurait pu expliquer le dérèglement des garçons fut découvert pendant le nettoyage de la cellule. On repéra des fragments de métal et de plastique dans les flaques de sang mêlé d'eau que le gardien Jonquet repoussait à la serpillière jusqu'à la saignée centrale du couloir (une prison médiévale, vraiment, déplorait le sous-directeur Moneret). Ces débris avaient appartenu à un téléphone portable. Moneret ordonna qu'on les recueillît, et, dans la mesure du possible, qu'on les assemblât. Oui, il s'agissait bien d'un portable, littéralement pulvérisé avant ou pendant la bataille. On en retrouva des éclats jusque dans les chairs de plusieurs détenus. Comment se trouvait-il là ? Comment les prisonniers se l'étaient-ils procuré ? La promenade ? La cantine ? Il allait falloir enquêter là-dessus aussi. Et que leur avait appris ce portable pour les mettre dans un état pareil ? Poser ce genre de questions c'est décrire le métier de policier.

27

Un autre effet de l'offensive Verdun-Julie-Mosma fut, le même jour, ce bond dans la poitrine du divisionnaire Menotier. Le cœur d'un homme simple bondissant dans sa cage thoracique.

Il était en pleine exultation téléphonique :

– Lapietà ? Georges Lapietà ? Et son fils ? Chez vous ? Retenez-les, j'arrive !

Comme on continuait de parler au bout de la ligne, il éleva le ton :

– Retenez-les, putain de merde, ou dites adieu à vos galons, c'est clair ? Et pas un mot, compris ? À personne. Aucune presse, que dalle ! Consigne ministérielle.

Le tout raconté à nous autres par Titus, pendant notre dîner. Le coup de téléphone émanait d'une gendarmerie. Lapietà et son fils s'y trouvaient. Menotier avait aussi sec rassemblé une armée. Titus, dont l'oreille traînait par-là, avait suivi le mouvement.

– Gardez-les au chaud, j'arrive avec ce qu'il faut, avait hurlé Menotier avant de raccrocher.

– Ce con y va toujours avec « ce qu'il faut », nous expliqua Titus, et ce n'est jamais le minimum.

En l'occurrence une escouade de motards, de fourgons et de voitures de service, Menotier lui-même sautant dans la sienne comme Patton dans sa jeep libératrice. Les sirènes qui ouvrent la route, les motards qui sifflent le grand ménage, bas-côtés, citoyens, bas-côtés, place à l'ordre, dans le fossé s'il le faut, ici la loi, laissez passer.

Et, pendant l'heure et demie qui séparait Menotier de l'objectif à atteindre, son monologue intérieur, que Titus reproduisit à notre table comme s'il s'était trouvé dans la tête du divisionnaire :

– Vous me croyiez tous carbonisé par Julien-Lacroix, bande de nases ? On ricanait dans les couloirs, on trinquait sur mon cadavre et chacun poussait son petit pion ? Total je vous baise à l'arrivée, culs foireux, je ressuscite ! Car Georges Lapietà c'est moi qui l'ai retrouvé, comme je vous le dis, Menotier moi-même. On se marre moins maintenant, hein, petites queues ! À zéro vous les avez ! Non sans raison vu qu'après un coup pareil qui c'est qui va devenir le grand taulier ? Votre serviteur, mes camarades ! Le divisionnaire Menotier promu amiral de la flotte ! Qu'est-ce que vous dites de ça ? Juste un aller-retour et je reviens avec Lapietà, que j'ai retrouvé sain et sauf s'il vous plaît, lui et son rejeton, chauds vivants, mon cadeau au patron pour son départ à la retraite et mon cul sur son trône une fois son bureau nettoyé, moi Menotier grand patron des services actifs, fin de la rigolade et début des choses sérieuses pour la police française. Balisez, mes frères !

Nos fourchettes suspendues au-dessus de nos assiettes, bien sûr, bouches ouvertes.

– S'attribuer les résultats des autres, expliquait Titus, c'est le secret des carrières bien menées. Il y faut juste une musculature adaptée à l'ascension des voies hiérarchiques. C'est comme ça que les pires avalent les échelons, depuis toujours, et il n'est pas rare de trouver le plus con au sommet, uniquement pour avoir développé cette faculté morpionneuse : grimper. Que voulez-vous, chers collègues, depuis que je suis tombé de ma mère c'est bien simple, je m'accroche et je grimpe. Comment a-t-il fait ? se demandent les courtisans en plein léchage, comment un con pareil peut-il avoir barre sur une intelligence comme la mienne ? Toute notre carrière, Silistri et moi avons vu jeter à la trappe d'excellents flics au profit de ces alpinistes, Legendre n'étant pas le moindre d'entre eux soit dit en passant, mais Legendre est aujourd'hui dans la fusée de la retraite. Menotier se prenait pour son successeur naturel avant le désastre de Julien-Lacroix. Ce coup de téléphone lui a offert l'occase inespérée de se remettre en selle. Rendez-vous compte, on lui indique où se trouve Lapietà ! Quelques jours à peine après la démission de la juge Talvern, il est en mesure, lui, Menotier, de résoudre une affaire sur laquelle l'épouvantail en personne (excuse-moi, Verdun) se cassait les dents : libérer les deux otages les plus recherchés de France ! D'où l'impulsion. Sur un simple appel téléphonique d'un gendarme de province, qu'il contraint au silence en lui montrant ses crocs, Menotier fonce s'octroyer le mérite d'avoir retrouvé Lapietà. Je n'étais pas assis à côté de lui, continuait Titus, c'était son photographe à côté de lui, moi je suivais dans ma propre bagnole, mais je l'entendais penser ; les impulsifs pensent comme on refoule, ça s'entend et ça se sent. Menotier se voyait ramener Lapietà et servir au ministre une épopée mensongère : « Grâce au travail d'un infiltré monsieur le ministre, oui monsieur le ministre, un petit gars que j'ai bien formé et dont vous m'autoriserez à taire le nom car je tiens à sa vie. »

Titus hocha la tête.

– Mais ça ne s'est pas passé comme il l'avait prévu. Quelqu'un d'autre avait prévu autre chose.

Qui ? Quoi ? La soupe refroidissait dans nos assiettes.

– Quand nos sirènes ont déboulé dans la cour de la gendarmerie en question, l'atmosphère était au calme et le personnel au garde-à-vous. Un silence de plomb régnait et quatre personnes chuchotaient dans le bureau de l'adjudant François (c'était son nom à ce gendarme) : le juge Rakin, nouvellement en charge de l'affaire Lapietà, Georges Lapietà lui-même, le commissaire Legendre, chef des services actifs, et un quatrième personnage, tout petit, pâle et froid comme une lame, qui s'avéra être Daveron en personne, le chef de cabinet du ministre de la Justice. Menotier aurait bien fait demi-tour mais il était trop tard. On se retourna vers lui :

– Qu'est-ce que vous foutez là, vous ?

Titus nous servit la conclusion sous forme de devinette.

– Alors ? D'après vous, que s'est-il passé ?

Nos langues à nos chats, bien sûr.

– Eh bien, il s'est passé qu'aucun gendarme n'a appelé Menotier. Quelqu'un d'autre l'a fait. Un farceur. Envoyer Menotier, sans commission rogatoire et toute fanfare dehors, sur une scène de crime que le ministère de la Justice souhaitait tenir archi secrète, c'était le coller à un poteau d'exécution.

Ainsi s'aplatissent les carrières les plus ambitieuses contre les platanes de l'humour professionnel.

– Il a fini par lasser son monde, Menotier. Les collègues ont eu sa peau.

*

Lapietà père et fils s'étaient bel et bien présentés à cette gendarmerie. Lapietà avait aussitôt ordonné qu'on prévînt le ministre de la Justice en personne. À peine cette exigence formulée, son chef de cabinet, Daveron, descendait d'un hélicoptère, sans baisser la tête sous le sifflement des pales.

Ils parlèrent.

Lapietà résuma les faits, son enlèvement par les truands et les circonstances de sa libération. Il ne cacha pas la farce du premier rapt, celui qu'avait organisé son propre fils, le tournage de la performance, etc.

Quand il se tut, le minuscule Daveron leva sur le grand Georges des yeux qui pourtant le toisaient.

– Mais c'est très bien, cela, cher ami.

Il y eut un instant de flottement.

Daveron précisa :

– Votre enlèvement par votre fils et son amie à des fins de performance, c'est parfait ! Explication inespérée même. Ce sera votre version des faits, voulez-vous ? L'unique. Considérez le silence du ministre comme sa contribution personnelle à cette œuvre d'art et acceptez ses félicitations.

On se tut.

– Pour le reste, laissez-nous faire.

Ainsi étouffait-on en haut lieu l'affaire Lapietà et celle du maître chanteur. L'enlèvement n'était qu'une plaisanterie de famille, voilà tout, une performance dont les résultats seraient bientôt mis en ligne.

Daveron insista :

– Nous nous comprenons bien ? Un fait de la Toile, cher Georges, rien de plus.

*

Rentré à la maison Lapietà se tut, ce qui n'était pas dans ses habitudes, et au lit il regarda le plafond, ce qui n'était pas dans ses mœurs. Ariana voulut savoir, elle ne sut rien. Alors, cette performance, c'était bien ? Très bien, tu verras.

Elle tenta de réveiller Georges :

– Faut que je t'avoue un truc, Giorgio, j'ai tout dit à mon copain Titus, le flic, tu sais, pour la performance.

– Pas grave.

Georges s'enfonça dans le silence et, plus surprenant, dans l'inaction. Lui qui ne tenait jamais en place ne bougeait plus de chez lui. C'est finalement ce qui inquiéta vraiment Ariana. Elle le travailla au corps jusqu'à ce qu'il finisse par lâcher ce qu'elle prit pour le pot aux roses :

– Tuc a perdu une oreille. Un accident.

Le silence de son homme l'avait tant perturbée qu'elle répondit, sans même s'inquiéter des circonstances de l'accident :

– Une oreille ? C'est ça qui te tourmente ? Mais c'est rien, une oreille, on lui en paiera une autre.

*

De son côté, Tuc s'était fait directement déposer au studio Malaussène. Il enregistra la présence de l'inspecteur stagiaire Manin dans son nid comme un incident mineur de la vie. Quand

Maracuja constata qu'une oreille lui manquait, il eut la même réponse que sa mère :

– De nos jours ça se remplace.

Il ne se montra pas plus bavard que son père. Il demanda juste, en posant sa main sur le ventre de Mara :

– C'est pour quand ?

Elle aurait aimé savoir comment il avait deviné mais elle se contenta de donner la date.

Puis, il demanda :

– Vous avez avancé sur le montage ?

– Presque fini.

– Faites voir.

On lui projeta le résultat.

– Il y a encore du boulot.

La nuit venue (finalement ils dormaient tous au labo, question de sécurité), Mara chuchota :

– Elle te fait mal, ton oreille ?

– Ce qui fait mal c'est ce qu'on entend…

Elle ne lui demanda pas ce qu'il avait entendu. Elle laissa la nuit s'épaissir et alla le chercher où il était. Au plus profond de ces retrouvailles presque muettes, elle désigna Manin, profondément endormi sous sa couverture de survie, et murmura :

– Tu te rends compte, j'en avais un en parfait état de marche et je me retrouve avec deux déglingués.

Elle interpréta les soubresauts de Tuc comme son premier rire d'homme libre.

28

Ariana ne résista pas deux jours avant d'appeler Titus au secours.

– Georges me parle pas, il me touche pas, il dort pas, il mange pas, il sort pas, il assiste même plus à mon maquillage… Je sais pas ce que les gosses lui ont fait mais c'est plus Georges ! Cette putain d'installation l'a complètement démoli.

Elle conclut, tout à fait désemparée :

– Vous et votre art, je vous jure !

Titus lui promit de passer, à condition qu'elle déguerpisse à son arrivée :

– Donne congé à ta Polonaise et laisse-moi seul avec ton homme.

– Pendant combien de temps ?

– Jusqu'à ce que je m'en aille. Je t'enverrai un message.

*

Affaissé sur lui-même, le teint cireux, les cheveux en bataille, Lapietà semblait englouti. Le capitaine Adrien Titus et lui commencèrent par un long silence. Deux hommes assis l'un en face de l'autre et qui se taisent. Rien à boire. Aucune proposition. La maison aurait aussi bien pu être vide. Seulement les mots ne sont pas soumis aux lois de la pesanteur, ils finissent toujours par faire surface. Titus laissait infuser.

Georges Lapietà prononça ses premières paroles sur le ton de la constatation indifférente.

– Alors c'est vous l'ami d'enfance…

Titus approuva.

– Oui, et c'est moi qui ai merdé dans votre affaire.

Il raconta son enquête au grand Georges, lentement, à mi-voix : la piste des sondes urinaires, la découverte de Maracuja dans la vidéo de la pharmacie, celle de la planque sous la Défense, l'opération montée par Verdun pour récupérer en douce les prétendus disparus, la bibliothèque roulante empruntée à la va-vite (c'était une connerie mais nous ne savions pas exactement combien vous étiez), la bataille, la blessure de Silistri, le faux gendarme abattu, le Shœltzer, Lapietà et son fils poussés dans le faux fourgon de police, qui démarre à la seconde où Titus va l'atteindre…

– J'étais vraiment à deux doigts de vous sortir de là.

Silence.

Silence.

Puis, Lapietà grommela :

– Donc vous étiez bien des flics… C'est la question qu'ils se posaient.

– Ils sont venus chercher la réponse chez nous. Mais on les attendait.

Titus fit remarquer que ces garçons paraissaient nombreux.

Lapietà confirma :

– Très.

Un temps.

Murmure :

– Ce type est un phénomène.

– Pépère ? demanda Titus.

– Le fameux Pépère, oui.

Un autre long moment.

– C'est lui qui a tranché l'oreille de mon fils. Une lame dissimulée dans sa chevalière.

Tout cela remontait du silence, bulle à bulle.

– J'étais certain qu'il le torturerait à mort si je ne remplissais pas sa liste.

Il dit encore :

– Je le tuerai de mes propres mains, ça au moins c'est une certitude.

Il ajouta :

– Avec le salaud qui nous a livrés à lui.

– Vous le connaissez ?

– Je finirai bien par savoir qui c'est.

Sur quoi, Lapietà retomba dans son mutisme.

Titus attendit un peu et demanda :

– Vous avez eu des contacts avec vos gardiens ?

Sourire amer :

– Si j'ai eu des contacts ?

Lapietà releva la tête.

– Donnez-moi à boire.

– De l'eau ? Du raide ?

– De l'eau, de l'eau. La cuisine est à droite au bout du couloir. Frigo. De l'eau à bulles.

Lapietà but longuement.

– Ce Pépère est un fou furieux.

Ses yeux écarquillés semblaient mesurer l'étendue de la folie en question.

– Il a la mort dans le sang.

Titus banalisa :

– Les tueurs ne manquent pas en ce bas monde, ça marche avec les glandes et le pognon…

Lapietà sortait peu à peu de sa sidération.

– Peut-être, mais celui-là…

Il cherchait ses mots.

– Celui-là, il se vit comme une alternative.

Bien, on avançait.

– Une alternative à quoi ?

Lapietà mit un certain temps à faire l'addition :

– À tout. L'alternative Pépère.

Un temps.

– Nos geôliers, trois équipes de trois qui se relayaient jour et nuit, s'estimaient sauvés par lui.

– Sauvés de quoi ?

– De la rue, de la taule, de la drogue, de la prostitution, de leur famille, de la religion – sauvés des mollahs autant que des rabbins, des pasteurs ou des curés –, d'une manière générale sauvés de ce qui fait la personnalité d'un jeune gars ou d'une fille d'aujourd'hui. Sauvés de l'époque, en somme.

Doigts ouverts, Lapietà peigna vaguement ses cheveux.

– Le vieux les a nettoyés de tout sentiment d'appartenance : pas d'Arabes, pas de Juifs, pas de Blacks, pas de Gaulois, pas de Manouches, pas d'esprit de quartier, de ville, de région, pas de milieu social ni même de nationalité, et d'ailleurs plus de famille. Dès que l'un d'eux exprime ce qui peut passer, même de loin, pour une conviction d'ordre identitaire ou moral, les autres se marrent : « Putain c'est le djihad ou quoi ? » Et l'intéressé rigole avec eux.

Il se tut un long moment.

– Il ne les a pas seulement recrutés, comprenez-vous ? Il les a éduqués, garçons et filles, ils lui doivent effectivement ce qu'ils sont : de purs hors-la-loi. C'est comme ça qu'ils se définissent. Leur seule identité. Une fierté… inimaginable.

– De quoi vous ont-ils parlé ?

Lapietà changea d'avis.

– Tout compte fait, envoyez l'alcool, vous avez raison.

Il désigna une crédence dans la salle à manger voisine.

– Vous trouverez du whisky là-dedans. Prenez votre préféré et deux verres.

Que Titus remplit convenablement.

Lapietà demanda :

– Ariana vous a offert son spritz, bien sûr ?

Titus fit oui de la tête.

– Le spritz à l'Aperol…

Le grand Georges esquissa un sourire :

– Un des pires fléaux de la mondialisation, ce truc.

Il trempa ses lèvres dans le whisky.

– Eux ils ne boivent pas.

– Oui, c'est ce qui ressort de leurs interrogatoires.

– Ils ne touchent ni à la boisson, ni à la drogue, ni à la religion.

– Ils baisent, au moins ?

– Ils ne s'en privent pas. Mais là aussi sans revendication de genre, de méthode ou de sentiment. La pulsion et basta. Le vieux leur aurait donné des cours de viol, aux gars comme aux filles, que ça ne m'étonnerait pas. Ils font ce qu'ils veulent avec qui ils veulent comme ils le veulent, Pépère s'en fout complètement. Pourvu qu'ils ne s'engueulent pas.

Silence.

Long, cette fois.

Lapietà réfléchissait par-dessus son verre.

– En fait, c'est l'interdit majeur.

– Quoi donc ?

– L'engueulade. Ils sont interdits d'engueulade. Obligation de se mélanger, interdiction de s'embrouiller. Dès que le ton monte, la sanction tombe. Elle est, je crois, terrible. En tout cas ils en ont une peur bleue.

Lapietà raconta la suite comme on exploite un filon. Depuis plus de vingt ans, cet homme, Pépère (et aujourd'hui ses lieutenants les plus âgés avec lui), fabriquait tout bonnement des assassins, des voleurs et des faussaires. Il les recrutait dans les deux sexes dans tous les milieux. Il reniflait leurs aptitudes à la délinquance et retenait les meilleurs pour leurs capacités à tuer, comme on recrute sur concours. Puis il les formait. Le meurtre était la matière phare du programme. Le meurtre et la torture. Le calme, aussi.

– Le calme ?

– Le contrôle de soi, le stoïcisme, si vous préférez. L'aptitude à tuer sans passion, à morfler sans broncher, à prendre les coups comme ils viennent et à garder leur calme en toute circonstance. Y compris entre eux. Une obligation de cohésion qui leur tient lieu de fraternité. Une sorte d'harmonie. Mettre le groupe en péril, c'est le péché mortel.

Titus leva un doigt.

– Vous avez dit des assassins et des faussaires…

Lapietà acquiesça.

– Faux passeports, actes de naissance bidon, livrets de famille fictifs, contrats de mariage fantaisie, cartes de séjour, à les en croire ils font tous ça à la perfection. Un domaine où le vieux se montre particulièrement intransigeant. Être toujours en règle, présenter à la demande des preuves de ceci ou de cela, des factures, des justifications de domicile. Ne jamais se faire remarquer, disparaître dès que ça chauffe, aller se planquer n'importe où sur la planète, revenir avec une nouvelle identité, voire une autre nationalité… Ils font tout sauf de la fausse monnaie. Pépère professe qu'il y a trop d'argent en ce bas monde pour s'emmerder à en fabriquer davantage. Il suffit de faucher le vrai là où on l'engrange. Ils ont même détroussé un gang de faux monnayeurs.

– Pourquoi vous ont-ils raconté tout ça ?

– Parce qu'ils allaient nous tuer.

Le silence qui suivit pesa plus lourd que les précédents.

– Ils allaient nous tuer mon fils et moi, rançon payée ou pas.

Titus fronça les sourcils.

– Comment le savez-vous ?

– Ils nous l'ont dit.

Ici, Lapietà disparut si profondément en lui-même que ses derniers mots atteignirent à peine la surface.

– Pour tout vous dire, je ne sais pas trop d'où je reviens.

Sur quoi, il se tut.

Fin de la séance.

Titus écrivit sur son portable : « *Nana, tu peux rentrer. Ne lui pose aucune question et laisse-le se reposer. Je repasse demain. Même heure mêmes conditions.* »

*

Le lendemain Lapietà ne cherchait plus ses mots. Sa parole coulait, sans vigueur mais continûment, elle charriait quantité de détails dont il avait eu du mal à digérer l'incongruité. À commencer par la façon dont Tuc, son fils, était entré en contact avec leurs geôliers.

– Au début, on ne pouvait pas leur parler.

Chaque fois que je tentais le coup, celui à qui je m'adressais posait tranquillement son doigt sur ses lèvres. J'ai essayé mes diatribes de meneur d'hommes, autant pisser dans un violon.

Leurs gardiens les surveillaient en silence. Ils ne se parlaient pas entre eux non plus. Ils s'acquittaient à la perfection de tâches ménagères qui semblaient ne pas les rebuter.

– Ils faisaient nos lits, par exemple. Nous dormions à l'ancienne, dans une sorte de dortoir, et ils faisaient nos lits. Au carré. Je vous assure. Ils devaient en profiter pour vérifier que nous ne planquions rien sous nos couvertures ou nos matelas.

Titus se souvint de Kébir, l'air malin : « Comme on fait son lit on se couche, mon capitaine. »

Lapietà continuait :

– Ils assuraient aussi l'intendance. Ils cuisinaient, très bien, surtout le gratin dauphinois. Ils nous détachaient à l'heure des repas et pendant que nous mangions ils nous surveillaient, l'arme au poing, de trois côtés à la fois. Puis ils nous rattachaient. Aux radiateurs dans la journée, à nos lits pour la nuit. Ils faisaient la vaisselle et le ménage. Ils passaient l'aspirateur, la serpillière et le balai. Des garçons et des filles très propres. Le reste du temps, ils restaient étonnamment silencieux pour des jeunes. Ils tapotaient des doigts sur une table, sur leurs genoux ou sur leur menton, immobiles et pensifs. Concentrés, même. Mon fils ne parlait pas non plus. Il semblait abîmé dans le même silence réfléchi.

La glace s'était rompue le jour où Tuc avait dit :

– Armand, si tu places ton cavalier en E6, tu es cuit.

Armand, un blond colosse du Nord, avait posé sur Tuc un regard stupéfait.

– Si tu bouges ton cavalier, insista Tuc, tu libères la diagonale de son fou noir. Ta tour est là-bas, regarde, tout au bout. Le temps de la protéger ou de la déplacer il te manquera un coup pour faire ton échec et mat. Tu vois ? Et si tu perds ce coup, c'est ton roi qui tombe.

– Merde alors !

L'exclamation n'était pas venue d'Armand mais de son partenaire, un dénommé Primo, qui n'en croyait pas ses oreilles.

– Tu joues aux échecs, toi ?

– C'est lui qui m'a appris, confirma Tuc en désignant son père.

– Comment t'as fait pour savoir qu'on jouait à ça ?

Tuc avait répondu très naturellement.

– Les signaux que vous faites avec vos doigts, cette espèce de morse, j'ai fini par comprendre que c'étaient des abscisses et des ordonnées. Alors j'ai pensé aux échecs et j'ai écouté. C'est tout.

La stupeur passée, Lapietà avait demandé :

– C'est le vieux qui vous a appris à jouer ?

C'était Pépère, oui.

– À chacun de vous ?

– À nous tous.

Pépère avait tenu à leur inculquer cette discipline. Ils en étaient très vite venus aux parties à l'aveugle, pour la maîtrise mentale, la concentration, et la qualité du silence.

– Pépère aime le silence.

Ainsi s'était engagée leur conversation. Par l'énumération de ce qu'ils devaient à Pépère, l'évocation de ce qu'ils seraient devenus s'ils n'avaient pas rencontré Pépère : des bourgeois tricheurs qui auraient fini sur une liste du genre Lapietà, ou des frappes affidées à des narcos, ou des massacreurs au nom de la vraie foi, ou des roitelets de quartier, passant leurs journées à faucher des bagnoles pour les braquages des autres ou à frimer dans des canapés défoncés en apprenant aux petits à jouer au chat et à la souris avec les rigolos de la BAC, ce genre de cinéma, bref une vie mensongère et merdique, sous le regard réprobateur de parents épuisés et merdeux, avec, ricanait Pépère, les éternuements du rap ou la diarrhée du slam pour seul horizon culturel. Pépère les avait affranchis de tout cela pour les initier au vol en haute altitude, à la subtilité des échecs et aux courbes du répertoire baroque.

Car ils chantaient aussi.

C'est ce qu'ils racontèrent.

De la musique baroque.

En chorales mixtes.

Vêtus d'un uniforme sage.

Dans les hôpitaux, les asiles, les prisons et les maisons de retraite.

– Vraiment ? Vous chanteriez, pour nous ? avait demandé Lapietà.

Et les gardiens avaient spontanément chanté pour leurs prisonniers. En cette circonstance, Armand le colosse était devenu un clavecin. Oui, un gaillard de deux mètres s'était métamorphosé en clavecin, au point que, les yeux fermés, on entendait vraiment sortir de sa bouche la pluie grêle des notes anciennes, les accords de léger grésil qui évoquaient les amples battements d'ailes d'un oiseau nocturne. Primo avait incarné la basse du concertino et Marguerite, présente ce jour-là pour soigner l'oreille de Tuc, chantait la voix principale. Le temps s'était arrêté. Gardiens et prisonniers s'étaient envolés, planant pendant quelques minutes à mi-distance de tout.

Après quoi, les confidences s'étaient enchaînées le plus naturellement du monde. Armand et Primo avaient expliqué aux deux Lapietà que ces concerts, pour gratuits qu'ils fussent, étaient néanmoins d'un bon rapport ; le chef de chœur vendait aux familles des petits bonbons mexicains destinés à abréger la vie de leurs anciens. Familles très demandeuses. Les boulots de ce genre, précisa Armand, comme d'ailleurs l'enlèvement des Lapietà, « c'est pour faire bouillir la marmite collective ». Leurs initiatives privées, leurs méfaits personnels, soumis tout de même à l'approbation de Pépère, assuraient leur salaire. Pépère tenait à leur indépendance : qu'ils gagnent leur vie et songent à leur retraite.

– Si on vit jusque-là.

Quand l'une ou l'un d'eux tombait au combat, la totalité de ses avoirs était partagée entre tous. Les biens immobiliers, s'il y en avait, étaient vendus, le produit de la vente s'ajoutant au magot en espèces. Le tout, bourgeoisement placé, assez loin, dans des îles, assurait l'avenir.

– Comme ça on ne meurt pas pour rien.

Après l'affaire Lapietà, par exemple, Armand avait un contrat sur la tête d'un narco qui mordait dans le gâteau d'un autre.

– C'est le pied, les narcos, dit-il, ils se méfient de tout, ils sont complètement paranos, c'est le kif garanti ! Et les exécutions rapportent un max.

Marguerite, annonça Primo, devait éliminer « un gars de chez nous » qui avait trop balancé à la juge Talvern, « Frédéric, il s'appelle ». Tâche délicate, le Fred en question étant à l'hôpital sous protection policière.

– Arrête, Primo, était intervenue Marguerite, ces trucs-là ne les regardent pas.

Lapietà estima qu'elle avait raison. Il n'était guère prudent de parler si ouvertement de leurs activités délictueuses devant n'importe qui.

Il y eut un silence amusé.

Silence.

Regards.

Demi-sourire.

Léger.

Puis, Tuc, clairement :

– Aucun risque, papa, ils parlent à des morts.

Les regards s'étaient posés sur lui. Tuc avait répété :

– C'est bien ça, les gars, nous sommes morts ? Rançon payée ou pas. Non ?

En effet, oui, ils étaient morts. Les autres attendaient le signal de Pépère.

...

Ainsi le père et le fils passaient-ils les quelques heures qu'il leur restait à vivre dans la conversation de ceux qui allaient les exécuter. Lapietà n'en était pas tout à fait revenu.

– À vrai dire, murmura-t-il, j'y suis encore. Je ne les ai pas quittés.

Pour la première fois il regarda Titus comme un interlocuteur à part entière.

– Je suis foutu, vous le savez ? L'Académie me donne trois petits mois à vivre. Je ne pisse plus à la commande. Prostate, vessie, reins, métastases un peu partout, la messe est dite.

Il tendit son verre vide, priant le capitaine, à petits coups de menton, d'augmenter la dose.

– Allez-y franchement, Ariana n'est pas là.

Eh oui, autosondé quatre fois par jour et promis à une mort imminente.

– Ariana l'ignore, mais c'est ce cancer qui m'a décidé à aider Tuc pour sa performance. J'ai pensé que ça lui ferait un bon souvenir de son père.

Il hocha la tête.

– Cette image que nous voulons laisser à nos gosses...

Petit rire amer :

– Comme si nous avions la maîtrise de ce cinéma.

Il posait maintenant sur Titus un regard égaré.

– Bref, quand l'équipe de Pépère nous a enlevés, mon fils et moi, j'étais tranquillement en train de mourir, tout à fait consentant d'ailleurs, et voilà qu'ils m'annoncent mon exécution prochaine.

Il en était encore sidéré.

– C'était plutôt une bonne nouvelle. Petite balle dans la nuque ou bonbon mexicain, ils m'épargnaient une agonie répugnante. Eh bien au lieu de les remercier, figurez-vous que je me suis mis à chialer comme un veau, prêt à vendre ma mère pour cinq minutes de rab. Moi, Lapietà, le grand Georges, vous voyez ? Je ne sais pas ce qui m'a pris. Comme si la peur, que je n'ai jamais ressentie dans ma vie, m'attendait tout entière à l'arrivée. Je me suis liquéfié. Une flaque.

Silence.

Silence.

– Et Tuc ? demanda Titus.

– Tuc ? Eh bien maintenant il l'a, son image résiduelle du papa.

*

Or, les choses se détraquent subitement. D'un jour à l'autre, leurs geôliers deviennent nerveux. Rompent tout contact. Ils ne tiennent pas en place. Eux qui jamais n'utilisaient leurs portables pendant les heures de travail les consultent à présent sans arrêt. Ils sortent téléphoner. Éclats de voix. Accusations. Dénégations. Menaces. Ils reviennent. Ils se jettent des coups d'œil soupçonneux. Se taisent. Plus de parties d'échecs. Défiance épaisse. Geôliers tout à fait désemparés. Se méfient clairement les uns des autres. Autant que de leurs prisonniers. Ils paraissent soudain si incontrôlables que ni Tuc ni son père n'osent leur demander ce qui leur arrive. Marguerite essaie de les calmer, chuchotements, chuchotements, en vain. Finalement Marguerite s'en va. Peut-être la peur. Un soir, à l'heure du dîner, on entend plusieurs voitures arriver. Elles font, en freinant, crisser ce qui doit être du gravier. Des portières claquent. Des voix s'élèvent. Des injures fusent. Coups de feu. Une balle perfore un volet et se fiche dans une cloison. Tuc et son père se tassent sur eux-mêmes. Leurs gardiens se ruent dehors. Détonations. Répliques. Fusillade. Un engagement rapide et confus. Armand le géant surgit dans le dortoir, un pistolet semi-automatique encore fumant à la main. Lapietà voit sa mort. Mais Armand libère les prisonniers, il les entraîne derrière la maison, les pousse dehors, et leur montre une voiture :

– C'est la mienne, voilà les clés, cassez-vous.

Tuc prend le volant.

Ils démarrent en trombe.

Au bout de quelques kilomètres, père et fils s'arrêtent devant une gendarmerie. Le grand Georges exige qu'on appelle le ministre de la Justice. Sur-le-champ ! L'hélicoptère atterrit une heure plus tard. Legendre, Rakin et Daveron en descendent.

*

– Voilà, ça s'est passé comme ça, murmura Georges Lapietà.

Il répéta :

– Voilà.

*

– Tatanita, mon petit bout de chocolat, dit le capitaine Adrien Titus à sa femme en se glissant ce soir-là dans le lit conjugal, il m'arrive un truc étrange.

– Raconte à ton âme, lui répondit-elle en le logeant entre ses seins.

– J'ai interrogé un grossium, cet après-midi, dans son hôtel particulier. Georges Lapietà pour tout te dire. Le gars a dû m'émouvoir parce que je suis rentré à pied (sept bornes, quand même !) et j'ai balancé de la thune à tous les clodos sur mon passage. À commencer par celui qui gisait à la porte du troquet à côté de chez lui, jusqu'à la Manouche qui nous taxe tous les matins. Il m'a fallu traire un distributeur pour pouvoir les arroser tous. Je crois que j'y ai laissé la moitié de mon salaire.

– Dors tranquille, mon beau cœur, répondit-elle en éteignant, vous n'êtes pas nombreux à faire circuler l'oseille.

29

Pensif dans le fumet de son gratin dauphinois, Pépère est obligé d'admettre qu'il n'a rien vu venir, ni le suicide collectif de la cellule 17 (selon ses indicateurs une bagarre monstre pour un téléphone portable), ni l'évasion des Lapietà, ni la tuerie qui s'était ensuivie.

Tout à fait incapable d'analyser cette flambée soudaine.

La vraie cause de cet embrasement.

De cette éruption, plutôt.

Car c'est d'une éruption qu'il s'agit. Volcanique. Un de ces séismes qui dérèglent la rotation de la Terre.

Les troupes de Pépère aveuglées par une pluie de cendres incandescentes.

Ses soldats statufiés dans la mort.

Lui, Pépère, ahuri.

Et sidéré par la somme des erreurs qu'il a commises depuis le début de cette affaire Lapietà.

Se tromper à ce point !

Sur toute la ligne…

Tout de même…

Un désastre aussi absolu, se dit-il, commande le plus grand calme.

Le gratin dauphinois approche la perfection. À croire que c'est elle qui l'a cuisiné. Texture souple sans être spongieuse, Belle de Fontenay gratinée aux bords, fondante à cœur, aillée subtilement. De la crème mais juste ce qu'il faut. Du clou de girofle sans évoquer le dentiste… Et cette pincée de fromage, hérésie minuscule que s'autorisent de très rares connaisseurs. Avec un voile de paprika. C'est son dauphinois à elle, se dit-il. Il y manque… Il y manque juste de ne pas être le sien.

La puissance évocatrice d'une saveur…

La poésie d'un plat…

Une seule bouchée et la femme de votre vie se trouve à vos côtés. D'où la sérénité qui rend possible l'analyse des faits.

*

D'abord, Pépère a été tenté de croire Marguerite quand elle lui a rapporté qu'Armand et Primo sympathisaient exagérément avec les prisonniers. Ils leur racontent tout, Pépère, on ne peut plus leur faire confiance, un syndrome de Stockholm à l'envers, je te jure, les gardiens tombés sous le charme des otages, tu vois ? À quoi Armand avait tranquillement objecté que Marguerite se trompait. Elle délire, Pépère, je veux juste gagner leur confiance, même leur affection, je veux les tuer quand ils m'aimeront… Tuer qui nous aime, c'est bien une de tes leçons, non ? Parfaitement exact ; non seulement Pépère a déjà éprouvé ce noir bonheur mais il l'a professé. Il a raconté aux garçons et aux filles comment il lui était arrivé de laisser mûrir des sentiments pour la joie douloureuse de trancher la gorge même de l'amour. Cela s'appelle le sacrifice, mes petits. La sensation de toute-puissance est à ce prix, il faut parfois tuer ceux à qui nous sommes le plus attachés comme on coupe les amarres dans la tempête. À la hache. C'est le prix de l'absolue liberté.

Pépère a donc répondu à Marguerite qu'elle se trompait.

– Mais non, mon chou, Armand cherche la plénitude dans le crime, c'est tout. Un raffinement dont je ne l'aurais pas cru capable, d'ailleurs. Quant à toi, puisqu'on parle de balances, va donc à l'hôpital finir Frédéric, tu veux ? Tu l'aimais bien Frédéric, avec sa résistance à la torture et ses roucoulades intelligentes ? Eh bien tu verras, ce sera encore meilleur de l'exécuter. Je te donne deux jours.

*

Pépère s'est aussi trompé sur l'évasion des Lapietà. Il a cru que le grand Georges avait acheté Armand comme il achetait le reste. Pépère s'était dit qu'Armand avait monté cette évasion avec Primo sans prévenir les autres. Ils ont été pris la main dans le sac par l'équipe de remplacement, pense Pépère, d'où la tuerie finale. On a retrouvé les corps d'Armand, de Primo et de Kamel criblés de balles. Trois morts de plus. Voilà ce dont Lapietà était responsable.

Se trompe Pépère.

Vengeance, donc.

Vengeance.

Et tout de suite.

D'où l'erreur suivante.

L'exécution de Lapietà.

Encore une erreur, oui.

Pépère s'est transporté dans le quartier des Lapietà où, pendant deux jours et deux nuits, il a attendu l'apparition du grand Georges. Déguisé en clochard, il s'est posté au coin de sa rue, devant le tabac Monbaillard. Un clodo avachi, un tas humain à ce point effondré dans sa crasse qu'on l'aurait juré posé là depuis toujours. L'œil rivé sur la porte de l'ennemi il a attendu. Ah ! tu crois pouvoir acheter mes hommes... Cette jouissance reptilienne à ne pas bouger un cil jusqu'à l'apparition de la proie ! L'œil si fixe, le cœur si lent, et ce friselis de férocité pure qui vous court sous la peau... Vivre... Ne serait-ce que pour éprouver cette sensation, n'être que ce désir...

Un flic a rendu visite à Lapietà deux jours de suite. Un flic en civil avec des yeux de Tatar. Le soir du deuxième jour, le Tatar a repéré Pépère en sortant de chez le grand Georges. Il a bifurqué et marché droit vers lui. Pépère a pensé qu'il allait lui demander de circuler, mais non, le flic lui a tendu un billet de cinquante :

– Tiens, camarade, offre-toi de la plume.

Lapietà s'est montré le matin suivant. Sa première sortie. Un Lapietà quelque peu vacillant, qui a cligné des yeux à la lumière du jour. Sa voiture de fonction l'attendait. Quand le chauffeur est sorti pour lui ouvrir la portière arrière, Lapietà lui a fait signe d'attendre en désignant d'un coup de menton le café Monbaillard. Le chauffeur a proposé d'aller lui-même acheter la presse et les cigarettes du patron mais Lapietà a fait non de la tête et a traversé la rue d'un pas qu'il voulait ferme. Me reconnaîtra ? Me reconnaîtra pas ? s'est demandé Pépère dans un de ces moments d'exaltation immobile qui ont toujours fait le sel de sa vie... Lapietà ne l'a pas reconnu. Comme le flic de la veille, il s'est penché sur lui pour lui tendre un billet non négligeable. Ce qui a permis à Pépère de lui saisir le poignet, de le déséquilibrer et de l'empaler sur la lame de sa chevalière. Alors Pépère s'est mis à couiner : Monsieur, monsieur, qu'est-ce qui vous arrive ? À appeler le chauffeur : Votre patron a un malaise ! À alerter les serveurs du Monbaillard : Aidez-moi, quoi, vous ne voyez pas qu'il meurt ? Appelez une ambulance ! Et quand tout ce monde, fort agité, a fini par retourner le corps de Georges Lapietà, effrayé par la tache sombre qui imbibait son gilet pourpre, le clochard avait disparu.

*

Un seul établissement à Paris réussit un pareil dauphinois. Chez Nadine, rue des Envierges, sur les hauts de Belleville. Pépère s'y est rendu assez souvent, toujours seul et toujours sous des aspects différents, chauve, chevelu, crasseux, rutilant, plus jeune, plus vieux, égaré, concentré, Espagnol, Allemand, Britannique, avec ou sans canne, avec ou sans lunettes, avec ou sans barbe, travailleur ou bourgeois, avec ou sans chapeau. Aujourd'hui il s'est pointé en retraité précaire, casquette élimée, la branche droite de ses lunettes tenant avec du sparadrap et qui sourit comme un bienheureux en regardant la télévision allumée au-dessus des têtes.

(Double portion de gratin, Nadine est bonne fille.)

La télé annonce l'assassinat de Lapietà, bien sûr. C'est le premier sujet du journal. Les clients en sont estomaqués. Merde, le grand Georges s'est fait buter. Le pauvre, sitôt retrouvé sitôt assassiné. Par un type en planque à la porte d'un troquet d'après son chauffeur. Dans son quartier, oui, à deux pas de chez lui. Un clodo. Il l'a poignardé. Trépas immédiat selon le médecin légiste. (Plan insistant sur la sciure et le sang à la porte du café, bien sûr.) Suit la nécrologie de Georges Lapietà. Et viennent les premiers témoignages de sympathie. C'est qu'on l'aimait le bougre. Ancien député tonitruant, ancien ministre turbulent, créateur d'entreprises, passionné de foot, sauveur de clubs, quelques mois de placard pour malversation, de quoi stimuler l'affection des masses.

– Qu'est-ce qu'on l'a fait chier le pauvre, alors qu'il a sauvé tant de boîtes, ressuscité le foot français, galvanisé les joueurs, rapporté les coupes les plus prestigieuses, fait rayonner la France !

– Lui au moins il avait de la gueule !

– Et des couilles !

Une aura d'aventurier au grand cœur.

Pépère écoute. La vertu du crime sociétal tout de même… Chacun de mes gamins aurait pris dix fois plus que ce naufrageur pour en avoir fait cent fois moins. Parce que c'était un furieux pillard, le grand Georges ! Grand détrousseur de cadavres devant l'Éternel ! Un fameux avaleur de fonds privés et publics ! Enfin, j'en ai fait un saint, il peut me remercier. Funérailles nationales… Te Deum… Saint Georges priez pour nous.

Autour de Pépère, les commentaires galopent.

*

Mais bavarder c'est changer de sujet et la télé est passée à autre chose.

– Écoutez ça, un peu !

Pépère écoute avec les autres.

Et découvre enfin la source de tous ses maux.

Douche froide.

L'explication.

La chute.

Une blonde présentatrice (top de soie tout simple perché sur talons hors de prix) annonce un scandale carabiné. Du jamais-vu, lui dicte son oreillette. Parfaitement crédible pourtant puisqu'il qu'il s'agit d'une fuite émanant du ministère de la Justice. Une rumeur, sortie des entrailles de la Place Vendôme, et qui pourrait bien devenir une affaire d'État. Elle court sur le net depuis plusieurs jours, explique la jolie blonde. Elle a bouleversé trop d'internautes pour que nous n'en fassions pas le sujet principal de notre journal.

– Il semblerait, je dis bien il semblerait, répète la journaliste en insistant sur le conditionnel... il semblerait que depuis les années 90-95 nos gouvernements successifs utilisent en sous-main les services d'un gendarme en rupture de ban pour réagir vigoureusement contre les enquêtes bâclées, les dossiers étouffés, les plaintes rejetées et de façon générale la lenteur des procédures judiciaires. En d'autres termes, souligne la blonde, depuis près de trois décennies, l'État aurait, je dis bien aurait, recours aux services occultes d'une police parallèle à qui on peut attribuer la chute des gangs les plus prestigieux et des escrocs les mieux protégés. « Histoire d'accélérer le mouvement », aurait tweeté le ministre lui-même.

Le palmarès du gendarme fantôme laisse ouvertes toutes les bouches du restaurant :

la chute du gang des Lyonnais, du gang des Postiches, de la Couscous Connection, des Triplettes de Belleville, ce serait lui.

– V'là aut'chose, un Robin des bois chez les flics, maintenant.

– Le gendarme vengeur…

– C'est qui ce type ?

– Une balance.

– Une balance, une balance, il faut bien que quelqu'un fasse le job, non ? C'est toi qui vas t'y coller, Jean-Claude ?

– Et puis c'est pas d'aujourd'hui que les flics pratiquent comme les voyous.

– En tout cas ce n'est pas légal.

– Pas légal, écoute-le l'autre.

– Ah bon, vous trouvez normal, monsieur, que chacun rende la justice pour son propre compte ?

– Je vous ai parlé à vous ?

– C'est la privatisation, quoi.

– On délègue.

Le dernier exploit de ce gendarme de l'ombre, continue la présentatrice, serait la constitution d'une liste de criminels qu'il aurait personnellement remise entre les mains du ministre de la Justice. Les noms de personnalités « incontournables » figureraient sur cet inventaire et la variété de leurs délits serait stupéfiante, certains d'entre eux proprement horrifiants. Cela irait, « je dis bien irait », des crimes économiques et financiers les plus rentables jusqu'au rapt d'enfants pour alimenter un vaste réseau d'escroquerie à l'adoption. On murmure même que certains se livreraient au trafic d'organes. Un coup de filet si magistral que le ministre en personne aurait déclaré que si ça ne tenait qu'à lui il proposerait ce héros moderne à l'ordre de la Légion d'honneur et lui « confierait les clés de la maison ». « L'Empire et la Restauration se sont offert la canaille Vidocq, la République peut bien s'autoriser les services du gendarme Pépère ! » Car, et c'est le côté attendrissant de la chose, sourit la présentatrice, ce gendarme révolté se ferait appeler « Pépère » par ses troupes, des soldats que des fonds spéciaux lui permettent de recruter principalement dans les milieux de la délinquance. Les membres de cette petite armée infiltreraient les gangs à des fins de renseignement, voire, dit-on encore, d'exécutions pures et simples. Ces « mercenaires de l'ordre » ne seraient pas nécessairement conscients de travailler pour la loi. La dévotion qu'ils vouent à « Pépère » leur tenant lieu de raison d'agir, beaucoup d'entre eux ignorent qu'ils sont des auxiliaires de la justice. Selon le gendarme Pépère, la garantie de leur efficacité reposerait en grande partie sur cette ignorance. On ne travaille bien que par amour, explique l'ancien gendarme. Convaincus de constituer une bande autour de lui, ne sachant pas que leurs actions délictueuses sont commanditées en haut lieu, ces mercenaires de l'ordre sont étroitement liés par une solidarité qui…

Stop.

N'en jetez plus.

Voilà le virus qui court sur le net depuis deux jours.

Une contre-attaque du ministère pour me discréditer aux yeux de mes hommes.

Opération réussie.

Explosion de mes troupes. Inévitable conflit entre ceux qui y croient et ceux qui n'y croient pas, ceux qui s'estiment trahis par moi et ceux qui ne peuvent pas l'imaginer, tout le monde pensant que tout le monde est au courant puisque personne ne l'est, les uns et les autres se soupçonnant d'être flics et chacun fou de rage d'être déshonoré par ce soupçon. Effondrement massif de la confiance, chacun doutant désormais de chacun, le massacre devient inévitable entre les mêmes et les mêmes. Une guerre intestine d'autant plus féroce que je les ai éduqués dans un esprit de fidélité sacrificielle : mort au traître et mort immédiate. Or, voilà que le traître c'est moi.

D'où le massacre de la cellule 17.

D'où la guerre entre les gardiens des Lapietà. Lequel Lapietà, soit dit en passant, n'a acheté personne. Paix à son âme pour une fois innocente. Armand l'aura libéré dans un moment de révolte contre moi, ce que les autres auront voulu empêcher. Là aussi je me suis trompé.

Bien joué.

Sacrément bien joué.

Monsieur le ministre, bravo.

Pendant que Pépère conclut à sa déconfiture,

la blonde présentatrice annonce la création d'une commission d'enquête parlementaire, la tenue d'une table ronde : « Dès ce soir, sur notre propre chaîne » et un probable démenti de la Place Vendôme, « par ailleurs très embarrassée par ces déclarations ministérielles ». Puis elle prononce les mots rituels : « opacité », « démocratie », « transparence »... Bref, la France réagit, ironise Pépère en se dirigeant vers la caisse où il tend à Nadine le billet que Lapietà lui a donné le matin même.

– Et il en pense quoi, le monsieur ? demande Nadine en encaissant.

Pépère bredouille, avec un sourire d'excuse :

– Oh... Il en pense qu'il a passé l'âge de penser...

Tapotant son crâne du bout de son index, il explique :

– Ça vire à la sauce blanche, là-dedans.

Et, timidement :

– Pourriez-vous m'autoriser à passer un coup de téléphone, je vous prie, je n'ai pas de portable non plus.

– Le téléphone ? À côté des toilettes.

30

Au bout du fil, Mehdi répond :

– Que je vienne où ?

Pépère donne l'adresse de Nadine.

– Avec Grégoire et Faustine.

Hésitation de Mehdi.

– Pour Faustine ça va être compliqué, Pépère. On n'a pas la même analyse. Elle y croit, elle. Ça vient direct du ministère de la Justice, tu comprends…

Silence.

– Et toi, tu n'y crois pas ? demande Pépère.

– Non.

La réponse est instantanée.

– Pourquoi non ?

Mehdi répond comme on cherche à rassurer un enfant.

– Enfin, Pépère, on en a organisé combien, en vingt-cinq ans, toi et moi, des fuites bidon pour mouiller l'ennemi ? Combien m'as-tu fait créer de fake news ?

C'est vrai.

Mehdi ajoute tout de même :

– N'empêche que c'est un bordel monstre. Je ne vois pas comment enrayer ça. Tu sais ce qui rend certains gosses complètement dingues ?

Ici, petit rire étouffé :

– C'est qu'on veuille te filer la Légion d'honneur !

Un temps.

– Pépère, c'est le bordel absolu, vraiment ils n'y comprennent plus rien, leurs têtes explosent.

– Nous allons régler ça, mon petit. Dans combien de temps peux-tu être ici ?

– Une demi-heure.

– Avec Grégoire ?

– Avec Greg, oui.

– Vous n'oubliez pas votre dette ?

– L'addition pour Jacky ? Bien sûr que non, on a le fric, on en profitera pour te rembourser.

À peine Pépère a-t-il raccroché qu'il entend la blonde du journal télévisé poser tranquillement la cerise sur le gâteau.

– En rapport direct avec le scandale du gendarme vengeur, dit-elle, les Éditions du Talion annoncent la publication d'un roman, *Leur très grande faute*...

Allons bon.

Et d'expliquer « aux Français » que le contenu dudit roman recouperait, « je dis bien recouperait », les accusations de trafic d'enfants imputées à certains membres de la liste remise par le gendarme au ministère de la Justice. « De fausses adoptions qui, semble-t-il, seraient monnaie courante dans le monde du football. »

Compris. Le procureur général Souzier a finalement reçu l'ordre de laisser publier ce bouquin. En dernière analyse, le ministère ne veut pas être accusé d'avoir étouffé l'affaire.

Bien.

Bien bien.

Bien.

La première image qui vient à Pépère est celle de toutes les vitres d'une rue soufflées par l'explosion des Éditions du Talion. La déflagration est si puissante que pas une seule fenêtre n'y résiste.

Après tout, s'il faut renouer avec les explosifs, pourquoi pas ? Pépère cultive quelques bons souvenirs dans ce domaine. Les plus anciens remontent à sa jeunesse. À l'époque (il sortait à peine de l'adolescence) on louait ses services au nom de l'Algérie française. Il fallait faire sauter des appartements sans trop esquinter ceux des voisins. Imprudences ménagères, bouteilles de gaz défectueuses, il s'était bien débrouillé. Nouvelle réussite une vingtaine d'années plus tard, le coup de main donné à une secte de vieux satanistes qui voulaient se faire exploser les uns après les autres dans les rayons du Magasin. (Malaussène y jouait le bouc émissaire, d'ailleurs, dans ce magasin.) Une confrérie d'ogres. Ils voulaient prendre un dernier pied en s'explosant sur le lieu de leurs messes noires. Des abominables. Un suicide commémoratif, en quelque sorte. Sur cette affaire,

Pépère (que personne évidemment n'appelait Pépère à l'époque) avait mis au point des petites bombes antipersonnel dont la déflagration était si bruyante qu'on pouvait croire à un attentat visant tout le Magasin, alors qu'elles ne tuaient qu'une personne à la fois. Panique générale mais pas un mort de trop, et toujours le mort désigné. Ces cinq candidats lui avaient offert une somme rondelette pour mettre sa science d'artificier au service de leur assomption. Que l'Algérie restât ou non française importait peu au jeune dynamiteur, que des émules de Satan veuillent s'éclater une dernière fois il s'en foutait tout autant, mais que ceux qui aimaient tuer l'engagent pour le faire et que ceux qui voulaient mourir s'offrent ses services, voilà qui l'intéressait. Et que les voleurs lui rapportent, aussi, c'était très important, ça. D'où l'enlèvement de Lapietà aujourd'hui et la constitution de la fameuse liste… Au fond, il s'était mis très tôt au service de l'humanité. Il ne s'envisageait pas autrement. Le bras armé des bas instincts. C'était dans ce sens qu'il avait éduqué ses recrues.

– Depuis le temps que l'homme tue et qu'il a besoin d'aide pour le faire, mes enfants, aidez-le, c'est le seul commerce qui ne risque pas de péricliter.

Un jour, Mehdi, le plus « littéraire » de ses soldats, lui avait dit :

– Au fond, Pépère, tu es un Des Esseintes qui a réussi.

– Un quoi ?

– Des Esseintes, c'est le personnage principal de Huysmans, dans *À rebours*. Les bourgeois le dégoûtent tellement et l'avachissement des aristos lui sape tellement le moral qu'il décide de fabriquer un assassin pour tuer quelques-uns d'entre eux. Pour ce faire, il choisit une petite frappe dans la rue, exactement comme tu nous as recrutés, il l'installe dans un bordel où le gosse peut bouffer à son aise et se taper gratis les putes de son choix. Au bout de quelques semaines, Des Esseintes lui coupe les vivres dans l'espoir qu'il volera et tuera pour continuer à mener la grande vie. L'opération foire, le gosse est trop con.

– Tout s'apprend, avait sobrement commenté Pépère.

Il n'était pas hostile au fait que ses garçons et ses filles fissent des études supérieures. Il les y engageait, même. C'était la meilleure façon d'infiltrer le beau monde. Mehdi était le normalien d'une bande qui ne manquait pas de diplômés. Pépère avait éprouvé de la fierté à voir Faustine intégrer les plus prestigieuses écoles de commerce et Marguerite additionner sans heurt ses années de médecine. Qu'un tempérament si foncièrement meurtrier se destinât à la santé publique, c'était bien. C'est bien, ma petiote, je suis fier de toi.

*

Fin du journal télévisé.

Nadine éteint le poste.

Qu'elle rallumera pour le Vingt heures.

Pépère commande un café.

– Je vous l'offre, sourit Nadine en posant la tasse devant lui.

Une gentille, diagnostique Pépère. Éros plutôt que Thanatos. C'est un choix.

C'est à quoi il rêvasse lorsqu'il voit une voiture se garer, rue des Envierges, entre le Lavomatic et l'épicerie bio. Bon, les voilà. Toujours ponctuel, Mehdi. Et malin. Une voiture de rien du tout, la modestie même. Une toute petite Renault. Gonflée à bloc bien entendu, plus rapide que n'importe quel bolide, mais sous les dehors d'une voiture « citoyenne ». Mehdi a toujours été le plus avisé de ses soldats. Pépère s'est appliqué à n'en préférer aucun, bien sûr, mais lui, tout de même… Une bien solide fortune, déjà ! Dont il fait un usage discret. Contrairement au pauvre Jacky. La seule faiblesse de Mehdi aura été de ne pas avoir tué Jacky. Pas doué pour le fratricide. Mais il paie ses dettes. Il vient avec l'argent, c'est bien. Pour le reste Mehdi tient les scouts d'une main de fer. On le craint davantage qu'on ne craignait Jacky. Jacques le Brésilien en faisait des tonnes. Il menait les enfants à la trique, il en avait même zigouillé un ou deux, pour l'exemple (d'où cette convocation chez la Talvern). Mehdi, lui, c'est autre chose. L'autorité tranquillement implacable. C'est lui qui a pendu le père d'Alceste. Tobias (c'était le prénom du père) commençait à flirter avec le remords, probablement sous l'influence de son fils l'écrivain. Mehdi y avait mis bon ordre. Après un amical déjeuner du dimanche il avait proposé gentiment : Une petite promenade en forêt, Tobias ? Volontiers, mon cher Mehdi. Voilà comment Faustine avait trouvé son géniteur pendu à une branche de frêne par un bas de contention.

Je confie le foot à Mehdi, les chorales à Grégoire et je prends ma retraite pour de bon.

Décision prise.

Irrévocable, cette fois.

Ça fait du bien.

Pépère esquisse un sourire.

Il a hâte de voir la tête des garçons quand il leur annoncera le couronnement de leur carrière et le montant de leur héritage. Ils protesteront d'affection bien sûr : Mais non Pépère, ne nous quitte pas, nous avons encore du chemin à faire ensemble. Désolé, mes chéris, les meilleures choses ont une fin. Et puis, regardez, j'ai complètement merdé dans cette affaire Lapietà. Il faut se rendre à l'évidence, j'ai fini par vieillir moi aussi. Il est temps de passer la main ; à vous de jouer. Croyez-moi, vous avez l'envergure. Et pour Faustine ? Faustine, nada. Son doute vaut trahison : bas de contention. Mettons que ce sera votre cadeau pour mon départ à la retraite. Suspendez-la dans la même forêt et au même arbre que son père, le jour anniversaire de sa mort. On croira à une commémoration.

Voilà. Pépère a mis ses affaires en ordre.

Il peut partir en paix.

Il regarde ses deux héritiers sortir de la voiture.

Mehdi côté chauffeur, Grégoire côté passager.

Bien qu'il ne pleuve pas, Mehdi porte son Burberry de légende. Très Humphrey Bogart. Grégoire, plus gentleman farmer avec ses éternels pantalons de velours... (Moi je m'habille comme mon prénom, souriait parfois Grégoire.) Ma parole, c'est pourtant vrai que je les regarde comme des fils...

Debout de part et d'autre de la voiture, les fils échangent quelques mots.

Mehdi désigne le carrefour du doigt, à sa gauche. Grégoire approuve de la tête.

Tiens, pense Pépère, Grégoire se met en couverture. Ils doivent se méfier de quelque chose. Ils sont prudents, c'est bien.

Mehdi balaie la rue du regard et ses yeux se posent sur la vitrine de Nadine. Le soleil l'éblouissant, il place sa main droite en visière.

Instinctivement, Pépère recule un peu.

Avant de traverser, Mehdi fait un geste aisément reconnaissable. Il arme son pistolet dans la poche de son Burberry. Le Verbatim que je lui ai offert l'année dernière, pense Pépère.

Qui se dit : Il vient me descendre.

D'autant que le soleil lui révèle l'éclat d'une chevelure blonde à l'arrière de la voiture citoyenne.

Faustine.

Et que la portière arrière s'ouvre sur Baptiste, qui lui aussi se place en sentinelle, mais de l'autre côté du carrefour.

Au cas où j'échapperais à Grégoire et que je tenterais une sortie à droite.

Une exécution en règle. Le tueur et ses deux témoins.

Pépère se lève et se dirige posément vers les toilettes. Il y entre, ouvre leur fenêtre pour faire croire à une évasion, en ressort et verrouille la porte de l'extérieur avec le passe qui ne le quitte jamais. Le temps que Mehdi mettra à l'attendre, puis à tambouriner contre la porte close, « Pépère, nous sommes là, on t'attend », lui permettra de disparaître. C'est sa spécialité la disparition. De chez Nadine la chose est simple. Il suffit de gagner les égouts par la cave, dont les murs sont ornés d'une fresque naïve, pochée là par le peintre Nemo, le Nemo de Belleville. La fresque représente une silhouette d'homme en imperméable noir et chapeau mou qui poursuit un parapluie rouge emporté par le vent. L'art… se dit Pépère. On peut aussi passer sa vie à ça. Un seul geste mais la perfection du geste. L'homme à la gabardine noire et au parapluie rouge règne sur une bonne partie de Paris.

Avant de rabattre sur lui la plaque des égouts, Pépère entend Mehdi l'appeler devant la porte des toilettes. « Pépère, nous sommes là. » Puis tambouriner. Un triumvirat, alors, pense Pépère en faisant ses premiers pas sous la rue des Envierges. Ils veulent me remplacer à eux trois ? Les pauvres, ils vont droit à la guerre. Les garçons vont se faire bouffer par la fille, je suis prêt à prendre les paris. Nom de Dieu, ai-je l'âge de déguerpir par les égouts ? Quand j'étais jeune, je ne dis pas, les catacombes et les gouttières, aussi. Mais aujourd'hui ? Disparition, se dit Pépère. J'arrête. Ça ne m'amuse plus. Le moment est bel et bien venu de m'effacer pour de bon. Qu'ils retiennent cette dernière leçon, au moins : on ne donne jamais rendez-vous à quelqu'un – qui que ce soit ! – sans s'être assuré d'une sortie de secours. Et on n'arme pas son outil dans sa poche.

31

Marguerite attend, en embuscade dans la blanchisserie de l'hôpital. Quand l'avalanche du linge sale déboule dans le collecteur, la blanchisserie sent l'urine, la sueur, la bave, les sanies. Ceux qui vont mourir te saluent, pense la jeune fille. Puis vient le retour du linge propre, la ronde des blouses, des alaises, des draps, des masques, lavés, repassés et suspendus aux portemanteaux de la chaîne tournante. Au bout du compte l'histoire de l'humanité tient dans ce manège, philosophe Marguerite.

– Pour Frédéric, je te déconseille l'accès direct à sa chambre, lui a dit Pépère. Si tu espères charmer les flics postés devant sa porte, tu risques une déconvenue.

– J'en ai tombé d'autres.

– Ne sois pas sotte, mon petit. Tu penses bien que le coup de l'infirmière accorte qui débarque au milieu de la nuit pour effacer un témoin gênant, ils s'y attendent. Avec une équipe envoyée par la juge Talvern tu n'as aucune chance. Les deux qu'elle a placés là se feront descendre si c'est la consigne.

– Ils ne sont que deux ? Et si on se les payait de front ?

– Surtout pas, mon chou, on a cassé assez de matériel comme ça. Et puis tu peux être certaine que ceux-là sont des pointures.

D'après les informateurs de Pépère, Frédéric dort fenêtre ouverte. Il souffre de bouffées de chaleur. La peur, sans doute.

– Passe par sa fenêtre.

– À quel étage, la chambre ?

– Cinquième.

– À l'hôpital Tenon ? Trop visible depuis la rue avec l'éclairage municipal. Je ne peux pas faire de la varappe sur cinq étages sans être repérée, Pépère.

– Je sais. Mais sa chambre est à côté de la blanchisserie. Si tu t'y planques et que tu passes suffisamment vite d'une fenêtre à l'autre, c'est jouable.

Elle avait eu son rire joyeux.

– Alors c'est joué.

À quel point cette gamine si sérieuse dans l'engagement pouvait être primesautière, Pépère n'en revenait pas. Elle ne me craint absolument pas, songeait-il. Ça le reposait. Les autres, garçons et filles, se sentaient mortels devant lui. Elle non.

– Ce n'est pas un jeu, Marguerite.

– Tu en connais d'autres ?

Ses réponses le ravissaient.

Il l'avait regardée dans les yeux.

– Fais attention, mon chou, je tiens à toi.

Marguerite avait cessé de sourire.

– Ne me fais pas pleurer, Pépère. Ce serait tricher.

Il lui avait tapoté la main et on était revenus au cœur du sujet.

– Bon, tu planques dans la lingerie, tu attends la nuit et tu entres chez Fred par la fenêtre. Après le dernier passage de l'infirmière, dix minutes après environ, les flics seront moins vigilants. Utilise un baudrier, la corniche ne date pas d'hier.

– Et je m'habille couleur muraille, ne t'inquiète pas.

– Il n'y a pas trois mètres entre les deux fenêtres. Une fois dans sa chambre ne t'attarde pas. Ce n'est pas une séance de torture.

– Je pique, je sors.

– N'oublie pas le baudrier.

À présent, elle attend. La nuit vient de tomber. Marguerite attend d'exécuter celui par qui le désastre est arrivé. Bien entendu elle ne croit pas à cette histoire de double jeu. Pépère en gendarme, on ne lui fera jamais avaler un morceau pareil. Pas une seconde. De l'intox ministérielle, point final. Elle pense juste que Frédéric a suffisamment balancé à la juge Talvern pour rendre la chose possible. Le ministère a bricolé autour de ses aveux et monté une histoire qui a foutu le feu à l'imagination de la bande. Des garçons, surtout.

Marguerite n'avait pas pu convaincre Armand que cette fable ne tenait pas debout. Enfin, tu vois Pépère en gendarme ? Merde, Armand, réfléchis un peu, quoi ! Tout ce qu'Armand avait trouvé à répondre c'était qu'elle aussi, peut-être, était flic. Pépère t'a toujours préférée, c'est clair, tu serais pas un peu flicarde toi aussi, gradée même ? Elle avait vu sa mort passer dans le regard de son camarade. Sérieux ? T'es sérieux, Armand ? Plus sérieux que moi tu meurs, vous nous avez tous baisés, c'est clair. Qui ça « vous », qui ça « nous » ? Pépère, toi et les autres poulets ! Poulets ? Quels poulets, Armand ? Putain, tu vois pas que c'est des conneries ? C'est Frédéric qui a balancé un max et les flics ont fait le reste. Ça vient direct du ministère. De l'intox, je te dis. Armand, tu peux pas comprendre ça ? Demande à Primo ! Primo, dis-lui, toi ! Que je lui dise quoi ? Qu'il est trop con ou que tu es trop flic ? Primo était largué. Tirer l'échelle et sortir vivant de ce bordel, voilà ce que lui dictait son instinct. Deux jours plus tôt, Armand et lui étaient comme les doigts d'une main, à déconner avec les Lapietà pendant que Marguerite soignait l'oreille de Tuc.

Et la marmite avait explosé.

Armand avait libéré Lapietà pour faire chier Pépère. Les autres s'étaient dit que Lapietà avait acheté Armand. Depuis cette hécatombe le portable de Marguerite clignotait comme une alerte atomique : sms, WhatsApp, Telegram, Blocknet, Jaguar, Scrivener, un pilonnage. Marguerite avait fermé l'usine. Portable dévitalisé, elle attend, seule dans ce purgatoire, le moment de lancer la contre-attaque. Putain, ils sont grave cons, les mecs, quand même. Plus que les filles. C'est le coup de la Légion d'honneur qui a allumé leur mèche. Qu'on se propose de filer la breloque à Pépère… ils ont tous mordu à cet hameçon. Plus relou tu meurs, je te jure. Le coup de la Légion d'honneur… Ils sont tous devenus des pompes à essence avec cette connerie : Non mais, tu te rends compte, Marguerite, ils veulent lui filer la Légion d'honneur, c'est pas une preuve, peut-être ? Elle s'était époumonée : Preuve de quoi ? De l'intox, je vous dis ! La Légion d'honneur à Pépère, les gars, vous avez un secret pour être aussi cons ? Seulement, plus elle les engueulait plus ils la soupçonnaient d'en croquer elle aussi. Plus elle se montrait intelligente plus ils la taxaient d'intelligence avec l'ennemi. Il n'y avait qu'un seul moyen de les tirer de là : achever Frédéric et le faire savoir. Exécution officielle, claire et nette. Et signer de son nom. Comment signer ? En butant les deux flics qui le gardaient, histoire de prouver qu'elle-même n'était pas de la police. Voilà le truc. Bam bam ! Deux flics de moins. Signé Marguerite. Ensuite, se livrer et se taire. Plus un mot à personne. Ni à la Talvern, ni pendant le procès, ni en taule. Muette à jamais. Elle pouvait. Pépère leur avait donné suffisamment de souvenirs pour occuper une perpétuité. Elle n'avait pas dit à Pépère qu'elle tuerait les deux gardes. Ni qu'elle se livrerait. Il aurait refusé. Ne fais pas ça, mon petit. Pépère, franchement, tu vois une autre solution pour te sauver la mise et pour ressouder la bande ? Ne fais pas ça, Marguerite ! Il le lui aurait interdit, c'était couru d'avance.

À présent, elle prend le pouls de la chambre voisine. Le stéthoscope ventousé à la paroi, elle écoute. La porte de Frédéric vient de s'ouvrir. Elle entend les deux inspecteurs et l'infirmière. Les flics draguent l'infirmière mais l'infirmière en a entendu d'autres. « Parlez plus bas les gars, n'allez pas me le réveiller. » Les trois voix bouillonnent dans le stéthoscope. L'infirmière rigole : « Vous êtes cons ! » Le stéthoscope liquéfie les voix, il les rend plus sourdes et plus graves, un bouillonnement, oui. Marguerite sait cela depuis sa première trousse de docteur. (Un lointain Noël de son enfance.) Mesdames et messieurs les murs ont mes oreilles depuis que j'ai six ans. Grâce au stéthoscope la vie n'a aucun secret pour moi. Marguerite imagine l'infirmière penchée sur la courbe de température, se redressant pour vérifier le goutte-à-goutte, inspecter les écrans, jeter un œil sur le sommeil du blessé. Puis, elle entend trois pas, et la porte se referme. Quelques rires encore dans le couloir. Puis les voix se taisent. Silence du dormeur. Attendre un peu. Marguerite arme son pistolet. Sans bruit. Voilà. L'outil prêt à l'emploi avant d'arriver sur l'objectif, les enfants, toujours. Jamais personne ne doit vous voir armer un flingue ou remonter votre braguette.

Bon.

Sortir par la fenêtre.

Bonsoir Paris.

Trois mètres de corniche.

Enjamber la fenêtre voisine.

Bonsoir Frédéric.

Piquer. Injecter. Constater le résultat.

Ouvrir la porte à la volée, descendre les deux flics.

Bam, bam.

Et se livrer.

Ainsi soit-il.

Fenêtre donc. Avec le baudrier. Qu'elle n'aille pas se casser la figure, surtout, il s'agit de sauver Pépère. En réalité, c'est le vrai but de l'opération. Elle progresse sur la corniche qui, c'est vrai, s'effrite un peu sous son poids, et elle pénètre chez Frédéric. Elle prend le temps de déboucler le baudrier, de le déposer sur une chaise sans le moindre cliquetis. Frédéric dort. Elle sort la seringue et se tourne vers les lueurs de la ville pour expulser la goutte d'air. Curieuse précaution puisque c'est la mort qu'elle va injecter. Que voulez-vous, toubib on est, toubib on reste. Ses yeux louchent sur la petite goutte. Bien. Maintenant, les deux pas qui la séparent du lit et hop.

Un,

deux.

Voilà.

Elle se penche sur le cou du garçon. Cherche la tendre peau de la carotide.

Mais une main jaillit des draps. Bloque son poignet. La seringue tombe.

– Bonsoir, Marguerite.

La main la fait pirouetter sur elle-même. Elle sent qu'on lui fauche son arme au passage. C'est bien ça ; elle se retrouve avec le canon de son propre flingue sur le cœur.

La porte s'ouvre.

La chambre s'illumine.

Les deux gardes y pénètrent.

L'espèce de Tatar qui vient de la choper lui apprend qu'il n'est pas Frédéric, qu'il est capitaine de police, qu'il s'appelle Adrien Titus et qu'elle est en état d'arrestation.

– Tu nous as un peu fait attendre, dis donc. Tu poireautais depuis longtemps dans la lingerie ?

Fin d'une carrière.

VIII

MAMAN

$$\Delta t_{Mam} = \tau_{Malaussène} \times \log(1+\Delta t/\tau_{Malaussène})$$

« Maman est un trou noir supermassif. »

Le Petit

32

Vint le jour où je reçus le coup de téléphone des Osselets.

– Allô, monsieur Malaussène ?

– C'est moi.

– Benjamin Malaussène ?

– C'est le même, oui.

– Le fils aîné de madame Lalbrache ?

Un temps d'hésitation pour que s'allume le nom matrimonial de maman : Madame Lalbrache, épouse légitime de Paul Lalbrache (mon beau-père donc), ex-négociant en vins et spiritueux.

– Le fils de ma mère, en effet.

– Bonjour, monsieur, ici monsieur Legamin, des Osselets.

– Les Osselets ?

Je n'étais pas tout à fait réveillé. Les derniers événements, nos allers-retours entre la Quincaillerie et l'orphelinat avaient nui à mon sommeil. Mon interlocuteur se montra pédagogue.

– Les Osselets, monsieur Malaussène, l'Établissement Hospitalier Pour Personnes Âgées Dépendantes de Beaujeron-sur-Meuse où votre mère et son mari sont pensionnaires, si vous en avez le souvenir.

– Ah ! Les Osselets ? L'EHPAD ? Oui, en effet. Bonjour.

– Bonjour, monsieur Malaussène. Votre mère est-elle toujours dans vos murs ?

– Elle est ici, oui.

– Eh bien, elle va devoir nous rejoindre, monsieur.

– Vous rejoindre ?

– Au plus vite.

C'est que le mari de madame Lalbrache venait d'être trouvé par la gendarmerie de Beaujeron, errant dans la zone industrielle, tout à fait désorienté. Il serait reconduit aux Osselets demain matin à la première heure.

– Il est donc nécessaire que madame votre mère soit présente pour l'accueillir.

Le nommé Legamin m'expliqua que c'était un point incontournable du règlement :

– Sauf à prendre votre maman et son époux sous votre toit, monsieur Malaussène, ce qui n'est pas dans vos intentions, n'est-ce pas ?

Une voix saturée de réprobation implicite qui m'inoculait un remords de fils indigne.

– Pas de panique, Ben, me rassura Julie, ce sont les mœurs des Osselets : ils travaillent comme des cochons, ils laissent leurs pensionnaires vadrouiller pendant des jours et quand les gendarmes les ramènent au bercail ils culpabilisent la famille. Classique…

Chose devenue rare avec le temps, Julie prit ma tête entre ses mains pour déposer un baiser durable sur mes lèvres.

– Toujours à te sentir coupable Ben. À quel point tu ne changes pas, c'est drôle quand même.

Puis :

– Reste ici, je vais prévenir ta mère.

*

Si j'additionnais les jours passés par maman avec nous, je n'atteindrais pas le millier. De ma naissance au jour d'aujourd'hui notre mère n'a pas vécu plus de trente mois avec sa progéniture. Pourtant, dès qu'elle s'installe à la Quincaillerie, même pour quelques jours, il nous semble qu'elle ne nous a jamais quittés. Tout se passe comme si nous avions grandi sous son ombre et que tous les matins depuis la nuit des temps nous nous disputions la faveur de lui monter son petit déjeuner et de lui faire la lecture. Il m'arrive de me dire que les livres qui me constituent ont tous été lus à voix haute au chevet de maman, par Clara ou par moi d'abord et par C'Est Un Ange aujourd'hui.

Comment diable une femme à ce point absente s'y prend-elle pour susciter un pareil sentiment de permanence ?

*

Maman sonna le branle-bas. Elle avait des choses importantes à nous dire avant de partir. On ameuta Clara, Thérèse, Jérémy, Le Petit, Louna, Mosma, Sept et Maracuja. À quoi s'ajoutèrent bien sûr Julie, Gervaise, Ludovic, Tuc, Manin et Théo, brus et gendres homologués. Hadouch, Mo le Mossi, Simon le Kabyle, Alceste et Titus se joignirent en qualité de famille élective. La petite vingtaine habituelle.

Rendez-vous en bas, dans le réfectoire.

Où notre mère apparut bientôt, sa valise à la main.

Maman partait. Maman rejoignait son époux. Elle ne pouvait ni se dérober ni surseoir, disait-elle. Qu'on ne s'y trompe pas, ce n'était pas seulement le devoir conjugal, c'était l'appel de l'amour. « La part du pire assumée par le souvenir du meilleur. » (Le genre de formules qui faisait de maman la mère rhétorique de Thérèse.)

Les gendarmes avaient retrouvé notre beau-père errant dans un état de ravissement doux, un chaton dans une poche de sa veste et un souriceau dans l'autre. Il prétendait que le chaton était son neveu. Affamé et tout à fait déguenillé, notre vieux beau-père expliquait au petit chat que les souris n'étaient ni un aliment ni un ennemi de classe : quoi qu'en dise la nature !

– La nature est pleine de préjugés, tu verras, affirmait Paul au petit chat.

Et toi, mon pauvre, tu es à deux doigts de rendre ta copie, commentait intérieurement le jeune brigadier de gendarmerie qui soutenait monsieur Lalbrache. (Mon Dieu que sa fugue l'avait affaibli !) Ce jeune brigadier s'appelait Antonin Manne. Paul ne lui était pas inconnu. On les cueillait au bord des routes, ces petits vieux des Osselets, à la cadence d'un ou deux par semaine. Les Osselets fournissait alors des vêtements propres et le brigadier Manne rapatriait ces âmes errantes après une bonne douche, une longue nuit et un solide petit déjeuner offerts par la gendarmerie. Les Osselets tenait à ce qu'un membre de la famille fût présent pour accueillir ces fugueurs afin qu'ils aient le sentiment de rentrer chez eux, « dans leur nid », précisait Legamin.

Bien qu'on n'eût pu dire s'il reconnaissait vraiment son épouse, monsieur Lalbrache s'épanouissait toujours quand il apercevait madame Lalbrache. Aux yeux de l'institution le couple était un modèle d'harmonie. Une référence qui avait suscité bien des inscriptions aux Osselets.

Dixit maman.

– Un appartement témoin, en somme, ironisa Jérémy à mi-voix.

– Laisse parler maman, siffla Thérèse.

Dans son introduction, maman ne tarit pas d'éloges sur le dévouement des gendarmes. Puis, elle entra dans le vif du sujet.

– Mes enfants, vous ne pouvez pas savoir comme j'ai conscience d'avoir été une mauvaise mère.

C'est la note diapason de tous ses adieux, le *la* du lamento. Maman nous a toujours quittés en invoquant son indignité. Traditionnellement quelqu'un répond que pas du tout ma petite maman, à ta façon libellule tu as été une excellente mère.

À quoi elle rétorque :

– Vous êtes trop gentils mes chéris mais je sais ce que je dis. S'il n'y avait pas eu Benjamin pour vous aider à grandir…

Ici, le deuxième couplet : Benjamin le fils modèle, sans qui les autres seraient mort-nés.

– Par bonheur, vous avez eu la sagesse de lui obéir.

Ce qui n'a pas empêché Jérémy de foutre le feu à son collège, Clara de se faire engrosser par un directeur de prison, Thérèse d'épouser un serial killer, Le Petit de se laisser mourir de faim pour retrouver son père, Louna de suivre le chemin amoureux de sa mère et Verdun de finir juge d'instruction.

– Dieu merci, vous avez fait de beaux enfants à votre tour !

Trois crétins qui ont failli se faire trouer la peau au fond d'un escalier après avoir enlevé, séquestré et mis aux enchères l'homme d'affaires le plus dingue du pays.

– Sans le savoir vous avez été le vrai bonheur de ma vie.

Apparemment, c'est un des bons trucs de la vie : fabriquer du bonheur sans que personne n'en sache rien…

L'autre, c'est l'amour. Où s'épanouit le cœur de la conférence maternelle : l'apologie de l'époux devant la famille au grand complet, dans le réfectoire d'un orphelinat où planent encore les effluves du chocolat matinal.

Maman nous parle de Paul, de son Paul. Elle veut nous faire sentir à quel point Paul est Paul. Et comme la vie s'est montrée taquine d'avoir laissé filer tant de décennies avant de lui faire rencontrer le seul amour digne de ce nom. Aujourd'hui que Paul n'est plus que l'ombre de lui-même et que maman l'accompagne « pas à pas vers sa dernière demeure » elle sait qu'elle a passé sa vie à chercher cet amour-là. Paul a été son frère, son amant, son enfant, sa mère, son père, la totalité de ses amis et le souvenir de ses aïeux.

– Putain, c'est le catalogue de La Redoute, ce mec ! siffle Jérémy que Thérèse stoppe d'un coup de coude.

– Il était le père unique que vous auriez mérité, rieur et positif, ouvert et réfléchi, attentif et tellement généreux, si désireux du bonheur d'autrui…

Bref, si maman nous a si mal aimés c'est faute d'avoir connu à temps l'amour selon Paul. Paul est le seul homme avec lequel elle aurait pu « construire quelque chose de durable ». Bien sûr, dans l'ordre des amours authentiques, avant lui il y avait eu l'inspecteur Pastor, la passion de maman pour le jeune flic Pastor. Mais Pastor ne l'avait suivie que pour mourir dans ses bras, à

Venise, mourir d'une maladie définitive, le jour de ses trente ans, comme un enfant qui vient de naître.

– L'amour, quel vaste domaine, mes chéris !

Domaine où, d'après elle, Paul n'a cultivé qu'une seule plante : le don de soi.

– Et en plus, il fait dans l'agriculture intensive, ce con.

– Ta gueule, Jérémy !

– Mon Dieu comme tout cela a passé vite…

Cette fulgurance du temps… Maman en reste sidérée, comme si la vie lui avait filé entre les doigts sans qu'elle ait pu en retenir même une poignée de secondes.

– Je pars, je pars…

C'est le bouquet final, celui de tous ses départs : la déploration du temps qui passe de plus en plus vite, si vite que le passé lui-même semble n'avoir pas duré… À chacun de ses départs notre mère développe une théorie rigoureusement symétrique à la mienne. Là où les heures passées en sa compagnie me sont une sorte d'éternité, elle affirme, elle, ne rien retenir des journées partagées avec nous.

– C'est absolument comme si je venais d'arriver. Je pars comme si je vous avais à peine vus.

Des larmes coulent sur ses joues sans ride.

– Quand je vous dis que je suis une mauvaise mère !

Écoute tendue de Thérèse.

Œil photographe de Clara.

Ironie sombre de Jérémy.

Distance professionnelle de Verdun. (La confession est son métier, elle en a entendu d'autres.)

Quant aux jeunes ils sont jeunes, ils attendent la fin de la messe en louchant sur leurs écrans.

Mais Le Petit, qui d'ordinaire se tait pendant la cérémonie, prend tout à coup la parole :

– Non, maman, tu n'es pas une mauvaise mère.

Le Petit a parlé.

Tous nos regards convergent sur lui.

Devenu si grand, Le Petit, qu'il nous paraît toujours assis au centre. Le Petit est notre menhir. De sa voix de basse, il déclare :

– Le temps passe de plus en plus vite pour tout le monde, maman.

Il se lève, et se dirige – immense vraiment – vers le tableau où Ludovic note scrupuleusement les courses du jour. Il efface la liste d'un coup d'éponge, et :

– Regarde bien, ma petite mère.

Il écrit à la craie, dans un recueillement d'amphithéâtre :

$$\Delta t_{\text{Mam}} = \tau_{\text{Malaussène}} \times \log(1+\Delta t/\tau_{\text{Malaussène}})$$

– Qu'est-ce que c'est que ça ? demande Maracuja.

– C'est l'équation de maman, répond Le Petit.

MARACUJA : Fais pas chier tonton, arrête de faire ton Grec ; traduis tu veux ?

Le Petit traduit posément :

– L'écoulement du temps dans notre prime

enfance est linéaire, Mara. Puis, avec les années, il suit une progression logarithmique… Pas seulement pour maman, pour tout le monde.

MARACUJA : Et alors ?

LE PETIT : Alors le temps passe effectivement de plus en plus vite.

SEPT : Qu'est-ce que signifie Δt_{Mam} ?

LE PETIT : C'est la durée telle que maman la perçoit.

JÉRÉMY : En fonction de quoi cette durée est-elle spécifiquement la durée perçue par maman ?

LE PETIT : En fonction du temps qu'elle a passé sur Terre.

JÉRÉMY : Ça ne pourrait donc pas être la mienne ?

LE PETIT : Sauf si tu étais maman.

MOSMA : Et $\tau_{\text{Malaussène}}$? Qu'est-ce que ça veut dire ?

LE PETIT : Tau Malaussène ? C'est la constante fondamentale de temps Malaussène.

MARA : Putain, j'y comprends rien. Ça t'amuse de nous torturer ?

LE PETIT : Rassure-toi, Mara, personne n'y comprend rien. Le monde entier cherche à obtenir la mesure la plus précise de la constante fondamentale du temps tel qu'il passe. Grâce à maman, je pense l'avoir trouvée.

Le silence qui s'installe dans le réfectoire est de ceux où se noyaient les cours de mathématiques pendant ma scolarité.

SEPT : Δt ? Tout seul, qu'est-ce que c'est ?

LE PETIT : Delta t ? C'est la durée physique de notre horloge personnelle.

MOSMA : Si je comprends bien, nous avons chacun notre propre équation ?

LE PETIT : Eh oui. Depuis Einstein, nous avons tous une horloge dans le ventre. Aussi sûr que Julius a son odeur.

MARACUJA : Notre bébé à Tuc et à moi, il l'a déjà son Δt ?

LE PETIT : Disons que son compte à rebours est mathématiquement enclenché.

Puis, à maman, avec patience :

– Δt_{Mam}, ma petite mère, est la durée telle que tu la perçois. Le sentiment que tu éprouves quant à l'accélération du temps répond à une loi mathématique. Une loi logarithmique, pour être plus exact. À laquelle personne n'échappe. C'est là-dessus que j'ai passé ma thèse. Grâce à toi, maman, grâce à ce que tu éprouves depuis toujours et à la façon dont tu l'exprimes, qui est plus intense et plus claire à chacun de tes départs, j'ai trouvé la réponse à une question que se posent les physiciens depuis bien longtemps. Ma thèse a décroché une mention spéciale et c'est à toi que je dois mon travail d'aujourd'hui.

Elle pose sur lui un regard émerveillé.

– Ta situation ?

Car aux yeux de notre mère, Le Petit n'exerce pas un métier, il occupe une « situation », nuance. Docteur en astrophysique, directeur de recherche à l'Observatoire de Paris. Pas moins.

– Ma situation, oui, sourit le gigantesque Le Petit derrière ses lunettes roses.

Et de conclure, comme on indique le résultat d'une addition :

– Tu vois que tu n'es pas une mauvaise mère.

*

Sur quoi, nous avons accompagné maman gare de l'Est. Cela faisait une fameuse troupe sous son wagon. Sifflet, départ, direction Beaujeron-sur-Meuse, adieu maman.

Ses dernières paroles furent pour C'Est Un Ange :

– Tu viens me lire la suite du roman d'Alceste, n'est-ce pas, Sept ? Je tiens absolument à savoir ce que devient le petit footballeur Zé Martins.

– Mercredi, grand-mère, je serai là mercredi, répond Sept en brandissant le bouquin d'Alceste.

Le train s'est ébranlé et la vie nous a séparés. Le Petit est retourné à l'Observatoire, Jérémy à son hôpital, Julie à ses articles, Clara à ses photos, Louna à ses conseils conjugaux, les jeunes au montage de leur performance et Verdun au fournil de sa boulangerie. Il faudra attendre une nouvelle fugue de notre beau-père pour que maman s'autorise à débarquer et que son magnétisme nous rassemble à nouveau. Jusque-là, éparpillement. Nous nous verrons peu, ou pas. Ainsi vont les meilleures fratries :

des souvenirs d'enfance qui se retrouvent de temps en temps aux enterrements. Ce n'est pas la famille qui fait l'identité, c'est le métier, et sur ce terrain personne ne fréquente personne. Qui, chez nous, sait par exemple que le travail du Petit consiste à élaborer des formules mathématiques permettant de réduire des milliards de kilomètres astrophysiques en millimètres de laboratoire et des milliards d'années astronomiques en milliardièmes de seconde ? Qui peut seulement imaginer que Le Petit passe sa vie à mettre le cosmos en capsule ? Quant à Jérémy, le neurochirurgien, il est devenu médecin en suivant les traces de Marty, son idole, d'accord, et celles de Berthold (cette grande gueule sans qui je ne serais plus de ce monde), bon, Jérémy est un chirurgien exemplaire, il ouvre des crânes toute la sainte journée, on le sait, un toubib infatigable qui, hormis lors des incursions de maman chez nous, ne prend jamais de vacances, c'est un fait. À part ça, que savons-nous de lui ? Qui, par exemple, connaît le sujet de sa thèse ? « Intérêt de la tonsillectomie dans la prise en charge des syringomyélies foraminales. »

Ça éloigne, forcément.

33

La vie reprit un cours paisible. Tous les mercredis, C'Est Un Ange allait déjeuner avec maman, puis il lui lisait *Leur très grande faute.*

Quand il arrivait à la gare de Beaujeron, Sept ne prenait pas le bus pour Les Osselets, il s'offrait une promenade le long de la Meuse et pénétrait dans l'EHPAD par la berge du fleuve. C'était pour le plaisir d'une image : la vision, en contre-plongée, du bonheur conjugal. Là-haut, sur le terre-plein qui surplombait la Meuse, sa grand-mère et le vieux Paul regardaient glisser les péniches, main dans la main, assis sur un banc à l'ombre d'un saule pleureur.

– C'est devenu un rituel, affirmait grand-mère. Paul adore cet endroit. Dès que le temps le permet, nous nous asseyons sur notre banc et nous regardons passer les péniches.

Quand C'Est Un Ange grimpait le terre-plein, il entendait immanquablement sa grand-mère dire, en affectant la surprise :

– Tiens, la visite d'un ange !

Elle se serrait contre Paul pour faire une place à son petit-fils. Le vieux Paul ne manifestait pas la moindre conscience qu'une troisième personne se fût assise sur le banc. Il ne répondait pas au salut de Sept. Il regardait les péniches.

– Les docteurs disent que c'est un signe encourageant d'activité mentale, commentait grand-mère, il suit vraiment les bateaux des yeux, tu sais.

En effet, les yeux gris du vieux Paul attrapaient chaque péniche à l'ouest et la suivaient jusqu'à ce qu'elle ne fût qu'un minuscule point septentrional. Ils ne clignaient pas.

– S'il pouvait parler, il nommerait toutes les péniches, les françaises, les belges, les hollandaises, disait grand-mère. N'est-ce pas, mon Paul ?

Un jour elle ajouta :

– Au temps de sa mémoire, il connaissait un poème sur la Meuse.

Elle-même se souvenait du premier vers : *Adieu, Meuse endormeuse et douce à mon enfance...*

Et plus rien.

C'Est Un Ange lui vint en aide :

– *Adieu, Meuse endormeuse et douce à mon enfance*
Qui demeures aux prés, où tu coules tout bas
Meuse, adieu : j'ai déjà commencé ma partance
En des pays nouveaux où tu ne coules pas.

– Mon Dieu, tu le connais ? s'était étonnée grand-mère.

– Mara et Mosma aussi.

C'était un poème de Charles Péguy que Mosma devait réciter en cinquième et que Benjamin avait appris aux trois cousins.

– Ah ! que seriez-vous devenus sans Benjamin ?

On papotait en somme. Grand-mère et C'Est Un Ange formaient un couple de paroles. L'un parlait, l'autre écoutait. L'un disait tout, l'autre ne répétait rien. Sept avait toujours tout confié à sa grand-mère, y compris ses secrets les plus intimes, par exemple que, n'étant pas hostile aux filles, il leur préférait la compagnie sexuelle des garçons, ou que « dans la vie » il avait pris le parti de tout expérimenter sans peur, comme le préconisait Maracuja. C'était d'ailleurs ce qu'ils avaient fait en enlevant Lapietà, les cousins et lui.

– Tu te souviens de ce que je t'ai raconté là-dessus, grand-mère ? Qu'on allait kidnapper le grand Georges, le père de Tuc, pour faire une installation ? Eh bien figure-toi que nous l'avons fait ! Et tu ne sais pas la meilleure ? Pendant qu'on tournait tranquillement notre film sur lui, un gang nous l'a fauché pour de bon. Avec Tuc. De vrais gangsters. Dirigés par un certain Pépère. Ils voulaient une rançon. Je peux t'en parler maintenant que c'est fini mais on a vraiment eu la peur de notre vie. Tu as senti de l'agitation à la Quincaillerie et à l'orphelinat, non ? Eh bien c'était ça. Une guerre, à cause de ce rapt. Benjamin nous a interdit de t'en parler pour ne pas t'inquiéter. Il ne voulait pas que tu saches les risques que nous courions. Quant à moi, je me demande bien quel est le salaud qui nous a trahis puisque personne n'était au courant. C'est la grande énigme de cette histoire. Qui est le traître ?

Il ajouta :

– Tuc y a tout de même perdu une oreille !

Puis, venaient des silences où passaient des péniches.

La conversation semblait suivre le cours sinueux du fleuve. Sept racontait l'enterrement de Lapietà où Manin et les trois cousins avaient tenu à accompagner Tuc. Il disait le brusque vieillissement d'Ariana, la mère de Tuc, qui refusait désormais de se maquiller. Il cancanait sur le couple à trois de Maracuja ; ça avait l'air de bien marcher entre Tuc et Manin. Il disait que Mara s'arrondissait gentiment. Elle qui avait voulu se débarrasser du bébé ne jurait plus que par lui. Elle parlait d'avenir. On avait beau lui objecter réchauffement climatique, océans de plastique, capitalisme dévoreur, pandémies à répétition, nationalismes agressifs, cancers de plus en plus précoces, montée des eaux et guerres imminentes, Maracuja parlait de son enfant comme s'il allait sauver le monde. Le soir où les Éditions du Talion explosèrent elle brodait ainsi sur l'optimisme. La déflagration s'était entendue sur cinq arrondissements de Paris.

– Par bonheur Loussa et Zabo étaient à la Quincaillerie ce soir-là ; on fêtait mon anniversaire. Zabo est ma marraine, elle a assisté à ma naissance, tu le savais, grand-mère ?

Sept disait encore que Ben allait bien, que Julius le Chien bouffait trop, que Julie était partie écrire quelque chose quelque part, un bouquin sur les erreurs judiciaires, avec Coudrier croyait-il, que tout le monde était retourné au boulot, que la Quincaillerie était vraiment vide sans elle. Il disait que l'extraordinaire succès commercial de *Leur très grande faute* permettrait à Zabo et Loussa de s'offrir de nouveaux locaux, plus modernes et mieux situés. Il annonçait que la boulangerie des Fruits de la passion ouvrait sur la rue maintenant que Verdun boulangeait avec Ludovic.

– Verdun a acheté un nouveau pétrin, un axe oblique, une chambre de pousse, une façonneuse, une diviseuse, un repose-pâton, enfin tout ce qu'il faut.

La boulangerie n'était plus seulement celle de l'orphelinat mais celle du quartier tout entier, voire de l'arrondissement. On se déplaçait de loin pour les croissants des Talvern.

Sept racontait aussi les suites de l'affaire Pépère, telles qu'elles arrivaient aux oreilles de Verdun.

– L'armée du vieux est complètement disloquée. Ce qui est horrible c'est qu'on retrouve des cadavres un peu partout.

Grand-mère n'y comprenant pas grand-chose, Sept expliquait comment Verdun et Julie avaient provoqué la chute de Pépère.

– Elles ont fait passer le vieux pour un héros de la police nationale !

– Non ! gloussait grand-mère. Tu entends, ça, Paul ! Comment ont-elles fait ?

Sept expliquait tranquillement comment Julie et Verdun avaient rédigé de faux messages que Mosma avait fait attribuer au ministre de la Justice en piratant son compte personnel.

– Des bêtises susceptibles d'être lues par 290,6 k de *followers*. Tu te rends compte, grand-mère ? Deux cent quatre-vingt-dix mille six cents personnes ! Les assoiffés de ragots se sont jetés dessus et ont propagé le pipeau si vite que les informaticiens de la Place Vendôme n'ont pas pu juguler l'attaque.

– Mais n'est-ce pas illégal de faire des choses pareilles ? s'étonnait grand-mère. Mosma ne risque rien ?

– Absolument rien. Il a complètement dilué son identité numérique. Il n'est pas plus repérable qu'une goutte d'encre dans la Meuse. Et puis, c'est pour la bonne cause !

– Benjamin est au courant ?

– Non, penses-tu. Mosma protège Benjamin contre ces petits trucs de la modernité. Benjamin n'aimerait pas savoir que, de nos jours, la vérité ça se fabrique.

Sept expliquait à grand-mère que ces fausses nouvelles avaient infecté toutes les strates de la Justice et de l'Intérieur, les deux ministères, les commissariats, les prisons, donc la pègre et par conséquent les hommes de Pépère. Une pandémie éclair. Finalement les télévisions privées et publiques avaient été obligées de relayer l'information. Les consultants en sécurité et les affamés de plateaux télé s'étaient précipités pour en débattre. Bref, la France ne parlait que de ça. Tu ne regardes pas la télé, grand-mère ?

– Oh ! Paul n'aime que les émissions sur les animaux. Ça lui fait du bien, je crois. Moi non plus, je ne veux pas l'inquiéter avec les nouvelles. Il est comme Benjamin, pas tout à fait de notre temps.

*

De retour à la Quincaillerie, Sept nous faisait son rapport.

– Elle est vraiment mignonne avec son homme, vous savez. Elle l'emmène sur son banc tous les jours vers onze heures pour regarder passer les péniches. À treize heures pile ils retournent déjeuner aux Osselets, dans leur petit appart. Ensuite elle l'assied devant son poste de télévision, pendant que je lui fais la lecture. Il regarde des émissions animalières, c'est vrai. En guise de son, elle le branche sur les podcasts de France Culture. Elle dit qu'il est très cultivé et qu'il ne faut surtout pas le priver de cet oxygène mental. Elle est adorable avec lui, je vous jure. Elle lui a offert un casque qui lui fait une tête de mouche. De temps en temps il l'enlève et le remet, ça l'amuse.

– Mais lui, dans quel état est-il ? Tu disais qu'il était quasi mort à son retour.

– Il va de mieux en mieux. Elle le retape à

toute allure. On le balade dans son fauteuil roulant mais les bons jours il peut marcher jusqu'au saule pleureur. Ce n'était pas le cas la première semaine.

– Comment le retape-t-elle ? demanda Alceste, qui prenait déjà des notes pour son prochain roman.

Mara produisit son hennissement de guerre.

– Ah ! Comment grand-mère guérit-elle son monde depuis toujours ? Quelqu'un peut-il dévoiler à notre romancier le secret de grand-mère pour nous ressusciter dès qu'on pète de travers ? Son remède miracle ?

La tribu entière y alla d'une seule voix :

– C'est son gratin dauphinois !

34

La péniche de Grégoire entre les deux autres, constate Pépère assis au bord de la Meuse à côté de ses deux bavards. Bon. Grégoire est malin, il a choisi une flamande, un Spits trop vieux et trop voyant pour le trafic de quoi que ce soit. Ça limite le risque d'inspections. La Freycinet belge a plus de chances d'être fouillée. Grégoire a donc encore la maîtrise de ses hommes. En tout cas de quelques-uns. Et il travaille avec les Pays-Bas. J'étais contre. Si les Mexicains s'aperçoivent qu'on les double, ce sera la guerre. À moins que Greg n'ait décidé de remplacer le bonbon mexicain par du hollandais ? Approvisionnement plus discret et plus rapide, c'est un fait. Mais chimiquement plus stable, le hollandais ? Ça reste à voir. Ce n'est pas parce qu'on en meurt qu'il faut négliger la qualité du produit. Il y a mourir et mourir. Le bonbon hollandais provoque parfois des convulsions pénibles à regarder. Cette jeunesse… L'argent rapide, toujours… Je me demande ce que Grégoire trimballe comme cargaison en guise de leurre dans la flamande. Organiser un train de péniches pour un trafic d'un si petit volume que les bonbons, c'est une bonne idée. Mais un aller-retour tous les deux jours, c'est trop. Ils ne devraient pas être si réguliers. Enfin, tout ça ne me regarde plus. Disparu je suis. Fin de Pépère, vive Paul Lalbrache, alias monsieur Paul, réduit à la vie des bêtes et à la lecture à voix haute. J'aurai vraiment tout entendu de la bouche de ce gosse. La véritable raison de ma défaite, et maintenant les aventures de Zé Martins, lues à la grand-mère chérie…

*

Pendant sa gloire éphémère, Zé Martins, l'enfant dieu du foot nordestin, s'était mal comporté avec sa famille. Il n'avait rendu aucune visite à ses parents dans le village de pêcheurs dont il était originaire, au nord du Ceará, près de Camocim. Pas un rond non plus à ses douze frères et sœurs qui tiraient pourtant le diable par la queue. Tout le contraire de Maradona qui, une dizaine d'années avant lui, remplissait les stades et crevait les écrans en faisant la fortune des siens. Lui, le jeune Zé, il avait dilapidé son bref argent en voitures tapageuses, chauffeurs chamarrés et vêtements ridicules. Un frimeur à la Balestro. Quand la polio lui avait coupé les pattes, il s'était retrouvé seul comme un traître. Il n'avait eu d'autre ressource que d'aller pleurnicher dans les bras de sa grand-mère,

Cauani Martins. Mais grand-mère Cauani était peu encline à sécher les larmes de ce « calhau apagado » (ce caillou éteint).

Grand-mère Cauani était une ruche. Entre ses propres enfants et ceux qu'ils lui avaient abandonnés à la naissance, elle avait élevé trente-deux Martins, qui eux-mêmes en avaient envoyé quantité d'autres grandir sous ses jupes. Si on ratissait autour de Camocim, la tribu Martins dépassait largement la centaine de garçons et de filles en âge de jouer au ballon. Presque tous étaient affamés.

– Ce que tu savais faire avec tes deux pieds et un ballon, tu n'as qu'à le leur apprendre, avait déclaré la grand-mère au petit-fils.

– E isso, idiota, ou se afogar nas tuas lágrimas. C'est ça, petit con, ou te noyer dans tes larmes.

Zé Martins enseigna donc le foot aux jeunes gars de sa tribu. Ce n'était pas difficile, ils rêvaient tous d'une gloire comparable à la sienne et la plupart étaient doués. Zé se révéla un entraîneur hors pair. Il pouvait vous faire shooter une heure entière contre le tronc d'un cocotier dont il fallait faire le tour sans que le ballon touchât une seule fois le sol. Les garçons de la tribu Martins constituèrent bientôt deux équipes de onze. Les filles se chargeaient de la communication et de la logistique. Quoique cabocles les Martins se faisaient bêtement appeler les Huns blancs, Os Hunos brancos. Très vite, les Huns blancs écrasèrent tous les petits clubs du Ceará. Puis ils triomphèrent devant les soixante-deux mille spectateurs du stade Castelão en battant le Fortaleza et le Ceará Sporting Club (4-1 et 6-0). Ils s'attaquèrent ensuite aux autres États du Nordeste. Ils déferlèrent sur le Piauí, le Maranhão, le Pernambouc. Les capitales tombaient les unes après les autres : Teresina, São Luís, Rio Grande do Norte. (C'est beau comme une litanie de conquêtes impériales, se disait monsieur Paul.) Une fois patrons du Nordeste, les Huns blancs se sentirent de taille à s'offrir le Sud, Salvador, Belo Horizonte, Brasília, Rio, São Paulo, et bientôt le reste du monde. Du moins était-ce le projet. Mais, à peine franchies les frontières du Ceará, les troupes de Zé se mirent à fondre comme la glace dans la cachaça. L'ivresse du succès, l'indiscipline, la drogue, l'alcool, les rixes et les disparitions – surtout les disparitions – décimèrent les rangs de la grande armée. Aux portes de Rio, Zé Martins se retrouva seul ou presque. Où étaient passés ses joueurs ? Qu'étaient-ils devenus ? Que leur était-il arrivé ?

C'était le corps du roman d'Alceste, l'enquête menée par l'auteur sur plus de six cents pages. Alceste y démontrait que la plupart des jeunes joueurs avaient été achetés ou enlevés et que, trois ou quatre ans plus tard, on retrouvait les meilleurs d'entre eux dans les plus prestigieuses équipes européennes. Ils jouaient sous d'autres noms, étaient devenus richissimes, s'accommodaient fort bien de leur nouvelle identité, jouissaient de leur gloire comme naguère Zé de sa gloriole, et ne manifestaient pas la moindre nostalgie de leur terre natale. Ceux qui n'avaient pas mordu à l'appât avaient été éliminés. Tués. Y compris les filles qui soupçonnaient ce dévoiement. Un vrai massacre. (C'est vrai, reconnaît monsieur Paul, nous n'y sommes pas allés avec le dos de la cuiller.) Un massacre dont Alceste analyse les méthodes et découvre les auteurs et les commanditaires, jusqu'à établir la cartographie d'un gang du foot et remonter sa hiérarchie pour, finalement, en dénoncer les responsables les plus connus. Certains, en effet, figurent sur la liste Lapietà. Voilà ce que révèle *Leur très grande faute.*

Ce type a détricoté notre pull à lui seul, conclut monsieur Paul. Une organisation si patiemment tissée ! Il a tiré sur le fil jusqu'à ce que nous nous retrouvions tous à poil. Un romancier, bon sang, un romancier tout seul. J'aurais dû donner ses tripes aux chiens et enterrer le reste dans le bois de Vincennes.

Mais non. Ça n'aurait pas empêché la publication du livre.

*

Une des scènes les plus troublantes de *Leur très grande faute* se déroule, nuit tombée, sur la place du village de Zé Martins où le maire vient d'installer une télévision collective. La télé propose un match de foot. C'est une finale entre les deux meilleurs clubs d'Europe. Zé, installé dans le caddy bourré de coussins qui lui sert de fauteuil roulant, ne lâche pas des yeux le joueur le plus brillant de la rencontre. Il le reconnaît. C'est Salvador, se dit-il, c'est son cousin germain Salvador. Ce tacle de voleur c'est Salvador, ce petit pont de vipère c'est Salvador, ces regards à droite quand il part à gauche, ces accélérations fulgurantes, cette panenka de prestidigitateur c'est Salvador. Aucun doute, ce joueur insaisissable n'est autre que son cousin Salvador Leandro Martins. À ceci près que sa blondeur de lune, sa crête d'Iroquois, les tatouages qui lui font une autre peau, sa musculature de titan et son nouveau nom le rendent méconnaissable. Salvador n'a plus rien de la liane sombre qui faisait la gloire des Hunos brancos trois ans plus tôt. Autour de Zé on rigole : Mais Salvador est mort noyé dans la cachaça, Zé ! Tu déconnes, Zézé, ce gars est épais trois fois comme Salvador, ses cheveux sont aussi blonds et raides que les siens étaient noirs et crépus, et ses tatouages ne sont pas de chez nous. Le cousin Salvador est mort, Zé, « O primo Salvador morreu e disapareceu ». Mort et disparu. Mais Zé n'en démord pas : si ce garçon n'est pas son cousin alors il vient de voir jouer son âme.

35

Elle s'est endormie.

C'Est Un Ange se lève en silence. Il fourre le roman d'Alceste dans son sac à dos, jette un dernier regard à sa grand-mère et quitte la pièce sur la pointe des pieds.

À mercredi prochain.

Monsieur Paul écoute ses pas décroître dans le couloir sans quitter des yeux l'écran de la télévision. Un paresseux y progresse lentement sur la branche d'un manguier, quelque part dans l'Amazonie colombienne. Cet animal est l'incarnation du sommeil, se dit monsieur Paul. Il vit comme on s'endort. Et il s'endort comme on s'approprie le monde. La branche qu'il étreint en y refermant ses longs bras griffus se confond avec sa fourrure. Il est l'animal et il est l'arbre. Maintenant qu'il dort, aucune force au monde ne pourrait dissocier la branche de la bête. Il est un manguier endormi. Ce qui éveille un souvenir chez monsieur Paul. C'était au Pérou. Une quelconque copine d'un client de Pépère, amadouée par un paresseux qui traînait son petit corps somnolent vers un cocotier, l'avait pris dans ses bras comme un ourson qu'on câline. La main du paresseux s'était doucement refermée sur le poignet de la jeune fille. Et l'animal s'était endormi. Impossible de le réveiller. Impossible d'ouvrir la petite main dont les griffes entamaient maintenant la fine chair du poignet. Prise de panique, la fille avait secoué son bras comme une possédée mais en vain, le paresseux y restait soudé. Hurlements de terreur. Elle pensait bercer un angelot, elle se retrouvait la proie du diable. On avait dû couper la main de la bête à la tenaille. Le paresseux ne s'était pas réveillé. Il avait préféré se vider de son sang, mourir comme on se laisse aller. Moi, s'était dit Pépère, j'aurais coupé le bras de cette conne.

Elle dort. Elle dort si profondément qu'on douterait la voir se réveiller un jour. Un paresseux. Elle l'a toujours été. Ses sommeils sont des plages sans fin. Elle y rêve le monde. Depuis la soirée si lointaine de leur première rencontre jusqu'à cet instant où monsieur Paul la contemple, debout au pied de son lit, cette femme a été la manufacture du songe.

Combien d'années, la première fois ? Combien de décennies ? Tout jeunes encore, la fin de l'Algérie, l'OAS, le temps des explosifs. Elle habitait un galetas, à Belleville, rue de la Mare. Deux petites pièces sous les toits. Il la revoit très nettement, jeune fille qu'elle était, avançant du fond de ce couloir vers l'appartement qu'il venait de piéger. Elle ne marchait pas, elle glissait, un demi-millimètre au-dessus du sol. Une lévitation infime. Un rêve en mouvement, s'était-il dit. Mais un rêve qui se rendait dans l'appartement où il venait de coller une charge de dynamite à la bonbonne de la gazinière. Quelqu'un d'autre qu'elle, un professeur à cartable, une vieille à pantoufles, un enfant rentrant de l'école, il aurait laissé faire. Porte ouverte, porte refermée et, dans la soirée, boum, fin de l'avenir. Mais pas elle. Non, elle, il ne voulut pas. Pourquoi ? Pourquoi l'avoir empêchée d'entrer dans cet appartement ? De toutes les questions que la vie lui a posées, c'est la seule qu'il autorise à se passer de réponse. Il lui avait ouvert les bras en avançant vers elle, il lui avait ouvert grands les bras, non pas comme s'ils se rencontraient pour la première fois mais comme s'ils se retrouvaient… Il lui avait ouvert les bras et elle s'y était blottie comme s'il était le seul homme possible, le seul à avoir jamais existé. Ils avaient redescendu la rue de la Mare jusqu'à la chambre qu'il avait louée pour préparer la bombe. Après l'amour – son premier amour à elle –, elle s'était endormie. D'une seconde à l'autre. Un sommeil si profond que l'explosion, trois heures plus tard, ne l'avait pas réveillée. La déflagration, la pluie de tuiles brisées, le souffle âcre de l'explosif, les cris, le quartier sens dessus dessous et elle, dormant paisiblement. Il était resté debout devant le lit à la regarder dormir et, tout à coup, il s'était senti aussi seul que si on lui avait ôté le monde. Attendre son réveil c'était attendre que la terre se repeuple. Quelque chose comme une tentation d'éternité. Il avait dégringolé l'escalier et vomi tripes et boyaux sur le trottoir où les curieux commentaient l'incendie. Puis, les yeux levés sur la fenêtre de la chambre, il avait fait le serment de ne plus jamais approcher cette fille. C'était cela ou lui abandonner sa liberté d'être, sa vie même.

Il l'avait pourtant surveillée de loin. Elle tenait une quincaillerie, rue de la Folie-Regnault, dans le XIe arrondissement. Elle y employait des Algériens supposés affidés au FLN, la famille Ben Tayeb. D'où l'attentat. Plutôt que de s'attaquer une énième fois aux Arabes, l'Organisation avait décidé d'éliminer la Française, la traîtresse. Lui ne la connaissait pas. On lui avait donné son adresse personnelle, rue de la Mare, mais il ne l'avait pas encore vue. Il s'était imaginé une vieille quincaillière, blouse grise et cœur de flanelle, le parti de l'indépendance, la liberté des peuples à disposer d'eux-mêmes, la fraternité universelle, le genre de généralités dont il se foutait éperdument. On lui avait demandé de plastiquer son appartement pour une somme appréciable, va pour le plastiquage. Et qu'elle y mourût à coup sûr, va pour sa mort certaine, mais ce serait plus cher. On lui avait accordé une rallonge. Seulement voilà, il avait découvert dans ce couloir qu'elle n'était pas exactement la femme qu'il avait imaginée. Maintenant il veillait sur elle. Qu'on n'aille pas essayer de la tuer une deuxième fois. Assassin devenu protecteur, il surveillait la quincaillerie. Une fois son appartement détruit, elle avait apparemment décidé de s'y établir. Avec le père et la mère Ben Tayeb et leur fils Hadouch, un bébé. Mais plus personne n'avait inquiété la jeune quincaillière. C'est à lui qu'on s'en était pris. Les deux costumes croisés qui lui avaient commandé l'assassinat l'avaient forcé à grimper dans une voiture (une Hotchkiss Grégoire) qui ne s'était arrêtée qu'au milieu du bois de Vincennes. Pourquoi n'as-tu pas exécuté cette salope ? Rends-nous l'argent. Tiens, et tant que tu y es file-moi ta chevalière. Celui qui parlait avait sorti un cran d'arrêt pour lui couper l'annulaire. Mais la lame avait jailli de la chevalière, traversé l'œil de l'imprudent pour se ficher dans son cerveau. Dans l'arc de cercle qu'elle avait tracé au retour elle avait tranché la gorge du deuxième costume croisé, bêtement saisi par la surprise. Il avait fouillé les poches des trépassés pour y récupérer de quoi rémunérer ces deux exécutions. Puis il avait rédigé un mot bref : *On ne touche pas à la quincaillière*, qu'il avait posé sur le tableau de bord acajou de l'Hotchkiss. Il veilla à ce que la consigne fût respectée, surveillant même les deux ou trois énamourés qui tournèrent bientôt autour d'elle. Quand elle accoucha d'un garçon, il estima qu'elle avait assez de protecteurs et disparut pour de bon.

36

Quelques mois après le retour de maman aux Osselets, je reçus une longue lettre du Petit. Elle était à l'en-tête de l'Observatoire de Paris mais écrite à la main, de cette écriture sage et penchée, tout en anglaises volatiles, qui n'avait guère changé depuis son enfance. C'était une lettre difficile à comprendre. Très. D'une extrême complexité scientifique. Il arrive que le sens soit un fruit haut perché, singulièrement quand les sciences exactes s'en mêlent. Je la lus une première fois, puis une deuxième, et une troisième. Je l'avais aimantée au couvercle de la cuisinière. Je la lisais en épluchant les légumes d'un tian (presque aussi complexe), que j'avais imaginé pour le dîner.

Mon cher Ben,

Après le départ de maman tu m'as demandé si j'éprouve moi aussi ses séjours parmi nous comme autant de petites éternités. Pressé de retrouver mon laboratoire, je n'ai pas pris le temps de te répondre exhaustivement. La réponse (longuement réfléchie comme tu peux le constater) est oui, depuis toujours maman m'installe moi aussi dans cette même sensation d'éternité et en voici l'explication.

As-tu observé que nous rappliquons tous instantanément quand maman nous annonce son arrivée ? Je dis bien tous (y compris Jérémy et Maracuja, les moins susceptibles d'adhérer au mythe de la sainte mère). Nous sommes toujours au complet pour accueillir maman, c'est un fait. Dès qu'elle revient elle nous retrouve à la Quincaillerie, exactement comme si nous n'avions jamais quitté ce nid où nous avons passé presque sans elle (soit absente, soit endormie) toute notre enfance et toute notre adolescence. Cela tient, Ben, à ce que nous éprouvons tous, en présence de maman, la même et apaisante sensation de durée.

Laissons de côté la panoplie freudienne et envisageons l'explication de ce phénomène d'un point de vue strictement physique, puisque c'est ma spécialité.

Tout se passe comme si la totalité de nos atomes subissait une force d'attraction qui nous pousse à nous rassembler autour de l'épicentre maternel. Ils sont attirés par ce que j'appellerai la flamme glaciale de son amour. Dès que maman repart nous retournons à l'état gazeux, nos atomes se dispersent, ils occupent la surface d'asphalte la plus étendue et nous ne nous voyons plus, ou si peu que pas. Nous sommes seuls à le savoir mais la tribu Malaussène n'est qu'un mythe. Comme la plupart des familles la nôtre n'a pas résisté à la maturité. L'amour (bien constant lui) dans lequel tu nous as élevés ne suffit pas à rassembler les adultes que nous sommes devenus. D'autres petits systèmes solaires se sont formés autour de nous, qui nous accaparent : celui de l'orphelinat-boulangerie autour de Clara, de Gervaise, et du noyau Talvern, celui du chirurgien Jérémy que ses internes, ses étudiants et ses malades ne quittent pas d'une semelle, ou le mien, avec mes chercheurs, qui dorment comme moi dans ce laboratoire dont je ne sors quasiment jamais. Même les neveux forment une constellation particulière autour du soleil Maracuja.

Bref, ça s'agrège autour de chacun de nous jusqu'à la seconde où, maman annonçant son retour, nous cristallisons illico autour d'elle en un minerai familial extraordinairement compact. (Par parenthèse ce phénomène perturbe gravement nos propres systèmes planétaires. Mes chercheurs sont tout à fait déboussolés si je ne suis pas là, leur travail et leur humeur s'en ressentent, et tous les patients de Jérémy pensent qu'ils vont passer l'arme à gauche dès qu'il s'absente.)

Benjamin, cette théorie sur la nature physico-chimique de l'attraction maternelle je l'ai élaborée au fil des années, et mes études n'ont cessé de la confirmer. J'en ai conclu à une alternance de condensation et de sublimation qui se faisait au gré des retours et des départs de notre mère.

Maintenant, puisque tu m'en parles, j'ai moi aussi constaté qu'un autre phénomène caractérise la présence de maman parmi nous. Autour d'elle le temps s'arrête. D'où notre sentiment de petites éternités. Dès que notre mère débarque toutes nos horloges se détraquent. Ça ne ralentit pas, ça s'arrête. L'aiguille des secondes elle-même se fige. Elle tressaute mais n'avance plus. S'il faut définir cette panne je parlerai d'une obsolescence programmée technomaternelle. Dès que l'horizon corporel de notre mère apparaît l'éternité s'offre aux êtres qui l'entourent. De ce point de vue maman est la solution au vieillissement. Je suis sûr que le vieux Lalbrache n'a pas pris une ride depuis qu'il traîne avec elle. S'il fugue si souvent c'est peut-être par besoin de sentir le temps passer, de retrouver sa liberté, et si nous coagulons, nous, autour d'elle, c'est au contraire pour que le temps ne passe plus. Et c'est ce qui arrive.

Même la lumière, Ben, est piégée par notre mère. Quand j'étais petit (vraiment petit), je rêvais d'ogres Noël, tu te souviens ? Eh bien maman jouait un rôle considérable dans ces cauchemars. Auréolée d'une lumière éclatante, elle devançait l'ogre qui allait me manger et le faisait à sa place. Elle m'avalait gentiment. Puis, quoi que je fasse pour l'en dissuader, elle vous bouffait vous aussi, les uns après les autres, frères et sœurs, comme pour vous protéger de l'ogre, qu'elle finissait par manger à son tour. Ça donnait des cauchemars tout à fait effrayants jusqu'à ce que, l'ogre avalé par maman, ils deviennent on ne peut plus réjouissants. Ces matins-là je sautais du lit pour plonger dans ma journée comme un astéroïde d'énergie joyeuse ; une pure concrétion de bonheur !

Mon vieux frère, notre galaxie familiale est le produit d'une ogresse qui attire les atomes autour d'elle, bouffe son entourage sans limites (et sans grossir) et fige le temps dans un sommeil inaltérable. Nous sommes loin de la fée, nous ne sommes même plus sur du processus chimique, nous sommes prisonniers d'un maelström spatio-temporel. Dans notre jargon astrophysique, Ben, cela s'appelle un trou noir supermassif.

Tu as compris ? Relis cette première partie avant de continuer.

Bon. Tu y es ? C'est relu ? Benjamin, maman est un trou noir supermassif ! Toi, tu as toujours été notre soleil, l'astre journalier indispensable à notre vie, tu nous as nourris de ta lumière et tu as orienté nos têtes de tournesol. Elle, c'est un monstre cosmique invisible, qui nous attire en bloc dans son grand mouvement. Si Einstein et sa bande avaient rencontré maman, ils n'auraient pas perdu tant de temps à douter de l'existence des trous noirs et nous y aurions gagné quelques décennies de recherches.

Tout ça te paraît un peu trop métaphorique… Sans doute, sans doute. Pourtant, l'hypothèse du trou noir maternel m'a guidé tout au long de mes études. Je ne serais pas l'auteur d'une thèse remarquée et je ne régnerais pas aujourd'hui sur un escadron de chercheurs astraux si maman n'avait pas constitué (tout à fait inconsciemment mais là n'est pas la question) un puissant moteur de recherche. Je ne blaguais pas en lui disant, l'autre matin, que je lui devais mon travail. Tout au long de ma formation elle a joué le rôle d'une increvable turbine mathématique. Peut-on, de ce point de vue, rêver meilleure mère ? (Il faudra que j'en parle à Jérémy, ce sera l'occasion d'une belle engueulade familiale.)

Quant à la façon dont maman elle-même ressent la durée, cette sensation qu'elle éprouve de nous avoir à peine vus chaque fois qu'elle nous quitte, elle est tout à fait réelle. Le temps s'écoule pour elle comme pour nous, suivant son équation logarithmique, c'est vrai, seulement, sa position de trou noir (métaphore, Benjamin, métaphore, n'aie pas peur, je ne suis pas fou) l'empêche de ressentir psychologiquement la durée. Maman n'a pas la faculté de percevoir l'accélération du temps qui passe. Pour tout te dire, elle n'en saisit même pas le passage. À ses yeux, sa propre vie n'a duré qu'une poignée de secondes entre des éternités de sommeil. C'est pour elle un grand tourment d'avoir vécu à l'instant l'instant, dans la recherche éperdue d'une sensation de durée. D'où sa quête incessante d'amour, c'est-à-dire d'avenir, qu'elle ne peut, hélas, vivre qu'au présent de l'instantané en multipliant les conquêtes. En chaque homme elle cherche la durée mais ne peut garder de leur présence qu'une trace fugitive. Quant aux hommes, ils l'ont tous fuie très vite, dans la terreur plus ou moins consciente d'être avalés par elle.

Par chance, sept fois dans la vie de maman, la nature a voulu que l'un de nous constitue la trace d'une durée perceptible et mesurable. Une trace de neuf mois. Tu as été le premier de la liste, mon vieux Ben.

Ce qui me permet de t'embrasser avec toute mon affection de frère.

Le Petit

PS : Une nouvelle personnelle en post-scriptum. Figure-toi qu'on se propose de m'attribuer le prix Nobel de physique. Je le prends évidemment comme une récompense à mon équipe. C'est justice, ils ont tous beaucoup travaillé. Si par extraordinaire la chose pouvait accroître notre budget de fonctionnement elle serait bonne à prendre. Je n'en ai évidemment parlé à personne. Tu es le premier averti et seras le seul. L'information t'appartient, gère-la comme d'hab en grand frère avisé.

PPS : J'ai amélioré ma recette de risotto. La prochaine fois que maman débarque, tu m'en diras des nouvelles. Il n'y a pas que le gratin dauphinois dans la vie.

*

En tout et pour tout, si l'on excepte les petits mots qu'il collait, adolescent, à mon intention sur notre réfrigérateur, Le Petit m'aura écrit deux fois dans sa vie. Une première lettre pour m'annoncer sa nomination à l'Observatoire de Paris, et maintenant celle-ci. S'agissant de l'Observatoire, il me remerciait. Il me disait à quel point j'étais pour lui ceci et cela, et combien l'astrophysique me devait ! Que les astres me soient redevables, cela me fit sourire. Que Le Petit me prenne pour son soleil et qu'il croie me devoir tant et tant, cela me fit monter des larmes. En vérité mes frères et mes sœurs ne me doivent rien. Chacun d'eux est ce qu'il est depuis que je l'ai vu naître. À tous les âges de leur vie je les ai trouvés pareils à ce qu'ils sont aujourd'hui : Louna pleine de doutes et de frémissements, Thérèse charpentée de certitude, Clara faite de curiosité photographique (Laisse-moi bien regarder, Benjamin, s'il te plaît, c'est important, j'ai besoin de voir), Jérémy révolté contre tout ce qui cloche, Le Petit éternel songeur cosmique, et Verdun… Ah ! ma si juste Verdun avec son regard d'arpenteur… la stricte mesure des choses et la pénible vérité des êtres. Mes frères et mes sœurs sont ce qu'ils sont depuis toujours, on ne les influence pas, ni moi ni quiconque, un peu comme ces personnages des romans dont nous tournons la dernière page et pour qui, quels qu'aient été nos craintes et nos espoirs, nous n'avons rien pu faire.

Le Petit se trompait, je n'ai pas jugé folle sa présentation de maman en trou noir supermassif, je ne me suis pas dit qu'il avait pété un câble, au contraire, j'ai relu sa lettre une quatrième fois pour bien la comprendre et je l'ai trouvée *ressemblante*. À son auteur et à son sujet. Notre mère, « turbine mathématique », présentée par l'homme des étoiles en trou noir de la supernova Malaussène, ma foi, s'il le disait c'était tout de même un Nobel qui le disait !

Non, ce qui m'a le plus touché dans cette lettre c'est qu'elle était manuscrite. Sur du papier, dans une enveloppe dûment timbrée, affranchie, postée, oblitérée. Le signe d'une intimité tangible. Cette lettre de papier était un vivant morceau de mon petit frère. Par ailleurs, une des dernières lettres manuscrites envoyées par la poste à quelqu'un de ma génération. Relique ! Voilà pourquoi je ne l'ai montrée à personne. J'étais bien décidé à garder le secret de son Nobel le plus longtemps possible ; disons jusqu'au dîner que j'étais en train de préparer. Hélas, à la seconde où je prenais cette résolution la porte de la cuisine s'est ouverte à la volée et Maracuja a foncé sur moi comme le vivant missile de la modernité. Elle hurlait de tous ses poumons :

– Putain, tonton, tu sais ce que je viens d'apprendre sur Insta ? Devine ! Devine ce qui nous arrive ! Non mais devine ! T'y croiras pas ! Allez, devine.

Je me suis essuyé les mains, j'ai replié la lettre du Petit, je l'ai glissée dans ma poche et j'ai dit :

– Le Petit est proposé au Nobel de physique.

Elle sidéra. (Oui, elle sidéra.) C'était la première fois depuis sa naissance que j'apprenais quelque chose avant elle.

– Et c'est tout ce que ça te fait ? demanda-t-elle.

Ce n'était pas un reproche circonstanciel, c'était le cri de la jeunesse scandalisée. Décidément les vieux se foutaient de tout. Ils ne s'intéressaient qu'au passé. J'apprenais que mon jeune frère allait être sacré roi des étoiles et je continuais à fignoler mon tian comme si on m'avait donné les résultats du Loto, jeu auquel je ne joue jamais. Elle n'en revenait pas. Elle décida de me rabouter au réel.

– Mais tu te rends pas compte tonton, c'est super ! Ressuscite un peu, il faut fêter ça !

Ainsi naquit le nouveau projet de Maracuja Malaussène.

– On va tous y aller ! s'exclama-t-elle.

– Où ça ? demandai-je.

– Où ça, où ça, à Stockholm, pardi !

Projet qu'elle développa pendant le dîner en présence de ses deux hommes et de ses deux cousins.

– On loue un bus à la Bernhard, comme on a fait pour le camion du grand Georges, on le remplit de toute la famille, et on accompagne Le Petit à Stockholm ! C'est quand même plus sympa que de polluer un maximum en y allant chacun de notre côté ou d'attendre ici pendant qu'on le cérémonise là-bas ! Hein, Sept ? Qu'est-ce que t'en penses ?

C'Est Un Ange pensait qu'on était lancés dans une nouvelle épopée maracujienne, c'est-à-dire précipités dans notre prochain sac d'emmerdes. Il argua qu'il avait beaucoup trop à faire pour aller à Stockholm et que ses visites aux Osselets l'obligeaient à une régularité non négociable.

– Qui me remplacera auprès de grand-mère si je vais faire du tourisme en Suède ?

– Pas besoin de te remplacer, objecta Mara, ça va pas durer un mois !

– À voir, fit observer Manin, avec toi, on sait quand ça commence…

Tuc opina :

– Une fois à Stockholm, tu voudras aller à Fårö respirer les cendres de Bergman…

– Ensuite tu nous emmèneras visiter la maison de Selma Lagerlöf, dis-je, et tu nous entraîneras sur les traces de Gösta Berling… Tu te souviens comme tu étais amoureuse de Gösta, quand je te lisais ses aventures ?

– Qui est ce Gösta ? demanda Manin.

– On ne fera rien de tout ça, trancha Mara. On y va, on applaudit et on revient. Je suis pas conne, je sais bien que les gens sont occupés.

Elle s'illumina.

– Et puis, t'as pas à t'en faire, Sept, on emmènera grand-mère. Grand-mère et Paul, on les emmène, bien sûr ! Tu imagines la joie de grand-mère ? Son Petit nommé champion du monde dans sa catégorie ! Paul, lui, il s'en fout, là ou ailleurs... Mais grand-mère, Sept !

Les yeux de Sept lancèrent un SOS à Mosma. Ceux de Monsieur Malaussène ne cillèrent pas. Il savait que les carottes étaient cuites, qu'aucune force au monde ne pouvait endiguer la déferlante Maracuja. J'observais mon fils avec intérêt. Allait-il tenter une sortie ? Mosma vit que je le regardais, bricola un regard résolu, gonfla sa poitrine pour un refus catégorique mais, à la seconde où il allait entrer en sédition, Maracuja s'écria :

– J'ai une idée !

Merde, pensa Mosma.

Je ne crois pas exagérer en affirmant que « J'ai une idée » fut la première expression prononcée par Maracuja dès que les mots purent se constituer en phrase dans sa tête d'enfant...

Idée qu'elle exposa aussitôt.

– On emmène tout le monde.

– Tout le monde ? s'inquiéta Manin.

– Pas seulement grand-mère et Paul, tout le monde : Zabo et Loussa, Hadouch, Mo, Simon, les toubibs Marty, Berthold, Postel, tous les survivants des tomes précédents, même les flics, Coudrier, Silistri, Carrega, parrain, sa femme, les copains du Vercors, Robert, Nelly, Dédé, Mick, Yolande, Roger, Yves, Jean-Marie, tous les vieux de la vieille, je vous dis, toute la smalah des amis qui ont vu grandir Le Petit. À Stockholm ! Et la légiste Castri aussi, qui nous a rendu l'oreille de Tuc en douce, et l'infirmier Sébastien qui a soigné Joseph, et ma copine Alice avec son OMNI. Et Alceste, bien sûr, qui va écrire tout ça ! Une fiesta du feu de Dieu !

J'ai fait observer qu'un car n'y suffirait pas.

– C'est que tu ne connais pas la Bernhard, tonton. Ils bossent avec les musicos, ils ont l'habitude des foules. Ils ont des bus à impériale, des machines gigantesques, avec chiottes, douches et tout, manque juste la piscine. Y a même une cuisine où Pippo, Mamadou et Dany pourront nourrir tout le monde.

L'excitation aidant, son projet s'affina.

– Mosma, on y fait la première de notre performance ! On projette le film dans le car ! Tuc, ça fera du bien à ta mère de voir et d'entendre ton père. Plus génial que lui dans ce film, tu meurs, non ? C'est un testament sublime ! Le tombeau du capitalisme ! Après l'avoir entendu les gens rentreront chez eux moins cons qu'ils n'en sont sortis. C'est bien pour ça qu'on a bossé pendant des mois, n'est-ce pas ? Une occase unique ! Allez !

Tuc tira la dernière cartouche sans trop d'illusion, me sembla-t-il.

– Le temps que les choses se fassent tu seras enceinte jusqu'aux yeux, Mara !

– C'est vrai, approuva Manin.

– Et alors, c'est une aventure collective ! Le petit locataire n'y aurait pas droit ?

37

– Monsieur Paul ?

La voix du concierge insiste :

– Monsieur Paul ?

Monsieur Paul contemple sa femme endormie. Il a toujours du mal à la quitter des yeux quand elle dort. Il la regarderait jusqu'à tomber lui-même de sommeil. C'était ainsi au premier jour, ça l'est encore aujourd'hui. Comme si jeune fille. Vieille dame pourtant. Mais sans que le temps y ait creusé de ravines. Cette démarche inchangée, cette lévitation infime, un si lent sommeil… La manufacture des songes, oui…

– Monsieur Paul, le conseil vous attend.

Le conseil d'administration des Osselets, réuni à sa demande, attend monsieur Paul depuis près d'une heure.

– J'arrive, Joseph.

La quitter des yeux c'est littéralement s'arracher à… À quoi d'ailleurs ? « S'arracher à un rêve » l'agace, ça ne veut rien dire. Mais auprès d'elle les mots ont une fâcheuse propension à perdre du sens. Bref, il faut s'arracher, comme disaient les gosses en fin d'opération. On s'arrache, Pépère. Seulement ici plus de gosses, plus de Pépère. Ici, rien que monsieur Paul, ancien négociant en vins et spiritueux et fondateur occulte des Osselets. Monsieur Paul, un point c'est tout. Pour la gendarmerie, Paul Lalbrache, vieux malade fugueur, chouchou du brigadier Antonin Manne qui le croit à l'ouest.

Alors qu'il est bel et bien ici, protégé aux Osselets par la plus brillante idée de sa carrière : créer un EHPAD à l'usage des truands dont l'âge justifie Alzheimer. Un établissement médico-social tout ce qu'il y a de respectable, dossier agréé par la Direction départementale des affaires sanitaires et sociales, avec l'accord du conseil général et l'agrément du préfet de Région. Une planque insoupçonnable. On fugue, on fait son coup, on revient se cacher aux Osselets, amaigri et guenilleux, assis dans un fauteuil roulant sous le masque clos de la maladie. Ramené par un gendarme, qui plus est. L'élite de la canaille sous la protection ingénue de la gendarmerie voisine. Qui dit mieux ? Pépère a pu rater son coup, c'est douloureux, c'est humiliant, c'est irréparable, aucun doute, mais monsieur Paul a réussi le sien. Ici, il ne risque rien. Rien d'autre que finir ses jours en regardant passer les péniches à l'ombre de cette femme, assuré de ne jamais se lasser d'elle, ni de sa démarche, ni de son sommeil, ni de sa souriante adoration, ni de son gratin dauphinois.

Il suffisait d'y consentir.

Voilà, c'est consenti.

Après avoir longuement résisté.

Ce n'est pas une défaite, c'est une fin. Il en faut une.

Une seule obligation, la corvée, de temps à autre, d'un conseil d'administration.

Faire tourner la boutique.

Le patron, quoi.

Bon, allez, conseil. D'autant que monsieur Paul a une proposition importante à y faire.

– Joseph, mon fauteuil.

Monsieur Paul prend place dans son fauteuil roulant.

– Où ça, le conseil ?

– Dans le bureau de monsieur le directeur.

Ah ! oui. Dans le bureau de Legamin. Legamin, son compagnon de la première heure, expert en écritures administratives, coups de téléphone poliment comminatoires et saine gestion des établissements médico- sociaux.

C'est de cela qu'ils vont parler, justement : gestion, monsieur Paul, Legamin, Kramzi, Maréchal, Castella et Poincaré. Oui, il y a un Poincaré. Mais ce n'est pas son vrai nom. Aussi faux que ceux des autres, monsieur Paul compris. Tous se fréquentent depuis des lustres sans qu'un seul connaisse la véritable identité de son interlocuteur. Un conseil d'administration d'hétéronymes. Ils seraient cent cinquante s'ils siégeaient sous toutes leurs identités d'emprunt.

– L'ordre du jour ? demande monsieur Paul en prenant place au bout de la table ovale.

– Signer le renouvellement de la convention tripartite, répond Legamin. Nos cinq ans sont écoulés.

Monsieur Paul interroge du regard :

– Nous avons toujours les bonnes personnes au conseil général ?

– Inchangées, répond Legamin.

– Et à l'Agence régionale de santé ?

– Les mêmes.

– Bien. Renouvelons. D'accord ?

Tous d'accord. On signe. C'est d'ailleurs une formalité.

– Ensuite ?

– Effondrement de la qualité chez la Smart Food. Prestations infectes. Nos pensionnaires mangent de plus en plus mal.

– Un remplaçant possible ?

– La Bio Citoyenne, propose Castella. Des nouveaux venus. Purs produits du terroir, pas d'engrais industriels, moins chers, mieux conditionnés et plus réguliers.

– On change ?

– Ce serait bon pour notre réputation diététique, fait observer Legamin.

On change.

– Ensuite ?

– Virer Samantha Lerieux. Elle a rendu une baffe à une patiente et sauté deux nuits de permanence.

– Depuis quand, ces indélicatesses avec la patientèle ?

– Depuis que j'ai vérifié, répond Legamin. Mais ça doit faire un certain temps. Des bruits courent. Elle engueule beaucoup.

– Pour la gifle, la famille est au courant ?

– Je ne pense pas.

– Préviens-les et dis-leur qu'on la renvoie.

Legamin approuve de la tête, mais monsieur Paul lève son index.

– Non, attends, la licencier est insuffisant.

Silence. Des regards s'échangent. Poincaré finit par demander :

– Paul, tu ne veux quand même pas la…

Monsieur Paul esquisse un sourire.

– Poincaré, pour qui me prends-tu ?

Il laisse à Poincaré le temps de regretter ce soupçon ridicule.

MONSIEUR PAUL : Non, il faut la licencier mais avec une grosse indemnité. Burn out.

KRAMZI : Si on fait ça, ils vont tous cogner sur les malades à bras raccourcis.

MONSIEUR PAUL : Nous installerons une caméra de surveillance dans chaque chambre.

POINCARÉ : Alors, ils accuseront Legamin de les fliquer !

MONSIEUR PAUL : Pas si nous les augmentons.

Ici, le silence. Comme si personne n'avait entendu. Mais monsieur Paul sait attendre que ses paroles fassent leur nid.

– Dans quelle proportion, cette augmentation ? finit par demander Poincaré.

Monsieur Paul les taquine :

– Accrochez vos ceintures, messieurs.

On dirait vraiment qu'ils s'attachent à leurs sièges.

– On double leurs salaires.

– Quoi ?

Le « quoi » s'est échappé de Kramzi.

MONSIEUR PAUL : On double, Kramzi. Et pas un rond de plus pour nous.

CASTELLA : Paul, tu n'y penses pas ? Ça va nous mettre tous les proprios d'EHPAD à dos !

MONSIEUR PAUL : J'y compte bien. Legamin va faire une pub d'enfer à leur mécontentement. Il est temps de montrer du doigt les mauvais logeurs, ceux qui mettent leurs pensionnaires en danger par avarice salariale, restrictions alimentaires et négligences sanitaires, les trafiquants de vieilles peaux qui ne font aucun cas de la dignité humaine.

LEGAMIN : Paul a raison, je leur flanque une campagne de dénigrement nationale au cul et on multiplie nos inscriptions par dix.

MARÉCHAL : Par dix ?

MONSIEUR PAUL : Par dix, mon petit Maréchal. Les Églantiers, La Vestale, Les Sansonnets, Nos Anciens et une dizaine d'autres établissements sont en faillite, ils ont abusé de certains bonbons meurtriers. Une enquête est en cours. Ils se vident et ils vendent, on rachète et on remplit. Legamin, explique-leur.

LEGAMIN : Messieurs, Paul a raison, le seul marché porteur, aujourd'hui, est le marché de la vertu. Soyons le meilleur EHPAD sur le marché vertueux.

POINCARÉ : Les caméras vont nous coûter un bras.

MONSIEUR PAUL : Et rapporter un maximum. Cela s'appelle le capital confiance, Poincaré.

CASTELLA : Qu'est-ce que c'est que cette histoire de bonbons meurtriers ?

Bref, une fin de réunion. On sort les bouteilles, on bavarde. Monsieur Paul explique obligeamment qu'un certain colonel organisait des chorales de musique baroque qui faisaient le tour des EHPAD en proposant aux familles des bonbons tueurs, d'origine chinoise, mexicaine, voire hollandaise. Les familles en raffolaient et leurs vieux tombaient comme des mouches.

POINCARÉ : Merde alors, pourquoi n'avons-nous pas eu cette idée avant eux ?

LEGAMIN : Parce que si on l'avait eue on fermerait la boutique. Les établissements empoisonneurs se sont fait poisser par les flics. L'enthousiasme des familles a fini par les faire repérer. Le colonel en question est foutu. Nous rachetons les boîtes à bas prix. Elle est là, la bonne idée, Poincaré. Avec une foule de nouvelles inscriptions à la clé. Ce qui nous permet de doubler les salaires ici aux Osselets. Tu comprends ?

MARÉCHAL : Quelqu'un le connaît, ce colonel ?

Ainsi vont les fins de réunion. Sur le mode du bavardage généraliste. Personne ne connaît le colonel. On évoque aussi l'histoire de ce gendarme fantôme qui se ferait appeler Pépère et bosserait en sous-main pour l'État depuis une trentaine d'années. On se demande qui peut bien être ce type.

– Un infiltré, suggère Legamin.

– Une belle ordure, grince Kramzi.

– De toute façon il est cuit, assure monsieur Paul.

– Je voudrais pas dire, fait observer Poincaré, mais on voit de drôles de choses, de nos jours.

– Eh oui, acquiesce monsieur Paul, les bonbons tuent, les virus pandémisent, le Russe a des appétits d'Empire, le soleil surchauffe et la démocratie fond comme les neiges éternelles ; tu vis les dernières secondes de l'éternité, Poincaré, il faut une fin à tout.

Puis, se tournant vers Legamin :

– Bon, tu me raccompagnes, Gamin ?

Legamin se place derrière le fauteuil roulant.

– Messieurs, à la prochaine.

Legamin pousse monsieur Paul sur le lino du retour.

– Bravo, lui murmure-t-il à l'oreille, tes sucreries ont bel et bien ravagé la concurrence.

– C'était le but de l'opération, Gamin, répond monsieur Paul derrière son masque d'absence.

Legamin lui serre affectueusement l'épaule.

– Vive la vertu, mon vieux poto.

Paul tapote la main de son camarade.

– Vive nous, Gamin.

Ce qui les unit depuis leur rencontre, ces deux-là, c'est un fou rire noir, muet, inextinguible.

38

Quand ils atteignent la porte de son appartement, Paul lève un doigt ; Legamin s'arrête. C'Est Un Ange est occupé à faire la lecture à sa grand-mère.

Paul observe le profil du garçon, penché sur *Leur très grande faute*, et, brusquement, le voilà foudroyé par la ressemblance.

Pastor !

Il ne s'y attendait pas. Pourquoi ce matin ? Il connaît l'histoire depuis longtemps, pourtant. « Mon Pastor à moi », dit parfois la grand-mère du garçon à l'arrivée de C'Est Un Ange, « mon adorable berger ». Un jour elle lui a dit : « Paul, cet enfant me rappelle mon plus bel amour. » Ce n'était pas un aveu, c'était un souvenir tenace, une niche sacrée dans le cœur de cette femme. Elle avait raconté à Paul l'histoire de Pastor, le jeune officier de police mort dans ses bras à Venise. Une si lente agonie... Elle ignorait que Paul aussi avait connu le jeune inspecteur Pastor. Que pour Paul aussi Pastor était un souvenir indélébile. Et voilà que ce matin, au seuil de cette chambre, le souvenir éclate en Paul. C'Est Un Ange, penché sur *Leur très grande faute*, ressuscite l'inspecteur Pastor penché sur d'autres pages…

Un éclair vitrifiant un paysage.

Trente-cinq ans de cela.

Paul s'appelait Chabralle à l'époque. (Chabralle alors, Lalbrache aujourd'hui, Paul n'aime pas se fouler en matière d'hétéronymes. Il ne faut pas compliquer la tâche de la police.)

Paul Chabralle en cellule.

Pour le casse du Crédit industriel de l'avenue Foch. Quatre morts mais quarante millions de francs ; il faut ce qu'il faut. On était encore au siècle du franc lourd.

Le commissaire divisionnaire Cercaire avait arrêté Chabralle pour les quatre meurtres du Crédit industriel mais aussi pour une ribambelle d'assassinats.

Suspect, à tout le moins.

Réputation de monstre.

Pieds et mains entravés dans sa cellule, deux gendarmes pour le surveiller. Gardé comme Hannibal Lecter, le fameux croqueur d'agneaux.

(Lui-même, Paul, l'avait été, gendarme. Son sens de la planque, déjà.)

Paul avait eu droit à une garde à vue particulièrement musclée. On lui avait réservé ce qui se fait de mieux en matière de tortures qui ne laissent pas de traces devant le juge d'instruction.

Non seulement il avait tenu le coup, mais il en avait profité pour dresser le catalogue des sévices qu'il devait enseigner à ses propres recrues. Ses soldats auraient un jour ou l'autre à les subir ou à les pratiquer, autant les leur apprendre. Dès que je m'en sors, on s'y met.

Car s'il n'était pas encore Pépère Paul recrutait déjà. Il donnait ses premières leçons. L'équipe du divisionnaire Cercaire lui était tombée dessus pendant un de ces cours, justement. Mais il avait été prévenu et les gosses avaient eu le temps de déguerpir. Ne vous inquiétez pas, leur avait-il dit, j'en reviendrai. Il haranguait ses élèves : Tout ce qui nous arrive est intéressant, mes chéris, faites de chaque emmerdement une occasion d'apprentissage. Intéressez-vous, apprenez, apprenez, ça calme. Celui qui convertit en savoir ce qui lui tombe sur la tête, celui-là n'a peur de rien. Soyez curieux jusqu'au bout. Seule la curiosité a raison de la peur. Allez, ne vous inquiétez pas, je serai vite rentré.

Bref, il enseignait déjà.

S'ensuivirent quarante-trois heures de tortures inopérantes. Paul Chabralle niait tout, surtout les évidences, il n'était pas qui il était ni là où on croyait, vous confondez, j'en suis désolé, vous me prenez pour un autre, j'adorerais vous donner un coup de main mais je n'en ai pas les moyens. Ce jour-là ? Non, j'étais ailleurs ce jour-là. Cette année-là ? Mais cette année-là, monsieur l'inspecteur, je n'étais pas né, je suis beaucoup plus jeune qu'il n'y paraît. Il souriait.

Il voyait littéralement les gros bras fondre autour de lui. Maigrir d'épuisement. En désespoir de cause, le commissaire divisionnaire Cercaire y était allé de ses propres poings. Rien à foutre des traces, Cercaire. Il avait cogné sur Chabralle à lui faire tomber les dents et à s'en casser deux phalanges. À en pleurer de frustration aussi. Car on atteignait au terme des quarante-huit heures légales de garde à vue. N'en restait plus que cinq. Plus que cinq heures pour obtenir des aveux. Alors, le divisionnaire Cercaire avait jeté l'éponge. On avait fait appel à la concurrence, au champion d'en face, l'inspecteur Pastor, le chouchou du divisionnaire Coudrier. Personne ne résistait à Pastor, prétendait-on.

Quand le jeune inspecteur était entré dans sa cellule, le bandit Chabralle l'attendait avec curiosité.

Pastor était un petit gars fluet un peu joufflu, dans un pull qu'on aurait dit tricoté par sa mère pendant une dépression nerveuse. Il pendouillait, Pastor. Il était entré dans la cellule, avait exigé qu'on détachât le prévenu et qu'on le laissât seul avec lui. Vous êtes sûr, monsieur l'inspecteur ? Certain, brigadier. Refermez derrière vous je vous prie, je vous appellerai quand ce sera fini.

Pastor avait viré les deux gendarmes.

C'était amusant.

– Tu viens faire le ménage, petit ?

Paul Chabralle l'avait accueilli avec une banalité de ce genre.

– Non, monsieur, je viens recueillir vos aveux.

Le gosse avait ouvert son cartable. Pas un attaché-case, un cartable de cuir blond avec serrure à poussoir, courroie et boucle. Il en avait sorti une liasse de feuillets.

– Tes devoirs ?

– Non, monsieur, le dossier du Crédit industriel et celui des pendus de la rue Rameau.

– Ah ! Le bas de contention.

Paul n'avait pas pu s'empêcher de le provoquer avec le fameux bas de contention. Il s'attendait à une réaction, des injures, une menace, un début de complicité en somme, mais l'écolier n'avait pas relevé. Après avoir disposé les dossiers ouverts sur la tablette de la cellule, Pastor avait de nouveau fouillé son cartable pour en sortir un stylo et une paire de lunettes.

Il avait chaussé les lunettes et lui avait tendu le stylo.

– Ce sont vos aveux. Pour signature. Paraphe sur toutes les pages et signature à la fin. Je lirai en même temps que vous pour éviter les erreurs.

Chabralle s'était contenté de hausser un sourcil.

– Je n'ai rien avoué de ce qui est écrit là-dedans.

– Non, mais vous avez tout fait.

Puis, le jeune flic avait de nouveau plongé dans son cartable et cette fois en était ressorti avec son arme de service. Qu'il pointait sur le prévenu sans autre forme de procès.

Il n'avait pas armé le pistolet en question, c'était déjà fait. L'arme était prête à l'usage avant qu'il eût pénétré dans la cellule. Une balle dans la chambre. Ne restait qu'à presser la détente.

Paul le regarda attentivement.

Ce gosse n'avait rien d'un comédien.

Il avait juste dit :

– Monsieur Chabralle, ou vous signez ou je vous tue.

Et ajouté :

– Ça n'a aucune importance, il ne me reste, à moi-même, que quelques semaines à vivre.

Chabralle avait immédiatement compris que c'était vrai : la mort était sur ce garçon. Pastor n'était, comme on dit, que l'ombre de lui-même. L'ombre, c'était elle. La mort et ce jeune homme vivaient ensemble. Un bail de courte durée.

Lui, Chabralle, était en pleine forme. Quelques dents en moins, quelques côtes fêlées, mais les raclées de Cercaire l'avaient dopé. Cercaire et ses gros bras lui avaient rappelé qu'il n'avait pas la moindre pulsion suicidaire. Résolument contre le suicide, Paul Chabralle, depuis toujours. Voyons ce qu'ils vont inventer maintenant, se demandait-il quand ils lui sortaient la tête de la baignoire. Il suffoquait, crachait l'eau par tous les orifices, mais il était curieux. Quoi d'autre ? se demandait-il en dégoulinant. Une matraque dans le cul ? Un court-circuit dans les narines ? Rien n'est plus intéressant dans la vie que ce qui va vous arriver…

Curieux jusqu'au bout, mes petits, ce doit être votre devise. Répétez après moi.

Et ses élèves répétaient vaillamment : *Curieux jusqu'au bout !*

Bref, Paul Chabralle n'était pas du tout le genre de prévenu à se défenestrer par peur de craquer. Ni à se pendre au souvenir de l'épreuve.

Seulement, devant le pistolet de ce jeune policier il n'y avait plus de curiosité possible. Pas d'avenir envisageable. La mort, un point c'est tout.

Paul avait paraphé et signé. Avoué tout ce qu'on voulait qu'il avoue.

On verra bien, s'était-il dit.

En tout et pour tout, lecture et signature avaient duré une vingtaine de minutes. Une demi-heure peut-être.

Pastor relisait ce que Chabralle signait.

C'est cette image que monsieur Paul vient de retrouver dans le profil de C'Est Un Ange lisant *Leur très grande faute.*

En sortant de la cellule, les yeux au fond d'orbites cadavériques, Pastor lui avait dit :

– Il ne faut pas vous en vouloir, monsieur Chabralle, moi non plus je n'ai pas envie de mourir.

*

Legamin est reparti après avoir installé Paul devant la télévision. Les babouins qui batifolent sur l'écran, quelque part en Afrique du Sud, laissent monsieur Paul indifférent.

Il est occupé à revivre la suite. Son évasion deux mois plus tard. Son désir forcené de retrouver ce flic et de lui faire la peau. De prendre la mort de vitesse. De le tuer avant elle. Il s'appelait Pastor, donc. Il travaillait en binôme avec l'inspecteur Van Thian, sous les ordres du divisionnaire Coudrier. Pastor et Thian étaient copains avec les Malaussène. Tiens donc. Oui, l'inspecteur Pastor avait retrouvé Julie Corrençon morte-vivante et s'était lié aux Malaussène. L'enquête aboutie, Julie sauvée, Pastor était parti filer le parfait amour avec la mère de Malaussène. La quincaillière ? La quincaillière. Mon Dieu, la quincaillière… Deuxième accès de curiosité : revoir la quincaillière. À quoi ressemblait-elle vingt-six ans après ? Où Pastor l'avait-il emmenée ? Venise. Où ça à Venise ? Un hôtel, un des plus luxueux, le Danieli peut-être. Pastor était un héritier, une fortune suffisante pour le priver d'imagination ; le Danieli donc.

Paul Chabralle avait fait le voyage jusqu'à Venise. À dire le vrai, ses « motivations », comme disent les lettres d'intention, étaient minables, il le savait ; il était vexé comme un pou, un point c'est tout. S'il était hostile au suicide, la passion de la vengeance, elle, lui était familière. Son tout premier sentiment, pour être honnête. Il était un être de vengeance. Peut-être passait-il sa vie à se venger d'être né. Bref, il allait faire payer ses aveux à ce flic, le seul devant lequel il s'était jamais allongé. C'était mesquin mais naturel. Cela bouillonnait dans le chaudron d'une fureur génétique. Eût-il voulu éteindre cet incendie, il n'en aurait pas eu les moyens. Il allait saigner ce flic à blanc, point final. Il trouva l'hôtel, il trouva la chambre. Quand il en ouvrit la porte, il trouva la femme. Le gosse était mort quelques heures plus tôt. Elle le berçait doucement. Elle chantonnait quelque chose à ce corps sans vie. Elle leva la tête et dit juste :

– Il est mort.

Paul ne sut jamais si elle l'avait reconnu. Lui, si. C'était elle. Mon Dieu, c'était elle. Vingt-six ans après. Elle.

Comme la première fois, il avait éprouvé le besoin vital de s'enfuir. C'était cela ou finir dans les bras de cette femme à la place de ce mort et n'en plus bouger. Dans un effort inouï, il s'était de nouveau arraché, avait traversé la réception de l'hôtel en courant pour aller vomir dans le Grand Canal. Vomir son cœur comblé.

*

– Si nous allions regarder les péniches ?

Pendant que C'Est Un Ange le pousse dans son fauteuil jusqu'au bord de la Meuse, Paul se remémore le dernier dialogue de Pépère avec Kébir.

– Alors, Kébir, tu as bien fait le ménage ?

Et découvre la cause profonde de sa colère.

– Tu as pissé sur la lunette, mon gars.

Inutile de se le cacher plus longtemps, s'il était si furieux contre le pauvre Kébir c'est qu'il avait ardemment souhaité la mort de C'Est Un Ange. Abattre C'Est Un Ange au fond de cet escalier. Vengeance posthume. Sept n'était pas Pastor mais Sept était l'ange de Pastor. Eh bien, Pépère désirait plumer cet ange. C'était bête. Il n'aurait fait que multiplier le souvenir par deux. Elle aurait pleuré et Pastor et son ange, il le savait.

Alors pourquoi ?

Pourquoi avoir si ardemment désiré l'exécution de ce garçon ?

Qu'est-ce qui m'a pris ?

À ce stade de sa réflexion (mais peut-on décemment appeler réflexion la combinaison de pulsions aussi primitives ?), et tout en regardant se croiser les péniches sur l'endormeuse, Paul – dont le cœur se met à fondre de tendresse – comprend soudain ce qui a pris Pépère.

Il en a le souffle coupé.

J'ai voulu tuer ce garçon pour le bonheur de consoler cette femme.

C'était cela.

Un si tendre besoin de la consoler !

Jamais éprouvé auparavant.

En négligeant de nettoyer l'escalier, Kébir avait privé Paul des délices de la consolation. Telle était la raison profonde de sa fureur meurtrière. S'il avait épargné Kébir (Marcel, Marcel, tu l'as vraiment échappé belle ce jour-là !) c'était uniquement pour l'envoyer à Paris finir le travail : éliminer C'Est Un Ange. Pour de bon, cette fois. Pas question du Shœltzer 72 (un prétexte le Shœltzer 72), que Kébir fonce à Paris et lui rapporte l'auréole de l'ange, c'est tout ce que Pépère désirait, que Kébir lui offre le bonheur de consoler cette femme.

Une telle puérilité !

Assis sur leur banc, la Meuse glissant sous leurs yeux, Paul n'en revient pas. Une puérilité à ce point sanguinaire ! Et qui l'envahit de nouveau, là, maintenant, sans sommation, la grand-mère et le petit-fils bavardant gentiment sur le banc : saisir ce gosse par le cou et le noyer dans le fleuve pour la douceur de consoler la grand-mère.

Il en a le souffle coupé. Il doit blêmir car elle dit :

– Ça ne va pas, mon Paul ? Tu étouffes ?

Elle l'enlace et pose sa joue contre sa poitrine.

– Mon Dieu que ton cœur bat vite.

Et comment !

– Là, calme-toi. N'aie pas peur. Je suis là...

Ce vieux cœur d'enfant féroce...

De ces enfants, se dit Paul, qui confisquent les peuples et foutent le feu au monde. Histoire de baisser la pression il essaie d'orienter ses pensées dans cette direction pseudo-historique (Hérode, Gengis Khan, Hitler, Staline, Mao, Pol Pot, Trump, Poutine, la brochette sans fin des enfants totalitaires) mais la conversation, qui continue à côté de lui, capte sa curiosité.

Sept vient d'apprendre à sa grand-mère que son troisième fils, Le Petit aux lunettes rouges, l'astrophysicien, va recevoir le prix Nobel de physique.

– Paul, tu entends ça ?

Paul entend ça.

C'EST UN ANGE : Et tu ne sais pas la meilleure, grand-mère ?

La grand-mère ne sait pas. Pas encore.

C'EST UN ANGE : Mara a décidé de nous y emmener tous !

ELLE : Tous ?

C'EST UN ANGE : La famille, la tribu, les amis, tous. À Stockholm. En bus. Pour la cérémonie.

ELLE : Nous aussi ?

C'EST UN ANGE : Bien sûr, Paul et toi. Invités d'honneur !

ELLE, *serrant plus fort Paul dans ses bras* : Paul, tu entends ça ?

*

Paul entend ça, mais un quelconque court-circuit neuronal lui fait soudain revivre leur troisième rencontre, la décisive. Elle et lui. Pour toujours, cette fois. L'homme qui l'accompagnait alors dans la vie (c'est ainsi qu'elle parlait de ses hommes, y compris des pères de ses enfants, ils l'avaient « accompagnée un moment dans la vie », non, « un instant », disait-elle, ils l'avaient accompagnée un instant dans la vie), l'homme, donc, qui l'accompagnait alors fournissait les jardins zoologiques en animaux sauvages pendant que Paul (en l'occurrence Pépère) pourvoyait le football en joueurs aguerris. D'où leur rencontre au Brésil. À Manaus, pour être précis. Ah ! c'est le fleuve, se dit Paul ; une péniche de la Meuse vient de me déposer au bord du río Negro. À Manaus, juste avant que le río Negro ne se jette dans l'Amazone.

L'homme venait d'apprendre à Paul que les crocodiles et les requins-bouledogues cohabitent dans le fleuve Amazone.

– Les prédateurs les plus redoutables de cette charmante rivière, disait-il.

(Comment s'appelait-il déjà, ce type ?)

Ils bavardaient, Paul et lui, au bord d'une piscine, leurs glaçons battant la mesure dans leur whisky. Le gars décrivait à Paul la rencontre de l'Amazone avec l'océan Atlantique.

– Vous n'avez jamais vu la Pororoca ?

La Pororoca est le nom que les Brésiliens donnent au phénomène tumultueux de cette rencontre : le plus puissant fleuve du monde percutant l'océan de plein fouet.

– Une explosion de flotte inimaginable, disait l'homme. Un tsunami permanent. Gigantesque. Et dans ce bordel aquatique la rencontre entre les crocodiles et les requins-bouledogues.

Les yeux du type s'allumèrent.

– Un fameux pugilat ! Faut le voir pour y croire.

L'homme voulait exporter ce spectacle en Europe. Crocodiles contre requins-bouledogues. Son grand projet. Il fallait un public à ce tournoi millénaire. Et un bailleur de fonds.

– Vous en êtes ? Triomphe garanti ! Un paquet de pognon à se faire, mon vieux !

Dans la piscine, devant eux, un bassin expérimental d'une soixantaine de mètres, les deux types de bestioles se fréquentaient. Quatre dans chaque camp. Des formats considérables. Les requins affleuraient la surface en glissant dans une indifférence silencieuse et les crocodiles, patients comme la préhistoire, attendaient, tout à fait immobiles. Quand le museau des bouledogues frôlait l'extrémité du bassin ils faisaient demi-tour sans un remous, un va-et-vient d'éternité pendant que les crocodiles patientaient depuis toujours. Des bêtes qui ne se lassaient jamais.

– Bien nourris, affirmait l'homme, ils cohabitent. Mais si je les prive de bouffe, ou si une femelle est enceinte…

À un moment donné de leur conversation, l'homme avait posé son verre, s'était levé, avait contourné le fauteuil de Paul pour soulever la moustiquaire d'un hamac que Paul n'avait pas remarqué.

Paul s'était retourné.

Et l'avait vue.

Elle.

Dans le hamac.

Endormie.

C'était la troisième fois.

Quinze autres années écoulées.

La même.

Le temps ne l'avait pas changée mais – comment dire ? – confirmée. Définitivement.

Paul ne pouvait en détacher les yeux.

Après l'avoir regardée longuement, l'homme était revenu s'asseoir à côté de Paul et, reprenant son verre, il avait lâché négligemment :

– Cette idiote croit que j'aime les animaux.

Deux secondes plus tard, crocodiles et requins communiaient sous les espèces du type (mais comment s'appelait-il, déjà ?) dans un bouillonnement prodigieux d'eau, de chair, d'os et de sang.

Quand l'endormie se réveilla, il n'y avait plus que Paul.

Elle lui ouvrit les bras.

Ces mêmes bras qui le bercent aujourd'hui sur les bords de la Meuse :

– Stockholm, mon Paul, au Konserthuset, une promenade ensemble à Stockholm, tu ne veux pas ? Ça ferait tellement plaisir au Petit.

39

Contre toute attente, le projet de Maracuja fut un échec. À part ses deux hommes, ses deux cousins et moi qui dis oui à tout, elle ne trouva personne pour aller fêter Le Petit à Stockholm.

Les uns arguaient qu'ils se foutaient du Nobel comme de leur première communion, les autres qu'ils adoraient Le Petit mais qu'ils ne l'avaient pas vu depuis vingt ans, d'autres encore qu'ils n'avaient aucune envie de revoir Untel : Marty de revoir Berthold, par exemple, et Berthold de retrouver Marty (répertoire des personnages, s'il vous plaît).

MARTY : Je t'adore ma petite Mara et je ne suis pas indifférent aux choses de la science, mais voyager avec ce con de Berthold, pourquoi ? Donne-moi une seule raison valable.

BERTHOLD : Maracuja, si tu me fais monter dans le même bus que Marty, je le cryogénise.

Jérémy refusait évidemment d'abandonner ses patients, Gervaise et Clara de quitter l'orphelinat, Ludovic et Verdun de fermer leur boulangerie et il était hors de question que parrain Titus quittât le lit conjugal. Tatanita, son petit bout de chocolat, s'y opposait formellement :

– Elle va finir par me faire flinguer mon homme, cette aventurière !

Alceste lui-même s'était montré indifférent :

– Maracuja, lui expliqua-t-il, d'un strict point de vue littéraire, que les gens se rendent à Stockholm ou qu'ils refusent d'y aller, pour moi c'est du pareil au même. Ce qui m'intéresse, ce sont ces gens en eux-mêmes, tels qu'ils sont. Le réel. Tu comprends ? Là ou ailleurs, aucune importance.

Le refus le plus catégorique lui avait été opposé par Hadouch.

– Nom de Dieu Maracuja, on sort d'une guerre au cas où tu ne t'en serais pas rendu compte. À notre échelle une guerre mondiale ! Bon, nous l'avons gagnée, mais pas grâce à toi je te le rappelle. Toi tu as plutôt été l'élément déclencheur, notre Hélène de Troie. Tes cousins et toi avez failli y rester et à peine la dernière cartouche tirée voilà que tu remets le couvert avec une de tes idées suicidaires ? Tu veux la disparition des Malaussène ou quoi ?

– Hadouch…

– Ferme-la. Tu t'imagines qu'il n'y a pas de survivants dans le camp d'en face ? Mara, à quoi pense un survivant si c'est un guerrier armé jusqu'aux dents, tu t'es posé la question ?

– Hadouch…

– Il pense à la vengeance, Maracuja, il ne pense même qu'à ça ! Il pense à buter tout ce qui est associé de près ou de loin au camp des vainqueurs. Ce n'est pas dans un bus que tu veux nous faire monter, c'est dans le *Titanic* !

– Je peux en placer une ?

– Tu ne peux pas. Ton arche de Noé va se faire torpiller et contre ça je ne pourrai rien. Cette expédition n'aura pas lieu, point final.

Le Petit lui-même émettait des réserves.

– Ne t'emballe pas, Mara, il n'est pas sage que j'aille chercher mon prix à Stockholm, j'ai beaucoup trop de travail ici, je vais voir si quelqu'un peut y aller à ma place. Le directeur du labo ou un attaché ministériel par exemple.

*

C'est peu dire que Mara fut déçue. Détruite. C'était la première fois qu'on lui opposait un refus unanime et catégorique. Stupeur d'échec. Napoléon après sa défaite espagnole. Perte massive d'identité conquérante. Mara découvrait que nul ne fabrique le monde à sa mesure. Elle s'effondra dans mes bras pour pleurer tout son soûl.

Elle en voulait à l'oncle Hadouch plus qu'à tous les autres.

– Depuis que nous sommes petits, hoquetait-elle, Hadouch, Mo et Simon veillent sur nous. J'ai respecté ça, tonton, mais tu n'as pas idée comme ça m'a fait chier de sentir planer ces anges gardiens au-dessus de nos têtes quand nous allions à l'école, quand nous sortions en boîte, ou quand j'essayais de mettre mes premiers amoureux dans mon lit. Hadouch leur faisait passer des examens, dis donc ! Il estimait que celui-ci picolait trop, que celui-là fumait, qu'un autre était marié ou qu'il maquereautait. Comme si je n'étais pas de taille à me défendre ! Et tous ces foireux se déballonnaient au moment de s'allonger. Ils n'osaient plus me regarder, même de loin. Tu as idée du retard pris par ma sexualité ?

Depuis quand ai-je cessé de comprendre la jeunesse ? C'est sans doute la raison pour laquelle les jeunes se confient si volontiers à moi : l'assurance de n'être pas compris leur permet de se vider franchement.

Mara était très remontée aussi contre les copains du Vercors : Robert, Dédé, Mick, Yolande, Yves, Jean-Marie, Magali, tous ceux qui protégeaient Alceste dans la cabane de Dédé pendant qu'il finissait *Leur très grande faute.*

– Tous retraités, tonton, ton âge au moins, ils n'ont plus rien à foutre. Ils ont vu grandir Le Petit : Robert lui a appris à traire les vaches, Mick l'a initié à la spéléo, Dédé à la chasse aux champignons. À dix ans Le Petit parlait avec l'accent de Jean-Marie. Quand Yves s'est fait opérer du dos, il l'a aidé à planter ses sucrines et à sortir ses patates. Et aucun ne veut bouger son cul pour son Nobel ! Tu y crois ?

– Ce sont des montagnards, Mara, alors

Stockholm… quatre mille bornes presque plates aller-retour…

– Ils pourraient vous accompagner, Julie et toi, en souvenir du bon vieux temps, quand même !

Le bon vieux temps… Quelle représentation Maracuja Malaussène – pure condensation d'avenir – pouvait-elle se faire du bon vieux temps ? Personnellement, je ne voyais pas ce qu'avait de si « bon » le temps où le Magasin explosait autour de moi, où on jetait Julie dans la Seine, où on massacrait l'amoureux de Clara, où le chirurgien Berthold distribuait mes organes aux uns et aux autres, où on foutait le feu à Thérèse, où on menaçait de zigouiller Mosma dans le ventre de sa mère, où Julius le Chien multipliait les crises d'épilepsie. Non, sincèrement, à égrener les décennies je ne trouvais pas une seule année qui pût concourir au prix du bon vieux temps. Et puis, mes copains du Vercors étaient comme moi, davantage préoccupés par la modeste portion de vie qu'il nous restait. Savoir à quelle sauce le hasard biologique la cuisinerait c'est tout ce qui nous importait. On ne partage pas cette assiette avec n'importe qui.

Toutes choses que je ne pouvais expliquer à Maracuja.

Née après.

Ah ! Les nés après… On n'imagine pas la scission !

D'ailleurs je n'eus pas l'occasion d'ébaucher la moindre explication, Mara venait de s'endormir dans mes bras. Ma main reposait sur son ventre où la vie commençait à manifester des prétentions d'indépendance. C'était comme si je veillais sur deux dormeurs. (Il ne faut pas profiter du sommeil des aimés pour retourner vivre tout de suite. Attendre un peu. Le temps qu'il faut. Mon seul principe éducatif.)

Mara dormait donc profondément, la tête sur mes genoux, quand C'Est Un Ange fit une apparition feutrée. Il revenait des Osselets. Il montra sa cousine du menton.

– Engueulade générale ?

Ma tête signifia que c'était plus ou moins ça.

– Eh bien, murmura Sept, c'est moi qu'elle va engueuler en se réveillant.

Mes sourcils demandèrent pourquoi.

– Elle m'a interdit de parler à grand-mère du voyage à Stockholm tant qu'elle n'a pas réuni tout son monde. Elle ne veut pas lui faire une fausse joie si ça foire.

Et ? demandèrent les mêmes sourcils.

– Eh bien je lui en ai parlé quand même, tu me connais, je ne peux rien cacher à grand-mère. Elle est folle de joie, Ben. Aller à Stockholm pour le Nobel de son fils ! Je suis sûr que sa valise est déjà prête.

*

Maman s'était mise en mouvement. De toute sa fierté de mère maman s'était propulsée mentalement vers Stockholm. Sans avoir encore quitté Les Osselets maman voyageait vers la gloire de son fils.

Les conséquences de ce départ ne se firent pas attendre : retournement immédiat et massif de la situation. Tous ceux qui avaient opposé à Maracuja un refus catégorique changèrent d'avis comme un seul homme. L'expression *suivre le mouvement* prit pour moi tout son sens quand Le Petit m'en donna l'explication physique.

– Maman s'est mise en branle, ses planètes la suivent, Ben, c'est naturel. Et elles entraînent leurs propres satellites avec elles. Simple phénomène astrophysique.

Je crois être resté muet.

– C'était le sujet de ma lettre, Benjamin. Imagine que le Soleil quitte notre galaxie, toutes les planètes le suivraient, ne serait-ce que par peur du noir.

– Tu ne m'as jamais dit que maman était notre soleil.

– Elle est notre trou noir, le principe gravitationnel est le même, infiniment plus puissant, c'est tout. Maman est notre puits de gravité. Tant qu'elle reste immobile près de nous on s'organise autour d'elle. Dès qu'elle bouge elle entraîne son monde. En l'occurrence la totalité de notre système solaire, toi dans le rôle de l'astre lumineux. Elle est devenue si compacte avec l'âge que même les photons ne peuvent se soustraire à sa force gravitationnelle. Maman est définitivement l'horizon de nos événements, Benjamin. On n'y peut rien, elle nous attire en elle, c'est comme ça. Et nos satellites avec nous.

*

Évidemment chacun invoqua son libre arbitre pour justifier son ralliement.

ALCESTE : Je ne peux pas nier être attiré par le romanesque de la situation. Toute la tribu Malaussène à la Konserthuset, Stockholm, j'avoue que je veux voir ça. Vous avez un costume, Benjamin ? Et un nœud pap ?

ROBERT : On n'a jamais rien pu refuser à Maracuja, Benjamin. Ça nous plaît de lui plaire.

JEAN-MARIE : Oui, ça me faisait peine de lui faire peine.

JÉRÉMY : Maracuja veut, Maracuja obtient. Et bien sûr tu donnes ta bénédiction de patriarche, et bien sûr tout le monde suit, et bien sûr je gueule d'abord et bien sûr je me rallie comme un con.

MARTY : Mettons que je cède à un accès de curiosité anthropologique : comment vieillit la connerie ? Seul Berthold peut m'apprendre ça. Deux jours de bus avec lui devraient m'affranchir.

HADOUCH : Bon, c'est foutu d'avance mais je vous accompagne. J'exige dix places pour mes hommes. Il vous faut des soldats.

TITUS : Je ne peux quand même pas me déballonner si Hadouch y va. Mon petit bout de chocolat est furax mais elle m'accompagne.

Tant qu'à mourir mourons ensemble, dit-elle. J'ai demandé à Brochard et à Valmondois de poser un congé maladie et de ne pas oublier leurs armes de service. Silistri, Coudrier, Carrega et quelques anciens se joignent. Bons tireurs, tous.

Même Le Petit changea d'avis comme si maman n'y était pour rien.

LE PETIT : Tout bien réfléchi, Benjamin, si je veux que mon labo bénéficie d'une retombée budgétaire importante il faut que j'aille chercher ce truc moi-même. Impossible de me faire représenter.

40

Ce que ressent Paul en préparant sa bombe dans l'atelier des Osselets est de l'ordre de la Pororoca brésilienne. Collision de sentiments puissamment contradictoires : désir forcené de pulvériser l'adversaire contre envie profonde d'épargner la femme de sa vie. En finir une bonne fois avec ceux qui ont anéanti Pépère mais vivre son amour jusqu'à son dernier souffle. Éparpillement non négociable des corps ennemis contre lent endormissement dans la main de l'aimée. À quoi s'ajoute l'éternel conflit entre sa soif native de vengeance et son horreur innée du suicide.

Aucun doute, se dit-il, je travaillais plus sereinement à la bombe du Talion. Il s'était même senti heureux de renouer avec l'art de l'explosif. Délicatesse d'orfèvre dans la manipulation de la nitroglycérine et satisfaction mathématique à calculer la juste proportion de la charge pour l'exact volume de la maison d'édition.

Techniquement, cette bombe-ci pose un

autre problème : la quantité de personnes à émietter. C'Est Un Ange annonce chaque semaine un nombre de passagers différent et les calculs sont à refaire. C'est qu'un autobus bondé ne se dynamite pas comme une maison vide.

Du labeur, donc, et du souci. Mais, comme on dit aujourd'hui, des « sensations positives » aussi. Par exemple, l'heureux souvenir des premiers cours qu'il donnait à ses recrues sur la nitroglycérine.

– Regardez bien, mes chéris.

À l'aide d'une pipette, Pépère déposait une minuscule goutte d'un liquide huileux sur une enclume de forgeron. Il sortait la massette Morlaix de son baise-en-ville et l'abattait sur la gouttelette.

Éclatement formidable.

Garçons et filles sursautaient.

Tous.

Une si petite goutte, pour une détonation si puissante.

– Essayez de ne pas vous laisser surprendre, recommandait Pépère. Regardez-moi bien et contrôlez-vous.

Gouttelette.

Massette.

Éclatement.

Sursaut irrépressible.

Y compris chez les plus stoïques.

– Rien à faire, souriait Pépère, l'explosion *est* la surprise. Des synonymes, en quelque sorte.

Le seul à ne pas sursauter est celui qui appuie sur le bouton.

(Dieu qu'il avait aimé l'enseignement !)

Ce qui avait le plus épaté les adolescents était le fait que cette goutte explosive, obtenue par condensation du glycérol et de l'acide nitrique, pouvait aussi être administrée comme médicament.

– Noooon !

– Mais si ! Contre l'angine de poitrine, par exemple. Une petite thrombose, et hop, dynamite. Pour ne pas affoler le patient on l'appelle alors trinitrine et on la fait fondre sous sa langue. Mais c'est le même produit.

Après quelques secondes de réflexion Mehdi avait lâché :

– Au fond pourquoi pas ? Le principe est le même.

– Explique-nous ça, Mehdi, avait demandé Pépère.

– Dilatation dans les deux cas, avait répondu Mehdi.

– C'est-à-dire ?

Marguerite était intervenue :

– Dilatation minuscule et vitale dans le cas du tissu artériel, dilatation gigantesque et létale dans le cas d'un environnement compact.

– Question de proportion, avait approuvé Grégoire.

– Suffit de ne pas se gourer dans les calculs, avait rigolé Marguerite.

Pépère en avait conçu une telle satisfaction

pédagogique qu'il aurait presque souhaité l'approbation d'un inspecteur d'académie.

*

La bombe trouva sa place exacte dans le baise-en-ville de vieux cuir bouilli.

41

Je m'attendais à monter dans un autobus, un car, un truc reconnaissable par un homme de ma génération… Penses-tu ! Mara nous a fait grimper dans un gigantesque machin design, qui tenait du suppositoire géant et de la baleine béluga, blanc comme neige, absolument gigantesque, à réduire Moby Dick aux proportions d'une sardine. L'équivalent sur route de ces mastodontes flottants qui font passer Venise pour un village de lilliputiens. Mara avait raison, une vraie machine d'exil, on aurait pu y embarquer une population. « Mais propreté absolue ! pontifiait dans son micro le responsable de la Bernhard, propulsion électrique, batteries autorechargeables, Paris-Stockholm sans l'ombre d'une emprunte carbone, pollution zéro et silence absolu, mille huit cent quatre-vingts kilomètres clean comme ma conscience ! »

*

Je passe sur le bonheur des retrouvailles, Mara se jetant dans les bras de Théo, l'un de ses deux géniteurs, le préféré : « Papaaaaa ! » Titus et Silistri s'étreignant comme deux ressuscités, Tatanita susurrant à l'oreille de Maracuja : « Toi, ma jolie, si tu fais tuer mon homme, je t'étripe », Coudrier me prenant paternellement par les épaules entre ses vieilles et solides mains : « La dernière de vos aventures, Malaussène, espérons qu'on s'en sortira vivants », Robert me glissant à l'oreille : « C'est une fusée, ce truc ? Mara nous envoie sur Mars ? Ça merde vraiment tant que ça ici-bas ? », le divisionnaire Carrega tapotant les abdos de Hadouch : « En liberté, Ben Tayeb ? Je t'admire », Marty s'asseyant d'autorité à côté de Berthold : « Alors, mon vieux, côté connerie ça avance ? », et ainsi de suite jusqu'à l'arrivée du champagne évidemment, débouché en l'honneur du Petit aux joues de pivoine, atrocement intimidé par l'ampleur de la célébration et très pressé de me soumettre son discours de lauréat : « Qu'est-ce que tu en penses Ben, c'est pas trop… » Puis vint la projection de la fameuse *performance Lapietà* (amplement décrite dans le volume précédent), la grande pavane du grand Georges, tout à fait éblouissante et parfaitement scandaleuse, objet d'un débat enflammé qui mena les belligérants jusqu'aux portes de Stockholm, soustraction faite du festin préparé par Pippo et des petits sommes nécessaires à sa digestion.

*

Mais l'essentiel est ailleurs, se dit bien sûr le lecteur.

Cette foutue bombe a-t-elle explosé, oui ou non ?

Question légitime à ce stade d'un récit aussi délibérément convergeant. D'autant qu'en qualité de narrateur je suis le mieux placé pour y répondre.

Encore que...

Deux ou trois événements concomitants m'ont brouillé l'esprit. Des événements que mes lecteurs habituels ont sans doute prévus. Tout d'abord, une naissance. Mara était en plein débat – elle traitait de « okay boomers » tous ceux qui lui apportaient la contradiction – quand elle blêmit, s'effondra et accoucha. Les docteurs Marty, Berthold, Postel-Wagner, Castri et Malaussène (Jérémy), bref l'élite de la médecine française, se précipitèrent comme on se jette sur un ballon de rugby et, dans les secondes qui suivirent, la légiste Castri émergea de la mêlée, brandissant le bébé le plus sidéré que j'aie jamais vu, l'expression même de la stupeur de naître. Était-ce le décor ? Était-ce la musique ambiante ? Était-ce la lumière d'aquarium ? Était-ce le nombre de spectateurs ? Était-ce leurs applaudissements unanimes ? Il n'en revenait pas ! Une telle ovation quand on n'a encore rien fait... Et moi, Benjamin

Malaussène, moi qui fus présent à chacune de leurs naissances, je sus que, s'il m'était donné de vivre jusque-là, je lirais la même sidération dans son regard d'homme adulte. Comme j'avais lu la soif d'images dans le regard de Clara, la quête de vérité dans celui de Verdun, la dédramatisation dans le sourire de C'Est Un Ange, la curiosité tous azimuts dans les yeux de Mosma, le doute furibard dans ceux de Maracuja, je sus instantanément que celui-ci, ce garçon-là, car c'était un garçon, porterait à jamais au visage la stupéfaction d'être au monde. Dans la même seconde j'ai entendu la voix satisfaite du type de la Bernhard sortant des haut-parleurs de sa baleine roulante pour annoncer que nous étions arrivés :

– Stockholm, Hötorget 8, Konserthuset, terminus !

– Et c'est comme ça qu'on va l'appeler ! s'est écrié Jérémy en arrachant le petit ahuri des mains de sa collègue Castri.

– Stockholm ? s'est étranglée Mara. Tu veux appeler mon fils Stockholm ?

– Mais non, a dit Jérémy…

– Konserthuset ? a demandé Mara, tu veux appeler mon gosse « La maison des concerts » ?

– Non, a dit Jérémy.

– Hötorget ? a demandé Mara qui virait au cramoisi. Tu sais ce que ça veut dire en suédois Hötorget ?

– « Le marché aux foins », a répondu dans son micro le type de la Bernhard.

– Mais non, Mara ! On va l'appeler Terminus ! Terminus Malaussène ! a-t-il répété avec l'inexplicable fierté qui l'envahit chaque fois qu'il trouve un prénom. Terminus Malaussène, c'est magnifique ! C'est d'une sagesse, Terminus Malaussène !

Mara, qui venait de mettre un enfant au monde, était sur le point d'en éliminer un adulte. Un événement l'en empêcha.

Maman s'était levée. Maman s'avançait dans le couloir du bus maintenant immobile. Elle allait vers le petit nouveau, de sa démarche un peu céleste. Le silence gagnait au fur et à mesure qu'elle s'approchait de lui. Elle le prit doucement dans ses bras et le nouveau-né (je jure que c'est vrai même si je ne sais pas trop ce que je veux dire par là) prit tout à coup un air d'évidence en posant sa tête contre la poitrine de son arrière-grand-mère.

Puis, dans le silence absolu, maman dit :

– Mon Paul, je te présente ton petit-neveu !

Terminus promenait un regard apaisé sur la compagnie.

– Et, tant que j'y suis, ajouta maman en me désignant, je te présente ton fils Benjamin.

Tous les yeux se tournèrent aussitôt vers le vieil homme que personne, jusqu'ici, n'avait vraiment regardé. Je vis à la fois Tuc porter sa main à son oreille manquante, Julius le Chien tomber à la renverse comme un bibelot géant, Jérémy se jeter sur lui pour qu'il n'avale pas sa langue pendant sa crise d'épilepsie, et le vieil homme, là-bas, ouvrir fébrilement son vieux baise-en-ville…

C'est à partir de là, je crois, que mes idées se sont brouillées.

RÉPERTOIRE

ADRIEN : Voir Titus.

ALCESTE : Romancier de vérité vraie publié par les Éditions du Talion. Avant-dernier titre paru : *Ils m'ont menti.* Dernier titre : *Leur très grande faute.*

ALICE : Musicienne. Amie des cousins Malaussène. Joueuse d'OMNI.

ALLIER : Commissaire de police.

ANTIGONE : Surnom donné par la Reine Zabo à l'un des auteurs de vérité vraie des Éditions du Talon.

ARIANA : Ariana Matassa, épouse de Georges Lapietà. Par ailleurs amie d'enfance du capitaine Adrien Titus qui l'aidait (en vain) à faire ses devoirs. Il l'appelait « mon p'tit cousin » par comparaison à ce moustique à longues pattes auquel elle ressemblait alors.

ARMAND : Soldat de Pépère. Gardien de Lapietà. Ch'ti d'origine.

Aux fruits de la passion : Orphelinat créé par Gervaise. Initialement réservé aux fils de putes mortes sur le pavé parisien, il s'est peu à peu élargi à tout ce que le vaste monde produit d'enfants abandonnés. Gervaise, Louna et Clara y travaillent. Ainsi que Ludovic Talvern, le mari de Verdun. Titre de l'un des romans de la saga Malaussène.

BALESTRO, Jacques : Agent sportif au service de Pépère. On dit scout. Autrement dit, recruteur de jeunes footballeurs. Connu un temps au Brésil, sous le nom de Ryan Padovani. Oncle Ryan, pour les garçons qu'il recrutait.

BAPTISTE : Frère footballeur d'Alceste. Par ailleurs recruteur dans les troupes de Pépère.

Belleville : Quartier de l'Est parisien et de la famille Malaussène où l'auteur niche depuis 1969. C'est la Géographie réduite par l'Histoire aux dimensions d'un mouchoir de poche, une planète miniature.

BENJAMIN (ou Ben) : Fils aîné de la tribu Malaussène. Se dit lui-même « frère de famille ». Père de Mosma. Il est directeur littéraire aux Éditions du Talion – en réalité bouc émissaire professionnel (voir plus bas cette entrée).

Bernhard : Société de transport basée à Colmar où les cousins Malaussène ont, sous le nom de la musicienne Alice, loué le camion qui leur a servi pour enlever Georges Lapietà dans le volume précédent.

BERTHOLD : Chirurgien de génie et crétin tonitruant. Ne pas oublier de l'appeler « professeur ». Le docteur Marty et lui se disputent le corps de Benjamin dans *La Petite Marchande de prose.*

BERTHOLET : Commissaire divisionnaire.

Bo : Garde du corps chinois d'Alceste.

Bouc émissaire : Nous avons tous besoin d'un coupable pour nous sentir innocents, quitte à l'adorer après l'avoir exécuté. La fonction de bouc émissaire nous vient de la nuit des temps et semble promise à une belle éternité. (Voir René Girard, *Le Bouc émissaire,* « Biblio essais », Le Livre de Poche.) Ici Benjamin Malaussène remplit cette fonction aux Éditions du Talion…

BROCHARD : Lieutenant de police, sur l'affaire Lapietà. Fait équipe avec le lieutenant Valmondois et le capitaine Adrien Titus.

BRUNO : Concierge des Osselets.

CARREGA : Inspecteur de police dans les volumes précédents, laconique et timide, vêtu en toutes saisons d'un de ces blousons de cuir à col fourré mis jadis à la mode par l'escadrille Normandie-Niémen. Réapparaît ici en commissaire divisionnaire. Toujours plus ou moins amoureux de Clara Malaussène sans qu'on sache, depuis sept volumes, s'il y a ou non réciprocité.

CASTELLA : Membre du conseil d'administration de l'EHPAD Les Osselets.

CASTRI, Ana : Médecin légiste formée par le docteur Postel-Wagner. Pratique aussi l'acuponcture et le vélo.

CERCAIRE : Commissaire divisionnaire. Apparaît dans *La Fée Carabine*, où il est en charge de l'affaire des tueurs de vieilles dames à Belleville.

C'EST UN ANGE (dit SEPT) : Neveu de Benjamin. Fils de Clara Malaussène et de feu Clarence de Saint-Hiver. Né dans *La Petite Marchande de prose*. Lecteur émérite. Écouter Sept lire à voix haute c'est s'offrir un ticket d'entrée dans la tête de l'auteur.

CLARA : Mère de C'Est Un Ange, elle-même fille de sa mère et de père inconnu. Photographie le monde tel qu'il est et quel qu'il soit. Sœur préférée de Benjamin, sans doute parce qu'il l'a mise au monde de ses propres mains, la sage-femme s'étant poivrée à l'éther et les médecins ayant déserté l'hôpital. (Hadouch était là, il peut en témoigner.) Travaille avec Gervaise aux Fruits de la passion, l'orphelinat.

CARDINALE, Claudia : Actrice solidement installée dans mon affection cinématographique. Visionnez *Le*

Guépard de Visconti, *Il était une fois dans l'Ouest* de Sergio Leone, c'est ainsi que Georges Lapietà voit sa femme. Moi je la préfère dans le *Huit et demi* de Fellini.

COLONGE : voir Frédéric.

CORIOLAN : Personnage de Shakespeare, réputé pour son humeur cogneuse. Surnom donné par la Reine Zabo à Tony Schmider, un de ses auteurs, dangereusement sensible à la critique.

COUDRIER : Commissaire divisionnaire en charge de toutes les affaires où se trouve impliqué Benjamin Malaussène, y compris (secrètement) depuis qu'il est à la retraite, prise à Malaussène, village éponyme, près de Nice.

COURSON DE LOIR (abbé) : Négociateur dans le volume précédent. Dans celui-ci en charge des chorales à l'échelon national...

DANY (le grand Dany) : Serveur au Sorriso, le restaurant préféré de Benjamin.

DAVERON, Louis : Chef de cabinet du ministre de la Justice.

DÉDÉ : Ami vertacomicorien de l'auteur. Dédé me prête souvent sa cabane forestière pour écrire quand ma maison est trop pleine. Benjamin cache Alceste dans cette cabane pendant toute la première partie du volume précédent. Dédé, Lulu, René, Yves, Mick, Yolande, Roger, Robert et les autres amis vertacomicoriens de l'auteur ont grandi avec Julie Corrençon.

ERWAN : Soldat de Pépère en formation.

FACA (colonel Augusto Parmenido) : Chef de la garde civile à Fortaleza, capitale du Ceará dans le nord-est du Brésil. Tient son rôle dans *Leur très grande faute*, le dernier roman d'Alceste.

FALCK, Jacques : Ici, psychiatre cinéphile, expert auprès des tribunaux de Paris. Dans la vie ami de l'auteur.

FAUSTINE : Sœur d'Alceste. Joue un rôle économiquement important dans les troupes de Pépère.

Fée Carabine (*La*) : Histoire, plus ou moins inspirée de la réalité, que l'inspecteur Van Thian racontait, le soir, aux enfants de la tribu Malaussène.

FOUCART : Commissaire de police.

FRÉDÉRIC : Frédéric Colonge, soldat de Pépère, recruté à douze ans et demi dans les beaux quartiers de Paris.

GECKO (le) : Ami de jeunesse du capitaine Adrien Titus et frère d'Ariana Matassa, épouse de Georges Lapietà.

GÉRARD (ou Gégé) : Soldat de Pépère, abattu dans le volume précédent. On l'avait déguisé en gendarme.

GERVAISE : Fille adoptive de l'inspecteur Van Thian. Ancienne religieuse spécialisée dans les michetonneuses, repenties ou non. Ancienne inspectrice de police, aussi. Ici, directrice de l'orphelinat Aux fruits de la passion avec Ludovic Talvern, mari de Verdun.

GONZALÈS, William J. : Administrateur du groupe LAVA (*Le Cas Malaussène*, 1).

GOUJON : Commissaire de police.

GRÉGOIRE : Lieutenant de Pépère.

HADOUCH : Famille Ben Tayeb. Hadouch est l'ami d'enfance de Benjamin. Son frère de lait pour ainsi dire. Hadouch, Mo le Mossi et Simon le Kabyle veillent sur la tribu Malaussène depuis le premier volume.

HARPAGON : Surnom donné par la Reine Zabo à l'un des auteurs de vérité vraie des Éditions du Talion.

HERVÉ : Courtier en assurances. Théo et lui sont les pères de Maracuja.

JEAN-MARIE : Ami vertacomicorien de l'auteur. Ancien mineur à l'accent méridional le plus chantant qu'on puisse imaginer.

JÉRÉMY : Frère de Benjamin et fils de sa mère. Père inconnu. Choisit tous les prénoms de la tribu. On lui doit ceux de Verdun, de C'Est Un Ange (Sept), de Monsieur Malaussène (Mosma), de Maracuja (Mara) et de Julius le Chien. Devenu neurochirurgien sous l'influence de Marty, le médecin traitant de la famille Malaussène.

JR : JR, c'est JR. L'artiste. Si vous ne le connaissez pas, cherchez par vous-même. Le lecteur trouvera ici la description d'une de ses œuvres.

JU : Garde du corps chinois d'Alceste.

JULIE : Journaliste et passion unique de Benjamin. Fille du gouverneur colonial Corrençon et de Mélina Mélini. Née dans la ferme familiale du Vercors, les Rochas. Mère de Mosma.

JULIUS LE CHIEN : Chien des Malaussène. Race innombrable, odeur soutenue, tempérament indépendant mais fidélité à toute épreuve. Comment le même chien peut-il hanter la même saga pendant plus d'un demi-siècle ? La réponse se trouve dans *Le Cas Malaussène*, 1.

KAMEL : Soldat de Pépère.

KÉBIR : Soldat de Pépère. Son vrai prénom est Marcel.

KLEIN, Benoît : Commissaire divisionnaire à la brigade financière.

KYOKO : Employée à l'hôtel Nippo.

LALBRACHE, Paul : Mari de la mère des Malaussène.

LAVA : Consortium spécialisé, à l'échelon européen, dans l'approvisionnement en eau potable et le traitement des eaux usées.

LAPIETÀ, Georges : Homme d'affaires, ancien ministre, consultant pour le groupe LAVA. Époux d'Ariana Matassa et père de Tuc. Rapté par un maître chanteur, on cherche à le libérer dans le présent volume.

Legamin : Directeur des Osselets.

Legendre, Xavier : Commissaire de police, gendre du divisionnaire Coudrier. Finit ici sa carrière comme chef du service actif de la police judiciaire. Je ne voudrais pas en dire du mal, mais tout de même.

Léo : Soldat de Pépère en formation.

Lerieux, Samantha : Infirmière aux Osselets.

Liouchka : Domestique du couple Lapietà. Tablier blanc sur corsage et jupe noirs. Probablement d'origine polonaise.

Lorenzaccio : Surnom donné par la Reine Zabo à l'un des auteurs de vérité vraie des Éditions du Talion.

Louna : Fille de sa mère et de père inconnu. Sœur de Benjamin. Infirmière. Puis conseillère conjugale. Dans *Au bonheur des ogres,* elle accouche de jumelles dont l'auteur ne sait pas ce qu'elles sont devenues.

Loussa de Casamance : Employé aux Éditions du Talion. Sénégalais originaire de Casamance, traducteur de littérature chinoise. Vieil ami de Benjamin. Très proche de la Reine Zabo.

Ludovic : Voir Talvern.

Kramzi : Membre du conseil d'administration des Osselets.

Magali : Femme de Jean-Marie.

Magasin (le) : Premier lieu de travail où Benjamin Malaussène exerça son métier de bouc émissaire (*Au bonheur des ogres*).

Magda : Soldat de Pépère en formation.

Malaussène : Petit village près de Nice où le divisionnaire Coudrier a pris sa retraite. À ne pas confondre avec l'autre Malaucène, au pied du mont Ventoux, qui s'écrit avec un « c ».

Malaussène : Voir Benjamin.

Mamadou : Plongeur au Sorriso, le restaurant habituel de Benjamin, de Loussa de Casamance et de Julius le Chien.

Maman : Mère de la tribu Malaussène. Sept enfants : Benjamin, Louna, Thérèse, Clara, Jérémy, Le Petit et Verdun. On ne les a jamais entendus l'appeler autrement que maman. L'auteur ignore son prénom.

Manin : Lieutenant de police promis à un grand avenir, s'il ne meurt pas prématurément au champ d'honneur.

Manne, Antonin : Jeune gendarme. Émouvant quand il prend soin de monsieur Paul.

Maracuja (dite Mara) : Nièce de Benjamin et fille de Thérèse (Thérèse a longtemps refusé de dévoiler l'identité du père. Aujourd'hui qu'il y a prescription, on peut dire que c'est Hervé et/ou Théo).

Maréchal : Membre du conseil d'administration des Osselets.

Martins, Nelson Paraiso : Jeune Brésilien, victime de Jacques Balestro et recueilli aux Fruits de la passion.

Marguerite : Élève de Pépère spécialisée dans les interrogatoires. Par ailleurs étudiante en médecine.

Marty : Ami de l'auteur et médecin de la famille Malaussène depuis toujours. On lui doit la mise au monde de C'Est Un Ange dans *La Petite Marchande de prose*. On lui doit aussi la vocation de Jérémy pour la médecine.

Médée : Surnom donné par la Reine Zabo à l'un des auteurs de vérité vraie des Éditions du Talion.

Mehdi : Lieutenant de Pépère. Agrégé de lettres.

Ménestrier : Administrateur du groupe LAVA.

Menotier : Commissaire divisionnaire, un brin carriériste, en charge de l'affaire Vaubertin. N'aurait pas dû se mêler de l'affaire Lapietà.

MICK : Ami vertacomicorien de Benjamin et de l'auteur. Auteur lui-même d'une bande dessinée sur l'attaque nazie de la fin juillet 44 et sur le massacre dont furent victimes les habitants de Vassieux-en-Vercors.

MO LE MOSSI : Lieutenant de Hadouch Ben Tayeb. Inséparable de Simon le Kabyle. Tous trois protecteurs de la tribu Malaussène.

MONERET : Sous-directeur de la maison d'arrêt où sont détenus Kébir et sa bande. Pourquoi a-t-il débranché la caméra de surveillance ?

MONSIEUR MALAUSSÈNE (dit Mosma) : Fils de Benjamin Malaussène, de Julie Corrençon et de Gervaise Van Thian. Né dans *Monsieur Malaussène.*

MOSMA : Voir Monsieur Malaussène.

NADÈGE : Colocataire du lieutenant de police Manin.

NEMO : Pionnier du street art. Roi du pochoir. Ami de l'auteur.

OMNI : Instrument de musique, créé par Patrice Moullet. Un orchestre à lui tout seul.

Osselets (Les) : EHPAD de Beaujeron-sur-Meuse.

PADOVANI, Ryan : Voir Jacques Balestro.

PAUL : Voir Lalbrache.

PASCOU : Soldat de Pépère. Blessé dans le volume précédent. Une balle dans l'épaule, une autre dans le pied.

PASTOR, Jean-Baptiste : Inspecteur de police dans *La Fée Carabine.* Favori du divisionnaire Coudrier. Fait équipe avec l'inspecteur Van Thian et pratique une méthode d'interrogatoires infaillible. Amour inoubliable de la mère Malaussène.

PÉPÈRE : Pépère, c'est Pépère. Tout le présent volume lui est consacré.

PETIT (Le) : Frère de Benjamin et fils de sa mère. D'un père assez connu si l'on en croit la nouvelle intitulée

Des chrétiens et des Maures. Devenu astrophysicien, directeur de recherche à l'Observatoire de Paris. Mesure aujourd'hui 1 m 98. Porte toujours ses lunettes rouges (ou roses, c'est selon).

PIPPO : Ami sicilien de Benjamin et de l'auteur. Patron du restaurant Il Sorriso, rue Bayle, Paris XXe. Loussa de Casamance, Julius le Chien et Benjamin y déjeunent volontiers.

POSTEL-WAGNER : Médecin légiste, il fait aussi dans le vivant. Ami de l'auteur, de Benjamin et de Gervaise. Postel-Wagner met au monde Monsieur Malaussène dans le roman éponyme. Auteur de *L'Affaire Arnolfini* chez Actes Sud. Magnifique !

PRIMO : Soldat de Pépère. Gardien de Lapietà. Joueur d'échecs aussi.

Quincaillerie (la) : La tribu Malaussène habite depuis toujours une ancienne quincaillerie, à Paris, rue de la Folie-Regnault, dans le XIe arrondissement.

RITZMAN : Administrateur du groupe LAVA.

ROBERT : Robert Mazet, ami vertacomicorien de Benjamin et de l'auteur, compagnon d'enfance de Julie Corrençon.

RYAN (oncle) : Voir Balestro.

SAM : Soldat de Pépère en formation.

SÉBASTIEN : Infirmier. Bras droit du docteur Postel-Wagner. Ami de l'auteur.

SEPT : Diminutif de C'Est Un Ange.

SILISTRI, Joseph : Commissaire divisionnaire venu des îles. Fait équipe avec le capitaine Titus. Gravement blessé dans le volume précédent.

SIMON LE KABYLE : Lieutenant de Hadouch Ben Tayeb. Inséparable de Mo le Mossi. Le vent du prophète souffle entre ses incisives.

Souzier, Bertrand : Procureur général de la République et cousin de la Reine Zabo.

Talion (Éditions du) : Maison d'édition fondée par Talleyrand et dirigée par la Reine Zabo. Depuis les années 2000 les Éditions du Talion se sont spécialisées dans la publication des auteurs de vérité vraie.

Talvern (juge) : Sœur de Benjamin (Verdun), épouse de Ludovic Talvern et juge d'instruction en charge du dossier Lapietà.

Talvern, Ludovic : Mari de Verdun Malaussène, dont il fut le professeur en droit des obligations. Ex-juge d'application des peines. Éducateur et boulanger aux Fruits de la passion.

Tatanita : Épouse du capitaine Adrien Titus.

Théo : Ami des Malaussène et père de Maracuja, avec Hervé, un ami de passage.

Thérèse : Sœur de Benjamin. Père inconnu. Mère de Maracuja, dont elle a accouché dans *Aux fruits de la passion.*

Thian : Voir Van Thian.

Titus, Adrien : Flic d'origine tatare. Capitaine. Fait équipe avec le commissaire divisionnaire Silistri et la juge Talvern. Marié à Tatanita, son « petit bout de chocolat ». Ami des Malaussène et parrain de Maracuja.

Tuc : Fils unique de Georges Lapietà et d'Ariana Matassa. Tuc est son surnom. Nous ignorons son prénom.

Van Thian : Inspecteur de police franco-vietnamien et nounou de Verdun Malaussène dans *La Fée Carabine* et *La Petite Marchande de prose.* La voix de Jean Gabin dans un corps de brindille. Fils de Louise et de Thian de Monkaï. Père adoptif de Gervaise, collègue et ami de l'inspecteur Pastor, avec lequel il travailla sous les ordres du commissaire divisionnaire Coudrier.

VERCEL : Membre du conseil d'administration de LAVA.

Vercors : Massif des Préalpes du Nord. Haut lieu de la Résistance. Le gouverneur Corrençon et sa fille Julie y possèdent une ferme, les Rochas. L'auteur y compte bon nombre d'amis qu'il quitte avec regret à la fin de chaque été. Les habitants du Vercors sont les Vertacomicoriens.

VALMONDOIS : Lieutenant de police, fait équipe avec le lieutenant Brochard et le capitaine Adrien Titus.

VAUBERTIN, Pascal : Libraire ambulant. Cause involontaire d'un copieux bordel.

VERDUN : Sœur de Benjamin (la plus jeune). Père inconnu. Née, toute hurlante, dans *La Fée Carabine*. C'est Jérémy qui l'a baptisée « Verdun », comme la bataille du même nom. Devenue juge d'instruction sous le nom de Talvern. La juge Talvern.

YOLANDE : Épouse de Mick.

YVES : Ami vertacomicorien de l'auteur. Il faut goûter ses sucrines et son pinard.

ZÉ MARTINS : Jeune footballeur dans *Leur très grande faute,* le nouveau roman d'Alceste.

ZABO (dite la Reine Zabo) : Directrice des Éditions du Talion, patronne de Benjamin Malaussène.

REMERCIEMENTS

Ils vont à tous ceux qui accompagnent la tribu Malaussène depuis ses débuts. Et d'abord à Robert Soulat et Christian Mounier qui l'ont accueillie dans la cave de la Série Noire. Je les ai tant aimés ces deux-là !

DU MÊME AUTEUR

Aux Éditions Gallimard

AU BONHEUR DES OGRES (« Folio », *n° 1972,* « Écoutez lire »).

LA FÉE CARABINE (« Folio », *n° 2043,* « Écoutez lire »).

LA PETITE MARCHANDE DE PROSE (« Folio », *n° 2342,* « Écoutez lire »). Prix du Livre Inter 1990.

COMME UN ROMAN (« Folio », *n° 2724*).

MONSIEUR MALAUSSÈNE (« Folio », *n° 3000*).

MONSIEUR MALAUSSÈNE AU THÉÂTRE (« Folio », *n° 3121*).

MESSIEURS LES ENFANTS (« Folio », *n° 3277*).

DES CHRÉTIENS ET DES MAURES. Première édition en France en 1999 (« Folio », *n° 3134*).

LE SENS DE LA HOUPPELANDE. *Illustrations de Tardi* (Gallimard / Futuropolis).

LA DÉBAUCHE. *Bande dessinée illustrée par Tardi* (Gallimard / Futuropolis, puis « Folio BD », *n° 5502*).

AUX FRUITS DE LA PASSION (« Folio », *n° 3434*).

LE DICTATEUR ET LE HAMAC (« Folio », *n° 4173*).

MERCI.

MERCI *suivi de* MES ITALIENNES, chronique d'une aventure théâtrale *et de* MERCI, adaptation théâtrale (« Folio », *n° 4363*).

MERCI. *Mise en scène et réalisation de Jean-Michel Ribes. Musique « Jeux pour deux », 1975, de François Vercken* (« DVD » conception graphique d'Étienne Théry).

CHAGRIN D'ÉCOLE (« Folio », *n° 4892*). Prix Renaudot 2007.

JOURNAL D'UN CORPS (« Folio », *n° 5733*).

LE 6e CONTINENT *suivi d'*ANCIEN MALADE DES HÔPITAUX DE PARIS.

ANCIEN MALADE DES HÔPITAUX DE PARIS (« Folio », *n° 5873,* « Écoutez lire »).

LE CAS MALAUSSÈNE. ILS M'ONT MENTI (« Folio », *n° 7166,* « Écoutez lire »).

MON FRÈRE (« Folio », *n° 6849,* « Écoutez lire »).

LA LOI DU RÊVEUR (« Folio », *n° 7021,* « Écoutez lire »).

TERMINUS MALAUSSÈNE. LE CAS MALAUSSÈNE II (« Folio », *n° 7385,* « Écoutez lire »).

Aux Éditions Gallimard Jeunesse

Dans la collection « Folio Junior »

KAMO. L'AGENCE BABEL, *n° 800. Illustrations de Jean-Philippe Chabot.*

L'ÉVASION DE KAMO, *n° 801. Illustrations de Jean-Philippe Chabot.*

KAMO ET MOI, *n° 802. Illustrations de Jean-Philippe Chabot.*

KAMO. L'IDÉE DU SIÈCLE, *n° 803. Illustrations de Jean-Philippe Chabot.*

KAMO : Kamo, l'idée du siècle – Kamo et moi – Kamo, l'agence Babel – L'évasion de Kamo. *Illustrations de Jean-Philippe Chabot.*

Dans la collection « Albums Jeunesse »

LES DIX DROITS DU LECTEUR, *ingénierie papier et illustrations de Gérard Lo Monaco.*

Dans la collection de livres audio « Écoutez lire »

KAMO. L'IDÉE DU SIÈCLE. Lu par Daniel Pennac. *Illustrations de Jean-Philippe Chabot.*

KAMO. L'AGENCE BABEL. Lu par Daniel Pennac. *Illustrations de Jean-Philippe Chabot.*

MERCI. Lu par Claude Piéplu. *Illustrations de Quentin Blake.*

CHAGRIN D'ÉCOLE. Lu par Daniel Pennac.

JOURNAL D'UN CORPS. Lu par Daniel Pennac.

ANCIEN MALADE DES HÔPITAUX DE PARIS. Lu par Olivier Saladin.

L'ŒIL DU LOUP. Lu par Daniel Pennac. *Illustrations de Catherine Reisser.*

LE CAS MALAUSSÈNE. ILS M'ONT MENTI. Lu par Daniel Pennac.

MON FRÈRE. Lu par Daniel Pennac.

LA LOI DU RÊVEUR. Lu par Daniel Pennac.

L'ÉVASION DE KAMO. Lu par Daniel Pennac. *Illustrations musicales.*

KAMO ET MOI. Lu par Daniel Pennac. *Illustrations musicales.*

AU BONHEUR DES OGRES. Lu par Daniel Pennac.

TERMINUS MALAUSSÈNE. LE CAS MALAUSSÈNE II. Lu par Daniel Pennac.

LA FÉE CARABINE. Lu par Daniel Pennac.

LA PETITE MARCHANDE DE PROSE. Lu par Daniel Pennac.

Dans la collection « Gaffobobo »

LE CROCODILE À ROULETTES. *Illustrations de Ciccolini.*

LE SERPENT ÉLECTRIQUE. *Illustrations de Ciccolini.*

BON BAIN LES BAMBINS. *Illustrations de Ciccolini.*

Dans la collection « À voix haute » (CD audio)

BARTLEBY LE SCRIBE de Herman Melville dans la traduction de Pierre Leyris.

Aux Éditions Hoëbeke

LES GRANDES VACANCES, en collaboration avec Robert Doisneau.

LA VIE DE FAMILLE, en collaboration avec Robert Doisneau.

NEMO.

ÉCRIRE.

Aux Éditions Casterman

LE ROMAN D'ERNEST ET CÉLESTINE (« Casterman poche », *n° 58*).

Aux Éditions Nathan et Pocket Jeunesse

CABOT-CABOCHE.

L'ŒIL DU LOUP (repris dans « Écoutez Lire »/Gallimard Jeunesse).

Aux Éditions Centurion Jeunesse

LE GRAND REX.

Aux Éditions Grasset

PÈRE NOËL, *biographie romancée*, en collaboration avec Tudor Eliad.

LES ENFANTS DE YALTA, *roman*, en collaboration avec Tudor Eliad.

Chez d'autres éditeurs

LE TOUR DU CIEL, *Calmann-Lévy* et *Réunion des musées nationaux.*

QU'EST-CE QUE TU ATTENDS, MARIE ? , *Calmann-Lévy* et *Réunion des musées nationaux.*

LE SERVICE MILITAIRE AU SERVICE DE QUI ?, *Le Seuil.*

VERCORS D'EN HAUT. LA RÉSERVE NATURELLE DES HAUTS-PLATEAUX, *Milan.*

UN AMOUR EXEMPLAIRE, avec Florence Cestac, *Dargaud.*

LES MOTS ONT DES OREILLES, avec Florence Cestac, *Le Robert.*

LIRE, avec Lorenzo Terranera, *Thierry Magnier.*

LES MOTS SE MANGENT, illustrations de Florence Cestac, *Le Robert.*

LES MOTS SONT POILUS, illustrations de Florence Cestac, *Le Robert.*

COLLECTION FOLIO

Dernières parutions

6883. Lilia Hassaine	*L'œil du paon*
6884. Jon McGregor	*Réservoir 13*
6885. Caroline Lamarche	*Nous sommes à la lisière*
6886. Isabelle Sorente	*Le complexe de la sorcière*
6887. Karine Tuil	*Les choses humaines*
6888. Ovide	*Pénélope à Ulysse* et autres lettres d'amour de grandes héroïnes antiques
6889. Louis Pergaud	*La tragique aventure de Goupil* et autres contes animaliers
6890. Rainer Maria Rilke	*Notes sur la mélodie des choses* et autres textes
6891. George Orwell	*Mil neuf cent quatre-vingt-quatre*
6892. Jacques Casanova	*Histoire de ma vie*
6893. Santiago H. Amigorena	*Le ghetto intérieur*
6894. Dominique Barbéris	*Un dimanche à Ville-d'Avray*
6895. Alessandro Baricco	*The Game*
6896. Joffrine Donnadieu	*Une histoire de France*
6897. Marie Nimier	*Les confidences*
6898. Sylvain Ouillon	*Les jours*
6899. Ludmila Oulitskaïa	*Médée et ses enfants*
6900. Antoine Wauters	*Pense aux pierres sous tes pas*
6901. Franz-Olivier Giesbert	*Le schmock*
6902. Élisée Reclus	*La source* et autres histoires d'un ruisseau
6903. Simone Weil	*Étude pour une déclaration des obligations envers l'être humain* et autres textes
6904. Aurélien Bellanger	*Le continent de la douceur*
6905. Jean-Philippe Blondel	*La grande escapade*

6906.	Astrid Éliard	*La dernière fois que j'ai vu Adèle*
6907.	Lian Hearn	*Shikanoko, livres I et II*
6908.	Lian Hearn	*Shikanoko, livres III et IV*
6909.	Roy Jacobsen	*Mer blanche*
6910.	Luc Lang	*La tentation*
6911.	Jean-Baptiste Naudet	*La blessure*
6912.	Erik Orsenna	*Briser en nous la mer gelée*
6913.	Sylvain Prudhomme	*Par les routes*
6914.	Vincent Raynaud	*Au tournant de la nuit*
6915.	Kazuki Sakuraba	*La légende des filles rouges*
6916.	Philippe Sollers	*Désir*
6917.	Charles Baudelaire	*De l'essence du rire* et autres textes
6918.	Marguerite Duras	*Madame Dodin*
6919.	Madame de Genlis	*Mademoiselle de Clermont*
6920.	Collectif	*La Commune des écrivains. Paris, 1871 : vivre et écrire l'insurrection*
6921.	Jonathan Coe	*Le cœur de l'Angleterre*
6922.	Yoann Barbereau	*Dans les geôles de Sibérie*
6923.	Raphaël Confiant	*Grand café Martinique*
6924.	Jérôme Garcin	*Le dernier hiver du Cid*
6925.	Arnaud de La Grange	*Le huitième soir*
6926.	Javier Marías	*Berta Isla*
6927.	Fiona Mozley	*Elmet*
6928.	Philip Pullman	*La Belle Sauvage. La trilogie de la Poussière, I*
6929.	Jean-Christophe Rufin	*Les trois femmes du Consul. Les énigmes d'Aurel le Consul*
6930.	Collectif	*Haikus de printemps et d'été*
6931.	Épicure	*Lettre à Ménécée* et autres textes
6932.	Marcel Proust	*Le Mystérieux Correspondant* et autres nouvelles retrouvées
6933.	Nelly Alard	*La vie que tu t'étais imaginée*
6934.	Sophie Chauveau	*La fabrique des pervers*
6935.	Cecil Scott Forester	*L'heureux retour*

6936. Cecil Scott Forester — *Un vaisseau de ligne*
6937. Cecil Scott Forester — *Pavillon haut*
6938. Pam Jenoff — *La parade des enfants perdus*
6939. Maylis de Kerangal — *Ni fleurs ni couronnes* suivi de *Sous la cendre*
6940. Michèle Lesbre — *Rendez-vous à Parme*
6941. Akira Mizubayashi — *Âme brisée*
6942. Arto Paasilinna — *Adam & Eve*
6943. Leïla Slimani — *Le pays des autres*
6944. Zadie Smith — *Indices*
6945. Cesare Pavese — *La plage*
6946. Rabindranath Tagore — *À quatre voix*
6947. Jean de La Fontaine — *Les Amours de Psyché et de Cupidon* précédé d'*Adonis* et du *Songe de Vaux*
6948. Bartabas — *D'un cheval l'autre*
6949. Tonino Benacquista — *Toutes les histoires d'amour ont été racontées, sauf une*
6950. François Cavanna — *Crève, Ducon !*
6951. René Frégni — *Dernier arrêt avant l'automne*
6952. Violaine Huisman — *Rose désert*
6953. Alexandre Labruffe — *Chroniques d'une station-service*
6954. Franck Maubert — *Avec Bacon*
6955. Claire Messud — *Avant le bouleversement du monde*
6956. Olivier Rolin — *Extérieur monde*
6957. Karina Sainz Borgo — *La fille de l'Espagnole*
6958. Julie Wolkenstein — *Et toujours en été*
6959. James Fenimore Cooper — *Le Corsaire Rouge*
6960. Jean-Baptiste Andrea — *Cent millions d'années et un jour*
6961. Nino Haratischwili — *La huitième vie*
6962. Fabrice Humbert — *Le monde n'existe pas*
6963. Karl Ove Knausgaard — *Fin de combat. Mon combat - Livre VI*
6964. Rebecca Lighieri — *Il est des hommes qui se perdront toujours*
6965. Ian McEwan — *Une machine comme moi*

6966.	Alexandre Postel	*Un automne de Flaubert*
6967.	Anne Serre	*Au cœur d'un été tout en or*
6968.	Sylvain Tesson	*La panthère des neiges*
6969.	Maurice Leblanc	*Arsène Lupin, gentleman-cambrioleur*
6970.	Nathacha Appanah	*Le ciel par-dessus le toit*
6971.	Pierre Assouline	*Tu seras un homme, mon fils*
6972.	Maylis Besserie	*Le tiers temps*
6973.	Marie Darrieussecq	*La mer à l'envers*
6974.	Marie Gauthier	*Court vêtue*
6975.	Iegor Gran	*Les services compétents*
6976.	Patrick Modiano	*Encre sympathique*
6977.	Christophe Ono-dit-Biot et Adel Abdessemed	*Nuit espagnole*
6978.	Regina Porter	*Ce que l'on sème*
6979.	Yasmina Reza	*Anne-Marie la beauté*
6980.	Anne Sinclair	*La rafle des notables*
6981.	Maurice Leblanc	*Arsène Lupin contre Herlock Sholmès*
6982.	George Orwell	*La Ferme des animaux*
6983.	Jean-Pierre Siméon	*Petit éloge de la poésie*
6984.	Amos Oz	*Ne dis pas la nuit*
6985.	Belinda Cannone	*Petit éloge de l'embrassement*
6986.	Christian Bobin	*Pierre,*
6987.	Claire Castillon	*Marche blanche*
6988.	Christelle Dabos	*La Passe-miroir, Livre IV. La tempête des échos*
6989.	Hans Fallada	*Le cauchemar*
6990.	Pauline Guéna	*18.3. Une année à la PJ*
6991.	Anna Hope	*Nos espérances*
6992.	Elizabeth Jane Howard	*Étés anglais. La saga des Cazalet I*
6993.	J.M.G. Le Clézio	*Alma*
6994.	Irène Némirovsky	*L'ennemie*
6995.	Marc Pautrel	*L'éternel printemps*
6996.	Lucie Rico	*Le chant du poulet sous vide*
6997.	Abdourahman A. Waberi	*Pourquoi tu danses quand tu marches ?*

6998. Sei Shônagon — *Choses qui rendent heureux* et autres notes de chevet
6999. Paul Valéry — *L'homme et la coquille* et autres textes
7000. Tracy Chevalier — *La brodeuse de Winchester*
7001. Collectif — *Contes du Chat noir*
7002. Edmond et Jules de Goncourt — *Journal*
7003. Collectif — *À nous la Terre !*
7004. Dave Eggers — *Le moine de Moka*
7005. Alain Finkielkraut — *À la première personne*
7007. C. E. Morgan — *Tous les vivants*
7008. Jean d'Ormesson — *Un hosanna sans fin*
7009. Amos Oz — *Connaître une femme*
7010. Olivia Rosenthal — *Éloge des bâtards*
7011. Collectif — *Écrire Marseille.* 15 grands auteurs célèbrent la cité phocéenne
7012. Fédor Dostoïevski — *Les Nuits blanches*
7013. Marguerite Abouet et Clément Oubrerie — *Aya de Yopougon 5*
7014. Marguerite Abouet et Clément Oubrerie — *Aya de Yopougon 6*
7015. Élisa Shua Dusapin — *Vladivostok Circus*
7016. David Foenkinos — *La famille Martin*
7017. Pierre Jourde — *Pays perdu*
7018. Patrick Lapeyre — *Paula ou personne*
7019. Albane Linÿer — *J'ai des idées pour détruire ton ego*
7020. Marie Nimier — *Le Palais des Orties*
7021. Daniel Pennac — *La loi du rêveur*
7022. Philip Pullman — *La Communauté des esprits. La trilogie de la Poussière II*
7023. Robert Seethaler — *Le Champ*
7024. Jón Kalman Stefánsson — *Lumière d'été, puis vient la nuit*
7025. Gabrielle Filteau-Chiba — *Encabanée*
7026. George Orwell — *Pourquoi j'écris* et autres textes politiques

7027. Ivan Tourguéniev — *Le Journal d'un homme de trop*
7028. Henry Céard — *Une belle journée*
7029. Mohammed Aïssaoui — *Les funambules*
7030. Julian Barnes — *L'homme en rouge*
7031. Gaëlle Bélem — *Un monstre est là, derrière la porte*
7032. Olivier Chantraine — *De beaux restes*
7033. Elena Ferrante — *La vie mensongère des adultes*
7034. Marie-Hélène Lafon — *Histoire du fils*
7035. Marie-Hélène Lafon — *Mo*
7036. Carole Martinez — *Les roses fauves*
7037. Laurine Roux — *Le Sanctuaire*
7038. Dai Sijie — *Les caves du Potala*
7039. Adèle Van Reeth — *La vie ordinaire*
7040. Antoine Wauters — *Nos mères*
7041. Alain — *Connais-toi* et autres fragments
7042. Françoise de Graffigny — *Lettres d'une Péruvienne*
7043. Antoine de Saint-Exupéry — *Lettres à l'inconnue* suivi de *Choix de lettres dessinées*
7044. Pauline Baer de Perignon — *La collection disparue*
7045. Collectif — *Le Cantique des cantiques. L'Ecclésiaste*
7046. Jessie Burton — *Les secrets de ma mère*
7047. Stéphanie Coste — *Le passeur*
7048. Carole Fives — *Térébenthine*
7049. Luc-Michel Fouassier — *Les pantoufles*
7050. Franz-Olivier Giesbert — *Dernier été*
7051. Julia Kerninon — *Liv Maria*
7052. Bruno Le Maire — *L'ange et la bête. Mémoires provisoires*
7053. Philippe Sollers — *Légende*
7054. Mamen Sánchez — *La gitane aux yeux bleus*
7055. Jean-Marie Rouart — *La construction d'un coupable.* À paraître

7056. Laurence Sterne — *Voyage sentimental en France et en Italie*
7057. Nicolas de Condorcet — *Conseils à sa fille* et autres textes
7058. Jack Kerouac — *La grande traversée de l'Ouest en bus* et autres textes beat
7059. Albert Camus — *« Cher Monsieur Germain,... »* Lettres et extraits
7060. Philippe Sollers — *Agent secret*
7061. Jacky Durand — *Marguerite*
7062. Gianfranco Calligarich — *Le dernier été en ville*
7063. Iliana Holguín Teodorescu — *Aller avec la chance*
7064. Tommaso Melilli — *L'écume des pâtes*
7065. John Muir — *Un été dans la Sierra*
7066. Patrice Jean — *La poursuite de l'idéal*
7067. Laura Kasischke — *Un oiseau blanc dans le blizzard*
7068. Scholastique Mukasonga — *Kibogo est monté au ciel*
7069. Éric Reinhardt — *Comédies françaises*
7070. Jean Rolin — *Le pont de Bezons*
7071. Jean-Christophe Rufin — *Le flambeur de la Caspienne. Les énigmes d'Aurel le Consul*
7072. Agathe Saint-Maur — *De sel et de fumée*
7073. Leïla Slimani — *Le parfum des fleurs la nuit*
7074. Bénédicte Belpois — *Saint Jacques*
7075. Jean-Philippe Blondel — *Un si petit monde*
7076. Caterina Bonvicini — *Les femmes de*
7077. Olivier Bourdeaut — *Florida*
7078. Anna Burns — *Milkman*
7079. Fabrice Caro — *Broadway*
7080. Cecil Scott Forester — *Le seigneur de la mer. Capitaine Hornblower*
7081. Cecil Scott Forester — *Lord Hornblower. Capitaine Hornblower*
7082. Camille Laurens — *Fille*

7083.	Étienne de Montety	*La grande épreuve*
7084.	Thomas Snégaroff	*Putzi. Le pianiste d'Hitler*
7085.	Gilbert Sinoué	*L'île du Couchant*
7086.	Federico García Lorca	*Aube d'été* et autres impressions et paysages
7087.	Franz Kafka	*Blumfeld, un célibataire plus très jeune* et autres textes
7088.	Georges Navel	*En faisant les foins* et autres travaux
7089.	Robert Louis Stevenson	*Voyage avec un âne dans les Cévennes*
7090.	H. G. Wells	*L'Homme invisible*
7091.	Simone de Beauvoir	*La longue marche*
7092.	Tahar Ben Jelloun	*Le miel et l'amertume*
7093.	Shane Haddad	*Toni tout court*
7094.	Jean Hatzfeld	*Là où tout se tait*
7095.	Nathalie Kuperman	*On était des poissons*
7096.	Hervé Le Tellier	*L'anomalie*
7097.	Pascal Quignard	*L'homme aux trois lettres*
7098.	Marie Sizun	*La maison de Bretagne*
7099.	Bruno de Stabenrath	*L'ami impossible. Une jeunesse avec Xavier Dupont de Ligonnès*
7100.	Pajtim Statovci	*La traversée*
7101.	Graham Swift	*Le grand jeu*
7102.	Charles Dickens	*L'Ami commun*
7103.	Pierric Bailly	*Le roman de Jim*
7104.	François Bégaudeau	*Un enlèvement*
7105.	Rachel Cusk	*Contour. Contour – Transit – Kudos*
7106.	Éric Fottorino	*Marina A*
7107.	Roy Jacobsen	*Les yeux du Rigel*
7108.	Maria Pourchet	*Avancer*
7109.	Sylvain Prudhomme	*Les orages*
7110.	Ruta Sepetys	*Hôtel Castellana*
7111.	Delphine de Vigan	*Les enfants sont rois*
7112.	Ocean Vuong	*Un bref instant de splendeur*
7113.	Huysmans	*À Rebours*

7144. François Garde	*Roi par effraction*
7145. Dominique Bona	*Divine Jacqueline*
7146. Collectif	*SOS Méditerranée*
7147. Régis Debray	*D'un siècle l'autre*
7148. Erri De Luca	*Impossible*
7149. Philippe Labro	*J'irais nager dans plus de rivières*
7150. Mathieu Lindon	*Hervelino*
7151. Amos Oz	*Les terres du chacal*
7152. Philip Roth	*Les faits. Autobiographie d'un romancier*
7153. Roberto Saviano	*Le contraire de la mort*
7154. Kerwin Spire	*Monsieur Romain Gary. Consul général de France*
7155. Graham Swift	*La dernière tournée*
7156. Ferdinand von Schirach	*Sanction*
7157. Sempé	*Garder le cap*
7158. Rabindranath Tagore	*Par les nuées de Shrâvana* et autres poèmes
7159. Urabe Kenkô et Kamo no Chômei	*Cahiers de l'ermitage*
7160. David Foenkinos	*Numéro deux*
7161. Geneviève Damas	*Bluebird*
7162. Josephine Hart	*Dangereuse*
7163. Lilia Hassaine	*Soleil amer*
7164. Hervé Le Tellier	*Moi et François Mitterrand*
7165. Ludmila Oulitskaïa	*Ce n'était que la peste*
7166. Daniel Pennac	*Le cas Malaussène I Ils m'ont menti*
7167. Giuseppe Santoliquido	*L'été sans retour*
7168. Isabelle Sorente	*La femme et l'oiseau*
7169. Jón Kalman Stefánsson	*Ton absence n'est que ténèbres*
7170. Delphine de Vigan	*Jours sans faim*
7171. Ralph Waldo Emerson	*La Nature*
7172. Henry David Thoreau	*Sept jours sur le fleuve*
7173. Honoré de Balzac	*Pierrette*
7174. Karen Blixen	*Ehrengarde*
7175. Paul Éluard	*L'amour la poésie*
7176. Franz Kafka	*Lettre au père*

7177.	Jules Verne	*Le Rayon vert*
7178.	George Eliot	*Silas Marner. Le tisserand de Raveloe*
7179.	Gerbrand Bakker	*Parce que les fleurs sont blanches*
7180.	Christophe Boltanski	*Les vies de Jacob*
7181.	Benoît Duteurtre	*Ma vie extraordinaire*
7182.	Akwaeke Emezi	*Eau douce*
7183.	Kazuo Ishiguro	*Klara et le Soleil*
7184.	Nadeije Laneyrie-Dagen	*L'étoile brisée*
7185.	Karine Tuil	*La décision*
7186.	Bernhard Schlink	*Couleurs de l'adieu*
7187.	Gabrielle Filteau-Chiba	*Sauvagines*
7188.	Antoine Wauters	*Mahmoud ou la montée des eaux*
7189.	Guillaume Aubin	*L'arbre de colère*
7190.	Isabelle Aupy	*L'homme qui n'aimait plus les chats*
7191.	Jean-Baptiste Del Amo	*Le fils de l'homme*
7192.	Astrid Eliard	*Les bourgeoises*
7193.	Camille Goudeau	*Les chats éraflés*
7194.	Alexis Jenni	*La beauté dure toujours*
7195.	Edgar Morin	*Réveillons-nous !*
7196.	Marie Richeux	*Sages femmes*
7197.	Kawai Strong Washburn	*Au temps des requins et des sauveurs*
7198.	Christèle Wurmser	*Même les anges*
7199.	Alix de Saint-André	*57 rue de Babylone, Paris 7e*
7200.	Nathacha Appanah	*Rien ne t'appartient*
7201.	Anne Guglielmetti	*Deux femmes et un jardin*
7202.	Lawrence Hill	*Aminata*
7203.	Tristan Garcia	*Âmes. Histoire de la souffrance I*
7204.	Elsa Morante	*Mensonge et sortilège*
7205.	Claire de Duras	*Œuvres romanesques*
7206.	Alexandre Dumas	*Les Trois Mousquetaires. D'Artagnan*
7207.	François-Henri Désérable	*Mon maître et mon vainqueur*
7208.	Léo Henry	*Hildegarde*

7209.	Elizabeth Jane Howard	*Confusion. La saga des Cazalet III*
7210.	Arthur Larrue	*La diagonale Alekhine*
7211.	Hervé Le Tellier	*Inukshuk, l'homme debout*
7212.	Jean-Christophe Rufin	*La princesse au petit moi. Les énigmes d'Aurel le Consul*
7213.	Yannick Bestaven	*Mon tour du monde en 80 jours*
7214.	Hisham Matar	*Un mois à Sienne*
7215.	Paolo Rumiz	*Appia*
7216.	Victor Hugo	*Préface de* Cromwell
7217.	François-René de Chateaubriand	*Atala* suivi de *René*
7218.	Victor Hugo	*Le Rhin*
7219.	Platon	*Apologie de Socrate*
7220.	Maurice Merleau-Ponty	*Le doute de Cézanne*
7221.	Anne Delaflotte Mehdevi	*Le livre des heures*
7222.	Milena Busquets	*Gema*
7223.	Michel Butor	*Petite histoire de la littérature française*
7224.	Marie Darrieussecq	*Pas dormir*
7225.	Jacky Durand	*Plus on est de fous plus on s'aime*
7226.	Cecil Scott Forester	*Hornblower aux Antilles. Capitaine Hornblower*
7227.	Mia Kankimäki	*Ces héroïnes qui peuplent mes nuits*
7228.	François Noudelmann	*Les enfants de Cadillac*
7229.	Laurine Roux	*L'autre moitié du monde*
7230.	Robert Seethaler	*Le dernier mouvement*
7231.	Gilbert Sinoué	*Le Bec de Canard*
7232.	Leïla Slimani	*Regardez-nous danser. Le pays des autres, 2*
7233.	Jack London	*Le Loup des mers*
7234.	Tonino Benacquista	*Porca miseria*
7235.	Daniel Cordier	*La victoire en pleurant. Alias Caracalla 1943-1946*
7236.	Catherine Cusset	*La définition du bonheur*

7237. Kamel Daoud — *Meursault, contre-enquête*
7238. Marc Dugain — *La volonté*
7239. Alain Finkielkraut — *L'après littérature*
7240. Raphaël Haroche — *Une éclipse*
7241. Laura Kasischke — *À Suspicious River*
7242. Étienne Kern — *Les envolés*
7243. Alexandre Labruffe — *Wonder Landes*
7244. Virginie Ollagnier — *Ils ont tué Oppenheimer*
7245. John Steinbeck — *Des souris et des hommes*
7246. Collectif — *La poésie à vivre. Paroles de poètes*
7247. Gisèle Halimi — *Plaidoirie pour l'avortement*
7248. Gustave Flaubert — *Récits de jeunesse*
7249. Santiago H. Amigorena — *Le premier exil*
7250. Fabrice Caro — *Samouraï*
7251. Raphaël Confiant — *La muse ténébreuse de Charles Baudelaire*
7252. Annie Ernaux — *L'autre fille*
7253. Margaret Kennedy — *Le festin*
7254. Zoé Oldenbourg — *Argile et cendres*
7255. Julie Otsuka — *Quand l'empereur était un dieu*
7256. Pascal Quignard — *L'amour la mer*
7257. Salman Rushdie — *Grimus*
7258. Antoine Wauters — *Le musée des contradictions*
7259. Nathalie Azoulai — *La fille parfaite*
7260. Claire Castillon — *Son empire*
7261. Sophie Chauveau — *Journal intime de la Vierge Marie*
7262. Éric Fottorino — *Mohican*
7263. Abdulrazak Gurnah — *Paradis*
7264. Anna Hope — *Le Rocher blanc*
7265. Maylis de Kerangal — *Canoës*
7266. Anaïs LLobet — *Au café de la ville perdue*
7267. Akira Mizubayashi — *Reine de cœur*
7268. Ron Rash — *Une terre d'ombre*
7269. Yasmina Reza — *Théâtre II*
7270. Emmanuelle Salasc — *Hors gel*

*Tous les papiers utilisés pour les ouvrages
des collections Folio sont certifiés
et proviennent de forêts gérées durablement.*

*Composition Nord Compo
Impression Maury Imprimeur
45330 Malesherbes
le 7 mai 2024
Dépôt légal : juin 2024
N° d'impression : 277724*

ISBN 978-2-07-304583-6 / Imprimé en France

618364